QUI
APRÈS NOUS VIVREZ

Du même auteur
chez le même éditeur

L'Homme aux lèvres de saphir
Derniers retranchements
Les Cœurs déchiquetés
Après la guerre
Du sable dans la bouche
Prendre les loups pour des chiens
Dans l'ombre du brasier
Traverser la nuit

HERVÉ LE CORRE

QUI APRÈS NOUS VIVREZ

Collection fondée par François Guérif

RIVAGES/NOIR

Retrouvez l'ensemble des parutions
des Éditions Payot & Rivages sur

payot-rivages.fr

Ouvrage publié sous la direction
de François Guérif

© Éditions Payot & Rivages, Paris, 2024

1

Il avait plu toute la nuit. Fenêtres et portes secouées par le vent, averses qu'on entendait venir de loin, martelant le sol, nuées compactes s'abattant sur la maison dans une rumeur furieuse. Léo se réveilla dans une confusion de bruits organiques : écoulements, régurgitations, chuintements. Il aurait pu se trouver, engourdi, dans la tiédeur flasque et détrempée d'un être en train de le digérer. Il se rappela cette histoire de navigateur avalé par une baleine puis recraché par la volonté d'un dieu. Il ne savait plus qui la lui avait racontée. Sa mère, peut-être. Il convoqua son image mais elle ne vint pas et il en eut le souffle coupé, un sanglot logé dans la poitrine, poing écrasé contre son cœur. Seul le timbre de sa voix, cette douceur tremblante, lui revint si nettement qu'elle aurait pu parler tout près de lui. Enfin le pâle visage, toujours soucieux, se reforma dans son esprit et il bougea les lèvres pour la nommer.

Le jour bleuissait aux contours des volets. Il s'étonnait toujours de ce prodige : le soleil continuait de se lever sur ce monde finissant qui n'en finissait plus. La planète tournait sur son axe comme une volaille desséchée empalée sur sa broche, mue par un increvable moteur. Son père lui avait expliqué que le monde n'avait pas toujours été tel que le garçon le connaissait depuis sa naissance. Bien des années plus tôt, lui-même enfant, il l'avait vu finir tel un animal qui court encore, alors qu'on l'a touché à mort, et qui crève en se traînant, dépensant ses dernières forces pour fuir l'inéluctable, ignorant sans doute vers quoi il rampe. Léo se rappelait ce chevreuil blessé qu'ils avaient pisté, l'an passé, pendant toute une journée. Il avait imploré son père de ne pas achever l'animal pourtant effondré dans un trou d'eau, sa tête émergeant pour arrondir une dernière fois ses yeux pleins de larmes. Il avait détourné le regard quand la lame du couteau s'était approchée du cou tendu couvert d'écume et il avait tressailli en entendant l'ultime souffle, rauque, gargouillant de sang, et le remuement des pattes convulsées par l'agonie.

Le garçon souleva la moustiquaire et tâtonna dans le noir pour retrouver ses vêtements. Ils lui semblèrent humides et froids et il frissonna en les enfilant. Sous le lit, il attrapa son fusil et la cartouchière et les accrocha à son épaule. Il marcha jusqu'à la porte en prenant soin d'éviter les deux lattes qui grinçaient puis sortit dans le couloir éclairé par une lucarne où se pressait le jour naissant. Il s'immobilisa dans cette clarté livide, tendant l'oreille. Les ronflements de son père. Les craquements de la charpente comme si la maison s'éveillait en s'étirant. Il supposa que Clara ne dormait plus et qu'elle l'avait entendu se lever et sortir mais ne dirait rien. Il descendit l'escalier lentement, s'appuyant à la rampe pour peser moins sur les marches plaintives. En bas, il contourna la grande table massive dont le plateau luisait dans l'obscurité comme une eau sombre puis plongea ses pieds dans ses bottes et boucla la cartouchière autour de sa taille. Il ôta la barre de fer qui bloquait la porte, fit tourner les verrous et sortit. Il prit dans sa poche l'unique clé puis referma en prenant soin de ne rien faire claquer.

La forêt morte s'étendait aussi loin que le regard portait. Les troncs calcinés, couchés les uns sur les autres par les tempêtes, émergeaient d'un fouillis de fougères et d'ajoncs. Des branches noires se dressaient au-dessus de ce chaos comme les ultimes appels au secours de géants brûlés vifs. La lune pâle se couchait dans un ciel indolent où s'effilochaient les nuages. Quelques étoiles finissaient de s'éteindre en tremblotant.

Il s'éloigna sur un chemin défriché et tracé à travers une confusion de fougères et de genêts qui brillaient encore de l'eau déversée durant la nuit. Il parvint à l'enclos et aperçut le cheval immobile, la clarté humide de l'aube couvrant son dos de reflets irisés. D'un claquement de langue il le réveilla et le cheval se retourna vers lui et s'approcha à pas lents, la tête basse, et tendit son museau. Léo posa son front contre le sien et lui demanda à mi-voix comment il allait, comment il avait passé la nuit sous ces bourrasques et l'animal souffla, ses oreilles dressées, pour lui répondre. Léo lui tapota le bout du nez et le laissa en lui promettant de revenir le voir. Il ne se retourna pas mais il savait que le cheval ne le quittait pas des yeux, son poitrail pressé contre la barrière.

Léo contourna la maison et rejoignit la route fissurée, bosselée, envahie de graminées, de plantes rampantes, et même, par endroits, de jeunes acacias, puis s'arrêta et se retourna vers la maison. C'était un cube de béton construit un siècle plus tôt, noirci par les flammes, balafré de grandes traînées de suie et parcouru en diagonale par une fissure où le garçon aurait pu passer le poing. La toiture n'avait pas brûlé, le feu avait seulement léché les volets de bois. Marceau, son père, avait décidé de ne rien réparer pour que la maison semble abandonnée et n'attire pas les maraudeurs.

Il aperçut au détour d'un virage le clocher de l'église et s'arrêta et huma l'air parce qu'il lui avait semblé flairer des effluves de feu poussés vers lui par le vent de sud. Il se remit en marche, prenant toujours de profondes inspirations pour déceler la moindre trace odorante mais il ne sentait rien que des relents de résine montant des arbres brûlés qui séchaient après les trombes d'eau de la nuit. Les premières maisons montraient encore leurs charpentes noircies par l'incendie. Des ronciers avaient colonisé le sol, emplissaient les ruines d'enchevêtrements sombres ; du lierre grimpait aux murs, absorbait pierres et briques, digèrerait bientôt tout cela. Çà et là un arbuste se montrait à une fenêtre et agitait quelques rameaux dans le vent. Il arriva au cœur du village, épargné par les flammes, sous le regard aveugle des fenêtres béantes, les yeux crevés des vitres jetant parfois un éclat morne. Des gouttières chantonnaient encore d'écoulements sourds. Il écouta ces petites voix solitaires. Devant la mairie, deux voitures affaissées sur leurs pneus à plat, voilées de poussière, la couleur de leur carrosserie s'effaçant comme un souvenir, souillée de coulures brunes que la pluie avait faites. Dans le bâtiment claquait au moindre courant d'air une porte dont la rouille n'était pas parvenue à bloquer les gonds. Chaque fois qu'il venait ici, seul ou pas, il allait regarder battre le grand panneau de bois clair comme on admire un prodige.

Léo se tenait sur le seuil. La porte soudain ne bougeait plus et il se souvenait des ossements qu'ils avaient trouvés trois ans plus tôt lors de leur première exploration des parages, dispersés sans doute par des chiens. Ils avaient été six, dont deux jeunes enfants, réfugiés là pour une nuit sans doute, massacrés pour le peu qu'ils devaient posséder encore. Crânes ouverts, côtes brisées. Avec son père ils les avaient emportés jusqu'au cimetière aux allées envahies d'herbes folles et de ronces, puis enterrés dans un carré où s'alignaient une cinquantaine de monticules aplanis par le temps, plantés de croix de bois ou de simples panneaux sur lesquels on avait tracé à la hâte le nom des défunts. Le garçon avait déchiffré les dates qui disaient que ces gens étaient morts en l'espace de deux mois à peine. L'épidémie, avait expliqué son père. Le garçon avait calculé que cela remontait à douze ans, au moment de sa naissance, mais n'avait osé rien ajouter.

Dès qu'il fut sorti, il entendit la porte se remettre à battre et il se retourna vers les fenêtres vides, s'attendant à voir passer une ombre, celle-là même qui était demeurée immobile alors qu'il était là. Clara n'aurait pas manqué d'affirmer qu'il y avait bien quelqu'un, ou quelque chose qui traînait là sans pouvoir s'éloigner du lieu où les siens avaient été massacrés. Chaque fois qu'elle émettait ce genre d'hypothèse, elle éclatait de rire devant l'air grave et pensif, vaguement inquiet, du garçon qui jetait autour de lui des regards furtifs et tendait l'oreille, guettant la moindre vibration de l'air, le plus léger murmure qui aurait trahi une impalpable présence.

Il tourna le dos à la mairie, résistant à l'envie de regarder encore, puis traversa la place, contourna l'église et prit une rue étroite en partie obstruée par une maison effondrée qui semblait avoir vomi sur la chaussée son contenu en partie consumé. Une table, trois chaises, un fauteuil avaient été jetés là par la fournaise qui avait fait exploser le mur. La charpente s'était abattue sur un lit en renversant une armoire aux flancs carbonisés. On apercevait des cadres encore accrochés aux cloisons maculées de grandes traînées noirâtres, un lit couvert de mousse où poussaient deux pieds de fougère. Il sortit du village en traversant une route ensablée puis franchit un fossé plein d'eau.

Un peu plus loin, seul au milieu de ce qui avait été une clairière, l'arbre surgissait dans le jour naissant, soulevé par la lumière de l'aube. Le garçon s'arrêtait toujours pour le regarder, rassuré par sa force intacte. C'était un chêne immense, plusieurs fois centenaire, dont le feuillage épais, plein de cachettes obscures dans lesquelles il aimait venir s'asseoir, tremblait au vent. Les incendies ne l'avaient même pas frôlé, le contournant, l'encerclant, sans y laisser aucun stigmate. À cent mètres à peine, la forêt n'était qu'une confusion carbonisée, hérissée de moignons que les tempêtes n'avaient pas arrachés. Léo aimait imaginer que l'arbre avait tenu à distance les flammes grâce à une énergie mystérieuse. Les repoussant, tel un guerrier seul face à un assaut barbare.

Clara prétendait qu'il était probablement doté d'une conscience et qu'il pouvait ainsi manifester sa force et sa volonté de survivre. Clara pensait que beaucoup de choses autour d'eux, invisibles ou figées, possédaient une conscience, une intelligence et qu'il faudrait un jour parvenir à communiquer avec elles. C'étaient peut-être des morts. Tous ces gens morts, disait-elle, ne pouvaient pas avoir disparu sans laisser derrière eux une trace, un souvenir qu'il faudrait savoir entendre, des voix vaporisées dans l'air qu'il faudrait capturer comme le souffle sur une vitre froide. Mais c'étaient aussi des lieux, des maisons singulières, incendiées ou pillées, ou simplement abandonnées devant quoi elle s'arrêtait et demeurait un moment, tendant l'oreille, glissant un regard par les fenêtres ouvertes ou les volets mi-clos, persuadée qu'elle pourrait entrevoir une silhouette et percevoir un chuchotement.

Clara se disait un peu magicienne. Elle prenait un air grave, faisait battre devant ses yeux gris ses longs cils, puis éclatait de rire devant l'expression navrée de sa mère.

Léo s'accrocha à une branche basse et se hissa vers la plate-forme de planches qu'il avait aménagée à la fourche de deux bras énormes du monstre. Il ferma les yeux et écouta les voix qui bruissaient autour de lui, car tous ces frémissements, ces murmures soufflés à son oreille par la brise étaient pour lui des voix qui avaient à lui dire quelque chose qu'il finirait un jour par comprendre.

Au moindre souffle, l'arbre s'ébrouait. Les gouttes s'écrasaient sur la tête du garçon, lourdes et froides, ou le frôlaient en jetant des éclats brusques dans la lumière infiltrée.

Chants d'oiseaux lointains. Le soleil, salué par une ovation de pépiements et de trilles, se montrait au ras de l'horizon dévasté. Le silence retomberait dans une heure ou deux quand la chaleur s'installerait, crépitant d'insectes, mais pour l'instant quelque chose semblait vouloir se perpétuer, une idée du matin, la persistance d'un moment hors de ces temps anéantis. Léo ouvrit les yeux sur les remuements du feuillage sombre où venaient s'allumer des confettis de ciel clair. Il sentait de l'arbre tout entier émaner une puissance vitale dont il lui semblait éprouver la vibration secrète. Rien ne pourrait vaincre cela. Cette puissance brandie. Il accrocha la courroie de son fusil à un bois mort et se laissa aller encore contre le tronc, touchant du plat de sa main l'écorce rugueuse, et il fut traversé d'un frisson chaud et il eut l'impression que le chêne lui transmettait de son invincible force.

Il grimpa plus haut. Par une trouée il apercevait le village, entassement grisâtre que le sable et la végétation absorbaient lentement. Il se demanda combien de temps il faudrait pour que tout disparaisse, pulvérisé ou enseveli, rayé de cartes que nul ne consulterait plus. Il ne savait pas bien comment le temps passait. Les jours et les nuits et les jours et les nuits. Rien d'autre qu'hier et demain, un passé qui lui échappait, un futur impossible, à l'image de ces escaliers détruits qu'il avait vus quelquefois : une volée de marches accrochées à un pan de mur, sans rez-de-chaussée ni étage, sans palier ni rampe.

Il se rappela l'escalier qui montait aux chambres dans cette maison presque intacte qu'ils avaient fini par trouver. Maman fredonnait dans la salle de bain. Elle avait fait chauffer de l'eau pour se laver les cheveux, ses beaux cheveux roux. De douces flammes renversées sur ses épaules. Maman chantonnait toujours.

Il entend d'abord ce gros moteur gronder dans la rue puis claquer des portières. Puis des voix d'hommes. Ils secouent la porte d'entrée puis font sauter les verrous de deux coups de fusil. Maman crie son nom.

Cache-toi.

Il se glisse dans un placard, recroquevillé sous une étagère. La porte d'entrée cogne le mur quand ils l'ouvrent. L'odeur de poudre entre avec eux ainsi qu'une puanteur imprécise, macabre. Il aperçoit leurs chaussures militaires, leurs bottes. Ils sont trois, peut-être quatre. Ils parlent en grognant. L'un d'eux rit, puis tousse et crache par terre. Le petit regarde cette chose étalée sur le carrelage, jaunâtre, sanglante, comme une bête écrasée.

Le roulement lourd de leurs pas dans l'escalier.

Léo ?

L'appel de maman, sa voix aiguë, inquiète, puis ses hurlements parmi les rires des hommes et leurs vociférations et leurs coups puis les pleurs et les supplications de maman puis les râles, les couinements d'animaux. Léo sort du placard. Il sent, honteux, son entrejambe et ses cuisses mouillés. Il touche, il renifle l'odeur d'urine. Il a envie de pleurer. Maman va me gronder. Là-haut, il les entend grommeler, ouvrir des placards. Le gosse lève les yeux vers le haut de l'escalier.

Encore à moi. Putain, j'en veux encore. Le lit grince. Léo essaie de respirer. Il n'entend plus que le grincement des ressorts. Il voudrait monter pour les empêcher. Il leur sauterait dessus, il prendrait maman contre lui et ils n'oseraient plus la toucher.

Il fait un pas de côté pour apercevoir le palier. Leurs ombres bougent sur la porte entrouverte de la chambre. Un homme apparaît, débraillé, chemise béant sur son ventre plat, musclé, noir de poils. Un fusil automatique dans une main, une musette kaki dans l'autre. Un poignard pend à sa ceinture dans un étui de cuir fauve. Il renifle puis lèche ses doigts, index et majeur, les deux doigts qui lui restent en plus du pouce, puis masse son entrejambe, les yeux fermés, de sa main mutilée. Il aperçoit le gamin. Il gueule quelque chose. Léo bondit dehors, s'enfuit dans la rue déserte. Le type derrière lui gueule encore. Léo se retourne, l'aperçoit en train d'épauler son fusil. Le coin de la rue. Il entend trois détonations. Il enjambe la clôture d'un jardin, tombe au milieu de ronces, se relève puis s'en dépêtre en gémissant et se jette derrière le muret d'une véranda aux vitrages brisés. L'homme crie qu'il va l'éventrer. Attends que je te trouve petit enculé. Quelqu'un l'appelle. La voix résonne dans la rue. Putain qu'est-ce que tu fous ? Viens plutôt nous aider.

Le garçon reste là longtemps, pleurant enfin, étouffant de ses mains sur sa bouche sanglots et gémissements. La lune le réveille. Elle pose sur sa figure une lueur froide, et il lève les yeux vers cette éblouissante pâleur et il lui semble alors qu'elle ne brille que pour lui et que la nuit a ouvert son œil pour surveiller cet enfant égaré et lui éclairer un chemin.

Il marche dans la nuit blafarde au milieu de la rue en surveillant les portails d'où n'importe qui, n'importe quoi pourrait surgir. Des bêtes, des choses, des hommes sont sûrement tapis là, dans les ténèbres. Papa a raison quand il dit que tout est dangereux. Il n'ose pas courir parce que le grand silence fait résonner partout le crissement de ses pas. Il observe la maison de l'autre côté du trottoir. Porte et volets clos. Il traverse la chaussée, colle son oreille au battant, tout près du trou déchiqueté par les coups de fusil qui ont fait sauter le verrou. Il entend qu'on marche, et quand la porte s'ouvre il pousse un cri et bascule en arrière. Il ne voit rien d'abord, les yeux pleins d'éclats rouges, et il sent la main qui l'empoigne par le col et le soulève et le tire et le pousse à l'intérieur où il s'affale à plat ventre. Il n'ose plus bouger. Il est soulevé à nouveau et, dans la clarté jaunâtre d'une lampe tempête accrochée au mur, il voit son père s'accroupir devant lui, écrasant son épaule maigre dans son poing, le secouant puis le giflant. Son autre main dressée, serrant une arme.

Où tu étais ?

Le garçon ne peut rien dire, le souffle coupé, puis se met à bramer, inspirant l'air puant la sueur et la poudre, hoquetant, sa gorge et ses poumons en feu, soufflant, crachant, toussant pour ne pas s'étouffer.

Papa le prend contre lui. Le serre trop fort. Le petit se débat mollement.

Viens.

Dans la cuisine, la flamme de deux bougies vacille dans le noir. Le petit avale un plein verre d'eau avec ses derniers sanglots. Il dit : et maman ? J'ai eu peur.

Son père le prend par la main et l'entraîne dans l'escalier. Le gamin voit trembler dans la chambre une vapeur dorée. Il s'arrête sur le seuil, les mains du père sur ses épaules.

Elle est là. Tu vas voir. C'est comme si elle dormait.

Voix sans souffle, étranglée.

Des bougies collées sur des chaises flanquent le lit. Trois de chaque côté. Elle est couchée sur le dos. Ses cheveux roux étalés sur un oreiller sombre. Un drap posé sur elle, les formes de son corps, ce relief doux. Entre ses seins une fleur et un livre et la petite pierre bleue accrochée à sa fine chaîne. Le garçon s'approche du visage aux yeux clos effleuré d'ombre par la danse des flammes. Il tend la main pour le toucher, hésite, se tourne vers son père, qui approuve d'un battement de paupières.

Du bout des doigts. Du bout des lèvres. Papa agenouillé, de l'autre côté du lit, le front posé sur le drap, une main sur elle. Père et fils sans un mot. Sans plus de larmes.

C'était donc cela la mort. Cette douceur immobile, cette tranquillité. Sur l'instant ça l'avait presque rassuré. Comme si ce qu'il avait entendu du supplice de sa mère n'avait rien à voir avec cette paix où elle reposait et qu'il éprouvait auprès d'elle. Mais s'étant endormi sur un fauteuil dans les bras de son père, il avait été réveillé en sursaut par les cris qu'il avait entendus dans l'après-midi et depuis le seuil de son cauchemar il avait distingué le corps dans la lueur déclinante des bougies quasi consumées, il avait alors compris que ces hommes l'avaient tuée, qu'elle ne se réveillerait plus de ce sommeil et il ne comprenait rien au chagrin qui le secouait, puisqu'elle n'était pas encore absente.

Léo eut l'impression de se réveiller à nouveau, encore empêtré dans l'espèce de rêve qui l'avait pris dans ses fils d'araignée. Il regarda au-dessous de lui et le sol lui parut si lointain que tout se mit à tourner, l'arbre mu soudain tel un manège immense et frissonnant. Il s'adossa contre le tronc, s'assura du plat de la main de son immobilité, puis son vertige cessa.

Le soleil montait à présent au-dessus de l'horizon anthracite. Il devait être tard. Ils se demanderaient encore où il était passé et son père se mettrait en colère. Il s'apprêtait à redescendre quand l'aboiement d'un chien retentit dans le lointain, vers le sud, sur l'ancienne route forestière. Le garçon ne bougea plus, accroché à ses branches, un pied en l'air, la tête tournée vers le bruit, donnant du front contre le canon du fusil. Le chien aboya encore, brièvement, hoquetant plutôt, comme si on l'avait fait taire d'un coup de pied.

Léo se hâta. Il sauta par terre et courut vers la maison.

Son père était assis sur une chaise, à l'ombre, buvant dans un bol le breuvage noir qu'ils fabriquaient avec des racines torréfiées. Dès qu'il vit le garçon, il bondit sur ses pieds, renversant sa chaise, jetant le bol au loin et marcha vers lui.

– Pose ce fusil. La cartouchière. À genoux.

Léo obéit. Il savait qu'il n'avait pas le choix. Le père arriva près de lui. Il soufflait par le nez sa colère contenue.

– Mains dans le dos. Où tu étais ?

– Au chêne. Mais…

La gifle jeta Léo au sol.

– Qu'est-ce que je t'ai dit l'autre jour ?

Léo resta allongé sur le flanc, recroquevillé. Son père le frappa encore deux fois dans le dos du plat de la main, des gifles lourdes, claquant sur ses épaules, mais balancées avec lassitude, peut-être par principe, sans conviction. Léo ne bougeait plus. Il laissa son père s'éloigner en marmonnant un juron.

— Marceau ? Qu'est-ce qui s'est passé ?

Voix assourdie de Nour, dans la maison.

— Rien ! Viens plutôt m'aider.

Léo le vit s'enfoncer au milieu des fougères sur l'étroit chemin menant au potager, puis il se leva, massa son cou et ses bras, fit rouler ses épaules pour en chasser la douleur. Nour était apparue sur le seuil et le regardait.

— Ça va ?

Il fit oui d'un signe de tête. Il essuya le sang qui sourdait de sa lèvre fendue puis effleura le lobe douloureux de son oreille. Clara sortit derrière sa mère et vint vers lui, portant une cuvette et un linge. En la voyant approcher, il eut l'impression, tant elles se ressemblaient, que Nour s'était dédoublée mais plus petite, plus menue. Le contact du tissu frais, mouillé d'une eau parfumée où avaient infusé des herbes que Nour cueillait en toutes occasions, le fit frissonner et il ferma les yeux. La jeune fille se tenait tout près de lui et il sentait par instants son souffle dans son cou et sa main libre, fine, chaude, se posait sur son épaule pour le maintenir immobile alors qu'il ne bougeait pas. Elle murmurait que ça lui ferait du bien, tu sais bien, ma mère sait les secrets des plantes, c'est sa mère à elle qui lui a appris ça. Elle le caressait de fraîcheur, bouche entrouverte, des mèches de ses cheveux noirs collées sur ses joues par la sueur, et Léo se laissait aller dans cette douceur tel un petit enfant bercé.

Quand elle eut terminé, elle le dévisagea en souriant, son regard sombre battu par ses longs cils. Il tendit la main vers elle, elle la pressa sur sa joue.

— Voilà. Comme ça t'auras pas mal.

— Y avait un chien.

Nour s'était approchée.

– Comment ça un chien ?
– Je l'ai entendu. Deux fois.
– Où ça ?
– Là-bas. Après le village, vers la route.
– T'as entendu des gens ? Des voix ?
– Non. Rien qu'un chien.
– Y en a déjà eu des chiens, ça veut rien dire.

Il hocha la tête. Une bande de chiens était passée quelques mois plus tôt, une dizaine, qui s'en étaient pris à Clara. Marceau en avait abattu trois et les autres avaient fui mais ils avaient rôdé dans les parages plusieurs jours, hurlant et se battant, avant de disparaître comme ils étaient venus. De même que les hommes, les chiens n'avaient pas tous crevé. Depuis qu'il était en âge de se souvenir, il avait souvent entendu dans le lointain leurs aboiements pleins de rage ou de terreur. Son père lui expliquait qu'ils ne trouvaient plus rien à manger, même plus les cadavres que les épidémies, vers la fin, avaient abandonnés dans les rues quand plus personne ne se souciait de les ramasser ; quand, le soir, on s'étonnait d'être encore vivant avec le sentiment d'avoir tout le jour traversé un no man's land sous le feu croisé de mitrailleuses.

Nour se passa dans le cou le chiffon sans l'essorer et laissa couler l'eau dans son dos, entre ses seins, avec un murmure de plaisir. Léo regardait la mère et la fille se sourire, la peau perlée d'éclats précieux, tout en épiant dans l'air chaud la moindre vibration qui aurait porté le cri du chien. Il voulut aller prévenir son père mais un méchant frisson lui courut dans le dos, peur et colère mêlées.

– J'en parlerai à Marceau quand il sera calmé.

Nour semblait avoir le don de lire dans son esprit. Elle et Clara étaient peut-être des sortes de magiciennes. Elles devinaient, entendaient, ressentaient des pensées, des dangers, des présences que les autres ne soupçonnaient même pas. Comme lorsque Clara prétendait voir au village les ombres des morts ou entendre leurs murmures. Ce n'était pas seulement pour lui faire peur ou se moquer de lui. Et Nour lui disait parfois : tu ne parles pas beaucoup mais je sais toujours à quoi tu penses.

Ils travaillèrent toute la matinée au champ qu'ils avaient défriché dans ce qui restait de la forêt, dont on ne pouvait rien deviner depuis la route. Un demi-hectare tout au plus. Ils fumaient la terre avec leurs eaux usées et un compost de feuilles et d'herbe. Des légumes, un peu de blé. Léo fit longtemps la navette entre le puits et le potager pour apporter de l'eau dont il chargeait les arrosoirs dans une brouette. Il les vidait dans la citerne, grimpé sur un escabeau. Au quatrième ou cinquième aller-retour, ses bras n'étaient plus qu'une viande brûlante et dure accrochée à ses os douloureux, et il détachait son esprit de ce corps tétanisé qui continuait de fonctionner hors de son contrôle et de sa volonté. Par moments, il levait le nez et apercevait son père qui l'observait, caressant du plat de la main les jeunes épis encore verts ou défrichant une parcelle dans un nuage de poussière grise. S'essuyant le front du revers de la main, traçant des traînées plus claires sur sa gueule noire assombrie encore par le bord de son chapeau. Léo ne savait pas déchiffrer ce que disaient ses yeux clairs alors il se détournait puis repartait au puits en poussant sa brouette.

Ils allèrent vers midi prendre quelques fruits dans des jardins envahis de broussailles. Des pommes véreuses et des prunes gorgées de sucre qu'ils devaient disputer aux guêpes. L'air chaud coulait sur eux et les étreignait dans ses grandes mains moites, ralentissait leurs gestes et fatiguait leurs muscles. Quand ils revinrent sur la route, loin du bourdonnement venimeux des insectes, Léo marcha à quelques pas derrière les autres et tendit l'oreille, épiant au loin la présence du chien. Le ciel était blanc, l'air immobile figeant tout dans une transparence incandescente. Leurs ombres compactes tassées sous leurs pas. La terre grésillait d'insectes et l'on aurait pu croire qu'elle était sur le point de s'enflammer spontanément. Son père allait devant, en alerte, son fusil d'assaut en travers du torse, comme un soldat en patrouille dans une zone hostile. Il se retourna vers Léo et s'arrêta.

– Qu'est-ce que tu fous, à traîner ?

Quand Léo parvint à sa hauteur, il lui ébouriffa les cheveux.

– Allez. C'est rien. Mais ne refais plus ça.

Léo baissa la tête pour se dérober à sa main et rejoignit Clara. Elle souleva sa chemise et la remua autour d'elle pour s'éventer.

– Putain, j'ai soif.

Elle prit une pomme dans son sac de toile et croqua dedans, du jus coulant sur son menton. La senteur acide du fruit fit saliver Léo.

– T'en veux ?

Clara lui tendait la pomme, la pulpe blanche, luisante, aux contours déchiquetés.

Il secoua la tête. Clara haussa les épaules, finit sa pomme et jeta le trognon dans un fourré. Derrière eux, Nour et Marceau parlaient à voix basse avec animation. Souvent, ils n'étaient pas d'accord sur ce qu'il convenait de faire.

La maison apparut derrière son bosquet d'acacias. Lugubre et rassurante. Ils s'engouffrèrent dans son obscurité et son illusion de fraîcheur.

***

C'est un air de guitare qui le réveilla de sa sieste. Son rêve partit en lambeaux comme un brouillard déchiré. Un grand chien noir allait et venait, tel un fauve en cage, dans la chambre où reposait sa mère et il tendait par moments son mufle vers la morte en émettant une plainte lugubre. Léo voulait le chasser et braquait sur lui une arme qui ne tirait que d'inoffensives petites balles bleues rebondissant par terre en claquetant. La terreur le clouait sur place et il pleurait de son impuissance. La musique dissipa son cauchemar et il se dressa d'un bond, couvert de sueur, le souffle coupé, et chercha d'abord le chien au pied de son lit, puis aperçut le trait lumineux qui s'infiltrait entre les volets. Il resta un instant debout dans la pénombre, écoutant la guitare de Nour jouer une sorte de valse, puis marcha sans bruit vers la chambre de Clara.

Clara dansait. Pieds nus, sa robe blanche se soulevant et battant ses jambes.

Il s'assit par terre, dans un coin.

Elle affecta de ne pas le remarquer, l'écharpe de soie rouge qu'elle tenait dans une main traçant dans l'air des volutes qui ondulaient autour d'elle, partenaire indolent dont elle esquivait les caresses. Ses pieds touchaient à peine le sol. Elle semblait parfois en lévitation. Léo alors se sentait si lourd et bête et maladroit. Magicienne, elle l'était assurément pour être capable d'un tel prodige.

Elle lui avait montré des photos de danseuses de l'ancien temps dans le livre qu'elle gardait dans un sac sous son lit. Certaines semblaient voler quand d'autres figuraient de leur corps courbé, incliné, étiré ou ramassé sur lui-même un alphabet inconnu, à la fois élémentaire et extravagant. Clara disait avoir vu, petite fille, des images animées de ces extraordinaires prouesses et elle avait toujours voulu, depuis ce jour-là, réaliser les mêmes.

Nour jouait les yeux fermés et les rouvrait parfois pour lui sourire et approuver d'un hochement de tête les figures de sa fille. Soudain, une cascade de notes dégringola de la guitare et Clara s'affala lentement, la tête baissée, une jambe repliée sous elle et l'autre tendue en avant, bras en croix sur la poitrine, ses mains posées sur ses épaules.

— Magnifique, dit Nour. C'est mieux que la dernière fois.

Elle aida Clara à se mettre debout, essuyant sa figure mouillée de sueur. Elles s'étreignirent longuement. Les épaules de Clara se soulevaient au rythme de sa respiration essoufflée. Léo les enviait. Il aurait aimé qu'elles l'invitent à se joindre à elles. Il sortit sans bruit.

En bas, son père démontait et nettoyait ses armes. Il faisait ça une fois par semaine. Il disait qu'on devait se tenir prêt à tout.

« Sont pas tous morts, il disait. J'ai pas pu les tuer tous. »

C'étaient des armes anciennes, datant du siècle dernier, dénuées de tout équipement électronique. Deux fusils automatiques, trois pistolets, deux revolvers. Deux fusils à pompe étaient posés sur un canapé. Léo reconnut le sien à sa sangle bleue. La table était couverte de pièces détachées, de cartouches alignées avec un soin maniaque, leurs ogives d'acier luisant dans la pénombre.

Marceau ne se détourna pas de son travail.

– Qu'est-ce qu'elles font ? Elles dansent, encore ?

Léo s'assit et prit une cartouche qu'il fit rouler au creux de sa main. C'était lourd et froid.

– Tiens, remplis ce chargeur.

Il devait appuyer fort pour repousser le ressort. Chaque munition se calait avec un déclic rassurant mais il redoutait toujours de les voir toutes jaillir hors du magasin et rouler puis rebondir autour de lui. Quand la dernière se fut calée contre les autres (trente se dit-il, parce qu'il avait compté, de peur d'en oublier une), il posa le chargeur et fit bouger ses doigts raidis par l'effort. Marceau l'inséra dans le fusil qu'il venait de remonter et actionna la culasse et épaula, l'œil fixé au cran de mire, puis il cala l'arme contre un fauteuil. Il tira vers lui l'autre fusil et entreprit de le démonter. Il agissait avec des gestes agiles, précis, économes. Bien droit, presque raide sur sa chaise, la sueur brillait sur sa figure, sur ses épaules, ses bras puissants. Son gilet de peau collait à sa poitrine, auréolé de transpiration.

Léo trouvait qu'il ressemblait à ces héros dont il lisait parfois les aventures dans des livres. Beau et fort. Léo aurait aimé lui ressembler quand il serait plus grand mais il savait que ça n'arriverait pas. Il était trop peureux. Il avait su, ce jour-là, pourquoi on a peur. Il avait vu ce qu'il y a au bout de la peur. Un trou béant où sont tapis des monstres.

Il revit le chien de son rêve et frissonna malgré la chaleur. Maman, articula-t-il en silence. Il leva les yeux. Marceau le regardait.

– Ça va ?

Il fit oui de la tête.

– T'as pas soif ? Apporte-moi à boire.

Léo se leva et descendit à la cave où ils gardaient des réserves d'eau et de vivres à l'abri de la chaleur. Il alluma une bougie et trouva dans un vieux frigo les bouteilles d'eau stockées là. Au pied de l'escalier, il ne put s'empêcher d'appuyer sur l'interrupteur. Il pensait qu'en voulant très fort les choses elles pouvaient se réaliser. Bien sûr, disait Clara, tendre et moqueuse. C'est bien d'y croire.

Une fois de plus, il fut déçu que l'ampoule ne s'allume pas.

Marceau but goulûment, vidant la moitié de la bouteille. Il la tendit à Léo et reprit son ouvrage. Il fit glisser un chargeur approvisionné vers Léo.

– Même chose. Vide-le et vérifie-le.

Léo obéit. Ses mains moites sentaient la graisse et il n'osait pas essuyer à son front la sueur qui coulait dans ses yeux et sur ses tempes. Il but à la bouteille que son père avait laissée entre eux. Il avala de travers, toussa, reprit sa respiration. Marceau secouait la tête, l'air dépité.

– Nom de Dieu, comment tu fais ? T'es pas foutu de boire sans t'étrangler ?

Léo se racla encore la gorge puis vida le chargeur, vérifia le ressort, puis disposa sur la table les cartouches en un cercle presque parfait. Il essuya les mains à son bermuda. Son père lui souriait.

– Pas mal, dit-il en indiquant le cercle de métal d'un mouvement de menton.

Le garçon se leva et sortit. La chaleur le heurta et il souffla pour encaisser le choc et rentra la tête dans les épaules, puis marcha un peu voûté sous les acacias jusqu'à la route. Au vent chaud soufflant du sud-ouest les feuilles des jeunes arbres chuchotaient leur plainte, petite foule endurant son calvaire. Léo écouta, huma l'air. Nul aboiement, nul gémissement. Il crut sentir encore un relent de feu mais il savait que sous la chaleur la forêt morte laissait monter dans l'air des effluves brûlés comme un souvenir de flammes.

Il s'assit à l'ombre d'un arbuste sur la chaussée boursouflée. Au loin, un oiseau lançait de mornes cris, solitaires, déchirants. Léo laissa venir les larmes et conjura quelques sanglots en toussant et crachant. L'oiseau se tut et le silence tomba sur le garçon si brusquement qu'il se crut sourd, la tête bourdonnante. Il regardait la route envahie par la végétation débordant de ses bas-côtés, son revêtement soulevé par des touffes d'herbe, de jeunes pousses d'arbres surgis tels des combattants que la terre aurait gardés cachés dans ses profondeurs, armée de réserve attendant son heure.

Quelque chose bougea dans les broussailles, et son cœur s'emballa. Un chevreuil apparut sur la chaussée. Danseur s'avançant sur les pointes, touchant si peu le sol qu'il aurait pu s'envoler d'un bond. L'animal tourna lentement la tête et le regarda. Il semblait le dévisager, immobile, peut-être pour deviner sur ses traits ses intentions, les oreilles tournées vers lui, tremblant parfois pour se défaire d'un insecte. Léo fut heureux que son père ne soit pas là, tout occupé à ses armes. Il murmura des choses à la bête comme si c'était un enfant qu'il aurait trouvé. Qu'est-ce que tu fais là ? T'es tout seul ? N'aie pas peur.

Le chevreuil arracha quelques brins d'herbe qu'il mâchouilla sans perdre le garçon des yeux. Puis il traversa la route, dans une impossible légèreté, et disparut sans bruit.

Léo se leva et alla voir l'endroit où était passé l'animal. La végétation s'était refermée dessus, l'absorbant en silence dans l'épaisseur inextricable des fourrés d'ajoncs et de genêts.

– Tu cherches quelque chose ?

Il sursauta. Clara s'était arrêtée à dix mètres de lui, les mains dans les poches de son short, perdue dans une grande chemise noire. Aux lèvres ce sourire narquois qu'elle avait souvent quand ils étaient seuls et qu'elle le surprenait dans ses émerveillements naïfs.

– C'était le chien ?

Il fit non de la tête. Il scrutait toujours le fouillis végétal pour y déceler la présence du chevreuil. Clara avança vers lui. Son pas léger dans ses chaussures de toile. Elle repoussait et maintenait la masse de ses cheveux noirs sur sa nuque. Elle soupira.

– J'aimerais qu'il pleuve. Je te jure. S'il pleut cette nuit, je me lève et je vais dessous et je danse toute nue.

Elle tourna sur elle-même, ses bras battant l'air et la soulevant presque.

– C'était un chevreuil, dit Léo. Il est parti par là.

– Tu viendras danser avec moi ?

Il tourna vers elle son visage étonné, bouche entrouverte, et la toisa de la tête aux pieds. Il haussa les épaules.

– Il pleuvra pas.

Elle fit quelques pas sur la route, le nez en l'air.

– Tu sens pas ?

Il renifla le vent chaud qui passait entre eux.

– Le feu, dit Clara.

– Non. Y a rien. Viens.

Il marcha vers la maison. Il se demandait si Clara irait vraiment danser sous la pluie. Toute nue. Il l'avait vue déjà comme ça, toute nue, quand ils étaient plus petits, sous la douche d'un arrosoir d'eau tiède que Nour tenait au-dessus d'eux. C'est comme si vous étiez frère et sœur, disaient souvent Nour et Marceau. Léo ne savait pas bien pourquoi ils disaient ça, ni ce que ça signifiait vraiment. C'est pas mon frère, répondait Clara. J'ai personne, que toi. S'ensuivait un long silence et Nour ouvrait ses bras et Clara venait contre elle et Marceau se tournait vers Léo et forçait un sourire sur son visage de marbre.

Elle le rattrapa et passa son bras sous le sien. Elle regardait autour d'eux le paysage désolé, ce brouillon verdâtre encombré de repousses et d'arbustes velléitaires se dressant parmi les arbres calcinés.

– Tu crois que c'est comment ailleurs ?

Léo s'arrêta et ils se trouvèrent face à face.

– Ailleurs ?

Il jetait autour de lui des regards inquiets sur tous les horizons bouchés sur quoi butait son imagination. C'est ici qu'ils avaient cessé de fuir. Il se rappelait la première nuit passée dans la maison si seule au milieu des forêts mortes et pourtant si solide, bien fermée autour d'eux, Nour et son père en armes montant la garde en bas, il se rappelait le sommeil dans lequel il s'était laissé tomber sans crainte pour la première fois depuis longtemps, il se souvenait du rêve qu'il avait fait où tout allait bien, ses parents avec lui devant l'océan déchaîné qui lui faisait peur. Ici, il était à l'abri, loin de tout, loin de ce qui restait.

– Oui, ailleurs, dit Clara. Au bout de cette route. Vers le nord, là-bas.

Il rejoignit la maison sans l'attendre. Nour et Marceau étaient en train de nettoyer les armes de poing dans une odeur âcre de graisse et d'acier. Son père leva les yeux vers lui, un gros pistolet à la main.

– Alors ?

Léo ne comprenait pas. Il se demandait si Nour avait parlé du chien.

– J'ai vu un chevreuil.

Marceau se désintéressa de lui et s'absorba de nouveau dans sa tâche. Léo les regarda faire un moment puis monta dans sa chambre. Il ouvrit son vieux livre, une grosse liasse de pages libres, tachées d'auréoles jaunâtres, parfois gaufrées par l'humidité, tenues ensemble par la couverture et un élastique, et se replongea dans les aventures d'un groupe de naufragés échoués sur une île décidément mystérieuse. Nour lui avait donné le livre enveloppé dans un sac de plastique en lui recommandant d'en prendre le plus grand soin parce qu'il était très ancien, imprimé vers la fin du XXe siècle, écrit en un temps plus ancien encore où le futur, gros de promesses merveilleuses, verrait l'homme, secondé par les formidables machines qu'il ne cesserait jamais d'inventer, se rendre maître du monde et y installer le bonheur. Elle le tenait de sa mère, Alice, qui le tenait de sa mère à elle, nommée Rebecca. C'était tout ce qui lui restait d'elles, ça et un téléphone plein d'images. Elle lui avait promis de lui raconter un jour tout ce qu'elle savait de ces femmes extraordinaires, sa grand-mère et sa mère qui avaient rendu possible qu'elle voie le jour et qu'elle reste en vie et donne naissance à son tour, envers et contre le désastre, à sa fille, toi, ma merveille. Mais l'air lui manquait et sa gorge se nouait dès qu'elle parlait de cela alors Clara la prenait dans ses bras pour la consoler de ce chagrin qui débordait, si bien que Léo n'avait jamais osé lui demander de lui dire leur histoire parce qu'il savait que sa peine était semblable à la sienne, une plaie toujours prête à saigner. Il laissait ces prénoms murmurer dans son imagination, tel un vieil air fredonné : Alice, Rebecca... Il avait bien essayé d'en connaître quelque chose par Clara mais elle refusait obstinément de parler d'elles. Fous-moi la paix avec ça, va voir ma mère.

Léo prélevait et tournait avec précaution les pages de son grimoire et les reposait en les rangeant et les alignant exactement. Il lisait lentement et s'arrêtait souvent pour se glisser parmi les personnages et cheminer avec eux dans la forêt ou au sommet d'une falaise. Il avait demandé à son père ce qu'était une falaise, lui qui ne connaissait du rivage que l'interminable platitude des plages de sable.

Ils regardèrent la nuit venir comme ils le faisaient souvent. Ils surveillaient l'apparition des étoiles puis, sans qu'ils y prennent garde, le ciel s'emplissait et tendait au-dessus d'eux ses ténèbres piquées de tremblements où flottait la vapeur de la Voie lactée. La lune en se levant derrière la maison épousseta cette profusion et les silhouettes des arbres effondrés apparurent, carcasses de monstres capables de se relever pour marcher sur eux. Ils parlaient peu, laissant peser la fatigue de la journée. Ils écoutaient le vent d'ouest. La pluie, peut-être, murmura Nour. À ce moment, une risée plus fraîche passa sur eux et ils offrirent leurs visages, les yeux fermés, à ce bien-être inespéré.

Quand la lune fut exactement au-dessus d'eux, leur faisant des figures blafardes, ils décidèrent d'aller se coucher. Ils allumèrent des lampes solaires et actionnèrent des dynamos qui jetèrent sur eux des lueurs froides et tremblantes. Marceau verrouilla la porte d'entrée pendant que Clara et Nour vérifiaient la fermeture des volets. Ils se séparèrent en se souhaitant à voix basse une bonne nuit. Léo entra dans la chaleur qui pesait encore dans sa chambre et ouvrit les volets pour qu'y entre un peu de fraîcheur. Il se déshabilla en scrutant le chaos de la forêt abattue que bleuissait la clarté de la lune, resta un moment face à ce silence où parfois s'entendaient le cri lointain d'un oiseau ou le froissement d'une bestiole trottant sur le sol desséché. Quelques semaines plus tôt, ils avaient entendu l'appel d'un loup puis la réponse, plus au sud, et le cheval avait bronché dans son enclos et Léo était allé le rassurer en lui parlant doucement comme il le faisait souvent. Il se glissa sous la moustiquaire, alluma la lampe de poche qu'il avait laissée se recharger toute la journée au soleil et lut jusqu'à ce que la lumière commence à faiblir. Il s'endormit au moment où les naufragés inventaient la métallurgie, rassuré, s'imaginant parmi eux, rassemblés autour du feu prometteur.

Comme eux, pendant des mois, son père et lui s'étaient réfugiés auprès de flammes mais elles n'éclairaient que leur misère et se tordaient en une danse macabre. Un feu long à s'embraser, prompt à s'éteindre.

2

La lueur des écrans leur colle sur la figure un masque blême aux joues creuses, aux yeux brillants, ils ne bougent pas, ils cillent à peine, lui allongé sur un transat, des écouteurs plantés dans les oreilles, elle assise en tailleur sur un fauteuil, caressant du doigt un rectangle bleuté. Il regarde un vieux film policier coréen des années 10, et elle lit un roman du XXe siècle, l'histoire d'un village mythique de Colombie peuplé d'êtres extravagants et gouverné par la magie.

Il est plus de 11 heures du soir et la fournaise de la journée stagne toujours dans l'air épais baratté par le ventilateur. Sur ce balcon monte vers eux, accumulée tout le jour, une chaleur dense comme si sous leurs pieds couvait un incendie. On entend les allées et venues des hélicoptères de la police, les faisceaux de leurs projecteurs balayant la nuit à la poursuite des pilotes fous qui contreviennent au couvre-feu. Parfois, l'homme lève les yeux de son film et observe la ville sous eux, scintillant dans son silence reclus troublé seulement par le bourdonnement saccadé de ces lucioles bleues qui traquent les voitures solitaires lancées à tombeau ouvert dans les rues vides.

Entre eux, dans un couffin, dort un bébé posé sur le ventre, nu à l'exception de sa couche. L'homme effleure le dos tiède, remonte vers la nuque et caresse le duvet brun qui frisotte sur le crâne. Il se penche, souffle sur le petit corps et chuchote quelque chose d'indistinct et de doux.

— Tu vas la réveiller, dit la femme.

Il hausse les épaules et revient à l'action suspendue par un arrêt sur image. La petite fille gémit puis pousse un profond soupir. Elle détend et replie deux ou trois fois ses bras et ses jambes lentement, comme un nageur fatigué, puis ne bouge plus, son dos soulevé par son souffle.

La femme éteint sa liseuse. Elle se laisse aller contre le dossier et rejette sa tête en arrière. Elle aperçoit au-dessus d'elle, malgré le voile du smog, briller quelques étoiles. Elle se souvient de la Voie lactée qu'enfant elle a vue quelquefois en montagne, couchée entre ses parents, blottie dans leur chaleur, l'air frais soufflé sur eux par une brise silencieuse. Son père montrait les constellations, les nommant à voix basse, et son imagination se perdait dans la foison tremblante de la voûte tendue au-dessus d'eux, s'efforçant de former un dessin de toute cette lumière pulvérisée là-haut. Elle dormait peu ces nuits-là, curieuse de percevoir le glissement du ciel vers l'ouest, et elle prenait pour repère un sommet ou une crête derrière lesquels, à chaque fois qu'elle rouvrait les yeux, étaient montés des astres nouveaux, figés sous ses regards avides, et reprenant leur mouvement dès que le sommeil la saisissait encore. Elle était souvent déçue d'avoir manqué le point du jour, cette lente pâleur, mais se consolait en buvant son chocolat dans l'ombre bleue des pentes où la nuit se tassait encore sous les rochers.

— Je vais la coucher, dit l'homme.

Il prend la petite fille dans ses bras, baise ses cheveux. Elle grogne un peu puis s'abandonne contre lui, sa tête dans son cou.

La femme s'accoude au garde-corps. Le métal est encore tiède. En se penchant, elle distingue le ruban obscur du fleuve à l'étiage, depuis des semaines s'écoulant aux marées basses épais et brun comme du caramel, déposant sur les rives parfois des arbres morts qu'il n'a pas la force de porter jusqu'à la mer. Elle sursaute au hurlement soudain d'une ambulance qui traverse l'avenue en trombe ; ses gyrophares jettent tout autour de brusques paquets écarlates éclaboussant façades et chaussée. Le vacarme de la sirène s'éloigne, faiblit entre les immeubles, et la femme l'écoute jusqu'au bout, écho à peine perceptible, cherchant à apercevoir les éclats sanglants de son passage dans le quadrillage lumineux des rues. Elle se demande vers quel hôpital fonce le véhicule. Vers quel hall d'exposition transformé en centre de tri où les malades les plus graves sont gardés en observation le temps que leur état se stabilise ou que la maladie les emporte en une semaine ce qui, six fois sur dix, est le plus probable. On transfère alors ceux qui ont survécu et on leur administre le seul traitement disponible qui en sauve deux sur trois.

Près de cent millions de morts dans le monde à cause de ce virus en deux ans. Bilan officiel communiqué par les gouvernements, qui tous minimisent le nombre de victimes en affichant, chacun de son côté, les bons résultats de leur lutte contre la pandémie. Les ONG estiment qu'on peut multiplier par deux le nombre de décès. Des observations satellite montrent des centaines d'hectares de cimetières improvisés au cœur des forêts tropicales, des convois de camions transportant les corps vers des crématoires géants. On a tendu en travers du Congo, du Gange des filets pour récupérer les milliers de cadavres qu'y ont jetés des familles ou des proches épouvantés, terrassés par le deuil au fin fond de campagnes et de savanes, leurs populations en voie d'anéantissement, loin des hôpitaux et des dispensaires.

Depuis une dizaine d'années le taux de natalité s'est effondré partout, même en Afrique, même en Inde et l'on annonce au cours des dix années à venir une baisse plus rapide encore de la population mondiale.

Des coups de feu éclatent de l'autre côté du fleuve. De temps en temps, les gangs s'affrontent pour le contrôle du trafic de drogue et de la prostitution dans les bidonvilles ou les ghettos. Deux fois par an, la police et l'armée y pénètrent en force, appuyés par des blindés légers et des drones, et le calme revient pour quelques semaines après deux ou trois jours d'accrochages sanglants. Dizaines de morts. Un nombre indéterminé de blessés. On ne sait jamais vraiment. Combats diffusés en direct sur les chaînes d'information. Exode des habitants paniqués repoussés par la police, suffoquant sous les gaz, battus sauvagement, pour empêcher qu'ils se répandent dans le reste de la ville. On injecte des puces à ceux qu'on prend, enfants compris, pour que les capteurs couplés aux caméras de surveillance les repèrent et les traquent. Chaque jour, des dizaines sont arrêtés dans le centre-ville et ramenés dans leurs taudis.

La femme domine cette ville depuis ce balcon du quinzième étage et elle ne sait plus si ce panorama tendu d'éclairages n'est pas en train de devenir un décor trompeur, un artefact minutieusement construit comme un château de sable qu'effriteraient la chaleur et le vent pour le réduire en poussière. Ou bien un trompe-l'œil, une réalité virtuelle où s'agiteraient des joueurs qui ont déjà perdu. Un vieux film du début du siècle racontait l'histoire d'un monde virtuel, entièrement conçu et dirigé par une machine intelligente. Étourdie par ses pensées, elle tapote du plat de la main la bordure de béton sur quoi elle est appuyée et s'en veut de ce geste naïf, de ceux qu'on fait au sortir d'un mauvais rêve pour s'assurer en tâtonnant qu'on est bien dans la réalité, entier, vivant, innocent.

Elle secoue la tête pour se défaire de sa rêverie et se tourne vers l'intérieur de l'appartement. Une lampe éclaire un coin du salon d'une faible lumière tamisée de vert pâle par l'abat-jour.

– C'est bien ici et maintenant qu'il faut vivre.

Elle se surprend à sourire. Voilà que je parle seule comme une vieille femme. Contre un mur s'alignent quelques dizaines de livres. Elle en récite mentalement les titres dans l'ordre de leur rangement. Elle a envie d'aller en prendre un, de l'ouvrir, d'en lire une page ou deux, d'en éprouver le poids et de toucher l'encre du doigt, de s'étonner presque de ne pas voir danser le texte ou s'enfuir comme sur les écrans.

Elle fait un pas en avant, décidée à prendre au hasard le premier vers quoi sa main se tendra, quand tout s'éteint.

La ville derrière elle a disparu. La nuit répandue brusquement, épaisse et chaude, poix renversée. Tout s'est éteint.

Au fond de l'appartement, dans la chambre, la petite se met à pleurer.

– Rebecca ?

Voix étranglée de l'homme appelant au secours. Elle pense à un enfant apeuré dans le noir.

– Martin ? Ça va ?

Elle se précipite vers la baie vitrée, heurtant le fauteuil dans l'obscurité, se prenant les pieds dans un hochet qui grelotte. La petite fille hurle. L'homme tient au-dessus d'elle une lampe de poche dont il éclaire le plafond.

– Alice, mon cœur, maman est là.

La toute petite fille se débat, tend dans le noir ses poings minuscules. Elle hurle les yeux grands ouverts et sa poitrine se gonfle de son cri puis se vide et tout son corps alors se raidit, presque convulsif, puis hurle, hurle encore. Ce ne sont pas des pleurs, ça ne dit pas une douleur physique. C'est le hurlement d'une terreur.

Toute la nuit, dans la lueur tremblante de leurs lampes, ils tiennent entre eux, sur eux le petit corps d'Alice se débattant contre la nuit, se tordant par moments comme une suppliciée et les accablant de son cri, étouffé ou puissant, éraillé ou profond. Ils lui parlent à l'oreille, ils disent toutes les choses douces qu'ils savent, lui racontent des histoires rassurantes pleines d'animaux tranquilles et de forêts magiques et parfois, alors, elle se calme pendant quelques secondes, semble les écouter, fermant les yeux, puis recommence à pleurer, puis sa plainte enfle de nouveau comme s'ils n'avaient pu la convaincre, comme si leurs histoires pour enfants n'étaient déjà plus de son âge.

La fraîcheur d'un gant de toilette, un peu d'eau glissée d'un doigt entre ses lèvres, puisqu'elle refuse de boire, rien ne peut l'apaiser. Rebecca veut appeler un médecin mais les réseaux sont hors service. Martin songe à se rendre à l'hôpital mais les rues retentissent de cris et de vociférations, de sirènes d'alarme, parfois de détonations lointaines. La petite s'endort aux premières pâleurs du jour. Rebecca la couche dans son couffin, tout près du lit, une main posée sur son dos qui se soulève doucement.

Quand elle se réveille, Martin se tient au pied du lit, le bébé dans les bras, un biberon à la main. Derrière lui, s'engouffrant par la porte, le jour et l'air déjà chaud où traîne une odeur de feu. Il sourit à la petite, qui pose une main sur la sienne, tétant avidement.

– Bien dormi ?

Rebecca se tourne vers le réveil éteint, puis vers la fenêtre dont le volet roulant demeure baissé.

– C'est pas revenu, dit Martin. Plus aucun réseau ne fonctionne. Pas de téléphone, pas d'Internet. L'ordinateur ne se connecte pas. Il fait déjà 12 degrés dans le frigo. Les autres fois, c'est revenu.

– Qu'est-ce qui se passe dehors ?

– C'est comme lors du black-out de 48. Quelques points chauds, on dirait.

Rebecca sort du lit et vient poser un baiser sur le front de la petite, concentrée sur sa tétine. Tout semble aller bien. Alice lève les yeux vers son père et lui adresse un battement de paupières comblé.

Alice se rendort aussitôt sa dernière gorgée avalée et ils prennent leur petit déjeuner sur le balcon. Café froid, beurre mou, pain quasiment rassis. Seule la marmelade d'oranges amères, quoique tiède, est conforme à ce qu'ils peuvent en attendre. La ville est parcourue de sirènes. Police, ambulances, pompiers. Les hélicoptères volent avec une lenteur menaçante. Trois colonnes de fumée noire s'élèvent vers le fleuve.

Ils ne se parlent pas. Ils s'appliquent à leur rituel matinal, s'efforçant de faire comme d'habitude, avec des gestes précis, méticuleux, presque. Comme si rien ne se passait. Comme si tout allait bien.

Il y a des questions qu'ils ne se posent plus parce qu'ils connaissent les réponses comme on sait combien de secondes nous séparent de minuit en observant une trotteuse. Et depuis la naissance d'Alice, cet accident miraculeux, ils n'osent même plus parler entre eux de la situation parce qu'il leur semble que la petite les écoute, ses yeux et ses poings fermés, et refusera peut-être de quitter la douceur du couffin pour se mettre debout en ce monde et oser y faire le moindre pas. Un compte à rebours est enclenché, depuis des années, depuis que le point de non-retour climatique a été officiellement franchi en 2032, annoncé par une adresse solennelle du secrétaire général de l'ONU aux peuples du monde. Et ce compte à rebours, ce sablier se vidant qu'on ne retournera pas, s'effondrant en un tas de ruines pulvérisées, ils refusent d'en envisager le terme, puisque le temps, lui, ne finira pas. En eux, comme les éclats enfouis d'un diamant dans un trou, réside l'espoir qu'ils s'en sortiront, qu'une bifurcation inattendue se produira dans leur vie et rendra possible une évasion, et leur permettra de vivre le reste de leur temps à l'abri du désastre, discrets et frugaux comme des fugitifs.

Ils sont des millions et des millions à nourrir cette illusion ou cette espérance, mais ils affectent de croire qu'ils s'en sortiront seuls. Une porte s'ouvrira avant le mur barrant l'impasse et ils la claqueront au mufle des guerres et des pandémies, des ouragans et des canicules. Ils n'osent imaginer dans quelle contrée ils arriveront. Ils sont incapables de penser un autre monde que celui où ils sont nés, au milieu des années 20, alors que tout n'allait pas encore trop mal, avant les pénuries, les épidémies, les émeutes de la faim et de la soif, avant que des populations entières soient poussées à l'exode, avant les guerres du pétrole livrées par des robots dans l'invivable fournaise des déserts. Ils ont grandi dans la vieille Europe gouvernée par des autocrates déments, guerriers bornés, bouclée telle une forteresse, toute la misère du monde se pressant au pied de ses murailles barbelées gardées par des armes autonomes, se noyant dans des mers infranchissables, leurs canots chavirés, leurs esquifs coulés par les garde-côtes.

Ils ont fini par douter des récits que leur ont faits leurs parents sur ce monde d'avant et l'insouciance obstinée et fragile dans laquelle on pouvait encore vivre, avec l'espoir que les peuples se soulèveraient pour empêcher la survenue de l'irréversible chaos ; ils ont considéré peu à peu les films et les images du passé comme de chatoyants documents d'une époque révolue, peut-être même engloutie, disparue des mémoires dans un vortex du temps absorbant cette lumière fossile, à la manière d'un trou noir au fond de l'univers. Le passé ne sert plus à rien, l'avenir est impossible à concevoir. Ils s'accrochent au présent comme un alpiniste bloqué sur une corniche par le mauvais temps qui empêchera les secours d'arriver avec l'espoir qu'une faille s'ouvrira dans la montagne.

Ils ont désespéré, sans connaître le désespoir qui aurait pu les pousser à la révolte. Ils n'ont éprouvé aucune affliction dans ce monde affligé, surnageant comme les autres dans ce bain toxique. Ils ont eux aussi baissé la tête en feignant de croire que rien de grave ne leur arriverait.

Plutôt le déni que l'inquiétude.

Pourtant, ils tendent l'oreille aux bruits qui leur proviennent des rues, aux coups de klaxon, aux éclats de voix, aux appels. Ils se tournent souvent vers l'intérieur de l'appartement pour y percevoir un pleur ou un gémissement d'Alice et ils se laissent aller, rassurés, contre le dossier de leur chaise. Tout va bien. Elle a été nourrie, elle dort. Apaisée.

– Tout de même, cette nuit… dit Rebecca.

Martin hoche la tête, regarda l'heure sur son téléphone.

– Elle a dû avoir peur de toute cette obscurité.

– Mais tu as allumé ta lampe, on était là tous les deux, elle nous voyait, elle nous entendait ! Et pourtant elle a hurlé toute la nuit, jusqu'à ce que le jour se lève ! C'est pas du noir qu'elle avait peur.

Martin se lève.

– Il faut que je me prépare. Je vais être en retard.

Il ramasse sur la table les tasses et les couverts.

– De quoi veux-tu qu'elle ait eu peur ?

Il tourne le dos à Rebecca sans attendre sa réponse et entre dans l'appartement. Cliquetis et tintements dans l'évier. Elle veut dire quelque chose puis se ravise. Peur de tout ça, tiens. Cette panne, ce black-out, ajouté au reste. Elle a peut-être pressenti ce qui viendra, elle a peut-être compris ce qui se passe depuis vingt ans.

Rebecca se lève et se rend près du berceau. Alice dort sur le ventre, sa main posée sur sa bouche comme si elle allait étouffer un bâillement. Rebecca se penche et pose un baiser léger sur la joue chaude. Je suis là, ma merveille. Je serai toujours là. Elle consulte son téléphone dont l'écran s'éclaire inutilement et elle regarde, pour la première fois, les icones comme les hiéroglyphes ou les pictogrammes indéchiffrables d'une civilisation perdue. Elle se fait l'effet d'être une archéologue découvrant, dix-mille ans plus tard, cet appareil dans une tombe. Qui étaient donc ces humains enterrés avec cet objet magique encore capable d'émettre une lumière résiduelle ? Elle fiche dans son oreille un écouteur pour savoir à quel moment les réseaux se remettront à fonctionner.

Dans la salle de bain, Martin halète sous l'eau froide de la douche. Elle l'entend se sécher en soufflant, comme s'il luttait avec quelqu'un. Il sort de là nu, la peau encore luisante par endroits et cherche dans le placard de quoi s'habiller. Elle a envie de lui. D'une étreinte forte, rapide, là jetés dans les draps encore froissés du désordre de leur nuit. Elle attend qu'il se retourne et la regarde, lise dans ses yeux ce qu'elle cherche à lui dire et réponde sans un mot pour s'affaler avec elle sur le lit mais il ne la regarde pas, il semble même à Rebecca, à cet imperceptible raidissement de la nuque, qu'il affecte de ne pas changer d'attitude, sachant qu'elle le fixe, devinant sans doute ce qu'elle veut.

Elle se douche, il s'habille. Ils s'embrassent hâtivement au-dessus du berceau d'Alice. Rebecca ressent une tristesse étrange, furtive, qu'elle congédie en allant s'asseoir aussitôt à son bureau pour travailler. La batterie de l'ordinateur lui annonce cinq heures d'autonomie. Un jaguar l'attend au bord d'un fleuve, dressé, le cou tendu. Il semble la regarder. Zak. Elle a travaillé des semaines sur l'éclat, la profondeur de ce regard. Elle a créé Zak. Elle a inventé la puissance de son corps, la fluidité de ses mouvements. Du premier croquis sur papier jusqu'à sa naissance en 3D. C'est son animal familier. Féroce et si doux. Luttant pour préserver les lambeaux de forêt où les siens et lui ont trouvé refuge, aux côtés de quelques humains, traqués, acculés comme eux.

Elle zoome sur le regard hypnotique du fauve et ouvre les outils qui permettront de faire battre ses paupières, frémir son mufle, frissonner son pelage. C'est le dernier gros plan du film. Il faut qu'elle rende à Moussa cette scène colorisée, animée, avant ce soir. Elle a presque terminé. Le montage pourra commencer aussitôt.

Quand Martin ouvre la porte de l'appartement, la chaleur accumulée dans le couloir lui tombe dessus comme un voile rêche et puant, imprégné d'odeurs de cuisine, de sueur, de poussière et il se précipite dans l'escalier pour descendre au plus vite les quinze étages en espérant que dans la rue un peu d'air soufflera et dissipera ces effluves de draps sales.
Ciel blanc, aveuglant déjà, soleil pulvérisé diffusant partout sa chaleur. Martin s'éloigne dans des rues presque désertes aux magasins fermés, croisant quelques passants qui marchent vite, comme lui, surveillant l'écran de leur téléphone. Sur une place, un blindé de la police stationne en face d'un supermarché dont le rideau de fer a été arraché, gardé par trois hommes en tenue de combat, fusils en travers du torse, transpirant sous leurs casques et leurs cagoules. À leurs pieds gît un corps à côté d'un carton de victuailles renversé. Du sang a coulé de son crâne jusqu'au caniveau. Le trottoir est jonché d'emballages, de fruits et de légumes écrasés. La vaste vitrine brisée. N'en subsistent, accrochées aux huisseries, que des lames de verre en forme de couteaux, de sabres ou de couperets. Au-dessus du blindé le scanner de reconnaissance faciale tourne en bourdonnant. Un pickup noir s'arrête devant le magasin et en descendent deux hommes revêtus de combinaisons sanitaires qui enveloppent le cadavre dans une housse et le balancent à l'arrière du véhicule. Martin les entend échanger avec les policiers quelques mots dont il ne perçoit que les éclats de voix et de rire puis ils remontent à bord et repartent en trombe.
Comme il s'est arrêté pour observer la scène, il est mis en joue par un flic qui lui crie de circuler. Ce type peut l'abattre sans motif, sans sommation, et n'encourra aucune sanction. La loi a établi il y a quelques années, après le soulèvement

de 2034, que l'usage de son arme, létal ou non, relève du seul discernement du policier détenteur, au nom de l'autorité publique, d'une légitimité constante dans l'exercice de ses fonctions inscrite à la fois dans le code pénal et dans le statut des gardiens de l'ordre. Martin hausse les épaules puis lui tourne le dos et se remet en marche. Il sait que le flic le garde dans son viseur, le doigt sur la queue de détente, peut-être tenté de lui tirer dessus, et qu'il se justifiera plus tard en inventant un geste hostile quelconque dont ses collègues témoigneront la main sur le cœur devant la commission de régulation. Un drone apparaît par-dessus les toits et s'immobilise à une vingtaine de mètres de Martin. C'est un triangle gris de deux mètres d'envergure équipé d'une caméra et d'une arme autonome. Martin presse le pas, quitte la place par une petite rue aux volets tous clos, et l'appareil s'éloigne avec une plainte aiguë.

Les gens sortent peu à peu, les yeux toujours rivés à leurs écrans inutiles. De petits groupes se rassemblent aux coins des rues, à l'ombre, et parlent à voix basse de la panne en regardant autour d'eux d'un air inquiet ou méfiant par-dessus leurs masques sanitaires et ils se dispersent dès qu'une voiture de police approche, roulant au pas, ses occupants invisibles derrière les vitres teintées.

Martin marche dans l'hébétude de cette ville éteinte et de son propre esprit vide et ralenti, incapable d'anticiper, d'imaginer quoi que ce soit. Il avance pas après pas, sans autre but, sur un sol qui lui semble élastique et mou par endroits, comme une piste d'athlétisme en train de fondre, absorbant le bruit de sa marche. Il n'évolue pas dans le silence mais au milieu d'une foule de bruits étouffés se pressant derrière un épais vitrage.

Il pense à Rebecca et Alice. Il a envie d'appeler, portant la main à son téléphone, mais la situation lui revient avec un pincement au cœur. Il les sent loin, peut-être hors d'atteinte, et doit s'obliger à constater qu'il s'en va travailler, comme chaque matin, à pied, suivant son itinéraire quotidien, immuable, mais tout lui semble désormais différent, irrémédiablement dangereux, bouleversé par un lent basculement que plus rien ne saurait empêcher. Pourtant les immeubles se dressent toujours bien droits et les rues tracent toujours leurs perspectives de fuite, le ciel blanchissant et brûlant là-dessus tel un couvercle d'acier. Il se hâte, court presque, tressaille au passage assourdissant d'un convoi de police fonçant toutes sirènes hurlantes et gravit à bout de souffle la rampe menant à la passerelle piétonne qui enjambe la voie rapide. Il fait une pause au-dessus du ruban d'asphalte quasi désert, de ses relents d'huile surchauffée et de goudron, et consulte tout de même son écran, sans illusion ni surprise.

Des blocs grisâtres se dressent au bord de l'autoroute derrière un mur antibruit planté au sommet d'un talus d'herbes sèches et d'arbres morts. Au pied des immeubles, des étendues de terre battue évoquent d'anciennes pelouses désormais encombrées de carcasses de voitures et d'appareils électroménagers d'où surgissent parfois des enfants qui filent à quatre pattes, poussant des cris, se poursuivant, disparaissant dans un compartiment moteur ou bondissant de toit en toit dans un vacarme creux de tôle frappée. Dépassant du hublot d'un lave-linge, la tête chauve d'un enfançon brame et grimace affreusement. Il disparaît en glapissant et Martin aperçoit son corps minuscule, blanc et nu comme celui d'un coq plumé, cavaler à la poursuite d'un chat. Des femmes s'interpellent d'un balcon à l'autre, en train d'étendre du linge ou de vider un seau d'eau sale. Des tambours cognent au fond des appartements, des voix brament des chants indistincts par les fenêtres béantes parfois dénuées de vitres ou bouchées avec du contreplaqué.

Le dispensaire est un bloc de béton aux fenêtres toutes armées de barreaux, surveillé par trois caméras à reconnaissance faciale. Une file d'attente d'une soixantaine de personnes s'étire sur le trottoir. C'est le jour de la vérification et du renouvellement des droits à l'aide sociale. Une fois par trimestre les allocataires doivent fournir des preuves de leurs recherches d'emploi et du niveau de leurs ressources. Ceux qui ont travaillé plus de trente heures lors des trois derniers mois gagnent en proportion des points versés sur un compte personnel d'emploi qui leur donnera droit, le mois suivant, à des bons d'achat ou une prime ajoutée à leur allocation. Les gens s'abritent du soleil sous de grands parapluies ou des chapeaux de paille délabrés, pieds nus dans des sandales de toile, s'éventant avec des feuilles de papier ou des bouts de carton. Autant de femmes que d'hommes. Jambes décharnées, épaules affaissées, ventres proéminents. Visages creusés, peaux froissées, yeux rougis, larmoyants. Bouches édentées. Martin les voit se succéder en face de lui, de l'autre côté de la vitre, et il s'étonne toujours qu'on puisse laisser ainsi, malgré la pauvreté, son corps se défaire, se délabrer comme un immeuble à l'abandon. Il a envie parfois de leur dire de restaurer un peu leur dignité, il lui arrive de le suggérer aux moins abimés, ça commence par le regard que portent les autres sur vous, pensez-y, ça peut servir pour décrocher quelques heures de travail, et même pour attirer moins l'attention de la police. Ne perdez pas courage.

Pour l'instant, ils sont tous silencieux, immobiles sous le regard du garde armé campé devant la porte, indéchiffrable derrière ses lunettes noires.

Martin les connaît presque tous. Beaucoup manquent à l'appel, fauchés par l'épidémie qui ravage les quartiers populaires, mais ils sont toujours aussi nombreux à venir prétendre à leurs droits ou réclamer leur dû. La plupart sont arrivés à l'aube pour s'assurer d'être reçus et servis. C'est aussi le jour de distribution des bons d'alimentation et de l'indemnité de solidarité et chacun sait qu'il n'y en aura pas pour tout le monde. Les guichets ferment à 11 heures. Il s'agit d'obliger les ayants droit à se lever tôt pour mériter les secours qu'on leur octroie.

La panne rendra les procédures plus compliquées, les ordinateurs sur batteries mais les réseaux interrompus, et les échanges plus pénibles avec quelques-uns, toujours les mêmes, qui ergotent à chaque fois sur leurs droits, le montant de leur allocation ou l'apport calorique imposé par leur dossier médical. Ceux-là profiteront de la confusion pour demander qu'on révise leur situation ou qu'on rectifie une erreur commise à leur détriment. La journée sera longue. Et dans l'après-midi auront lieu les rendez-vous d'évaluation personnelle, entre cris de rage et larmes de désespoir.

Martin rentre la tête dans les épaules à cette pensée alors qu'il longe la file d'attente, les yeux baissés, arborant une expression soucieuse, pour éviter de croiser quelques-uns de ces regards fatigués, impatients, avides peut-être, qui cherchent le sien pour établir un contact comme on tend la main pour recueillir une obole. Des voix marmonnent. Grognent. Des gorges s'enrouent. Une mauvaise toux cause dans la file un remuement qui soulève sous les pieds un peu de poussière. Martin contourne le bâtiment et rejoint l'entrée du personnel. Il tape le code et les verrous claquent, et la porte de fer émet son habituel gémissement quand il la pousse.

Dans le clair-obscur des volets à demi tirés, la chaleur de la veille stagne encore, confinée dans des relents de produits de nettoyage, parfums frelatés de lavande et de citron qui irritent la gorge et arrachent à quiconque vient du dehors des raclements ou des toux sèches. Martin s'approche de ses cinq collègues, rassemblés devant la fontaine d'eau, près d'une fenêtre ouverte. Il respire à fond, essayant d'expulser le nœud étouffant logé dans sa poitrine depuis qu'il a refermé derrière lui la porte de l'appartement. Il avale un gobelet d'eau tiède et demande aux autres s'ils savent ce qui se passe. Non, ils ne savent rien et se contentent d'émettre des hypothèses, relayant des rumeurs entendues çà et là. Il paraît que l'hôpital Saint-André n'a pu faire démarrer ses groupes électrogènes. On dit qu'une trentaine de malades sous assistance respiratoire sont morts. C'est partout la sidération, dans tout le pays pratiquement paralysé. On parle de l'arrêt d'urgence d'une centrale nucléaire qui aurait provoqué une chute d'intensité sur le réseau et un délestage général. On parle aussi d'une série d'attentats sur des parcs éoliens, d'une cyber-attaque qui aurait détruit les interconnexions des réseaux d'électricité et neutralisé les gros data centers.

On parle. On entend dire. On ne sait rien.

Ils disputent à perte de vue sur la situation aggravée. La veille, en une journée, le nombre de contaminations par le virus a bondi de 10 %. Et cette nuit, des pillages en ville. Des coups de feu. Tous les ont entendus. Martin évoque le blindé qu'il a vu devant le supermarché dévasté, l'homme mort, le sang répandu, les employés de l'hygiène publique venus enlever son corps, le jetant comme un paquet à l'arrière d'un pickup. La police a sans doute été obligée de tirer.

Obligée ? ironise Morgane, qu'entre eux ils appellent « la vieille », toujours prompte à invoquer la démocratie, les droits humains et à dénoncer les inégalités et l'arbitraire.

Martin regrette aussitôt ses propos mais n'en dit rien. Il ne veut pas voir la vieille enfourcher ses grands chevaux et charger les moulins à vent, si bien qu'ils s'éparpillent, chacun s'installant derrière la vitre blindée de son guichet.

Une bousculade se produit dès que la porte est ouverte et le gardien doit utiliser sa matraque électrique et un aérosol au poivre pour séparer les quatre femmes qui se battent. Un fourgon de l'agence de sécurité arrive en renfort et le calme revient. Les gens se sont éloignés de la rixe et demeurent immobiles et muets pendant que les vigiles plaquent les femmes au sol et leur attachent les mains dans le dos avant de les balancer dans le fourgon. On leur inflige une pénalité sous forme d'une retenue sur leur allocation qu'elles ne pourront percevoir que le mois prochain puis on les reconduit chez elles. La « vieille » Morgane insiste pour qu'au moins les bons d'alimentation leur soient remis. Martin approuve en silence cette mesure de clémence : trop de sévérité à l'égard de ces populations ne fait qu'aggraver leur ressentiment et les marginalise davantage.

La matinée s'écoule, lente et pénible, dans une chaleur étouffante faute de climatisation, au rythme des recherches compliquées sur les ordinateurs sans connexion extérieure et du défilé des allocataires qui viennent s'asseoir lourdement, épuisés par leur attente en plein soleil, pour réclamer ou se plaindre le plus souvent. Martin répond à peine à leur bonjour essoufflé, feignant de feuilleter un dossier, appliquant ainsi les consignes qui recommandent aux contrôleurs sociaux de garder leurs distances et d'exprimer le moins d'empathie possible à l'égard des usagers. Quand il lève les yeux vers eux il sent aussitôt leurs regards peser sur lui, lourds d'une attente trop longue après une aide promise qui ne vient toujours pas, lourds de méfiance, d'hostilité, de résignation, de fatigue. Ils n'espèrent plus mais ils patientent, et Martin sait bien que cette patience est celle du cheval qui ronge son frein, et il songe à une foule arrêtée dans sa marche, murmurant face à des mitrailleuses le décompte au terme duquel, malgré les tirs, et la peur, et les morts, elle se lancera à l'assaut. Des événements de ce genre se sont déjà produits à la fin des années 30 et récemment encore, il en a vu les images, en Chine, en Russie, en Europe occidentale : Manchester, Turin, Düsseldorf, Séville, Bordeaux. Et Boston et Santiago. En Amérique aussi, du nord au sud. Des foules immenses, qui se savaient pourtant vaincues d'avance, submergeant les rues, s'emparant de quartiers entiers, déambulant au milieu des incendies, proclamant des républiques, des communes que les pouvoirs laissaient s'enliser pendant quelques semaines, ravitaillement et électricité coupés, avant de lancer leurs drones, leurs hélicoptères de combat, puis d'engager des blindés autonomes et des troupes au sol. Des milliers de morts, des massacres diffusés par toutes les chaînes vidéo du monde qui, loin de susciter indignation, solidarité et révoltes, plongeaient les opinions publiques dans une stupeur terrorisée.

Martin s'est laissé aller à une certaine sympathie pour ces insurrections car ce monde en déséquilibre permanent ne tenait plus debout que sur la pauvreté du plus grand nombre, gardienne d'un ordre instable. « Maintenons-leur le nez dans l'écuelle, ils ne relèveront pas la tête », avait déclaré un jour la présidente devant des micros qu'elle croyait éteints. « Bien sûr, il faut veiller à ce qu'elle ne soit jamais vide, et nous y pourvoyons. » Mais le soutien indigné de Martin avait assez vite laissé la place à une angoisse sourde, d'abord, devant l'éventualité d'un désordre plus grand encore, comme une mutinerie déclenchée à bord d'un navire en plein naufrage par gros temps. Il fallait faire confiance aux officiers du bord et s'accrocher en espérant des jours meilleurs et surtout en sauvant sa peau, chacun la sienne.

Ils ont là-dessus avec Rebecca de sévères disputes qui les éloignent l'un de l'autre pendant plusieurs jours, parfois des semaines, et la dernière a failli les séparer pour de bon. Mais Alice s'est annoncée et ils ont retrouvé un but commun et des liens profonds se sont noués, animaux, presque, d'une sorte nouvelle, où se mêlaient le bonheur émerveillé de cette vie qui venait, tellement inattendue, et la peur de la voir éclore et grandir dans ce monde-là. Ils ont alors su quel combat ils avaient à mener ensemble en croyant avoir deviné, pour accompagner leur petite fille, un étroit sentier vers un futur qu'ils avaient longtemps cru sans avenir.

Martin repense à tout cela dans la fournaise du début de l'après-midi. La panne s'éternise. Parfois, il croise le regard d'un ou d'une collègue et y lit sa propre inquiétude et les questions sans réponses qu'il se pose. Il pense à Alice et Rebecca et se demande ce qui le retient de tout laisser et de partir les rejoindre. D'habitude, il téléphone ou envoie trois ou quatre fois dans la journée des messages et Rebecca répond avec une photo de la petite ou trois mots accompagnés d'une image animée. Le temps alors passe plus vite, les échanges avec les « clients » deviennent moins pénibles. Mais à présent son téléphone inerte posé là, elles lui semblent loin de lui, hors de portée, livrées à tous les dangers.

La sueur le colle à travers sa chemise au dossier de son siège pendant que les gens s'asseyent de l'autre côté de la cloison de verre et cherchent dans leurs affaires la carte d'allocataire contenant tout leur dossier ou bien, à défaut, en extirpent des liasses de feuilles écornées, froissées, tachées qu'ils essaient de reclasser en soupirant, en s'excusant, en jurant entre leurs dents contre cette paperasse et ceux qui l'ont générée.

— Vous croyez que ça va durer longtemps ?

Martin lève les yeux de son écran d'ordinateur et aperçoit, très droite sur la chaise dont on pourrait croire l'inconfort étudié pour dissuader les usagers de s'y attarder, une jeune femme aux cheveux courts, teints en blond, qui a planté ses yeux bleu ciel dans les siens. Sa peau, sombre et dorée, luit de sueur. Noémie Kanté. Née le 11 mai 2022. Sa photo apparaît sur l'écran. Yeux noirs, cheveux rouges.

— La panne, je veux dire. D'habitude on est prévenu, et les délestages se font par zones, non ? Cette fois-ci ça dure, vous trouvez pas ? Il paraît que c'est un attentat. Que c'est comme ça partout en Europe. Les gens disent qu'il n'y a plus assez de monde pour réparer à cause de l'épidémie. C'est vrai vous croyez ?

Martin hausse les épaules et répond qu'il n'en sait rien, que les gens non plus n'en savent rien et racontent n'importe quoi. Il lui demande si cela l'inquiète.

Elle répond que non. Elle dévisage Martin avec un demi-sourire, peut-être narquois, qu'il renonce à interpréter.

Martin revient au dossier : vingt-six ans, deux enfants. Sans emploi régulier.

– Je vois que vous avez travaillé moins de vingt heures en mai et juin. Vous pouvez m'expliquer ?

Il a parlé durement et le regrette aussitôt. La femme s'est raidie sur sa chaise.

– Vous expliquer quoi ? Vous croyez que le travail ça se trouve en claquant dans ses doigts ?

Seize heures de travail. Entretien des toilettes de l'aéroport, blanchisserie de l'hôpital provisoire installé dans le Grand Stade. Deux journées à la morgue du parc des expositions. Des missions à la demi-journée.

– Vous avez fait quoi à la morgue ?

– J'ai lavé les morts. On les rince au jet d'eau puis on les asperge de désinfectant. Ensuite, d'autres les emballent dans des housses, puis on les entrepose dans des chambres froides. C'est du vrai bon travail, ça, non ? Ça devrait compter double, vous croyez pas ? Parce qu'il fait chaud, dans la combinaison de sûreté. Et puis, vu la situation, c'est un boulot d'avenir. On m'a dit qu'on me confierait d'autres missions. Vous voyez, je fais des efforts. Et si ça se trouve, les morts m'aiment bien.

Elle parle d'une voix posée, les yeux baissés vers ses mains dont les doigts se croisent et se démêlent sans cesse. Martin a vu des images des files d'attente des familles venues dire un dernier adieu à un parent avant que le cercueil en carton soit fermé et transporté aux crématoires, où des cérémonies sommaires sont organisées, mais jamais il ne s'est demandé ce qui peut bien se passer dans ces morgues géantes, ni qui s'occupe des centaines de corps morts que chaque jour dans la ville produit l'épidémie, travailleuse imperturbable en son usine planétaire. Les morts, pour lui, sont des chiffres, des bilans chaque soir publiés par l'État, 200, 300 millions dans le monde depuis deux ans, soustraction sans fin qui accélère la décroissance de la population humaine amorcée à la fin des années 30. Adolescent, il a refusé de voir, même à travers une vitre, les corps de ses parents fauchés par la grippe de Prague en 41 et n'a jamais voulu emporter l'urne contenant leurs cendres, endurci brusquement par un intraitable désespoir.

Et aujourd'hui se tient en face de lui quelqu'un qui a touché, lavé, préparé des cadavres et les mains qui se tordent sur les genoux de cette femme ont éprouvé leur poids, la souplesse de leur peau, la dureté anguleuse de leurs corps amaigris, l'épaisse flaccidité de leur graisse, et ces mains de femme pauvre lui paraissent soudain souillées par une impureté rédhibitoire, leurs doigts s'enlaçant dans une étreinte malsaine.

Il frissonne de dégoût, de peur, peut-être, comme si elle était porteuse d'une malédiction, et il bouge sur son fauteuil pour décoller du dossier sa chemise trempée de sueur. Il décide de congédier la femme en lui accordant une ration hebdomadaire supplémentaire, renouvelable quatre fois. Il fait glisser vers elle son carnet d'alimentation et elle signe de l'index sur le pavé tactile. Vert. Empreinte digitale identifiée.

Une fois debout, derrière sa chaise, elle le considère durant de longues secondes en hochant la tête. Elle est grande, mince, belle.

Il voudrait qu'elle s'en aille. La beauté de cette femme ici. Déplacée. C'est si rare.

Quoi encore ?

Martin récapitule son dossier : elle réclame depuis plus d'un an, depuis la naissance de son deuxième fils, une augmentation de son allocation. Elle sait que la loi ne le permet pas en deçà d'un revenu minimum : n'avoir que les enfants qu'on est en mesure de nourrir et d'élever convenablement. Loi du 22 avril 2035 relative à la protection sociale de l'enfance, complétée d'une dizaine de décrets concernant la responsabilisation des parents et la surveillance du cadre éducatif. Martin le lui a déjà expliqué. Martin se lasse de devoir redire toujours les mêmes choses à des gens qui s'imaginent avoir des droits quand ils ne remplissent pas leurs devoirs. Il s'est débrouillé pour attribuer à cette femme quelques bons d'achat supplémentaires et a obtenu que la commission médicale revoie à la hausse ses quotas d'apports caloriques après qu'on a constaté son état de malnutrition. Il a fait tout son possible. À elle de prendre sa vie en main et de faire les bons choix.

Il l'assure que son allocation sera virée sur son compte dès que les choses rentreront dans l'ordre. Il affecte de se replonger dans la consultation de son écran mais elle ne bouge pas, statue dressée dans l'air chaud sous le ventilateur arrêté.

– Dans l'ordre, répète-t-elle.

Il lève les yeux vers elle. Elle sourit tout en rangeant ses affaires dans son petit sac à dos.

– Vous appelez ça l'ordre, vous. Moi, je préfère le désordre, justement. Ce qui est en train de se passer. Ce qui arrive. Vous attendez que les lumières se rallument, moi je veux que tout reste dans le noir. Enfin le chaos. La fin de ce monde.

Elle a parlé calmement, avec un sourire doux, les mains accrochées au dossier de la chaise trahissant sa colère ou sa peur. Un homme s'impatiente derrière elle, un petit enfant presque nu serré contre lui, son bras autour de sa jambe, tétant un biberon d'eau. La femme se retourne vers lui et s'excuse.

– Le chaos, dit-elle. Enfin on y est. Pour toi, dit-elle en se penchant vers le petit.

L'enfant lève vers elle un regard timide, brillant dans son visage creux. Elle lui caresse la joue puis marche vivement vers la sortie, et Martin voit sa fine silhouette fondre dans la blancheur aveuglante de la porte ouverte.

Il sort dans le feu de la fin d'après-midi. Derrière lui, ses collègues disputent encore des causes de la panne et de ses conséquences possibles, émettant des hypothèses, relayant des rumeurs qui circulent depuis des semaines sur le déclenchement imminent d'une cyber-guerre couplée avec une attaque bactériologique. « C'est notre monde qui se fait la guerre à lui-même, répète la vieille Morgane. Depuis cinquante ans on sait que ça va se casser la gueule. Nous y sommes. Il est sans doute trop tard. » Les autres, comme toujours, ne répondent rien et tous se dispersent avec des au revoir hâtifs. Des files d'attente s'étirent sur les trottoirs devant les magasins qui ont pu ouvrir. On parle à voix basse, on s'évente avec un chapeau, une feuille de papier ou bien une main inutile. On boit de l'eau à une bouteille sortie d'un sac, les yeux fermés, sous l'œil assassin de ceux qui n'ont rien prévu, qui ont oublié. La chaleur maintient la foule à l'ombre comme un troupeau craintif et personne ne franchit la ligne aveuglante sur laquelle le soleil monte la garde. Devant un petit supermarché, deux vigiles armés filtrent les entrées. Les gens repartent avec des cabas et des sacs pleins, titubant parfois sous le poids des produits qu'ils ont décidé de stocker. De jeunes vendeurs à la sauvette, en haillons, échappés des camps de rétention, traînent de grosses glacières sur des diables et proposent de l'eau fraîche et quelques fruits à des prix prohibitifs. On les paie en les injuriant, leur reprochant de profiter de la misère du monde, et parfois un homme jaillit de la file et les chasse à coups de pied.

Martin presse le pas. Quelques voitures passent en bourdonnant, leurs conducteurs invisibles derrière les vitres fumées. Un hélicoptère fonce vers l'est. Martin distingue, appuyé sur les barres d'atterrissage, un soldat assis au bord du vide dans l'ouverture de la porte béante, une arme puissante entre les mains. Par la trouée d'une avenue, il voit deux autres appareils en vol stationnaire au-dessus du quartier construit dans les années 20 sur les rives du fleuve. Des grenades fusent des appareils en traçant des arcs de fumée dans leur sillage. On entend des détonations sourdes. Il fut un temps où Martin y serait allé voir pour prendre quelques photos, s'avancer au plus près des affrontements. Il ne pensait rien de ces manifestations, doutant parfois de leur légitimité, mais il éprouvait à cette époque une sympathie instinctive pour tous ceux qui osaient affronter la police qu'on avait investie de pouvoirs démesurés. Ces révoltes sans lendemain ni projet témoignaient pour lui d'une vitalité de la société assommée par les épidémies, les pénuries, paralysée par les contraintes de la survie et les replis égoïstes.

Les riches toujours plus riches, plus âpres au gain, plus arrogants, plus cyniques.

C'est dans une rue en feu qu'il a rencontré Rebecca, masquée, casquée, sac à dos rouge aux épaules, qui soignait avec deux autres, sur le parvis d'un grand magasin, un type à la joue arrachée par une balle en caoutchouc. Il avait aidé l'équipe de secours à emmener le blessé plus loin dans le reflux de la foule chassée par les gaz et les explosions.

Ils ont passé la nuit ensemble. Et toutes les nuits et les journées depuis.

Il hésite au coin de l'avenue. Il lui semble que rien ne sera comme avant. Cette intuition lui fait battre le cœur d'effroi ou d'exaltation, il ne sait pas bien et ne cherche pas à savoir.

Cette panne. Jamais on n'en a connu de si longue, de si étendue. L'électricité, les réseaux. Tout ce qui tient encore à peu près debout des sociétés chancelantes. Les éoliennes, les centrales solaires sont déconnectées. Tout ce qui fonctionnait encore sur batteries s'arrêtera dans quelques heures. Quelques panneaux permettront de recharger deux ou trois appareils, téléphones ou ordinateurs, mais à quoi bon quand il n'existe plus de connexion ? Bien sûr, les sites stratégiques, les lieux de pouvoir seront alimentés par des groupes électrogènes.

Bien sûr les hôpitaux. Peut-être les immenses chambres froides où sont conservés les milliers de corps tués par le virus chaque jour. La pénurie d'énergie, chronique et généralisée depuis une quinzaine d'années, ainsi que le manque de personnel dû à l'hécatombe obligent les autorités à décider des délestages, mais ils sont le plus souvent planifiés et ne durent que quelques heures. Mais aujourd'hui, la nuit tombe sur le siècle. Il sait qu'on en est au crépuscule et qu'aucun soleil ne fera se lever d'aube.

Cette évidence le frappe comme un coup de poing en pleine face et il doit s'arrêter pour encaisser le choc. Il est devant la grille baissée d'une vitrine et il distingue, quadrillée d'acier, sa silhouette sombre, voûtée. La sueur l'inonde. Ses jambes tremblent. Autour de lui, les gens vont et viennent avec une lenteur, une pesanteur qu'il n'avait jamais remarquées. Oui, quelque chose accable soudain ces milliers d'épaules, un poids qu'on s'efforçait jusque-là de porter dignement, comme si de rien n'était. Il repense à la terreur qu'a hurlée Alice toute la nuit, à ce que Rebecca en a deviné. Il fait volte-face pour aller les rejoindre et les serrer contre lui pour que leur vie reprenne son cours normal. Il regarde l'heure. Il est sorti plus tôt, il a un peu de temps pour marcher et faire se dissiper son malaise. Loin, par-dessus les immeubles, retentissent les détonations et les clameurs de l'émeute.

J'étais là quand tout a vraiment commencé à finir.

On crie derrière lui. Une cinquantaine de femmes et d'hommes, casqués, masqués de foulards, armés de manches de pioches ou de barres de fer, ont surgi au milieu de la chaussée. La rue s'est figée sur leur passage. Ils poussent des cris aigus, ils vocifèrent d'indistinctes colères. Ils s'engouffrent dans l'avenue en rangs serrés, soudain silencieux.

Martin est pris d'un vertige. Il secoue la tête pour se défaire de son étourdissement. La sueur coule sur sa figure, dans ses yeux. Le sang bat à ses tempes, menaçant de l'assommer.

Il fait quelques pas hésitants puis décide de suivre la cohorte furieuse.

Ils marchent vite, à l'ombre des immeubles dans la chaleur qui rayonne du macadam et du béton. Ils brisent parfois les vitres des voitures en stationnement, arrachent à coups de pied des rétroviseurs. Certains essaient de forcer les grilles ou les rideaux de fer des magasins restés fermés et en fracassent la vitrine quand ils y parviennent.

Par réflexe, Martin lève les yeux vers les caméras de surveillance, leurs globes éteints luisant au soleil. Nulle sirène d'alarme. Seulement les cris de joie de cette horde et le boucan des détonations qui grossit et rebondit contre les façades de l'avenue.

Soudain, sous une nuée de gaz, la perspective s'obscurcit du remuement d'une foule qui court vers lui. Martin la voit déferler, dense et sombre, précédée d'un tumulte de cris. On dirait un de ces mascarets géants qui remontent le fleuve aux grandes marées, grondant et soufflant, et qui submergent les bas quartiers de la ville. Un hélicoptère apparaît au-dessus des immeubles et largue trois grenades qui explosent en touchant le sol dans un vacarme assourdissant. La nappe humaine se disloque, parcourue d'ondes brutales qui projettent les corps les uns contre les autres. Le groupe de furieux devient un bloc qui s'enfonce dans la masse humaine avec un mugissement. Martin court à leur suite. Les gens s'écartent à leur passage et il sent le frottement des bras et des épaules sur lui, des mains se tendent, effleurant sa figure. De tous ces corps se pressant et se bousculant montent une chaleur moite et des odeurs fortes de sueur et d'urine comme s'il pénétrait dans un cachot surpeuplé. Il se rappelle les baraquements de l'immense camp de rétention situé à une quinzaine de kilomètres de la ville quand, des années plus tôt, ses collègues et lui sont allés recruter, en échange de titres de séjour provisoires, des travailleurs pour la construction des digues qui devaient protéger la ville des débordements du fleuve lors des marées hautes. La puanteur les a heurtés, compacte, et Martin a eu l'impression qu'elle se collait à lui, tapissant sa gorge et imprégnant ses vêtements.

Il continue de progresser à contre-courant dans cette marée humaine et il croise des visages affolés ou sanglants, des blessés qu'il faut soutenir, brûlés par les billes de plastique fondu qu'ont projetées les grenades en explosant. Comme il approche de la place où se produisent encore des affrontements, la foule se fait moins dense. Il débouche sur la vaste esplanade enfouie sous des nuages de gaz et des paquets noirs des fumées d'incendies, dominée par trois immeubles blancs énormes, aux lignes brisées, aux façades obliques qui s'offraient, aveuglantes, au soleil déclinant, semblables à des pyramides fracassées, construites elles aussi au bord d'un fleuve limoneux dont les crues dévalent des montagnes noyées de pluie pour venir se heurter aux hautes eaux de l'océan.

Le groupe qu'il a suivi disparaît dans l'épaisseur suffocante et il se trouve perdu et seul, haletant, les yeux brûlés, toussant et crachant. Il aperçoit plus loin, sur le parvis de la préfecture, une bataille confuse hérissée de matraques et de gourdins. Des corps s'effondrent, aussitôt battus au sol et piétinés. Éclate parfois une explosion qui ouvre dans la mêlée un trou aussitôt comblé par une nouvelle ruée. Il est jeté au sol par un type qui le bouscule en jurant et il ne voit plus, en se relevant, que des ombres courir en tous sens et passer près de lui en criant. Des cris de rage ou de détresse semblent leur répondre, demandant de l'aide, donnant des consignes d'assaut ou de retraite. Des coups de feu claquent et aussitôt des gémissements, d'autres cris montent du brouillard jaunâtre que brasse parfois un peu de vent. Martin se baisse, fait quelques pas courbé en deux, désorienté, quand quelqu'un le saisit par le bras. Il distingue à travers ses larmes la silhouette d'une femme, le visage perdu dans un masque à gaz, qui l'entraîne à l'abri d'un fourgon de police renversé. Il trébuche et tombe à genoux près d'un homme adossé au toit du fourgon, en état de choc, du sang ruisselant du haut de son crâne jusqu'à son menton qui regarde fixement devant lui, les yeux pleins de larmes.

Une clameur s'élève derrière eux. Trois rafales d'armes automatiques claquent. Deux balles frappent la carcasse du fourgon comme deux coups de marteau. Toute une foule effrayée se disperse dans une confusion de grondements exaspérés et de geignements de douleur, portant, traînant ses blessés. Un homme coiffé d'un casque rouge est projeté en avant, fait trois pas puis tombe à plat ventre. Ses jambes et ses bras s'agitent comme s'il essayait de nager sur la dalle de béton, puis il ne bouge plus.

Martin se recroqueville, la tête entre les mains. La peur le tient et l'enserre dans sa gangue. Il ne tremble ni ne frissonne. Il respire à peine. Il s'efforce de respirer. Il ne pense plus. Il écoute son corps peut-être déjà mort. Il cherche en lui des preuves de vie.

Des coups de feu retentissent toujours, intermittents, et des gens s'abattent brusquement ou tournoient avant de tituber puis de s'affaler comme des danseurs ivres.

La femme se redresse.

– Il faut qu'on bouge d'ici.

Sa voix est assourdie par son masque, écrasée par le fracas des tirs et de l'hélicoptère qui tourne au-dessus de l'esplanade. Elle tend la main au blessé, l'exhortant à se lever, et l'homme la regarde avec effarement, remuant la tête avec lenteur, tout son corps secoué de tremblements. Elle essaie de lui prendre le bras mais il se débat et marmonne son refus. Elle dit « Tant pis » et fait signe à Martin de la suivre et il court derrière elle dans la chaleur étouffante de la nuée toxique. Ils sont des dizaines à s'enfuir en se bousculant dans cette atmosphère opaque, les yeux brûlés par les gaz, poursuivis par les balles, chacun enfermé dans sa propre terreur.

    Il croit qu'on lui a donné un coup de coude dans la mâchoire et trébuche, se rétablit sur ses jambes et peut faire encore cinq ou six pas avant de s'effondrer, la moitié droite de la tête mordue par la douleur. Il se trouve étendu sur le flanc, le bras coincé sous lui et il voit du sang couler par terre et se répandre et il comprend que c'est le sien et, portant sa main à son visage, ses doigts touchent de la chair mouillée et de l'os alors il hurle mais sa gorge encombrée de glaires et de sang l'oblige à tousser, cracher, dégueuler quelque chose d'épais dans quoi roulent quelques dents alors il s'appuie sur ses bras et tente de se remettre debout et retombe puis il se sent soulevé et porté, parmi les spectres qui cheminent autour de lui, parmi leurs cris, leurs grognements, leurs éructations, et quand enfin le ciel bleu réapparaît au-dessus de lui, quand la ville se dresse de nouveau avec ses immeubles plongés déjà dans l'ombre, il appelle Rebecca, mais sa bouche n'est plus capable d'articuler quoi que ce soit. Alice, essaie-t-il encore de dire, et à ce moment-là la douleur est si intense qu'il pense qu'une partie de son crâne s'arrache comme une casquette soulevée par le vent et tout devient noir et son corps ne lui appartient plus et son esprit s'éteint où ne brille plus que le nom de celles qu'il quitte.

3

Le grondement du moteur le réveilla. Le claquement de la porte et la voix de Marceau les appelant à se lever l'arrachèrent à son lit. Il ramassa ses vêtements éparpillés par terre et les enfila, se tordant et gesticulant en vain pour se hâter. Il enfila des chaussures de toile et dégringola l'escalier. Au bas des marches il trouva Nour un fusil automatique à la main. Elle le poussa doucement vers la table où Marceau disposait les armes. Une torche était allumée, posée sur une étagère et ils n'étaient plus dans cette clarté blanche que des ombres inconsistantes.

– Prends ça.

Son père lui tendit un pistolet.

– Quinze coups. Gaspille pas.

Clara chargeait le fusil à pompe. Léo s'approcha d'elle, chercha son regard, lui tendit une cartouche, mais elle ne leva pas les yeux, concentrée sur ce qu'elle faisait.

– Ça va aller. Reste avec moi.

Elle le regarda enfin. Elle battit des paupières et secoua la tête.

– Mais non, ça va pas aller, murmura-t-elle.

Marceau les fit taire. Il tendait l'oreille, s'approcha de la porte.

– Qu'est-ce qu'ils font ?

Pendant une minute, ils entendirent fureter autour de la maison.

– Je vais voir, dit Nour.

Avant que Marceau ait le temps de l'en empêcher, elle était en haut de l'escalier. Clara s'était précipitée et demeurait au bas des marches, les yeux levés vers l'étage, son fusil à la main. Marceau lui barra le passage.

– Reste là.

Nour ouvrit une porte, puis un volet cogna contre le mur. Elle tira deux coups. Un homme gueula dehors. Un autre lui répondit.

– Ils foutent le feu ! cria Nour.

Rafale courte. Quatre ou cinq balles.

– Je sors, dit Marceau.

Il fit claquer les verrous et ouvrit brusquement les deux battants de la porte. Les flammes gesticulèrent au-dessus de lui et passèrent deux grands bras tordus à l'intérieur en léchant le chambranle avant de se retirer. Il s'enfonça dans le noir derrière le brasier à travers la fumée compacte et des cris retentirent, des voix d'hommes, puis plus rien que le crépitement des flammes et le souffle puant qui s'engouffrait dans la maison.

Une silhouette se dressa devant la porte, un grand type au crâne rasé dressé dans la clarté mouvante du feu, un fusil à la main. Il disparut dans une bouffée noirâtre au moment où Léo braquait son arme sur lui.

À l'étage, Nour poussa un hurlement. Clara fonça dans l'escalier mais sa mère apparut, gémissant, frottant des deux mains ses cheveux qui avaient commencé à brûler. Elle écarta sa fille d'un geste brusque.

– C'est rien. Il faut sortir d'ici. Ils ont balancé une bouteille incendiaire par la fenêtre.

Clara prit le visage de Nour entre ses mains pour l'examiner, mais la femme la repoussa.

– C'est rien, je te dis.

Elle ramassa sur la table le sac de toile et y fourra les armes et les munitions qui restaient. La fumée les enveloppait, se collait à eux, grasse, étouffante. Ils suffoquaient, se frottaient les yeux, agitaient vainement leurs mains devant leur visage pour s'en défaire. Clara se mit à tousser puis se cassa en deux, appuyée au dossier d'une chaise, secouée par la nausée. Nour la prit par le bras et l'entraîna vers la porte. Par moments, les flammes s'écartaient de l'embrasure puis bondissaient vers eux avec des râles sourds. Ils se tenaient tous les trois devant cette danse démente, piétinant, accrochés l'un à l'autre.

Léo s'élança au moment où le feu s'abattait sur le seuil. Il sentit la brûlure, roula dans l'herbe, secoua ses cheveux, se jeta à plat ventre quand il revit l'homme aperçu plus tôt. Il faisait rouler devant lui un pneu enflammé, le guidant vers la porte de la maison avec un manche de pioche. Léo serra ses mains sur la crosse du pistolet. L'autre semblait ne pas l'avoir vu. Le garçon distinguait sa sombre silhouette se déplacer derrière le cran de mire. Puis deux détonations claquèrent et le type s'immobilisa, laissant rouler devant lui le cercle de feu, puis il s'affaissa lentement, essayant de prendre appui sur son arme. Marceau. Léo le chercha des yeux mais ne put l'apercevoir. L'homme au sol se tordait et hurlait. Un autre surgit au coin de la maison et courut vers lui en gueulant Duc ! Duc ! Mais un coup de feu le faucha et il sauta en l'air, renversé sur le côté et s'affala sur un tas de pneus en train de flamber.

Clara et Nour profitèrent de ce qu'un peu de vent repoussait les flammes pour sortir de la maison et elles se laissèrent tomber près de Léo. Elles suffoquaient et toussaient et crachaient, couchées sur le flanc, aspirant des grandes goulées d'air. L'homme à terre, plus loin, essayait de se redresser, en appui sur ses coudes, et s'efforçait d'attraper son fusil. Léo marcha vers lui. Le type serrait déjà la crosse de l'arme. Il leva les yeux vers le pistolet braqué sur lui, tenu sans trembler par ce garçon frêle qui ne bougeait pas, planté là, et il gémit d'une voix aiguë, presque d'un enfant, sa main dressée devant lui, implorante. Léo vit ses larmes, sa gueule tordue par la douleur, le sang noir qui imbibait sa chemise. Plus loin, depuis le fouillis végétal, son père tiraillait, se déplaçant sans cesse. Des tirs sporadiques lui répondaient, des exclamations, des ordres brefs. L'air lui manqua. Il entendit derrière lui Nour crier, appeler Clara, hurler Non ! Un homme la frappa avec un fort bâton, peut-être un manche de pioche pendant qu'un autre entraînait Clara et disparaissait dans le noir, sur le chemin qui menait à l'enclos du cheval. Nour essaya de se relever mais retomba à plat ventre.

Au moment où Léo se retournait pour aller l'aider, le type à ses pieds lui saisit la cheville à deux mains et la maintint fermement. Léo appuya sur la détente. Il lui sembla que le recul lui arrachait l'épaule. Le type relâcha sa prise. L'arrière de son crâne n'était plus qu'une bouillie sanglante. Léo se précipita vers Nour et il l'aida à se remettre debout. Elle titubait et dut s'appuyer sur lui, sa figure dans son cou, et il l'entendit gémir sourdement et hoqueter à chaque souffle. Des larmes et du mucus mouillaient son épaule et il tenait dans ses bras malingres cette grande femme si forte et si belle sans savoir quoi faire ni quoi dire cependant que Clara était emportée dans les ténèbres, alors il se sentit misérable et tellement inutile et coupable qu'il eut envie de disparaître au fond de cette nuit refermée sur eux.

Nour le repoussa soudain et il vit du sang sur son visage se mêler à ses larmes et à toute la douleur qui coulait d'elle. Elle chercha son fusil des yeux et l'accrocha à son épaule. Elle s'engagea sur le chemin par où les deux hommes avaient fui en emmenant Clara. Nour se mit à courir et Léo la suivit le cœur au fond de la gorge, le souffle court. On entendait le cheval hennir, ruer contre les barrières. Léo vit son dos bleui sous un éclat de lune et quand il arriva près de lui il l'appela mais l'animal restait en recul à l'autre bout du corral, s'ébrouant et tapant du pied.

Nour appelait Clara dans les ténèbres. Cris éraillés par la panique, noyés de larmes. Elle tira trois fois au-dessus de la masse indistincte de la végétation, se lança sur le chemin menant au jardin.

– Léo ! Vite ! Viens m'aider.

Jamais il n'avait entendu son père l'appeler ainsi, sans souffle ni autorité.

– Vas-y, dit Nour. Il a besoin de toi.

Le garçon hésita. Nour s'éloignait sans se préoccuper de lui, alors il revint vers la maison. Des tuiles éclataient dans des gerbes d'étincelles et des flammes se faufilaient à travers des trouées dans le toit. Le battant de la porte d'entrée était parcouru de flammèches bleues. Il courut jusqu'au coin de la maison et aperçut de l'autre côté du chemin son père couché derrière une souche déracinée. Il se jeta auprès de lui.

– Putain de fusil, dit Marceau.

Il tira sur le levier de culasse qui restait bloqué et posa le fusil.

Une volée de chevrotines se planta dans un tronc au-dessus d'eux.

Une femme cria : « Tiens, crève ! » et ils virent arriver sur eux une bouteille incendiaire qui ne se brisa pas mais les aspergea d'éclaboussures brûlantes et dorées. Ils éteignirent mutuellement les gouttes de feu qui couraient sur l'autre. Léo sentit une brûlure couler dans son dos et Marceau le frictionna, arrachant des lambeaux de sa chemise.

Un moteur démarra. Les autres s'appelèrent, on les entendit courir puis des portières claquèrent. Le véhicule s'éloigna et l'on n'entendit plus que le crépitement du feu et le grondement lointain d'un orage. Marceau s'allongea sur le dos. Il respirait fort, une main serrant sa cuisse. Il se redressa, se maintint assis en soufflant. Léo ne voyait sa figure que par intermittence, au gré du caprice des flammes, mais il lui semblait que son père avait vieilli brusquement, les traits creusés, parcourus de rides, tirés vers le bas. Ses yeux brillaient, peut-être de larmes retenues.

– Aide-moi.

Marceau prit appui sur ses bras et Léo l'attrapa sous l'aisselle droite pendant que son père forçait sur sa jambe valide pour se mettre debout. Le garçon sentit sur ses épaules les mains de son père peser comme les bretelles d'un sac énorme rempli de pierres et ils restèrent durant quelques secondes serrés l'un contre l'autre, vacillants, puis ils firent un pas, puis deux, pris aux chevilles par des ronces, et ils purent progresser vers l'airial où Marceau se laissa choir sur le flanc, appuyé sur un coude.

La jambe droite de son pantalon était déchirée et imbibée de sang de l'aine jusqu'au genou. Léo approcha sa main mais Marceau bloqua son geste.

– Touche pas. Je suis tombé sur un bout de ferraille. Faudrait désinfecter.

Il commença à pleuvoir en gouttes lourdes et tièdes. Le ciel blanchissait d'éclairs dans un roulement continu. Léo se tourna vers la porte de la maison qui résistait toujours au feu, noircie par la fumée des pneus en flammes, puis il regarda dans la direction où Nour était partie à la recherche de Clara. Il ne savait que faire. Il s'aperçut qu'il tenait toujours son pistolet à la main et le jeta par terre. L'orage approchait, fracassant, et la pluie s'effondrait sur eux, saturant le sol, submergeant l'herbe sèche. Il avisa l'abri où étaient rangés les outils et voulut aider son père à se lever mais Marceau refusa de bouger, gobant bouche ouverte l'eau qui se déversait sur lui. Léo alla récupérer une bâche et les en couvrit. La pluie tambourinait sur la toile cirée. La chaleur moite montant du sol devint étouffante, de sorte qu'il dut soulever plusieurs fois des pans de leur abri pour éviter de suffoquer. Il décida de rester sous les trombes tièdes, respirant avec peine tant l'air était gorgé d'eau.

Du toit ne surgissaient plus par endroits que quelques flammes qui semblaient se tordre sous les bourrasques détrempées pour échapper à la noyade. Léo s'assura que son père n'étouffait pas et se recroquevilla, offrant son dos au martèlement de l'averse.

Il dormit peut-être. Il ouvrit les yeux, enveloppé dans un brouillard puant le feu, collé à sa peau, gras et poisseux. Il n'y voyait pas à trois mètres et il s'imagina que tout avait disparu et qu'il errerait sans fin dans un monde incertain se dérobant sans cesse à ses yeux, un monde qui n'existerait décidément plus, impalpable, dissous, émanation fantôme de ce qu'il avait été. Un monde où il ne croiserait plus que des morts, perdus comme lui, jetés dans ce désert opaque. Il ferma les yeux pour ne plus voir ce qu'il imaginait puis il réalisa que son père était endormi près de lui, et le songe qui lui coupait le souffle se dissipa.

Il souleva la bâche et toucha le front de Marceau qui lui sembla brûlant. Il ne savait pas si c'était de la fièvre ou s'il avait seulement chaud. Il respirait calmement, une main sur la poitrine, l'autre posée sur sa jambe blessée.

Léo se mit debout, tout engourdi, des fourmis dans les pieds. Il fit quelques pas autour de son père et tourna sur lui-même pour tâcher de s'orienter. Il appela Nour et Clara. Il cria leurs noms de toutes ses forces. Où vous êtes ? Répondez-moi. Marceau grogna dans son sommeil mais ne se réveilla pas. Le silence était profond. N'eût été la respiration de son père, il aurait pu le croire définitif et la peur du néant le saisit à nouveau jusqu'à ce qu'un bruit retentisse dans la maison. Des objets bousculés, renversés. Quelqu'un était en train de fouiller là-dedans.

Il récupéra le pistolet sous une jambe de Marceau et l'essuya à un pan de sa chemise, espérant que les munitions n'avaient pas pris l'eau. Il avança dans le brouillard, l'arme braquée devant lui. La maison lui apparut soudain, masse effrayante. La porte était entrouverte et il se faufila à l'intérieur et se tint immobile pendant quelques secondes. Les bruits venaient de la cuisine. Celui qui fouillait ne prenait aucune précaution, sûr peut-être de son bon droit ou de sa force. Léo fit encore quelques pas et prit dans sa poche la lampe qui lui servait pour lire le soir et l'alluma en entrant dans la pièce.

Un chien. Au milieu d'un chaos de victuailles et de gamelles trempant dans l'eau, un grand chien noir au museau long et aux oreilles cassées. L'animal se figea dans le pâle faisceau de lumière, ses yeux phosphorescents, le museau dressé pour capter l'odeur de celui qui venait là.

Léo arma son pistolet et se campa en position de tir. Saloperie de chien. Tu serais venu nous bouffer si on était morts.

Le chien se lécha les babines puis se coucha avec un gémissement, le nez entre les pattes, sans perdre le garçon des yeux. Léo serra davantage sa main sur la crosse. Il injuriait le chien entre ses dents et le chien clignait des yeux et poussait de petits gémissements.

– Léo ! Léo !

La voix apeurée de Marceau.

Le garçon se précipita dehors. Le brouillard était gris, moins épais, où se devinaient, en suspension, les prémices de l'aube.

Marceau s'était assis. Il tenait sa jambe blessée en grimaçant de douleur.

– Où tu étais ?

Léo montra la maison.

– Avec le chien.

– Quel chien ? Et Nour ? Et Clara ? Où elles sont ?

Léo tourna la tête vers où elles avaient disparu pendant l'attaque.
- J'en sais rien. Ils ont enlevé Clara. Nour est allée la chercher.

Marceau l'écoutait d'un air incrédule. Il regarda autour de lui, cherchant peut-être la preuve de ce que disait son fils.
- Il faudrait…

Il fut interrompu par un élancement et il saisit sa jambe à deux mains en geignant.

Le chien sortit de la maison et s'assit à quelques mètres d'eux. Il les observait avec curiosité, inclinant la tête de côté pour les écouter. Léo fit de grands gestes pour le chasser mais il ne bougea pas. L'animal sauta sur ses pattes et jappa comme s'il voulait jouer.
- Tue-le. Tue ce chien.

Marceau parlait sans souffle, et ses mots perdaient toute force dès qu'ils montaient de sa gorge.

Léo jeta un coup d'œil au chien, qui s'était rassis le nez levé, humant l'air, puis revint dans la maison et entra dans ce qui leur servait de salle de bain. Il trouva un flacon d'antiseptique, des bandages, des compresses, une paire de ciseaux. Il rangea le tout dans un petit sac noir. Il entendait, dehors, son père menacer le chien puis il le vit gesticuler dans sa direction pour l'éloigner.

Il entreprit de découper le tissu du pantalon. Il s'attendait à ce que son père l'en empêche et le fasse lui-même, mais il s'était couché, une main sur le front, comme s'il allait dormir. C'était une entaille longue d'une trentaine de centimètres, profonde, aux bords tuméfiés. Léo hésitait, ses mains survolant la blessure sans oser la toucher, parcouru de frissons presque douloureux qui électrisaient sa peau. Il avait vu Marceau soigner des blessés mais lui-même n'avait jamais fait ça, alors il imita ce qu'il avait observé et nettoya le sang, pressa doucement les lèvres de la plaie, la chair à vif juste dessous, il laissa s'écouler un jus sanguinolent puis désinfecta encore puis couvrit la blessure et serra le bandage. Il sentit la main de son père sur son épaule et l'entendit lui souffler Merci. Il se tourna vers lui et le vit sourire, se forcer à lui sourire malgré sa fatigue et la douleur que disaient son visage blême et ses yeux rougis, et le garçon se sentit fier et heureux et des larmes lui vinrent qu'il cacha en se levant pour rapporter sa trousse de soins dans la maison.

    Le jour s'était levé sans qu'ils s'en fussent aperçus : gris, humide et chaud. Des écharpes de brouillard s'effilochaient çà et là au-dessus des buissons. Marceau s'était recouché et semblait dormir. Léo se mit debout et la tête lui tourna et il tituba un peu, se giflant pour se débarrasser de sa torpeur. Il fit quelques pas sur le chemin par où avaient disparu Clara et Nour. Il parvint à l'enclos du cheval et l'appela d'un claquement de langue. Le cheval s'ébroua puis marcha vers lui et tendit son museau par-dessus la barrière. Le garçon le caressa puis posa son front contre son front, les mains à plat sur ses joues et le rassura avec les choses idiotes qu'on dit aux animaux et le cheval gardait la tête baissée, immobile, et semblait méditer sur les mots enfantins que lui murmurait Léo. Il le pansa, lui versa de l'eau dans le vieux seau d'étain qu'ils avaient trouvé sur un tas d'ordures quand ils étaient arrivés ici et lui donna à manger. De temps en temps, le cheval relevait la tête et le regardait, ses naseaux se dilatant comme pour absorber l'odeur de sueur, de crasse et de feu du garçon adossé à la clôture.

    Léo le gratta entre les oreilles puis lui tourna le dos pour sortir de l'enclos mais le cheval le suivit, poussant son dos de sa grosse tête et Léo dut lui faire face et lui dire qu'il devait rester là, je vais revenir, attends-moi, alors l'animal se détourna brusquement et revint d'un pas lourd vers le fond du corral.

Il se remit à marcher. Il cherchait sur le sable noirâtre les traces du passage de Nour mais la pluie avait effacé tout indice. Il appela plusieurs fois : Nour, Clara, vous êtes là ? Seul le criaillement d'un oiseau dérangé lui répondit et le silence revint, profond, sans même un souffle d'air pour faire chuchoter les feuilles. Tout semblait mort autour de lui.

La détonation le fit tressaillir si violemment qu'il manqua perdre l'équilibre. Il courut vers la maison, déboucha sur le pré et trouva son père allongé sur le flanc, le pistolet à la main. Le chien était affalé près de lui, la gueule emportée, secoué de convulsions. Un gémissement se noyait dans le sang au fond de sa gorge.

– Je t'avais dit de le tuer. Regarde.

Marceau montra les marques sanglantes de morsure sur son avant-bras.

Léo prit le pistolet et acheva le chien. Il posa l'arme près de son père qui s'était recouché, une main sur le bandage de sa jambe, puis entra dans la maison obscure. La nuit semblait s'y être tapie. Les murs étaient noirs de suie et il flottait là-dedans une odeur de cendre, de charbon et de caoutchouc brûlé qui lui souleva l'estomac. Il ouvrit fenêtres et volets et il eut l'impression que la lumière du jour, tout autant que l'air chaud du dehors, chassait les relents et les souillures de la nuit. Il monta à l'étage et fit le tour des chambres. Les plafonds étaient effondrés et l'on voyait la charpente en partie calcinée se détacher sur le fond clair du ciel, squelette d'un monstre crevé. Partout, de l'eau finissait de s'égoutter avec des petits bruits têtus et parfois une grosse larme froide coulait dans son cou. Les lits détrempés étaient couverts de gravats, leurs draps et couvertures en partie consumés. Il ouvrit les armoires que l'incendie n'avait pas eu le temps d'attaquer et y trouva des vêtements intacts qui lui offrirent leur bonne odeur rassurante. Curieusement, sa chambre n'avait pas été atteinte par les flammes et il rangea dans un sac à dos ses quelques affaires, ses quatre livres, ses deux cahiers et ses crayons pour les emporter quand ils partiraient parce qu'évidemment ils devraient quitter cet endroit pour trouver un refuge plus sûr. Cette idée lui fit penser au chêne, à cette force qu'il lui donnait à chaque fois, cette impression de vivre, d'exister plus fort, d'être important comme il l'était pour maman qui lui donnait elle aussi cette force-là quand elle le tenait contre elle et il se sentit entraîné vers le trou qu'il y avait en lui, ce puits sans fond sur la margelle duquel il était assis souvent, alors il s'arracha et ouvrit vivement la porte comme si quelqu'un de l'autre côté l'avait retenue, et il bondit dans l'escalier.

Il trouva dans le garde-manger un reste de ragoût, de la viande de chevreuil séchée et un bout de galette de sorgho qu'il mâchouilla en salivant. Il apporta à son père du ragoût et de l'eau. Marceau vida la bouteille d'eau et dédaigna la nourriture. Léo lui proposa d'aller se reposer à l'intérieur de la maison mais il refusa de bouger, montrant le pansement sanglant de sa cuisse. Léo désinfecta à nouveau la plaie, au pourtour bleuâtre et gonflé.

– Faudrait recoudre, dit Marceau.

Un long tressaillement parcourut l'échine de Léo à l'idée de planter une aiguille et du fil dans cette chair vivante gorgée de sang. La jambe avait pris une méchante teinte grise du genou jusqu'au pied. Il refit un pansement propre, serra fort dans l'espoir de voir la plaie cicatriser et se refermer.

– Comment c'est dans la maison ?

– C'est tout noir de fumée. Et puis y a des trous dans le toit. De l'eau partout. En haut ça a brûlé mais pas tout.

Marceau observa la maison. De ce côté, on ne devinait rien des dégâts.

– On pourra pas rester ici.

– On ira où ?

Marceau fit un geste vague de la main puis s'étendit en lui tournant le dos.

– Faut que je dorme.

Léo alla récupérer un oreiller et une couverture et Marceau s'installa plus commodément et soupira d'aise en le remerciant d'une voix épaissie par la fatigue et le sommeil.

Léo ramassa le pistolet et s'éloigna. Il s'arrêta près du cadavre de l'homme qu'il avait tué. La figure contre terre, bras écartés, on aurait pu croire qu'il allait s'enfouir dans le sol. La pluie avait délavé l'énorme plaie à l'arrière de sa tête et le garçon regarda cette béance rosâtre puis recula d'effroi quand il comprit ce qu'il avait sous les yeux. Il avança encore mais n'osa pas s'approcher du corps affalé sur les pneus brûlés, dont il ne distinguait que les jambes parce que le reste ressemblait à une souche calcinée enfoncée dans la masse de caoutchouc fondu. De l'autre côté de la maison, il trouva le cadavre d'une femme, recroquevillée, les mains sur le ventre. Le sang sous elle commençait à noircir, imbibant l'herbe jaunâtre. Elle avait un œil ouvert, d'un bleu pâle sous de longs cils qui lui donnaient un air rêveur. Il apercevait sur sa nuque, entre les mèches de ses cheveux, une fine chaîne en or.

Maman en avait une, elle aussi. Il l'enroulait autour de son doigt et elle lui disait de faire attention parce que c'était fragile. Il prenait dans le creux de sa main la pierre en forme de grosse larme d'un bleu si profond que la lumière s'y perdait pour n'être plus d'un éclat brisé et il y collait son œil en disant qu'il voyait un nid d'étoiles tremblantes et sa mère lui assurait qu'en faisant très attention il les sentirait frémir dans sa main. Des fois, la nuit, je les sens sur ma peau et j'ai l'impression qu'elles veulent sortir.

Il se pencha et tendit la main vers la chaîne et la souleva doucement.

– Arrête ça tout de suite. Pas de ça.

Il sauta en arrière, poussant un cri.

Nour et Clara venaient vers lui. Clara soutenue par Nour. Clara titubant presque le visage perdu dans ses cheveux tombant en mèches lourdes, à demi nue, vaguement couverte par une chemise crasseuse tachée de sang. Il voulut la prendre dans ses bras pour l'aider mais elle le repoussa. Il se contenta de les suivre sans oser leur demander ce qui leur était arrivé. Elles tombèrent assises près de Marceau et restèrent un moment immobiles, recroquevillées, leurs épaules soulevées par l'effort qu'elle faisaient pour aller chercher leur souffle. Léo se tenait à quelques mètres, n'osant s'approcher. Il avait envie de les prendre dans ses bras tous les trois. Une sourde joie lui serrait la gorge.

Puis il repensa à la trousse de secours et alla la chercher et la posa devant Nour. Elle parut sortir de sa torpeur et souleva les cheveux de Clara pour examiner son visage. Son œil droit était presque fermé, sanglant, gonflé et noir. Ses lèvres enflées, fendues.

Marceau s'était réveillé.

– Qu'est-ce qui s'est passé ?

Nour ne répondit pas. Elle nettoyait avec des gestes doux le visage de sa fille. Elle se tourna vers Léo :

– Tu peux m'aider ?

Ils soulevèrent Clara, lourde, qui semblait s'être endormie, puis se dirigèrent vers la maison. Clara sentait mauvais. L'urine, la sueur, et un relent plus fétide que Léo n'identifiait pas. Ils l'assirent sur un tabouret dans le cabinet de toilette et Nour remplit une bassine d'eau, attrapa un bout de savon, ôta des épaules de la jeune fille la chemise qui la couvrait. Léo les regardait. Il aurait aimé faire ça. Clara était nue, mais ce n'était pas pour ça. Il ne voyait d'elle que son dos voûté, ses épaules secouées de tremblements, ses cheveux noirs poisseux ramenés d'un côté en une grosse natte où demeuraient accrochés des brins d'herbe et des feuilles.

Nour se tourna vers lui et le congédia d'un battement de paupières et d'un sourire forcé. Il marmonna quelque chose qui pouvait être une excuse, ou un regret, puis sortit et se trouva sur le seuil de la maison, apercevant son père couché en chien de fusil. Il se sentit jeté dans le puits d'une tristesse sans fond. Ainsi, le monde n'en finirait pas de se défaire, tous les chemins s'effaçant ou se perdant, tous les repères s'écroulant. Ni passé ni futur. Debout, apeuré, sur les dernières marches d'un escalier effondré. Quand il fut près de Marceau, il se rendit compte qu'il pleurait et il s'allongea contre lui et il entoura de ses bras grêles ce grand corps agité de sanglots et l'homme attrapa sa main et la posa sur sa figure brûlante.

Léo et Nour réaménagèrent le rez-de-chaussée et le transformèrent en salle commune. Ils rhabillèrent Clara et Marceau de vêtements propres et les installèrent sur des matelas en bon état dans des draps qui sentaient bon. Ils rassemblèrent les armes, les nettoyèrent, firent l'inventaire des munitions. Ils vont revenir, répétait Nour à voix basse. Il faudra partir d'ici.

Ils se couchèrent épuisés et dormirent tous d'un sommeil haché, agité de mauvais rêves et de terreurs et ils se réveillaient mutuellement par leurs cris ou leurs gémissements. Dehors, le soleil écrasait tout. La porte d'entrée, qu'ils avaient laissée ouverte pour ne pas suffoquer dans la pénombre saturée d'odeurs de bois brûlé, était un écran aveuglant qui semblait infranchissable.

Vers le soir, Clara se leva, chancelante, et sortit dans la lumière déclinante, écartant les bras, s'offrant à la chaleur. Léo la suivit et resta derrière elle et prit sa main. Elle tressaillit, ses doigts se crispèrent. Les mots lui manquaient. Il se sentait idiot et misérable, cette main froide dans la sienne. Elle regardait devant elle le chaos figé des repousses immobiles parmi les arbres morts, la paupière de son œil blessé tremblant et s'ouvrant tout de même.

– Je serai toujours là.

Il avait murmuré ça en espérant qu'elle ne l'entendrait pas. C'était la seule certitude qu'il était capable de formuler.

Elle tourna vers lui son visage abîmé où sa beauté s'imposait comme sous un maquillage grossier dont elle aurait pu se laver dans l'instant. Des larmes coulaient sur ses joues sans qu'elle fît rien pour les essuyer.

— Je les tuerai. Je les retrouverai et je les tuerai, dit Léo.

Clara lâcha sa main, fit quelques pas hésitants puis s'arrêta, regardant entre ses pieds. Un filet de sang descendait sur sa jambe. Il la rattrapa au moment où elle basculait en arrière. Il la hissa contre lui et recula pas à pas vers la maison, soufflant d'effort à l'oreille de cette poupée dégingandée, puis Nour arriva et la prit par les pieds et ils l'installèrent sur son matelas au moment où elle revenait à elle, tendant les bras pour enlacer sa mère.

Léo les laissa et s'accroupit près de Marceau. Visage brillant de sueur, front brûlant. Marceau ouvrit les yeux puis se redressa avec peine. Il se tourna vers Nour et Clara et demanda à Léo comment elles allaient. Le garçon marmonna quelque chose de rassurant. Nour s'activait auprès de sa fille, dont on apercevait les jambes relevées, nues, dorées dans la lumière qui tombait de la fenêtre.

La fin du jour les surprit dans la torpeur où ils avaient sombré. Ils s'éveillèrent engourdis, courbatus, affamés. Ils se nourrirent de viande séchée, de pain dur et de légumes en conserves. Marceau mangea à peine, grelottant de fièvre, puis se rendormit. Clara et Nour demeuraient silencieuses, ne communiquant que par gestes, leurs mains se touchant, se serrant, étreignant une épaule, repoussant une mèche de cheveux pour mieux voir le visage de l'autre.

Nour demanda à Léo de prendre le premier tour de garde. Il se posta dans un bosquet, sous un acacia, à une trentaine de mètres de la maison. Le ciel décapé par un vent du nord vibrait parmi les feuilles immobiles de l'arbre. Le garçon se pencha pour apercevoir les constellations que lui avait apprises sa mère. Sa voix tout contre sa joue. Sa main, au-dessus d'eux, qui semblait brasser les étoiles. Tiens, là. Tu vois ? Il ne voyait rien d'abord puis le dessin apparaissait et brillait plus fort. La Grande et la Petite Ourse. Il cherchait des museaux et des oreilles rondes et ne distinguait qu'une casserole mais continuait de joindre entre eux ces hasards frémissants pour y tracer la silhouette espérée. Il croyait encore que le ciel pouvait répondre aux questions qu'on lui posait. Maman lui avait expliqué que les constellations étaient là depuis des milliards d'années, mais qu'avant les hommes et les histoires qu'ils inventaient, avant l'imagination capable de tout sublimer, elles n'existaient pas, elles n'étaient que des étoiles perdues parmi les autres. On n'existe vraiment que par les regards posés sur nous. Par l'amour, tu comprends ? Léo ne comprenait pas et se laissait aller à rêvasser, essayant d'imaginer d'autres créatures légendaires.

En repensant à tout ça il serra ses bras autour de lui, effrayé par les idées qui lui venaient. Quand on est mort on n'existe plus mais aussi plus rien n'existe ? Tout disparaît à chaque fois que quelqu'un meurt ? Quand tu es morte je n'ai plus existé ou bien je n'ai plus été qu'un enfant parmi les autres parce que tu n'étais plus là pour me regarder et me raconter des histoires ?

Il aurait aimé qu'elle lui réponde. Qu'elle le rassure. Il aurait aimé savoir son regard posé sur lui, où qu'elle fût : dans l'air autour de lui, ce frôlement, cette brise tiède dans ses cheveux, ce murmure du vent la nuit contre les volets. Il aurait aimé être sûr de sa présence mais savait bien qu'il l'inventait, et comprit alors ce qu'elle lui avait dit à propos des constellations : elles n'existaient que par l'effort de l'imagination.

« Ma constellation », murmura-t-il, souriant dans le noir.

Une bataille d'oiseaux dans un fourré le réveilla en sursaut. Ils s'enfuirent au-dessus de lui en criaillant. Il prit son arme et se leva pour mieux voir la maison. Rien n'avait bougé. Il tourna sur lui-même et observa les alentours. Tout baignait dans l'air bleu. Vers l'océan, la lune allait se coucher, blêmissante.

Léo courut vers la maison, cogna à la porte. Nour lui ouvrit presque aussitôt et vit derrière lui l'aube qui venait et se plaqua une main sur la bouche. Elle l'attira contre elle et le serra fort.

– Pardon, j'ai dormi. Et toi tout seul dehors.
– Moi aussi j'ai dormi.

Le garçon pressait son visage sur la poitrine de Nour. Elle sentait le sommeil et le feu. Il embrassa à travers sa chemise la rondeur de son sein.

Il trouva Clara dans la cuisine, immobile devant une casserole où bouillait de l'eau, les mains tournées vers la chaleur du feu. Elle y préparait l'espèce de chicorée qu'ils fabriquaient à partir de racines que Nour avait identifiées dans un livre. Quand Léo entra dans la pièce et lui demanda comment elle allait, elle leva vers lui un regard indifférent, ou vide, comme si elle l'avait entendu mais ne le voyait pas, puis se détourna pour se remettre à sa tâche.

Marceau émergea de son mauvais sommeil, fiévreux, confus, demandant plusieurs fois où ils se trouvaient. Léo s'agenouilla auprès de lui et essuya son visage mouillé de sueur. Marceau prit sa main et la garda dans la sienne, posée sur sa poitrine. Nour nettoya la blessure et annonça qu'elle allait la recoudre. Elle affirma qu'elle avait déjà fait ça plusieurs fois et que ça n'était pas difficile. Marceau grimaça son accord. On lui donna un chiffon à mordre.

Léo garda sa main sur la poitrine de Marceau secouée par son souffle haletant et les cris de douleur qu'il étouffait au fond de sa gorge. Nour ne relevait la tête ni ne disait un mot malgré ses geignements, penchée sur ce qu'elle faisait. L'aiguille ne tremblait pas entre ses doigts. La sueur dégouttait de son nez et de son menton. Quand elle eut terminé, Nour nettoya encore la suture et posa un bandage. Marceau chercha sa main et la baisa quand elle la lui donna puis ferma les yeux et parut se rendormir.

Elle se mit debout et regarda autour d'elle le désordre de la grande salle, les murs noircis de longues traînées de suie.

– On peut plus rester ici. On doit partir. Demain. Il faut se préparer.

Marceau approuva d'un geste du bras.

Toute la journée, ils firent le tri de ce qui leur était indispensable. Ils remplirent des caisses, des paniers, des sacs à dos. Ils chargèrent l'antique remorque agricole rangée dans la grange. L'an passé, Marceau l'avait équipée de pneus galettes récupérés çà et là au hasard des véhicules abandonnés et d'un harnais pour y atteler le cheval. Ils établirent leurs rations quotidiennes, estimèrent qu'ils tiendraient une quinzaine de jours. Il faudrait chasser. Marceau ne pourrait le faire avant des semaines. Moi, je sais, dit Léo. Il m'a appris. Nour lui sourit. Elle aussi savait. Marceau l'avait entraînée dans des traques de nuit d'où ils revenaient parfois couverts de sang, ployant sous des quartiers de chevreuil ou de sanglier.

Il se réveilla dans l'après-midi et put s'asseoir à table et manger et parler avec Nour de ce qu'il convenait de faire. Il disait se sentir mieux mais sa voix sourde et ses gestes parfois hésitants trahissaient sa fatigue. Il resta un moment sur sa chaise, s'essuyant le front de sa manche, se redressant avec effort, puis il voulut se recoucher. Léo le soutint jusqu'à son matelas et l'aida à s'allonger. Il grimaça quand sa jambe blessée se rappela à lui puis demanda au garçon de rester un moment auprès de lui.

– Tu as peur ? T'as eu peur cette nuit ?

Léo fit non de la tête. Il ne savait pas bien. La peur de mourir ?

– Non, j'ai pas eu peur.

Il avait eu peur, ce jour-là. Il s'en souvenait comme du fond d'un trou de ténèbres et de glace. Les bruits, les ombres, les cris et les gémissements de sa mère. Il avait eu peur pour toujours. De ce trou où une partie de lui se trouvait encore, il ne redoutait plus rien.

— T'es courageux ? c'est ça ?
— Oh non…

Il baissa la tête. Il avait un peu honte devant son père si fort.

— Je suis pas comme toi.
— Non. Tu es comme elle. Tu lui ressembles tant.
— Des fois je la vois plus.
— Comment…
— Dans ma tête. Je la vois plus.

Son cœur se serra. Il chercha son souffle. L'air chaud stagnait autour d'eux.

— Va chercher dans le buffet, le tiroir du bas. Prends la pochette rouge.

C'était en cuir, souple et doux. Léo n'avait jamais vu cet objet. Dans son épaisseur on sentait des papiers mais aussi d'autres choses qui l'intriguèrent.

Marceau en sortit un mince portefeuille noir et l'ouvrit : apparut dans un étui de plastique une photo. Léo l'approcha de ses yeux. Le regard clair, dur et tranchant de son père. Cette fixité implacable qu'il n'aimait pas voir se poser sur lui.

— Tiens.

Une photo sur du papier. C'était si rare. Les couleurs avaient un peu passé mais il cessa de respirer en voyant sa mère éclatant de rire, un tout petit garçon dans les bras.

— Ça s'appelle le bonheur, dit Marceau. C'était encore possible, à ce moment-là.

Léo frotta le coin de son œil droit du dos de sa main parce qu'une larme était venue s'y loger.

— Moi, j'y crois encore, dit Nour.

Elle s'était assise non loin d'eux, un verre d'eau à la main. Elle souriait avec douceur sous son masque de fatigue.

Léo la regarda puis revint à la photo. Ces beautés dissemblables le bouleversaient.

– Je sais pas, murmura-t-il en examinant de nouveau le cliché.

Il ignorait pourquoi il avait dit cela. Il avait l'impression de ne rien savoir, de ne rien comprendre.

Nour tendit la main vers la photo.

– Je peux ?

Marceau approuva d'un coup de menton.

Nour fit aller son regard de la photo à Léo.

– Tu as vu combien tu lui ressembles ?

Il se toucha le visage, comme pour vérifier du bout des doigts ce qu'elle disait.

Marceau sortit de la pochette une chaîne à laquelle pendait une petite pierre bleue qu'il laissa se balancer devant ses yeux et Léo sentit se loger dans sa gorge un poing qui l'étouffa. Il voulut saisir le bijou mais son père esquiva son geste.

– C'est à nous deux. Bientôt ça t'appartiendra.

Il déposa la pierre au creux de la main de son fils. La chaînette d'or titilla sa peau en s'affalant et un frisson léger le parcourut tout entier. Léo fit osciller la pierre devant ses yeux. Ciel d'été traversé d'éclairs minuscules. Il attendit que l'image de sa mère apparaisse au cœur de cet infime prodige mais la magie à laquelle il aspirait n'était pas de ce monde. Il la revit étendue sur le lit, le bijou sans éclat posé entre ses seins et il put enfin déglutir, la bouche sèche, et respirer de nouveau.

Marceau rangea la photo et le pendentif dans la pochette.

– Voilà. Tu sais où c'est. C'est notre trésor. On en est les gardiens.

Léo hocha la tête.

– Oui, oui, dit-il dans un souffle.

Il se sentit fort. Peut-être invincible. Un peu comme ces héros protégés par un charme dans ces histoires que sa mère lui avait lues, et que Nour racontait parfois.

Clara se tenait sur le pas de la porte, adossée au chambranle, ombre ténue contre la fournaise aveuglante du dehors. Il chercha à croiser son regard dans ce clair-obscur et crut deviner un sourire sur ses lèvres blessées.

Le soir, après qu'ils eurent fini de charger la remorque, Léo alla voir son arbre une dernière fois. Il traversa le village mort, entendit la porte battre sur les fantômes, pressa le pas parmi cette dévastation que le temps couvrait de sable et de poussière. Il grimpa dans les branches, malgré la fatigue et la tristesse qui faisaient trembler ses jambes et ses bras, puis écouta le silence, y épiant un chant, un cri, le passage d'un animal, mais rien ne résonna dans la chaleur laissée derrière lui par le soleil déclinant.

Les yeux fermés, dans l'ombre dorée, il se dit qu'il aurait pu vivre ici, dans ce chêne, entre les bras de ce géant. Y construire un abri, loin des chiens et des hommes, régner sur son royaume à perte de vue, roi solitaire d'une contrée ravagée. Il laissa venir les images, les fantaisies, les aventures extravagantes et repensa au livre qu'il était en train de lire, à cette île mystérieuse et ses naufragés qui reprenaient tout depuis le début. Il toucha l'écorce du plat de la main. Il y colla sa joue, son oreille. Il attendait un message, peut-être une parole. Il lui sembla qu'une vibration parcourait le tronc et la ramure puissante. Il leva les yeux, perdit son regard dans le feuillage s'assombrissant. Rien n'y bougeait. Pas un frémissement. Parle-moi, chuchota le gamin. L'ouest s'allumait d'un terrible rougeoiement. Le silence partout, comme un incendie.

Il sauta au sol. Il prit le tronc énorme dans ses bras. Maman. Clara. Il aurait pu graver par la pensée leurs noms sur cette peau rugueuse et chaude. Il s'arracha à son étreinte et s'enfuit en courant.

La nuit attendait dans le village, embusquée au pied des pans de murs des maisons détruites. Il eut peur de ce qui se cachait peut-être derrière. Non pas des hommes ou des bêtes mais de ces choses qu'il n'osait nommer et que Clara disait voir parfois. Il se hâta de sortir de là et se remit à courir.

Levant la tête, il aperçut au milieu de la route la silhouette claire, immobile, de Clara et il eut peur de cette apparition soudaine dans le bleu du soir. Elle lui tournait le dos et lui parut si frêle qu'il redouta de la voir se dissiper dans l'air. Elle se retourna brusquement vers lui. Au bout de son bras ballant pendait un gros pistolet noir. Il lui demanda ce qu'elle faisait là mais elle ne répondit pas. Elle le laissa lui prendre l'arme les yeux tournés vers le bout du chemin, vers le village.

– Ils vont pas revenir, dit-il. Ils sont loin.

Elle marcha devant lui sur le chemin qui conduisait à la maison, tête baissée, à pas lents et longs.

– Je suis allé voir mon arbre. Tu sais ? ce chêne, là-bas.

Elle hocha la tête.

– Oui, je sais.

Elle avait murmuré, sans souffle.

Nour les attendait sur le pas de la porte. Elle allait leur dire quelque chose puis se ravisa. Ses mains sur leurs épaules, elle les poussa à l'intérieur. Marceau était assoupi, fiévreux dans cette chaleur qui persistait.

Le sommeil vint à la longue, en lambeaux. Chacun écouta les autres dormir, à tour de rôle, dans la nuit interminable.

L'aube se leva, transparente, presque fraîche, alors qu'ils s'éloignaient sur la route au pas tranquille du cheval.

4

Rebecca ne dort plus. Elle écoute Alice respirer dans son lit posé près d'elle et elle laisse pendre sa main au-dessus du petit corps pour ressentir sa vie qui palpite et remue et geint parfois, doucement, dans un rêve, et se débat des bras et des jambes en soupirant d'effort.

Rebecca ne dort plus depuis trois nuits. Elle écoute la ville se convulser avec des cris d'ambulances, des grondements d'hélicoptères et des roulements de coups de feu et quand elle se lève et va sur le balcon pour prendre l'air, trempée de sueur, elle scrute l'obscurité trouée de rougeoiements soufflés au-dessus des toits, percée de clignotements qui filent dans les ténèbres. Au-dessus d'elle le firmament muet, briqué par le vent d'est, la Voie lactée comme la trace laissée par un coup de chiffon hâtif passé sur le ciel noir empoussiéré d'étoiles. Pas de lune. Seulement cette éternité frémissante, son indifférente lumière fossile. Elle se penche vers le gouffre enténébré de la rue, quelques lucioles bleutées aux fenêtres, d'invisibles regards derrières les vitres. Fantômes. Elle entend par moments le pas d'un spectre sur le trottoir. Une toux. Un murmure.

Martin ?

Rebecca ne dort plus. Elle attend qu'il rentre. Elle épie le moindre bruit dans le couloir et sa respiration reste suspendue pour que dans ce silence le déclic de la clé résonne plus fort et que sa fatigue et sa peur d'homme échappé du chaos s'entendent. Mon cœur cesse ton tapage, laisse-moi écouter cet instant, mais rien ne se produit et les larmes viennent, une terreur brûlante se couche sur elle et l'enfonce dans le matelas et lui serre la gorge. Elle doit se redresser, renverser la chose qui s'agrippe, puis elle se lève et va s'asperger d'eau, une eau définitivement tiédasse qu'elle boit à pleine bouche.

Pourtant, le sommeil la prend par surprise et la garde captive une heure ou deux avant de la relâcher plus fatiguée encore, hasardant une main à côté d'elle comme si quelque magie avait pu faire se matérialiser le corps de l'absent.

Elle l'a cherché partout. La veille, elle a franchi, Alice tenue contre elle dans le porte-bébé, les chicanes barbelées dressées devant le poste de police sous le regard indéchiffrable derrière leurs lunettes noires des factionnaires en tenue de combat. Elle a été fouillée, palpée, scannée pendant qu'on vérifiait son identité. Elle a attendu près de deux heures, sous les pales immobiles d'un énorme ventilateur, dans ce hall puant le désinfectant et la sueur, qu'un flic la reçoive et l'interroge et sonde sa base de données pour y retrouver, datant de 41, alors qu'elle avait vingt ans, une interpellation pour contrôle d'identité en marge d'une manifestation contre le rationnement des produits laitiers. Le policier a jeté un coup d'œil suspicieux à la petite qui se débattait entre les bras de sa mère, essayant d'escalader sa poitrine comme si elle avait voulu fuir ce bureau empestant le vestiaire. Il a demandé à Rebecca si elle avait des raisons de penser que Martin aurait pu se trouver, de près ou de loin, mêlé à une manifestation violente et elle a répondu qu'il trouvait ça ridicule et condamnable et que d'ailleurs... d'ailleurs quoi ?

avait repris l'officier. Non, rien... Disons qu'on en discutait souvent.

Non, Martin n'a pas été arrêté, ni blessé. Aucun hôpital ou poste de secours n'a déclaré quiconque de ce nom-là. Le flic s'est tu, observant Alice qui à présent se tournait vers lui en lui disant des choses, puis il a déclaré sur un ton solennel que Martin avait le droit d'aller où bon lui semblait, dans les limites imposées par la loi bien sûr, et qu'aucune recherche ne serait lancée pour le retrouver, surtout en ce moment, avec tout ce qu'on a à faire. Votre conjoint a peut-être, tout simplement, décidé de disparaître, ce sont des choses qui arrivent tous les jours.

Il n'aurait jamais laissé Alice.

Le policier a souri avec ironie.

Si vous le dites.

Rebecca n'a rien trouvé à répondre. Alice s'est mise à pleurer doucement, le visage entre ses seins. Le policier s'est levé brusquement puis a ouvert la porte, alors Rebecca s'est mise debout elle aussi, rajustant les sangles du porte-bébé. Elle a salué le flic d'un signe de tête mais l'autre l'ignorait, affectant de regarder ailleurs, et a claqué la porte derrière elle.

Midi aveuglant. Le ciel était d'un bleu cru. Rebecca s'est installée sur un banc et a donné à boire à la petite. Un homme est passé, brandissant en tous sens son téléphone devant lui, cherchant sans doute un signal quelconque. Putain, marmonnait-il. Y a plus rien.

Il s'est arrêté devant Rebecca, agitant toujours son appareil autour de lui.

Comment on va faire ? Qu'est-ce qui se passe ?

Elle l'a congédié d'un revers de main et il s'est éloigné en l'injuriant. Une femme, un sac sur le dos et un autre en bandoulière, marchait à grands pas, courant presque. Elle tenait par la main un garçonnet qui trottait pour la suivre sur ses petites jambes.

Viens, dépêche-toi, disait-elle.

Quand il est passé devant Rebecca, le gamin lui a tiré la langue. Elle n'a vu de son visage à moitié mangé par la visière de sa casquette qu'un œil rieur, noir et brillant comme une bille. Rebecca s'est demandé où couraient cette femme et son lutin. Fuyant peut-être ce qui s'annonçait. Elle en a imaginé soudain des millions comme elle, jetés sur les routes, poussant, traînant ce à quoi ils n'avaient pu renoncer, le macadam des chaussées résonnant du roulement des valises pleines à craquer ou des chariots de supermarchés débordant d'un misérable fatras mêlant l'indispensable au superflu.

Non, ça ne pouvait pas sombrer ainsi, en quelques jours. Elle savait que le monde était un rafiot sans gouvernail, donnant de la gîte, des voies d'eau s'ouvrant à mesure qu'on en colmatait d'autres, cloisons étanches emportées les unes après les autres. Mais même dans les pires naufrages dont elle avait entendu le récit, on avait mis à la mer des canots de sauvetage, on avait organisé l'évacuation des passagers, les secours avaient accouru, on avait recueilli les rescapés. La vie pour eux avait continué. Il était impossible qu'il n'en soit pas de même aujourd'hui. Elle s'efforçait d'opposer à l'assaut de ses inquiétudes le mur de son raisonnement mais elle avait l'impression de se mettre à l'abri derrière une palissade branlante. Sans Martin pour encaisser le choc.

Je suis seule, dit-elle.

Alice commençait à s'endormir, pliant et dépliant ses jambes comme si elle repoussait un drap.

Seule avec toi.

Elle s'est aperçue qu'elle tremblait. Couverte de sueur, collée à sa fille par leurs sueurs mêlées. Elle tremblait, le corps parcouru d'une sorte d'électricité lente qui a secoué son cœur. Elle s'est débarrassée du harnais et a posé Alice sur ses cuisses. La petite buvait goulûment, ses yeux bleu nuit écarquillés plantés dans les siens, les mains posées sur le biberon. Rebecca a essuyé le front du bébé, a baisé ses mains en faisant de petits bruits bouffons.

Trois fourgons de police sont passés en trombe. Brutalité assourdissante. Alice a tressailli, a serré ses poings. Son dos s'est raidi et Rebecca a senti à son bras la petite fille soudain dure comme du bois.

Elle est rentrée chez elle, a retrouvé l'atmosphère étouffante de l'appartement, et en constatant que Martin n'était pas revenu sa gorge s'est serrée parce qu'elle ne voulait pas croire ce qu'elle savait déjà. Elle a donné un bain à la petite pour la rafraîchir puis l'a couchée. L'enfant a fermé les yeux puis agrippé ses doigts au pouce de Rebecca qu'elle a porté à sa bouche pour l'y appuyer en une sorte de baiser mouillé. Rebecca s'est allongée sur le lit à côté du couffin et a regardé sa fille plonger dans le sommeil.

Qu'est-ce que tu veux me dire ? Tu as tout compris de ce qui nous arrive, c'est ça ? Tu pressens l'avenir ?

Rebecca ne dort plus. Pendant ces trois jours elle a parlé à Alice, peut-être *avec* Alice, tant la petite fille semblait parfois lui répondre ou lui disait des choses dans une langue connue d'elle seule, inventée au fur et à mesure sans syntaxe ni règles, s'improvisant dans d'infinies variations balbutiées, expression sonore d'émotions primaires mais aussi d'une inquiétude profonde. Rebecca croit y entendre la divination obscure d'une pythie et ces cris, ces pleurs, ces borborygmes, ces vocalises, sont les échos de ce qu'elle n'ose pas penser.

Elle est en train d'estimer ce qui lui reste de provisions après qu'elle a jeté tout ce qui s'est abîmé dans le réfrigérateur éteint. Quelques conserves, des barquettes lyophilisées, des barres énergétiques, deux semaines de lait maternisé. Calée dans son siège, Alice joue avec un mobile perché au-dessus d'elle. Il fait moins chaud. Parfois, un peu d'air passe sur la nuque de Rebecca et y fait courir le début d'un frisson.

Ça éclate dans la rue, amplifié par les façades de béton. L'air épais claque et vibre autour d'elle. Elle se relève d'un bond, le cœur affolé. Alice s'est immobilisée, un tigre bleu oscillant près de sa main tendue.

Des cris. La petite laisse retomber sa main et ferme les yeux. Rebecca se précipite sur le balcon. Une femme et un homme sont étendus au milieu de la chaussée, à une dizaine de mètres l'un de l'autre, leurs armes encore accrochées à leurs épaules. Plus loin, une voiture de police, tous feux allumés, et deux flics avançant pas à pas, leurs fusils en joue, vers les corps. L'un d'eux les frappe à la tête du bout de sa chaussure. Il achève l'homme, qui a fait le geste de protéger sa figure.

Rebecca voit le corps tressauter sous l'impact, la tête du blessé se redresser dans un ultime effort. Son estomac se soulève. Elle réprime de justesse la nausée acide qui remonte dans son œsophage. Elle fixe l'horizon brisé, le ciel blanchâtre, peut-être gris, pesant sur tout ça comme un plafond sale. Elle recule de deux pas pour ne plus voir ce qui se passe dans la rue. Par-delà l'écho des voix, le claquement des portières, les ordres de dispersion aboyés aux curieux qui doivent s'attrouper, il lui semble que la ville se tait soudain.

Elle se replie dans l'appartement, prend au hasard un livre sur l'étagère, s'assoit devant la baie vitrée grande ouverte, commence à s'absorber dans l'histoire de cette famille errant dans la chaleur sur des routes désertes du sud des États-Unis, trimbalant avec eux leurs misérables possessions et quand on frappe à la porte un rêve instantané lui fait croire que Martin se tient là, hâve et chancelant, elle se rend compte qu'elle s'est assoupie son livre sur les genoux.

C'est Aïssa. Grands yeux, bouche écarlate, un foulard jaune d'or dans les cheveux. Apparition radieuse dans la pénombre du couloir. Elle montre les paumes blanches de ses mains.

– Je suis passée deux fois à la décontamination. Test négatif.

Elles s'embrassent. Dans le cou d'Aïssa, une senteur d'agrumes.

– Et Martin ?

Rebecca secoue la tête. Elle lui raconte ses trois derniers jours, cloîtrée ici à cause des troubles en ville, épiant le moindre bruit, scrutant la rue dans l'espoir de le voir arriver, puis sa démarche auprès de la police pour savoir ce que Martin est devenu.

Aïssa entre puis s'assied dans un fauteuil, lourde, en soufflant. Elle ferme les yeux en se pinçant la base du nez. Rebecca lui demande si ça va mais elle ne répond pas et reste un moment immobile.

– Non, ça va pas, dit-elle enfin. Cette nuit, le groupe électrogène est tombé en panne. Je te fais pas un dessin. Les machines de réa se sont arrêtées, évidemment. Plus d'informatique, plus rien. Quand je suis partie, on en était à 73 morts. L'électricité n'a été rétablie que vers 15 heures. La boîte qui s'en occupe manque de techniciens à cause de l'épidémie. La moitié sont malades ou morts. Il reste pour trois jours de carburant.

Elle se tait. Elle regarde fixement droit devant elle.

– J'arrive pas à… Des morts plein les couloirs. Il faisait près de 40 degrés. Les frigos de la morgue sont montés à 25.

Alice s'est réveillée. Elle commence à babiller dans son couffin, tendant les mains vers le mobile qui tourne au-dessus d'elle. Aïssa lui sourit. Puis des larmes coulent sur ses joues.

Rebecca installe la petite dans son siège et lui donne son éléphant rouge aux yeux verts. Dis bonjour à Aïssa. Alice tient négligemment l'éléphant par la trompe et regarde avec gravité Aïssa qui lui sourit dans ses larmes.

– Je te prends pas dans les bras, la belle. J'ai pas les mains qu'il faut.

– Pourquoi tu dis ça ?

– J'ai touché des morts toute la journée. Les mains qui serraient la mienne puis qui lâchaient prise... J'avais beau savoir ce qui se passait, je n'osais pas les reposer sur le drap. J'avais l'impression de les abandonner et que tout juste morts, avec leur âme encore là, et qu'ils se disaient tiens déjà on me laisse tomber, et que ça les rendait tristes pour toujours, sans aucune consolation.

Rebecca ne sait quoi dire. Elle ne ressent qu'une terreur confuse au récit d'Aïssa, à cette proximité avec les morts, ou la mort. Elle se rappelle sa mère à son dernier jour. Elle se rappelle sa main brûlante dans la sienne qu'elle n'avait pas, elle non plus, osé lâcher avant un long moment.

Aïssa se remet à parler, d'une voix sourde, comme si les mots s'accrochaient dans sa gorge avant d'oser en sortir. C'est une voix d'ombre. Rebecca a l'impression que le soir se hâte de tomber, le ciel virant au gris de plomb comme avant un orage. Elle a envie de pluie et de vent. D'éclairs effrayants dans la nuit qui vient.

Un chef de service de l'hôpital cousine avec le préfet qui lui-même a des amis dans plusieurs ministères... On parle d'une cyber-attaque. Déclenchée, dit la rumeur, depuis une base en Sibérie. Toute l'Europe est plongée dans le noir. Les parcs solaires, les centrales nucléaires déconnectées des réseaux, les transformateurs grillés, les data centers éteints, leurs données effacées. On appelle ça, paraît-il, la théorie des dominos : les effondrements en cascade font apparaître progressivement des formes et des décors inattendus. Personne ne sait quand l'électricité sera rétablie. Il faudra des mois, sans doute. L'armée et la police ont réactivé les vieux réseaux filaires, les ondes courtes, et font tourner des générateurs grâce aux stocks stratégiques. Ils gardent le contrôle de la plupart de leurs matériels.

En écoutant Aïssa, Rebecca imagine un camion en panne au fond d'une impasse, écrasé contre le mur qu'il a percuté à pleine vitesse, se démantelant peu à peu et s'écroulant avec fracas en pièces détachées jusqu'à n'être plus qu'une carcasse informe, les marchandises qu'il transportait pillées en quelques heures.

Notre monde. C'est donc en train de se produire, ce désastre global, après trente ans de guerres, de pandémies, de terres submergées, brûlées, désertifiées, irradiées, avec ces millions et millions de déplacés enfermés dans des camps, ces infravilles surpeuplées, où l'on crève derrière les clôtures de fer et d'électronique.

Après l'invivable, le chaos ?

– Alors cette fois-ci on ne s'en relèvera pas ?

– J'en sais rien, soupire Aïssa. Sans l'épidémie, on s'en sortirait peut-être. C'est peut-être celle de trop, et elle s'aggrave partout. Les gens se bousculent et se battent devant la morgue du hall des expos. Ils veulent voir leurs morts avant l'incinération. Les corps sont gardés quarante-huit heures puis partent au four. Sans électricité, là encore je ne te fais pas un dessin. Il manque du monde partout.

Rebecca se lève, pose Alice au fond du fauteuil puis sort sur le balcon. La petite commence à protester puis se tait. Rebecca se penche. La rue est vide, ombreuse sous le ciel d'un bleu sale. Deux taches sombres sur le macadam lui prouvent qu'elle n'a pas rêvé. Aïssa demeure dans l'ombre de l'appartement. Elle ne bouge pas.

– Avant que tu arrives, les flics ont tué deux personnes dans la rue, juste en bas. J'ai vu un des flics achever ce type. C'était…

– J'en ai vu d'autres en chemin. Trois devant la cathédrale. Ramassés par un camion de l'armée. Balancés dans une benne comme des sacs poubelles. Les passants n'y faisaient même pas attention, collés à leurs putains de téléphones inutiles tout juste bons à leur donner l'heure.

Aïssa se met brusquement debout. Elle se tient devant le fauteuil, battant des paupières, un peu raide. Rebecca redoute qu'elle s'abatte d'un bloc.

– Je vais dormir. Deux jours que…

Elle marche vers la porte d'un pas hésitant, comme si elle était ivre. Rebecca la suit, de peur qu'elle ne tombe. La fatigue vibre autour d'elle comme une onde de choc.

Sur le seuil, Aïssa se retourne :

– Fais des provisions d'eau.

– D'eau ?

– Tout le monde se demande comment ça tient encore.

Elle tapote l'épaule de Rebecca et rentre chez elle. C'est la porte en face. Elle referme lentement comme si elle avait du mal à la repousser.

Rebecca remplit d'eau tout ce qui peut en contenir. Les guerres ont toujours été lointaines, filmées, commentées, leur barbarie sur les écrans qu'on pouvait éteindre, leurs déflagrations et leurs cris qu'on pouvait faire taire d'une pression du doigt. Des couleurs crues, des images blafardes et des vacarmes devenus décors et bruits de fond. Elle a grandi, mûri, protégée par les distances, quand bien même auraient-elles été franchies en une ou deux heures par un missile balistique. Mais aujourd'hui, elle a l'impression de se préparer à un siège et ses visions d'exode lui reviennent à l'esprit.

Elle installe Alice dans le lit, à côté d'elle. Dans le noir, à la lueur de la veilleuse, elle voit les yeux grands ouverts de la petite fille la tête tournée vers elle, qui la regarde.

Rebecca pose sa main sur son dos, comme elle fait toujours, tiède et d'une douceur qui lui semble étrangère à ce monde. Mon ange, chuchote-t-elle. Ça va aller. Il faut dormir.

Rebecca ferme les yeux sur son mensonge.

5

Elles sont dans les champs au bord de la rivière quand la colonne franchit le pont. D'abord les pickups et leurs mitrailleuses puis les cavaliers. Les femmes se sont redressées, appuyées sur leurs houes et leurs bêches pour apercevoir le retour des guerriers et quelques-unes leur adressent des signes de la main mais pas un seul homme n'y répond, chacun gardant la tête baissée, dodelinant parfois, comme pris de somnolence. Les chevaux vont au pas. Le claquement de leurs sabots résonne dans l'air brûlant de l'après-midi. Un coup de sifflet oblige les femmes à reprendre le travail et tous les dos se courbent et l'on n'entend plus, la colonne s'étant éloignée, que le choc des outils sur la terre, les quintes de toux au fond des gorges sèches tapissées de poussière, les plaintes d'effort. Des grands sacs sont posés tous les trois mètres et les femmes y portent les pommes de terre qu'elles récoltent. Il est interdit de les y jeter alors elles les entassent dans leur tablier et les vident avec précaution en prenant garde de n'en laisser tomber aucune. Dans chaque rang une gardienne passe et repasse, une badine à la main, pour s'assurer que le travail est bien fait et que la cadence est soutenue. Tout à l'heure, une toute jeune fille, nommée Marion, qui se plaignait d'avoir mal aux épaules et se redressait trop souvent pour soulager sa douleur, a été battue. Elle a dû relever sa tunique et a reçu dix coups de badine sur les cuisses. Elle a serré les dents, les yeux grands ouverts regardant droit devant, pleins de larmes, mais elle n'a pas pleuré, elle n'a pas émis le moindre gémissement. C'est pas la première fois que je te fais la remarque, a dit la gardienne. La prochaine fois, ce sera trois fois plus, sur le ventre et les nichons, alors tiens-toi à carreau. Elles parlent comme des hommes, indécentes et grossières, pour bien marquer la différence de statut entre les travailleuses et elles. Les hommes le tolèrent et s'en amusent et les remettent à leur place au cas où certaines se sentiraient trop de pouvoir : N'oublie pas à qui tu appartiens, par la chatte et le cul. La chienne de troupeau n'obéit qu'au berger !

Qu'est-ce qui se passe ? a demandé le gardien assis à l'ombre d'un arbre. Il s'est levé, son fusil à la main. Rien, a gueulé la gardienne. Je m'en occupe. Le gardien s'est rassis. Il a bu à sa gourde. Quinze ans à peine. Trop jeune pour aller au combat alors il surveille les femmes, gardiennes comprises, et il fait chaque soir son rapport à son officier. Les gardes armés des chantiers sont tous très jeunes. On les appelle les Vigilants. Ils sont chargés de veiller sur les femmes, de vérifier qu'elles se conforment aux règles de discipline et de bienséance. On attend d'eux qu'ils mettent en œuvre les préceptes enseignés à l'école par les directeurs de conscience : l'ordre naturel et sacré tel que Dieu l'a voulu. Le travail comme vertu morale et sociale, les responsabilités prévalentes, vitales, des hommes pour l'harmonie de la communauté, la soumission des femmes à cette tutelle, leur obéissance et l'élémentaire respect qui leur est dû en tant que porteuses des générations futures. Parfois, derrière leurs lunettes noires, ils surveillent aussi bien leur mère, une tante, leur sœur aînée. Ils ont appris à se défaire de ces liens encombrants dans l'exercice de leurs missions.

Ils ont le droit d'ouvrir le feu sur toute tentative de fuite. Ça s'est déjà produit quelquefois. Mais certains tirent tellement mal qu'il a fallu battre le domaine pour capturer les fuyardes avant de les pendre en public sur la place centrale. Perte d'énergie et de temps. Mais utile rappel de la loi.

Le chantier s'arrête vers 18 heures. Les gardiennes sifflent trois fois et les femmes se mettent en rang par deux puis les gardiennes les comptent et elles marchent jusqu'au bourg. Là, sur la grand-place, la plus âgée des gardiennes fait l'appel et chaque femme doit répondre Présente, cheffe. C'est ainsi qu'il convient de s'adresser à elles : cheffe. Tout manquement peut être assimilé à un acte d'insubordination. Il est recommandé de baisser les yeux, mais ce n'est pas obligatoire. Les femmes entre elles les appellent les cheffes et leur attribuent des surnoms en fonction de leur physique ou de leur comportement : la Garce, la Grande, la Grosse, la Maigre, la Salope, la Rouquine, la Chienne, la Vipère, le Brochet et ainsi de suite. Les femmes commentent et se murmurent les sobriquets lors des marches parfois longues jusqu'aux chantiers et pouffent de rires vites réprimés par un Silence ! qu'aboie la Guenon ou la Vieille, peu importe.

Dès que l'appel est terminé, des hommes viennent chercher les femmes : outre leur propre épouse, il arrive souvent qu'ils en conduisent d'autres chez leur mari, car elles n'ont pas le droit de déambuler seules dans les rues après 18 heures. Quand trop d'hommes sont encore au combat, ce sont les Vigilants qui les raccompagnent.

Les Cheffes rentrent ensuite chez elles, libres de leurs mouvements, et rejoignent leur mari, souvent un gradé ou un religieux. On dit que quelques-unes ne lâchent pas leur badine à la maison quand d'autres en éprouvent souvent la morsure dans leur chair.

Elles sont trois femmes, traînant des pieds, se tordant les chevilles sur le pavage disjoint, derrière le Vigilant qui les conduit. Deux soutenant l'autre qui geint et souffle. C'est la jeune Marion battue tout à l'heure. Elles lui disent tout bas des paroles rassurantes, elles l'encouragent, tu es bientôt arrivée. Sans se retourner, le Vigilant leur ordonne de fermer leurs gueules mais elles recommencent presque aussitôt à murmurer avec des sourires enjoués, malgré la fatigue, complices, et la malade elle-même sourit pendant que sans se retourner l'adolescent d'escorte marmonne sans conviction des insultes, salopes, connasses, vos gueules, en secouant sa tignasse noire.

Quand ils arrivent devant la maison de l'époux, le Vigilant les repousse au milieu de la chaussée puis cogne à la porte. Un grand type longiligne, étroit, ouvre et toise la jeune femme en soupirant. T'es encore malade ? Qu'est-ce que t'as ? Il semble furieux. Il la saisit par le col de sa tunique, la tire vivement à lui puis la pousse à l'intérieur avant de refermer derrière lui avec fracas.

Un peu plus loin, une autre porte s'ouvre. La femme salue sa camarade d'un clin d'œil et entre dans un couloir sombre. On entend un homme crier quelque chose d'indistinct. Refermant la porte, la femme, d'une voix forte, lui demande sèchement de se calmer.

Le Vigilant attend qu'on ouvre à la femme qui reste puis s'éloigne sans un mot. Un homme se tient devant elle, qui n'est pas son époux. On l'appelle Pedro. Ce n'est sans doute pas son vrai nom mais qui se soucie désormais d'état civil ? Elle s'efforce d'apercevoir derrière lui quelque chose qui expliquerait sa présence ici mais l'homme la saisit par le coude et la pousse devant lui. Dans le salon, Abdel est allongé sur le canapé, un bras en écharpe, la manche de sa chemise déchirée. Il est sale, les cheveux gris de poussière, la figure noircie. Il pue. La sueur, la poudre, l'eau croupie.

Je vous laisse, dit l'homme. Il salue le blessé de la main, prend son fusil, rajuste sa ceinture où pend un grand couteau puis sort.

Nettoie-moi ça, dit Abdel à la femme. Comme elle lui demande ce qui lui est arrivé, il frappe la table basse du plat de la main, soudain furieux. Son front luit de transpiration. Putain, Selma. Tu me nettoies ça, ou bien…

Elle va dans la salle de bain chercher de l'alcool et des compresses. Elle dit, les dents serrées : Je vais te nettoyer ça, fils de pute. Je vais curer jusqu'à l'os.

Elle se regarde dans le miroir puis souffle dessus et écrit ALICE sur la buée mais les lettres se dissipent presque aussitôt. Alice, dit-elle à voix basse en s'approchant du reflet de ses traits tirés, de ses yeux gris, des traces crasseuses que la sueur et la poussière ont laissées en séchant.

Abdel grimace et souffle entre ses dents quand elle détrempe la blessure d'alcool. C'est une coupure profonde grossièrement suturée pendant le combat par le crétin faisant fonction d'infirmier. Abdel invoque pour l'y expédier l'enfer et tous ses démons. C'est rien, dit Alice. Non, dit Abdel. Un peu plus l'autre bâtard me coupait le bras avec son sabre, mais c'est rien, bien sûr. Tu te rends même pas compte de ce que c'est. Ce que c'est quoi ? elle demande. Rien. Tais-toi, maintenant et fais ton travail.

Elle finit de le panser puis va préparer le repas. Un ragoût de légumes et de viande de mouton hachée. Ils dînent sans un mot. On entend l'appel à la prière depuis le clocher de l'église. Dieu est grand. Mahomet et Jésus-Christ sont ses prophètes. Ainsi soit-il. Abdel porte à ses lèvres la médaille d'or qui pend à son cou. L'effigie d'une madone qu'il a trouvée l'année dernière en faisant les poches d'un cadavre ennemi. Le type gardait ça dans son portefeuille.

Abdel ne prie pas. Il dit que ça ne sert à rien parce que de toute façon Dieu n'écoute pas et que ce serait plutôt aux hommes de l'écouter. Par moments, il se lance à voix haute dans des réflexions sur le sens de la vie, l'ordre naturel, les fléaux qui ont mené l'humanité au bord de l'extinction et la menacent encore. Il s'en prend alors pêle-mêle aux pécheurs, aux infidèles, aux mécréants, au grand complot des scientifiques et des puissances sataniques qui dominaient le monde. Parfois, quand ses amis viennent, ils boivent et se lancent dans des discussions confuses parsemées de coups de gueule et de grands éclats de rire. Il arrive qu'ils se mettent à parler à voix basse, gloussant parfois, et Alice, dans la chambre, l'oreille collée à la cloison, sait qu'ils parlent de femmes et de sexe.

Après la vaisselle, Alice va prendre une douche. L'eau froide lui fait du bien et l'odeur du savon chasse les relents de sueur dans lesquels elle macérait. À la lueur de la lanterne solaire, elle démêle ses cheveux, elle tapote ses joues pour que le sang y vienne poser un peu de rose.

Elle tressaille en voyant dans le miroir la porte s'ouvrir et apparaître Abdel seulement vêtu de son pansement et de l'écharpe qui maintient son bras. La pénombre lui fait une allure de spectre. Les yeux enfoncés dans l'obscurité des orbites, les joues creusées de nuit. Il a la tête d'un mort. Il se colle à elle, elle se dérobe, il prend ses cheveux dans son poing et lui tire la tête en arrière puis glisse un genou entre ses jambes et la force. Je veux un fils, il dit, la bouche contre sa nuque. Toi tu as Nour mais ça compte pas. Je veux un fils.

Il lui fait mal mais elle sait que ça ne durera pas longtemps. Ça ne dure jamais longtemps, heureusement. Pendant qu'il s'exaspère en elle, Alice regarde dans la glace son corps secoué, la main et le bras de l'homme qui enserrent son ventre et elle se cherche dans ce visage vieilli soudain par la douleur, la fatigue, le dégoût.

Nour, Nour, chuchote-t-elle à chaque coup de boutoir, calant son souffle sur ce rythme, comme pour repousser l'assaut.

Quand enfin l'homme termine, avec une ridicule plainte de chiot, elle se retourne et le dévisage mais il baisse les yeux et secoue la tête avant de sortir sans rien dire.

Nour, murmure-t-elle en se nettoyant de ce jus qui coule d'elle.

Nour, comme une invocation magique.

Demain.

6

Vers midi, le premier jour, ils avaient trouvé le fourgon de leurs assaillants arrêté au bord de la route. Nour s'en était approchée, armée, pendant que Léo, debout sur le plateau de la remorque auprès de son père, surveillait les enchevêtrements noirâtres de la forêt calcinée, l'œil au viseur de son fusil. Le fourgon puait l'essence. Plusieurs impacts de balles étaient visibles près du réservoir. Bon, avait dit Nour, ils sont à pied.

Clara était restée à distance, répétant à sa mère de faire attention, de revenir, de ne pas rester là.

Nour avait fouillé l'intérieur du véhicule et n'avait rien trouvé. Un siège était imbibé de sang. Elle s'était retournée vers sa fille pour le lui montrer, mais Clara se tenait un peu plus loin au milieu de la route, l'implorant de s'éloigner du fourgon comme s'il se fût agi d'un objet ou d'un lieu maléfique.

Nour était revenue vers Clara et l'avait enlacée. Ils sont loin. Ils vont plus vite que nous. Ils ont un blessé, ça les ralentit.

Ils reprirent la route. Des kilomètres au pas du cheval qui s'arrêtait parfois pour arracher un peu d'herbe sur les bas-côtés. Des kilomètres à scruter l'horizon déchiqueté, soulevant sous leurs pieds une poussière de cendre, ployant sous le poids de la lumière brûlante qui écrasait tout et imposait le silence aux bêtes tapies dans quelques refuges d'ombre et au vent réduit à soulever par endroits des tourbillons noirâtres. Léo s'arrêtait pour les regarder se tordre puis se dissoudre et reprenait sa marche et se retournait avec méfiance vers l'endroit où la chose s'était évanouie. Il cherchait le regard de Clara qui ne manquait jamais de moquer ses étonnements ou ses craintes mais elle marchait devant, les yeux fixés sur la perspective rectiligne de la route inondée de flaques de chaleur vibrant sous le soleil.

Sur la remorque, Marceau somnolait, fiévreux, trempé de sueur. Ils avaient tendu au-dessus de lui, tant bien que mal, une bâche pour le protéger du soleil. De temps en temps, Léo lui donnait à boire et chassait quelques mouches posées sur le pansement de sa jambe. Le pied et la cheville avaient bleui mais ce matin la plaie était propre.

Ils trouvèrent juste avant la nuit un hameau dont quelques maisons avaient été épargnées par les flammes. Ils en explorèrent deux, choisirent de s'installer dans celle qui avait encore sa porte et ses volets. Le garage, où pourrissait une voiture posée sur les moyeux, était assez grand pour qu'on pût y mettre à l'abri le cheval pour la nuit.

Dans la pièce qui avait été le salon subsistait une vaste cheminée. Léo y alluma un feu. Nour et lui y firent cuire une soupe où ils jetèrent quelques-uns des légumes qu'ils avaient pu récupérer avant de partir et un peu de viande séchée. Clara les regardait faire, assise tout près du feu dont elle essayait d'attraper les étincelles qui sautaient sur elle. Ils mangèrent tous les quatre devant les flammes qui leur faisaient de beaux visages dorés où brillaient leurs yeux fatigués. Ils ne parlaient presque pas. Marceau s'était réveillé et se tenait bien droit, adossé au mur, Léo assis en tailleur à ses pieds.

Nour changea son pansement. La blessure suintait à peine. Deux bourrelets rougeâtres tenus ensemble par les points. Elle toucha le pied bleui. Il était chaud. C'était bon signe.
– Qu'est-ce que t'en penses ?
– Ça m'a l'air pas mal. On serait plus tranquilles avec des antibiotiques, mais bon...
– Je crois que j'ai moins de fièvre.

Léo posa sa main sur celle de son père puis se leva.
– Je vais donner au cheval. Y a de l'herbe, là devant. Et puis à boire.

Nour le regarda s'éloigner, son ombre démesurée, tremblée par les flammes, s'étirant sur le mur du fond. On entendit le cheval s'ébrouer dehors et Léo lui parler à voix basse.

Clara s'était endormie sur une couverture posée devant la cheminée.

Nour regardait Marceau qui la regardait aussi puis baissait les yeux vers ses mains qu'il examinait comme si elles venaient de lui pousser au bout des bras. Il y avait ce silence entre eux, depuis qu'il les avait trouvées, avec Clara, au fond de ce fossé tenant entre elles le corps d'un homme mort. Il y avait ce silence si lourd de toutes les choses qu'ils ne pouvaient pas dire, faute de mots, faute de souffle, ce silence résonnant encore des voix qui s'étaient tues, plein de cris et de plaintes et de pleurs, grand sac fermé qu'ils traînaient avec eux jusque dans leurs nuits à jamais inquiètes. Ils avaient tenu loin d'eux cette rumeur en se réfugiant dans le grand silence de la grande forêt détruite où les paroles comptaient moins que les gestes, moins que l'écoute, moins que les regards.

Le feu crépitait et sifflait, sa lueur ondoyant sur leurs visages immobiles.

Clara se retourna, dénudant son épaule. Nour rabattit sur elle un pan de la couverture.
– J'ai peur, dit Marceau.

– Moi aussi. Je crois que j'ai toujours eu peur. C'était comme un moteur. Comme pour les animaux : la peur leur donne la force de fuir, d'inventer des stratagèmes pour se débarrasser du prédateur. Je suis fatiguée de fuir.

Elle inspira profondément, toussa un peu pour expulser de sa gorge le chagrin qui venait s'y loger. Elle posa sa main sur la sienne. Elle attendit. Il fermait les yeux, sans réaction. Inaccessible, enfermé dans cette peur qu'il avait nommée. Au début, dans les premières semaines où ils avaient fait face et cheminé ensemble, elle ne parvenait pas à croiser son regard qui fuyait les siens. Elle avait d'abord pris ça pour du mépris de la part de cette espèce de guerrier furieux et triste qui tour à tour rudoyait son petit garçon ou le prenait contre lui avec des gestes doux et légers. Elle avait compris à la longue qu'il ne pouvait plus regarder un visage de femme, ou bien s'était-il interdit de le faire, instaurant une sorte de tabou pour ne pas troubler le souvenir sacré de l'irremplaçable qu'il avait perdue.

– De quoi tu as peur ?

Il posa la main sur sa jambe blessée.

– Regarde mon pied. C'est pas bon. J'ai déjà vu ce genre de blessure. L'infection va gagner.

– Je te soignerai.

– Je sais. Mais tu ne me guériras pas.

– Bien sûr que si.

Elle tenait son regard dans celui de Marceau pour le convaincre de ce qu'elle disait. Il hocha la tête. Il ne la croyait pas. Elle aurait aimé être sûre de tenir sa promesse.

Il ferma les yeux.

– Je pensais pas devoir le laisser derrière moi si tôt. C'est qu'un gamin. Il est fragile.

– Moins que tu crois. Les enfants n'ont plus le droit d'être fragiles. Ou bien ils deviennent fous. Ou ils meurent. Intuitivement, ils savent qu'ils ne sont que des accidents, que

leur venue au monde, dans ce monde, n'était pas souhaitée, ni souhaitable. On a fait naître des aberrations.
– Tu regrettes ?
Elle secoua la tête. Non, bien sûr. Elle sentit les larmes monter. Les images de Clara petite fille affluaient. Clara courant dans un pré ; mangeant une pêche, du jus coulant sur son menton. Clara chahutant avec son père puis s'enfuyant dans un éclat de rire. Clara blottie contre Gabriel en train de mourir. Et Clara à présent, battue et violée, dont elle ne pouvait voir ni imaginer les blessures.
– Il était si gai. J'avais l'impression qu'avec lui je ne risquais plus rien, et que tout irait mieux, pour nous et pour les autres. Je me suis remise à croire en l'avenir. À penser que Clara serait plus heureuse que nous.
Elle essuya les larmes qui coulaient.
Marceau semblait dormir. Il rouvrit les yeux, observa Nour qui séchait ses joues, lui murmurant de ne pas pleurer.
– Léo parlait beaucoup. Tout le temps. Il avait constamment des questions. Précisément celles qu'on refusait de se poser. Sa mère et moi on répondait comme on pouvait… ce qu'on pouvait. On essayait de le rassurer, on lui disait que ça passerait, que ça se calmerait, qu'on trouverait une vraie maison. Mais c'est à elle surtout qu'il demandait de lui expliquer le jour et la nuit, la lune, le sang, l'odeur des cadavres, la pluie ou le soleil, parce qu'elle lui racontait des histoires, des contes et des légendes. Elle avait appris ça de sa mère à elle, qui avait fait l'école dans le temps à des enfants perdus. Elle avait gardé quelques livres. Il l'écoutait le soir, des fois, près d'un feu ou dehors dans la nuit sous les étoiles et moi aussi je l'écoutais… Elle avait une voix qui te prenait et te gardait comme des grands bras transparents et chauds. Mais depuis qu'elle est morte…
Il se tut, prit une grande goulée d'air. Nour voyait ses yeux briller entre ses paupières mi-closes.

– Depuis qu'elle est morte on dirait qu'il ne sait plus parler. Il ne pose plus de questions. On dirait qu'il est tout le temps ailleurs, ou perdu dans des pensées.

– Il a peur de toi. Je te l'ai déjà dit. Peut-être qu'il n'ose pas...

– J'ai pas su me rattraper. Ou me racheter... Et il sera bientôt trop tard. Il est trop tard.

– De quoi tu parles ?

Marceau ferma les yeux. Ses lèvres bougeaient sans qu'aucun mot les franchisse, comme s'ils se pressaient dans sa bouche, nombreux et brûlants.

– À mon retour, la porte était ouverte et j'ai compris. J'ai appelé le gosse, j'ai appelé Tania mais je savais. Je l'ai trouvée sur le lit, à plat ventre. Il y avait cette odeur de sueur, de crasse, de foutre. Quand je l'ai mise sur le dos, je...

Nour leva une main vers lui.

– Arrête. Tu m'as déjà raconté ça. Je t'en prie. Laisse-la tranquille, comme tu disais.

Marceau secoua la tête, se frotta la figure, les cheveux comme s'il voulait se débarrasser d'une toile d'araignée.

– Il faut que je le dise à quelqu'un. Léo n'était pas là... Tania était morte. Je ne sais plus. Je me suis réveillé près d'elle, il faisait nuit. Je ne comprenais pas. Elle était couchée dans ce lit propre, vêtue de sa robe préférée, la petite bleue presque transparente qui laissait voir ses jambes dans la lumière. Tania sentait bon. Je l'avais lavée, habillée, pomponnée, j'avais changé les draps, j'avais rangé la chambre et je ne me souvenais de rien. Je suis allé chercher des bougies et je les ai disposées autour du lit. J'ai regardé cette lumière chaude. La peau de Tania était dorée. Je suis descendu au rez-de-chaussée et j'ai appelé le gosse et je l'ai cherché jusque dans la rue mais rien, je n'arrivais pas à admettre qu'ils l'avaient emmené avec eux et je n'imaginais même pas qu'ils pouvaient l'avoir tué ni ce qu'ils étaient capables de lui faire subir. J'étais infoutu de réfléchir à quoi que ce soit. Je savais seulement que le monde venait de finir vraiment, je savais que le jour ne se lèverait plus. J'étais comme enfermé dans un tombeau. J'ai préparé une arme. J'avais décidé de me coucher près d'elle, de la prendre dans mes bras, le canon au fond de la gorge. Je savais le goût que ça avait, j'avais déjà voulu, il y a longtemps... J'ai entendu du bruit en bas. J'ai ouvert la porte et j'ai reconnu le gosse dans le noir et je l'ai attrapé et je l'ai frappé. J'avais envie de le cogner encore et encore. Il me semblait que ça me soulageait. Je l'ai haï à ce moment-là. J'aurais pu le... Je lui en voulais de ne pas l'avoir défendue, de ne pas s'être battu pour elle. Il avait six ans, il tremblait de peur et moi je le détestais parce qu'il ne s'était pas battu avec ces criminels. On est montés pour la voir et on est restés auprès d'elle. Léo ne pleurait pas. Il ne disait rien. Il la touchait du bout des doigts, l'embrassait doucement, silencieux et léger comme s'il craignait de la réveiller. Et moi je détestais cet enfant qui n'avait pas su défendre sa mère. J'ai même pensé à l'emmener avec nous de l'autre côté. Oui. J'ai pensé à ça. Une balle pour lui, une autre pour moi. J'ai même pris le pistolet que j'avais posé près de moi et Léo m'a vu et s'est mis debout et m'a regardé, il a baissé les yeux vers le pistolet d'un air tranquille et il m'a souri, il ne bougeait pas et se tenait bien droit, il avait deviné, il attendait, mais il y a eu ce courant d'air, je me souviens, je ne le sentais pas, pas un souffle, mais les flammes des bougies se sont inclinées toutes dans le même sens, vers la porte, comme si elles allaient partir par là et dans cette lumière bizarre je me suis aperçu à quel point Léo lui ressemblait, j'ai cru qu'il se passait un truc surnaturel, comme s'il prenait soudain les traits de sa mère, comme si un masque, moulé sur son visage, était venu se coller sur celui de mon garçon alors j'ai posé mon arme et Léo s'est approché et je l'ai regardé de tout près. J'ai réalisé que je ne l'avais jamais regardé vraiment. Je l'avais embrassé, cajolé, bercé, porté sur mon dos, protégé, caché, sauvé, depuis six ans, et il me semblait qu'il se mettait à exister vraiment et qu'il ne me restait que lui, et chaque fois que je lèverais les yeux sur lui je les verrais tous les deux, lui et elle.

Marceau grimaça de douleur et saisit sa jambe blessée. Son visage ruisselait de sueur. Nour toucha son front. Il prit sa main, la pressa contre sa joue, baisa le bout de ses doigts. Ça n'était jamais arrivé. Elle s'abandonna à son geste et se sentit heureuse. Elle ne comprenait pas bien d'où venait cette sensation et se trouvait un peu bête. Elle eut envie qu'il la prenne dans ses bras, elle eut envie de se laisser aller et elle se demanda si cette langueur n'était pas, dans le désarroi où elle était, de la faiblesse près de cet homme affaibli qui n'avait jamais rien exigé d'elle ni fait preuve de la moindre tendresse, s'en tenant à une sollicitude neutre, une espèce de camaraderie asexuée, de sorte que leurs corps éteints avaient cohabité, s'étaient touchés, tenus, frôlés, étreints parfois pour se rassurer ou se féliciter d'avoir surmonté un péril ou vaincu un adversaire, ils avaient dormi l'un près de l'autre, l'un contre l'autre, leurs enfants collés à eux, cachés dans un trou, ils avaient vu la nudité de l'autre, sa vigueur et sa beauté, se nettoyant de sa crasse au bord d'un point d'eau, se défaisant de la puanteur d'animal traqué tout en frottant son petit qui geignait et trépignait, du savon dans les yeux. Ils n'avaient éprouvé aucun désir, ressenti aucun élan, tenus entre eux par le lien qu'exigeait leur survie. Deux années durant ils avaient fui les milices qui pourchassaient les errants, les accusant de propager l'épidémie. Deux années durant ils avaient vu plus de morts que de vivants, épouvantés par les uns, harcelés par les autres.

Marceau avait fermé les yeux, la tête penchée sur la poitrine. Nour retira sa main. Elle n'avait pas vu, le feu mourant, qu'une nuit rougeoyante tremblait autour d'eux. Elle se retourna vers Clara, toujours couchée en chien de fusil. Elle lui demanda d'un murmure si elle dormait. « Non », dit Clara, qui s'assit et lui fit face. Elle secouait ses cheveux de ses mains, bataillant avec leur masse bouclée pour les rejeter en arrière. « J'ai rêvé. »

– On était dans un train. Un train qui roulait. On était tous les trois. Enfin, je veux dire...

Nour déglutit, la gorge sèche.

– Gabriel était avec nous, c'est ça ? Il est toujours avec nous, tu sais bien.

– Il dormait contre toi. Tu le tenais dans tes bras. Y avait personne d'autre que nous dans le train. Dehors on voyait la mer. On longeait la mer. L'océan. Très bleu, comme le ciel. Des vagues énormes hautes comme des maisons. Il y avait du soleil, il faisait chaud et pourtant ils étaient tous habillés comme s'ils avaient froid. C'était bizarre. Ils se croisaient sans se regarder, sans se parler, et par moments une vague leur tombait dessus et les emportait mais les autres continuaient à marcher, toujours dans la même direction, sans se retourner, sans se soucier de rien. Et toi tu ne regardais pas. Je voulais que tu regardes, je te disais « Regarde ! » mais toi tu tournais le dos à tout ça et tu serrais papa dans tes bras et moi j'avais peur parce qu'il y en avait sur la plage qui s'arrêtaient et se tournaient vers nous et nous suivaient des yeux, le train roulait et ils étaient toujours là à nous dévisager et j'avais l'impression qu'ils nous détestaient, qu'ils nous voulaient du mal... Je sais pas, peut-être qu'ils auraient aimé être dans le train à notre place, peut-être qu'ils auraient pu nous attaquer, c'était terrible ces regards, ils étaient tellement tristes et pleins de colère, ça se voyait qu'ils étaient en colère... Derrière eux, les vagues se jetaient sur ceux qui étaient trop au bord et elles les prenaient comme la gueule d'une bête immense et ça aussi ça me faisait peur, ils ne cherchaient pas à se débattre dans l'eau, je les voyais roulés et secoués comme des pantins en bois et j'avais peur qu'on se noie nous aussi, et à ce moment-là une vague énorme est montée et tu m'as crié « Ne regarde pas ! » alors je me suis réveillée juste au moment où j'allais crier.

Nour voyait le rêve de Clara comme si elle l'avait fait elle-même. Elle en éprouvait la même angoisse mais la sensation de tenir Gabriel dans ses bras se dérobait à son imagination.

– J'avais tellement peur. C'étaient des morts, non ? Ces gens qui marchaient sur la plage : c'étaient des morts pas vrai ?

– Je ne sais pas. Il n'y a que toi qui peux le dire.

– Bien sûr que c'en était. Des morts y en a partout.

Clara se mit debout, jeta un coup d'œil autour d'elle.

– Même ici.

– Arrête, Clara. Ici il n'y a que nous, bien vivants et désirant le rester. S'il te plaît. Arrête.

La porte s'ouvrit brusquement et elles sursautèrent ensemble.

Léo entra, précédé par le mince faisceau de sa lampe. Il s'immobilisa, scruta dans la pénombre leurs visages indistincts, la lumière vacillant au bout de son bras ballant. Comme ils ne disaient rien, ne bougeaient pas, il tapota le cul de sa lampe puis dirigea un cercle blafard vers le plafond.

– Y a un puits, par là-bas. Y a de l'eau. J'ai jeté un caillou dedans.

Il montra une direction d'un geste vague.

Marceau s'était réveillé et se redressa avec peine.

– T'en as pas bu au moins ?

Léo haussa les épaules.

– De toute façon, y avait pas de treuil ni de corde.

Ils parlèrent de l'eau, de l'éventualité qu'elle fût polluée. Ils avaient trouvé déjà des puits au fond desquels des cadavres avaient été jetés et en avaient remonté, quand elle n'était pas laiteuse et pestilentielle, une eau limpide et fraîche dont l'odeur rance, vaguement sucrée, collait au fond de leur gorge un arrière-goût immonde qui leur faisait oublier, quelques heures durant, la soif qui les obsédait. Léo avait trouvé dans le garage deux jerrycans qu'on pourrait remplir et ils se réjouirent de sa découverte, oui, demain, ils aviseraient demain, puisqu'il existait encore quelques lendemains et d'imprécises promesses.

Dans la nuit, le vent se leva et tira des charpentes des craquements qui semblaient les pas d'un être assoupi dont la tempête aurait réveillé les tourments.

– Tu entends ? demanda Clara à Nour.
– Oui, le vent.
– C'est pas eux ?

Nour sentit le bras de sa fille se poser sur elle, sa main chercher la sienne.

– Non, c'est pas eux. Rendors-toi. C'est le vent.

Nour entendit plus tard le fracas d'un arbre mort qui s'abattit dans le silence d'une accalmie soudaine.

Elle rêva que Clara montait dans un train, poursuivie par trois types qui s'engouffraient après elle. Le train démarrait puis s'éloignait avec un hurlement et prenait de la vitesse et n'en finissait plus, wagon après wagon, de plus en plus rapide. Et elle, sur le quai, courait sans avancer, les jambes raidies par la fatigue. Elle se réveilla, s'assit, le souffle coupé. Elle dut faire effort pour recommencer à respirer. Elle hasarda une main à côté d'elle et trouva la hanche de Clara, couchée en chien de fusil, lui tournant le dos, mais la terreur de son rêve ne la quittait pas et affolait son cœur. Elle se leva dans l'absolue obscurité de la pièce, effrayée par ce néant, n'osant bouger de peur d'être jetée dans un abîme qui se serait ouvert devant elle. Peu à peu, elle perçut le souffle régulier de Léo et Marceau endormis à l'autre bout de la pièce, et le tremblement rougeâtre de quelques braises sous la cendre. Elle s'approcha du foyer et fourgonna d'un bout de bois ce qui restait du feu. La terreur de son cauchemar refluait. Elle se coucha devant cette chaleur fantôme et chercha le sommeil longtemps.

Au matin, dès l'aube, ils trouvèrent vingt mètres de corde, un seau et puisèrent une eau claire au goût de fer dont ils se repurent, s'aspergèrent, se lavèrent avec de vieux bouts de savon récupérés dans une maison. Léo y trouva une paire de béquilles et Marceau put se mettre debout, appuyé sur les cannes de ses bras tremblants.

Ils souriaient. Nour s'en aperçut soudain. Clara frottait son corps d'un bout de savon, les yeux fermés, longuement, comme si elle avait pu effacer les ecchymoses de ses bras, de ses seins, de ses épaules, et elle insistait entre ses jambes, peut-être pour en éliminer les ultimes traces de la souillure. Nour vint lui prendre le gant de toilette et la rinça comme quand elle était petite et Clara se laissa faire, souriant un peu, elle aussi.

Le menu bruit de l'eau s'écoulant, les éclats cristallins des éclaboussures, la fraîcheur de ce simple matin si tranquille hors du temps qu'ils enduraient chaque jour, rappelèrent à Nour des souvenirs qui n'étaient pas les siens, racontés par Alice qui les tenait de sa mère Rebecca, souvenirs reconstruits d'un improbable passé. Héritage transmis de mère en fille comme un vieux bijou sans valeur mais d'un inestimable prix dont l'éclat révolu piquait l'imagination.

Ils ne s'en rendaient pas compte mais ils souriaient.

Léo donna à boire au cheval qui plongeait son museau dans le seau en secouant sa grosse tête et se redressait et le heurtait doucement du front. Ils remplirent les jerrycans, ils firent l'inventaire de leurs provisions, estimèrent qu'il leur restait pour trois jours de vivres, envisagèrent de devoir chasser.

Ils chargèrent leurs maigres biens sur la remorque et reprirent la route. Clara allait devant, un fusil pendu à l'épaule, se retournant parfois vers leur lent équipage qu'elle voyait vibrer au loin dans la chaleur.

Ils croisaient des routes et des chemins, leurs panneaux indicateurs noircis et tordus par le feu annonçant des villages et des bourgs qui n'existaient peut-être plus, directions que la bande de l'autre nuit aurait pu prendre et ainsi rester à jamais introuvable. Nour la rejoignait parfois et elles scrutaient le fouillis des frêles repousses d'arbres parmi les milliers de troncs noirs brandissant leurs branches tordues dans toutes les directions comme si d'immenses pieuvres étaient venues s'empaler sur ces poteaux.

Vers midi, Nour fut soudain accablée par la chaleur et la fatigue et s'appuya à la remorque, les jambes flageolantes. Elle suffoquait, son cœur battant au fond de la gorge. Sous un assaut de visions sordides, elle repensait à Clara, écartelée, secouée, son corps inerte bougeant sous leurs ébranlements furieux. Elle s'éloigna en titubant et se courba en deux, l'estomac tordu de spasmes, mais ne put vomir et cracha et resta un moment au milieu de la route, haletante, trempée de sueur. Loin devant, frêle et noire sur la chaussée qui vibrait sous la chaleur, Clara s'était retournée et la regardait.

Nour entendit, hagarde dans la rumeur de sa panique, la voix de Léo lui demander si ça allait. Elle s'aperçut qu'il était à côté d'elle et lui tenait le bras, la dévisageant avec inquiétude. Oui, dit-elle, alors il grimpa sur le plateau où sommeillait Marceau et revint près d'elle une gourde à la main. Elle but une longue gorgée d'eau presque fraîche et la lui rendit. Léo mouilla un chiffon qu'il tira de sa poche et le passa dans le cou de Nour. Le frisson qui dévala son dos la ranima. Elle prit le garçon contre elle et embrassa ses cheveux. Toi, je t'aime, murmura-t-elle. Il garda un moment sa tête appuyée sur sa poitrine et elle aima sentir son nez, sa bouche la chercher à travers l'étoffe de sa chemise.

Dans l'après-midi, ils traversèrent un village aux maisons calcinées, la rue principale bordée de façades écroulées, hérissée de pans de murs noircis troués par des encadrements de fenêtres où parfois à un gond pendait un volet. Énorme mâchoire plantée de chicots monstrueux.

Ils entendirent détaler sur un éboulis. Une voix, peut-être. Des gravats craquèrent dans une rue transversale. Quelque chose cavalait là-bas, lourdement.

– C'est eux, dit Clara. J'y vais.

Elle courait déjà vers la carcasse d'un fourgon qui barrait la rue. Nour le suivit. La migraine éclata d'un coup et elle fut jetée en avant dans une blancheur aveuglante et tomba à quatre pattes, hors de souffle, tâtonnant autour d'elle pour se relever, éblouie, nauséeuse.

– Attends-moi.

Clara revint vers elle et l'aida à se remettre debout.

– Laisse tomber, c'est pas eux. Viens.

Clara haussa les épaules et repartit vers la rue obstruée par des éboulements. Quand Nour la rejoignit, elle l'attrapa par la main et elles escaladèrent un monceau de meubles disloqués et de pierres d'où dépassait l'avant intact d'une voiture qui avait été rouge. Un crâne était posé sur le tableau de bord, les orbites remplies par deux billes de verre. On avait peint sur chacune un gros point noir et Nour s'arrêta devant le regard dément de cette vanité bouffonne. Elle ramassa une pierre et la balança sur la relique.

Clara s'était arrêtée un peu plus loin, sur une petite place, devant une église. Elle épiait autour d'elle les fenêtres béantes, le haut du clocher puis tendit le bras devant elle.

– Regarde.

Elle montra sur la place des monticules disposés en quinconces. C'était une cinquantaine de petites pyramides de sable et de gravier, tenues par un mortier grossier, dont les arêtes étaient constituées d'os.

– On ferait bien de partir d'ici, dit Nour. Y avait un crâne dans la voiture. Tu l'as pas vu.

Clara hocha la tête.

– Et là-bas ?

Se dressait face à l'église un monument évoquant une guerre ancienne, un carnage commis deux siècles plus tôt, mémoire ensevelie sous les bilans des désastres qui avaient depuis balayé les neuf dixièmes de l'humanité. Au sommet de la stèle un fantassin décapité montait à l'assaut, un bras arraché, tenant encore dans la main qui lui restait un fragment de fusil. Le bronze avait verdi, couvert de plaques de lichen jaunâtres. Des fougères poussaient entre les pierres du soubassement. La plaque de marbre noir rajoutée en hommage aux morts de la pandémie de peste, YP58 qui avait sévi jusqu'en 2065, était brisée en trois et la dorure de ses lettres avait terni depuis longtemps.

Tout autour, alignés à intervalles réguliers, des crânes bariolés étaient posés sur la première marche de pierre. Peinturlurés de couleurs vives, ornés de pointillés, d'étoiles, leurs dents recouvertes d'un noir brillant.

Clara s'était accroupie devant celui d'un enfant, mauve, les arcades sourcilières soulignées de jaune. Elle approcha sa main pour toucher puis la retira comme si elle s'était brûlée.

– Il y en a d'autres là. Des enfants. Pourquoi ils sont mauves ?

Nour ne répondit pas. Elle se surprit à discerner les différences de morphologie entre ces têtes de morts, se demandant quels visages dissemblables avaient vécu sur ces choses grotesques, mais les couleurs criardes et les motifs qui les ornaient les confondaient dans le même carnaval macabre.

Quelque chose cingla l'air au-dessus d'elle et rebondit sur la stèle avec un bruit métallique puis tomba à ses pieds en cliquetant. C'était une flèche d'une quarantaine de centimètres.

Elle se jeta à plat ventre, chercha Clara, l'appela. Elle s'était mise à l'abri derrière le monument.
— Là-bas. Devant l'église.
Une autre flèche frappa le socle de pierre un peu plus bas.
Nour redressa la tête et aperçut devant la porte entrouverte de l'église un homme grand, maigre, seulement vêtu d'un pagne, armé d'une arbalète. Il portait en bandoulière un étui plein de carreaux.
Nour entendit Clara armer le fusil. Elle jurait à voix basse, insultait le type.
— Qu'est-ce qu'on fait ?
L'homme descendit les trois marches du parvis et avança pas à pas, l'œil au viseur de son arbalète.
— Debout ! cria-t-il.
Nour se leva, le pistolet tendu devant elle. La détonation fracassa le silence. L'impact souleva la poussière à deux mètres de l'homme, qui se figea. Elle marchait déjà vers lui, le cran de mire verrouillé sur sa tête.
— Pose ça.
L'homme ne bougeait pas, la tête penchée, le haut du corps ramassé et tendu sur son arbalète. Cheveux gris retenus sur son crâne en un chignon, un corps sec dont la peau noircie par le soleil laissait deviner chaque muscle, chaque tendon, le moindre vaisseau sanguin semblable à ces figures d'écorchés qu'elle avait vues une fois dans un vieux livre. Sur sa poitrine pendait une grosse croix de bois.
— Lâchez votre arme, dit Nour. On vous veut pas de mal.
— Impies ! Je vais vous tuer. Démones ! Profanatrices !
— C'est quoi ici ? Un sanctuaire ?
— Vous troublez la paix de Dieu ! Vous allez mourir !
— Lâchez votre arme, répéta Nour. Vous avez tiré sur nous, vous nous menacez. Ne m'obligez pas à…
Clara tenait son fusil fermement et ne tremblait pas, la sueur qu'elle essuyait du revers de sa main libre, coulant dans

ses yeux, dégouttant de son menton. Elle abaissa le canon et appuya sur la détente.

L'homme sauta en arrière quand la balle piocha le sol tout près de son pied. Il se décida à poser son arbalète.

– Recule, dit Nour.

Elle jeta un coup d'œil à Clara avec un hochement de tête.

– Je compte jusqu'à trois. Un...

L'homme ne reculait pas, mais sa main imperceptiblement remontait vers son carquois plein de flèches.

– Deux !

La voix de Nour avait claqué et il interrompit son geste et laissa baller sa main contre sa cuisse. Il recula de trois pas. Tous ses muscles semblaient tendus sous sa peau parcheminée. Les doigts de ses mains bougeaient lentement comme des nids de petits serpents en train de s'éveiller.

Nour et Clara s'approchèrent du même pas. Elles se tenaient à cinq mètres de lui, l'arbalète posée entre l'homme et elles.

– Au moindre geste, tue-le.

Nour s'approcha sans quitter l'homme des yeux. Elle se pencha pour ramasser l'arbalète mais d'un coup de pied l'homme fit voler sur elle un paquet de poussière et de sable et elle se redressa en criant, aveuglée, les mains sur les yeux. Il se jeta sur elle et la plaqua au sol. Il saisit une flèche dans son carquois, la brandit au-dessus d'elle. Clara le frappa sur l'oreille d'un coup de crosse. Il poussa un gémissement et roula sur le côté. Il se débattait sur le dos en ruant, ses sandales de cuir soulevant de la poussière, une main sur son oreille ensanglantée. Nour se remit debout, se frottant les yeux.

Le type qui s'était relevé et les regardait en grimaçant, montrant les dents. Le sang coulait du pavillon de son oreille jusque sur sa poitrine. Il baisa sa croix et cracha aux pieds de Nour.

— La Vierge Marie avait un fils, fils de Dieu. D'entre toutes les femmes la plus pure, la plus sainte, sans doute la seule, parmi les centaines d'usurpatrices vénérées par les idolâtres et les marchands d'auréoles, à justifier qu'on vive et meure en son nom... Et toi, grande putain, tu viens avec cette traînée troubler la paix qu'elle et son fils ont enfin établie sur Terre.

Clara posa le canon de son arme sur la nuque et vida le carquois de ses flèches. Elle le menaçait et l'injuriait, confusément. L'homme gardait sa croix contre ses lèvres, marmonnant des choses, les yeux fermés.

Nour finit de se nettoyer les yeux. Son visage était gris de poussière, barbouillé de larmes. Elle se planta devant l'homme, qui brandit sa croix vers son visage.

— Vénère le Seigneur ! Prosterne-toi devant sa glorieuse toute-puissance ! À genoux, sale truie !

Elle le gifla et il porta une main à sa joue et il examina sa main d'un air stupéfait puis la renifla.

— Oui, dit-il. Je m'en doutais. Ce jus démoniaque.

Il se signa et pressa la croix entre ses paumes en geignant.

— Ça brûle !

Des larmes coulaient sur ses joues creuses.

— Vous êtes seul ici ? demanda Nour.

L'homme émit un rire aigrelet.

— Qu'est-ce que vous croyez ? Ils sont tous ici, autour de vous. Cette nuit, ils viendront.

— Qui ça ? Qui viendra ? demanda Nour.

L'homme la toisa du regard et pointa du doigt l'arme braquée sur lui.

— Ils viendront cette nuit pour s'occuper de vous. Et votre engin ne pourra rien contre eux.

Il rit encore, des larmes plein les yeux. Il désigna les crânes alignés autour du monument aux morts.

— Voyez : ils en ricanent déjà.

Clara jetait autour d'elle des regards inquiets, scrutait les fenêtres évidées, les portes béantes.

– Allons-y, dit Nour. Vous allez nous montrer ça.

Elle s'éloigna vers l'église. L'homme marchait derrière elle, suivi par Clara. Elle poussa la grande porte et la pénombre des lieux voila ses yeux éblouis par le soleil du dehors. Elle avança vers l'allée centrale et vit d'abord sur sa droite les couleurs éclatantes des vitraux. Des personnages en adoration devant des êtres couronnés d'auréoles, des scènes d'offrandes venues de temps anciens comme celles qu'elle avait vues, enfant, dans les livres qu'on les obligeait à lire au Domaine.

L'homme tomba à genoux, les mains jointes, et psalmodia une prière dans une langue qu'elle ne connaissait pas.

Clara la saisit par le bras et c'est alors qu'elle vit dans la nef les bancs alignés et les silhouettes pâles assises là, une centaine peut-être, drapées de tissus clairs. Elles avancèrent dans l'allée centrale, suivies par l'homme toujours à genoux qui s'était tu et répétait d'une voix implorante Non, non, par pitié, laissez-les en paix.

Nour souleva un drap sur quoi s'affalait un chatoiement vert et bleu et il lui sembla que son cœur s'arrêtait. Une cage thoracique apparut, sans tête, attachée au dossier par du fil de fer. Les vertèbres cervicales se courbaient en un recueillement décapité et les bras et les mains étaient reliés entre eux, fixés en position de prière. Elle tressaillit quand elle entendit juste derrière elle, près de son oreille, la voix de Clara lui dire qu'il fallait partir d'ici. Elle fit oui d'un signe de tête mais progressa encore dans l'allée. Elle marchait lentement, presque avec solennité, s'efforçant de rendre silencieux ses pas sur le sol dallé de pierre. Elle dévoila d'autres morts, tous disposés de la même façon, tenus à leurs bancs par du fil de fer ou de la ficelle. Il y avait quelques enfants, affaissés contre des adultes, partageant le même linceul. Eux n'étaient pas attachés. Il semblait que leurs ossements s'étaient à la longue encastrés dans ceux des adultes, leurs petits bras enlaçant les cages thoraciques puis s'y incrustant comme des brindilles tombées dans un buisson sec.

– On s'en va, dit Clara. Viens.

Elle essuya ses larmes du dos de ses mains.

– On s'en va, on s'en va.

Elle répétait ça en contemplant d'un air absent, effaré, l'impensable ossuaire qui s'étendait jusqu'à l'autel, voilé de pastel et de blanc. Elle tenait son fusil dans une main comme un objet encombrant, bras ballants.

L'homme était à leurs pieds, prosterné, la face contre le sol. Clara pointa son arme sur sa tête. Nour saisit doucement le fusil par le canon.

– On va partir. Mais je veux comprendre d'abord. Sors, si tu veux. Je vais parler à ce type.

Comme elle ne bougeait pas, elle la prit par les épaules :

– Tu devrais rejoindre Léo et Marceau. Ils ont dû entendre les détonations, ils doivent se demander ce qu'on fait.

Clara sembla sortir de sa contemplation horrifiée et hocha la tête et recula jusqu'à la porte de l'église sans quitter des yeux Nour, l'homme agenouillé en train de psalmodier ses incantations sur un ton pleurnichard, les morts sans tête assis comme à la messe sous les couleurs adoucies filtrant à travers les vitraux. Quand la grande porte s'ouvrit et que la lumière crue se jeta sur elle, Nour la vit hésiter puis se tasser comme pour rassembler ses forces et fondre dans cette blancheur aveuglante avant que l'obscurité se referme.

Nour poussa l'homme du pied pour qu'il se redresse. Il leva vers elle son visage grimaçant puis se mit debout, chancelant. Il fit un pas vers elle, les mains tendues, tremblantes.

– Ne tentez rien ou je tire.

L'homme s'immobilisa. Ses côtes saillaient à chacune de ses inspirations. Nour s'attendait à voir sa peau se déchirer et son cœur battre à nu. Une artère palpitait à son cou parmi les tendons étirés comme des câbles. Elle braquait le pistolet vers sa poitrine maigre mais l'arme lui semblait lourde. Elle la baissa, le doigt posé sur le pontet. Elle ne savait pas si l'homme était misérable, égaré, ou dangereux comme un chien sauvage.

– Qu'est-ce qui s'est passé ici ?

L'homme semblait réfléchir, les yeux au ciel, la bouche tordue d'une expression maussade.

– La loi de Dieu, dit-il en se signant. Maître de la nuit et de toutes les journées jusqu'à la fin des temps. Il est allé prendre en Enfer toutes les plaies, les flammes, tous les miasmes, la pestilence, le jus des charognes et les a répandus sur les hommes, ces infidèles vautrés dans leur fange. Les démons désarmés, aveugles, terrifiés dans leurs ténèbres, ont disparu dans le néant. Le mal ainsi a été vaincu.

Il ferma les yeux et posa sa croix sur son front avec une expression de souffrance.

– Moi aussi, il me punit.

– Et eux ? C'est votre dieu qui leur a coupé la tête ?

Nour montra les dépouilles attachées à leurs bancs.

– Oui. Ces mains ont été les siennes. Le fléau s'est abattu brusquement. Ils tombaient en pleine rue et s'étouffaient dans les glaires et le sang qui remontaient de leurs poumons. Dieu m'avait montré en songe des visions de l'Hécatombe. Il menait à son terme le grand dessein qu'il avait conçu. Il a sauvegardé sa maison de la furie des flammes pour que son peuple puisse venir s'y réfugier et espérer son pardon. Il a décidé de les rappeler à lui puisqu'en ce monde qu'il avait créé pour eux les Hommes ne méritaient plus de vivre. Tous ne sont pas morts. Quelques-uns ont fui, croyant lui échapper, les tristes fous ! On ne saurait se soustraire au jugement de Dieu et à son châtiment. Puis le Seigneur m'a laissé seul en vie, et j'ai dû travailler dans ce charnier selon sa volonté.

L'homme s'était à nouveau jeté à genoux et joignait les mains, doigts emmêlés, bredouillant une sorte de prière, frappant le sol de son front.

– Mais les têtes, insista Nour. Quel besoin...
– Pour séparer leur esprit de leur corps il fallait bien...

Il commença à trembler puis son corps fut secoué de convulsions. Il se redressa, les mains tendues vers Nour, et il se mit à hurler, à hurler un rire qui satura l'air, capable d'écorcher la pierre des voûtes et des piliers, assourdissant comme le vacarme d'une machine. Il se releva et Nour le mit en joue parce qu'il agitait ses bras en tous sens, le corps tordu par quelque entité mauvaise qui se serait emparée de lui.

Elle se trouva ridicule avec son arme braquée sur ce gardien de nécropole dément alors elle décida de le laisser avec ses morts et son dieu et s'écarta de lui puis marcha à reculons vers la porte de l'église et se jeta dehors, le lourd battant se refermant sur les hurlements de l'homme, abasourdie, suffoquant, l'estomac au fond de la gorge, bientôt cassée en deux par la nausée.

Elle tituba au milieu des décombres effondrés dans la rue et s'arrêta un instant parce qu'il lui semblait que le rire fou de l'homme parvenait jusqu'à elle et la suivait comme un sortilège jeté sur elle mais elle n'entendit rien que le vent qui soulevait de petits paquets de poussière en murmurant étrangement parmi les ruines. Quand elle déboucha sur la rue principale elle aperçut Clara juchée sur un tas de pierres près de la remorque, son visage sombre sous son grand chapeau de toile, son fusil en travers des cuisses.

Elle parcourut les derniers mètres terrassée par le soleil et la chaleur, prise dans le verre en fusion qui se déversait sur elle. Elle tomba entre les pattes du cheval et revint à elle en sentant sa tête soulevée par les mains de Léo et l'eau tiède de la gourde emplir sa bouche.

Marceau ne fit aucun commentaire au récit de leur incursion dans le village. « Il en a peut-être mangé quelques-uns », dit-il seulement. Aux regards inquiets qui se posèrent sur lui il s'esclaffa. « Ça s'est déjà vu. »

Ils s'éloignèrent du village et trouvèrent refuge à l'ombre des quatre murs d'un ancien hangar et ils s'abattirent, exténués, autour des vestiges d'un foyer, le sol de béton noirci où s'entassait encore un peu de bois charbonneux.

Malgré l'épuisement, Nour eut du mal à trouver le sommeil et se réveilla à la tombée du soir avec l'impression de s'être assoupie seulement cinq minutes. Clara était assise à l'entrée, un fusil appuyé près d'elle contre le mur.

– Qu'est-ce que tu fais ?
– Rien.

Elle tourna vers sa mère des yeux écarquillés d'enfant apeurée.

– Tu as entendu quelque chose ?

Elle secoua la tête.

– Non, mais...
– Rien ne viendra cette nuit. Tu les as vus tout à l'heure dans l'église. C'est tout ce qui subsiste d'eux. L'esprit meurt avec le corps. Ils ne font qu'un.
– Des fois, je... J'aimerais tellement...

Nour se leva et marcha vers sa fille puis s'accroupit près d'elle.

– Moi aussi. Mais c'est impossible.

Elles regardaient de l'autre côté de la route les fougères frissonner sous la brise.

Clara articulait son nom en bougeant les lèvres comme on parlait aux sourds dans le temps, paraît-il. Quand elle s'était réveillée elle avait cru le voir debout sur la route devant le hangar.

Elle l'appelait peut-être, mais tout bas comme s'il était près d'elle ou bien pour ne pas effaroucher son âme perdue.

Nour ne put s'empêcher de surveiller les remuements de la végétation et elle espéra qu'apparaîtrait, écartant les feuillages devant lui, un homme en pleurs, perdu dans les limbes, de retour enfin. Elle cessa de respirer pendant de longues secondes dans cette parenthèse de l'espace-temps où tout redevenait possible puis se releva brusquement, prise d'un vertige, et alla plus loin cracher la boule amère qui lui serrait la gorge.

Elles se recouchèrent blotties l'une contre l'autre.

Dans le noir, sous la profusion d'étoiles, chacune monta la garde pendant que l'autre dormait, épiant la rumeur de la nuit, l'oreille tendue aux bruissements, aux murmures du vent. Elles n'auraient pas été surprises de voir passer sur la route quelques ombres bleuâtres, erratiques lueurs, ou de voir se dresser sur le seuil de leur refuge, tremblante, une apparition pâle, étonnée ou curieuse, qu'aurait emportée une risée tiède.

Aucun mort ne se montra.

Au matin, alors que l'aube hésitait encore, sans un mot ils décidèrent de partir comme on s'échappe, et ce qui restait de nuit semblait vouloir protéger leur fuite. Ils attendirent le jour pour se parler.

– Moi aussi, cette nuit, j'ai cru que, dit Léo à Clara. J'ai attendu, j'ai écouté mais c'était que le vent.

Derrière eux, sur la route vide, rien ne les poursuivait. Leurs fantômes cheminaient en secret avec eux.

7

Une nuit, elle entend gargouiller puis gronder les canalisations et elle sait à quoi s'en tenir mais elle va tout de même ouvrir un robinet pour recevoir au creux de la main deux gouttes d'eau qu'elle lèche avec un sanglot dans la poitrine. Elle ignore pourquoi elle fait ça. Comme si elle recueillait les dernières gouttes d'un nectar miraculeux.

Debout dans le noir, devant la baie vitrée par où s'engouffre un air qui a fraîchi, elle pleure. Avant de se réveiller, elle rêvait que Martin remplissait un verre d'eau et elle s'est assise au bord du lit le cœur battant. Elle laisse déborder les larmes, couler la morve, se purger la peur, la tristesse, la colère qui l'étouffent depuis des jours. Elle aimerait bramer tout ça à la manière d'une gosse dévastée par le chagrin mais personne n'est là pour la consoler, sécher ses joues et la moucher, souffle bien fort disait maman, voilà, ça va mieux. Elle pleure en silence pour ne pas réveiller Alice, pour la garder encore dans la fiction du récit qu'elle lui fait depuis plus d'une semaine : maman est là, tu ne risques rien, ça va aller, tout va bien se passer, il ne faut pas avoir peur. Lui racontant des histoires qui finissent bien, des fables pleines d'animaux heureux, des contes d'hiver aux chaumières perdues dans la neige, aux trous percés dans la glace d'étangs gelés pour y pêcher, des aventures de chasseurs de lions, d'enfants élevés par des loups dansant avec des ours. Elle raconte, Rebecca, elle raconte sans fin à la petite fille qui la regarde fixement, fronçant parfois les sourcils, immobile, l'écoutant, attendant sans doute la suite puisqu'à l'évidence – Rebecca ignore comment et pourquoi mais elle en est certaine – Alice comprend tout, assimilant un langage qu'elle ne sait pas encore restituer, bougeant parfois ses jambes et ses pieds nus comme si elle avait envie de marcher. Rebecca raconte à son bébé un monde idéal, celui-là même que sa mère lui lisait, ta voix maman, je l'entends encore mais si loin qu'un jour elle ne me parviendra plus, elle continue de raconter même après que la petite a fermé les yeux et serré les poings sur son sommeil pour le bien tenir, elle se transporte à voix basse loin d'ici et d'à présent jusqu'à ce que le passage d'un hélicoptère ou une salve de détonations l'arrachent à son univers parallèle.

Bien sûr, quand elle se recouche, Alice est réveillée, les yeux grands ouverts, et la regarde un moment, la tête tournée vers elle, puis se rendort avec un gros soupir. On entend des tirs puis une explosion sourde puis plus rien. Rebecca se rendort dans ce silence armé.

Au matin, elle est réveillée par le hurlement d'acier d'un haut-parleur. Un couvre-feu est décrété de 20 heures à 7 heures. La loi martiale est instaurée. Toute personne trouvée dehors dans cet intervalle sera abattue. Rebecca se précipite sur le balcon : une voiture de police surmontée d'une énorme enceinte roule au pas au milieu de la rue déserte. Des gens sont aux fenêtres et en aperçoivent d'autres dans l'immeuble d'en face et ils se regardent. Et l'eau ? crie un type torse nu sur son balcon. Une femme paraît, une casserole et une cuillère dans les mains et commence à taper. Le bruit aigrelet résonne malgré les vociférations crachées par le haut-parleur. Puis deux autres, puis une cinquantaine, hommes et femmes, joignent leur tintamarre au sien. Ils crient « De l'eau ! de l'eau ! ». Ça résonne dans l'avenue, ça rebondit sur le béton des immeubles. Il semble à Rebecca que le boucan et les cris se propagent, repris et amplifiés. Le grand bruit court et ferraille dans tout le quartier, cavalcade tonitruante.

Rebecca sourit. Deux hommes sur un balcon de l'autre côté de la rue la saluent et l'invitent du geste à les imiter. Elle écarte les bras et leur fait comprendre que bébé dort. Ils s'esclaffent et recommencent à taper à coups de louche sur un faitout, en cadence, esquissant des pas de danse. Ils sont beaux. Rebecca applaudit. Elle ne pensait pas que de tels moments seraient encore possibles. Depuis dix jours dans la ville on se combat, on s'évite, on se claquemure. On trouve au matin des cadavres dans les rues, et flottent dans l'air des effluves d'incendie et patrouillent des blindés légers autonomes dont les tourelles tournent leurs canons vers les rares passants alors que leurs caméras les identifient en évaluant l'hostilité de leur comportement.

La voiture sono s'éloigne et dans le vacarme du concert de casseroles on entend les voix qui réclament que l'eau revienne.

Rebecca le voit arriver du bout de l'avenue et se souvient dans son enfance des vautours qui survolaient la vallée, leurs ailes immenses étendues, immobiles, et de la peur qu'ils lui inspiraient depuis qu'avec ses parents elle en avait vu une bande en train de dépecer une brebis crevée, tournant vers eux, promeneurs importuns, leurs têtes hideuses souillées d'une immonde bouillie avant de les replonger dans la carcasse. Rebecca perçoit le ronronnement de ses moteurs et à son passage la protestation se tait et les gens rentrent chez eux en espérant avoir échappé à la reconnaissance faciale des scanners. C'est un drone de surveillance équipé de trois scanners dont Rebecca voit tourner les capteurs quand il passe devant elle. Il vole lentement, son pilote devant ses écrans soucieux de n'oublier personne, et s'éloigne lentement et derrière lui le silence revient sur les balcons et plus personne ne se montre aux fenêtres.

La file d'attente fait le tour du bloc d'immeubles. Les gens apportent des sacs, des paniers pour y charger les douze litres d'eau en bouteilles auxquels chacun a droit, pour trois jours, sur présentation d'une carte d'identité. Tous les dix mètres, un policier anti-émeute, casqué, cagoulé, surveille la foule derrière ses lunettes noires. Quelques conversations se chuchotent derrière les masques sanitaires. Parfois, un ricanement nerveux s'élève, vite réprimé.

Il tombe par moments un petit crachin tiède, paresseux, et les gens baissent la tête, font le gros dos en maugréant contre cette pluie en poudre qui vient après quatre mois secs et importune sans rien mouiller.

Rebecca porte Alice devant elle sous un petit parapluie accroché au harnais. La fillette roule de grands yeux autour d'elle, curieuse, souriant à ceux qui croisent son regard ou s'approchent en minaudant et demandent à Rebecca comment elle s'appelle. Il y a si peu d'enfants. On s'émerveille volontiers devant ce qu'on n'ose plus faire.

Elles parviennent au point de ravitaillement deux heures plus tard. C'est, sur une placette, deux énormes camions flanqués de pickups armés, leurs mitrailleuses pour l'instant pointées vers le ciel, munitions engagées. On dit qu'hier, dans les quartiers nord, les militaires ont ouvert le feu pour repousser l'assaut d'une bande de deux cents personnes venues de Poisonville, un des quartiers les plus misérables de la métropole. Ainsi surnommé parce que les seules activités connues dans cette zone sont la fabrication de la drogue dans des dizaines de petits laboratoires disséminés partout, le transport de la drogue, la commercialisation de la drogue. L'ordre y règne, assuré par les membres du gang qui tient le secteur, et la police n'y met jamais les pieds que pour y récupérer deux fois l'an une sorte d'impôt informel destiné à ses bonnes œuvres, garant d'une coexistence pacifique. On dit qu'il y a eu des morts. Dix, vingt ou trente. Les chiffres varient. On dit que le virus a tué dans la ville cinq mille personnes en deux jours. Propagation exponentielle. On dit que les morgues débordent, qu'on entrepose les corps dans de grands camions frigorifiques. On dit qu'on va manquer de gaz pour alimenter les crématoires. On dit que ça ne s'arrêtera jamais. Que c'est le début de la fin. Un interminable début. On dit tant de choses. Les gens ne croient plus rien ou bien n'importe quoi. Au coin des rues, sur les places, des crieurs vendent des feuilles agrafées par trois ou quatre proclamant que la vérité est enfin révélée, preuves à l'appui, sur les causes cachées de la situation.

VIRUS : L'INVASION ÉTRANGÈRE
PANDÉMIE : SATELLITES TUEURS
BLACK-OUT : BOMBARDEMENTS ÉLECTROMAGNÉTIQUES
CHAOS GLOBAL : ORCHESTRÉ PAR QUI ? MAIS QUI ?
L'AFRIQUE ÉPARGNÉE : UN HASARD ?

D'autres, juchés sur des escabeaux, depuis que tous les écrans se sont éteints et que l'information ne se déverse plus dans les égouts habituels, haranguent les passants, les files d'attente, et annoncent la venue d'un prophète, la colère de leur dieu, la mort de tous les dieux, le décrochage de la lune de son orbite, le ralentissement de la rotation terrestre jusqu'à son arrêt complet, la fin du capitalisme, l'extinction de l'espèce humaine, l'arrivée prochaine d'extraterrestres dont les vaisseaux gigantesques ont été repérés depuis des années sans qu'on en sache rien, le temps pour les gouvernements de négocier la survie d'une élite mondiale qui serait épargnée, devant parfois des centaines de curieux qui souvent applaudissent ou grondent, ou bien s'agenouillent ou se prosternent pour prier.

Rebecca repense à son père : « Un nouveau Moyen Âge, disait-il. C'est vers ça qu'on va. Un temps de seigneurs et de gueux. De maîtres et de serfs. D'obscurantisme. Ma pauvre petite fille. Quel monde on va te laisser. Nous avons perdu toutes les batailles. » Il s'efforçait de sourire, épuisé, tremblant de colère et de fièvre.

Elle sursaute en sentant qu'on lui prend le coude. « Vas-y », lui dit Aïssa.

Trois bornes lisent les cartes d'identité et les militaires laissent alors passer les gens un par un, canalisés par de hautes barrières de plexiglas, jusqu'à la plateforme du camion où on leur attribue leur ration d'eau sous l'œil creux des fusils braqués sur eux. Pas un mot n'est prononcé. On n'entend que les souffles d'effort quand il faut soulever les douze kilos d'eau. Une vieille femme trébuche en traînant sur le sol son chargement de bouteilles qu'elle n'a pas pu installer sur l'espèce de chariot qu'elle tire derrière elle. Un type vient l'aider. Tout près, sous la visière de son casque, un très jeune soldat sourit.

Rebecca doit prouver qu'Alice est bien sa fille. La puce de sa carte d'identité comporte aussi la certification génétique de la filiation mais la borne cafouille, se bloque, de sorte qu'il faut réinitialiser le lecteur et reprendre à zéro la procédure. Le sergent qui supervise l'opération s'impatiente, soupire, et derrière elle, on piétine, on bougonne. Dès que s'allume avec un bip le voyant vert, le soldat la pousse. Allez, on dégage. Les militaires la regardent se débrouiller pour glisser dans ses grands sacs, courbée en deux, les deux paquets de douze kilos d'eau, Alice renversée en arrière, la tête en bas.

Derrière elle, Aïssa est écartée de la file pour un contrôle d'identité. Un officier de police la prend en photo et attend la réponse d'un fichier quelconque.

C'est bon, passe, lui dit le flic.

Elles s'éloignent. Elles portent à deux leur chargement d'eau, elles titubent parfois, déséquilibrées par le poids, elles rient, les nerfs et la fatigue sans doute, et doivent faire des pauses, plusieurs fois, en sueur, les épaules nouées, les bras raidis. Alice dort, la joue sur le sein de sa mère. Rebecca lui caresse la tête de sa main libre. À quoi tu rêves ? Elle embrasse les cheveux fins. Je serai toujours là.

Toujours. C'est long, toujours. Des jours et des nuits et des semaines. Rebecca n'ose pas envisager de mois ni d'années. Des jours et des jours, des semaines dont on ignore si elles finiront. Se nourrir, boire. Ne plus penser qu'à cela. Vivre pour manger, manger pour vivre. C'est cela vivre ? Rebecca se pose la question mais n'a pas de réponse. Les animaux vivent ainsi. Et les femmes et les hommes réduits à l'extrême misère partout sur la planète. Nous sommes peut-être en train de devenir des animaux misérables. Ou de misérables animaux capables de nous battre pour notre ration quotidienne quand on sait qu'il n'y en aura pas pour tout le monde. La gorge de Rebecca se serre et les larmes lui viennent quand Alice refuse la cuillérée qu'elle lui tend. Je t'en prie. Alice dévisage sa mère et lui sourit puis enfourne la bouillie en grimaçant.

Elle couche la petite et va sur le balcon lire à la lumière de sa lampe frontale. C'est un roman du siècle dernier, le voyage à cheval d'un jeune homme qui libère une louve d'un piège puis franchit la frontière mexicaine pour la ramener dans ses montagnes et va rencontrer là-bas violence et passions. Rebecca s'oublie dans les plaines bornées au loin par des sierras bleues, elle entend broncher le cheval, crépiter le feu, elle voit danser les flammes sous les étoiles. Elle aimerait que ce monde sans âge existe encore. Avancer au pas d'un cheval dans des aubes sublimes. Elle repense aux nuits en montagne, avant les guerres et les grandes pénuries, et à l'émerveillement qui dissipait sa fatigue et la gardait yeux grands ouverts pendant que ses parents lui parlaient des glaciers et des neiges qu'on aurait crues éternelles.

    Quand elle lève les yeux de son livre, elle songe à tous ces ailleurs et ces lointains, aux voyages qu'elle ne fera jamais, à ceux qu'avec Martin ils avaient rêvé de faire quand ils s'étaient rencontrés, quand c'était encore possible, avant que le monde ne se scinde en blocs hostiles imposant leur domination aux marches de leurs empires à coups de bombardements tactiques, les parsemant de régions inaccessibles et de ruines qui ne se visiteront pas.

    Elle s'accoude au balcon. Sous elle, au clair de lune, la grisaille sombre des immeubles, l'horizon empêché par les blocs et les tours, les tranchées obscures des rues. Un peu d'air frais passe sur son visage. Elle ferme les yeux, prend une grande inspiration pour chasser la tristesse enroulée dans sa poitrine. Le couvre-feu a réduit la ville au silence. La nuit, le silence. Ce pourrait être le coma ou la mort. Quelques lumignons parfois s'aperçoivent aux fenêtres. Elle imagine des spectres dans une ville fantôme. Les lueurs de leurs âmes.
    Elle dort un peu, réveillée par les pleurs d'Alice, puis ne trouve plus le sommeil, attendant que le jour se lève mais le sommeil la trouve et la saisit.
    Au matin, c'est une journée de plus. Comme hier. Et demain. Un temps figé dans la répétition. Le passé se prolonge dans le présent comme une séquelle et le futur se dérobe, se refuse à toute conjugaison.
    Combien de journées ?
    Feuilleter chaque matin le carnet de tickets de rationnement.
    Attendre son tour devant les supermarchés transformés en entrepôts, fortifiés par des sacs de sable et des herses, gardés par des hommes en armes.
    Parcourir la ville à la recherche des amis, des connaissances.

Glisser un mot sous leur porte : *Comment tu vas ? Qu'est-ce que tu deviens ? Martin a disparu. Ça va mal. On se voit bientôt ? Je t'embrasse.*

N'espérer aucune visite le soir à cause du couvre-feu. Laisser faire le hasard ou la chance.

Afficher, sur des murs couverts de centaines d'autres annonces, des appels désespérés, une page avec photo : *Avez-vous vu cet homme ? Il s'appelle Martin. Rebecca le cherche. Rebecca l'aime. Répondre ici.* (Deux jours après, la réponse ne tarde pas : graffitis et propositions obscènes. Rebecca arrache son affichette, en colle une autre.)

Franchir les barrages de la police, louvoyer entre les chicanes et attendre, encore, pendant que le flic, après la palpation (il a aussi fourré ses mains gantées entre les jambes du bébé), scrutant son écran, n'ignorant pas l'impatience qui se tait et piétine devant lui, jouit de ce temps dont il se croit maître.

Écouter dans les files d'attente le murmure de la rumeur publique. Les angoisses, les peurs, les doutes. Le désarroi. Le deuil et le désespoir. La colère.

Voir, sur le trottoir d'en face, un vieil homme chanceler puis s'affaler lentement, cherchant en vain à s'accrocher au béton d'un mur ou au verre d'une vitrine ; s'éloigner pour ne pas le regarder mourir, croiser le fourgon qui le ramassera, hâter le pas en tenant contre soi la toute petite fille qui a vu, elle aussi, et se contorsionne pour tâcher de voir encore, mais non mon bébé, c'est rien. Lui mentir encore pour la garder à l'abri comme si la vérité était un nuage toxique, sentir le petit corps se raidir et se coller à sa mère avec un gémissement douloureux.

Ouvrir à tout hasard un robinet et recueillir quelques litres d'eau non-potable tant qu'elle coule, sentant le fer et le chlore, se jeter sous la douche, finir de se rincer avec une casserole.

S'adapter. Le mot d'ordre rabâché depuis des décennies sur tous les canaux de propagande. Il faudrait, il faudra, il faut s'adapter. Nous y sommes. Nous ne pouvons plus reculer. Expédients. Combines. Chacun pour soi. Et Dieu pour tous, disait-on dans le temps. Quel dieu ?

Écouter certains soirs Aïssa lui conter les ravages de l'épidémie, les centaines de morts quotidiens, les hôpitaux devenus des mouroirs, la maladie qui se joue du vaccin sans qu'on n'y comprenne rien, la prolifération des bactéries pathogènes qui rend indispensables les incinérations rapides, deux heures au plus tard après le décès, au point qu'on n'avise même plus les familles directement et qu'on affiche l'identité des victimes sur un panneau à l'entrée de l'hôpital et qu'on entend par les fenêtres ouvertes les cris et les pleurs des gens en deuil depuis les salles de soins et les chambres, tu te rends compte, les malades entendent qu'on pleure les morts depuis leur lit pendant que nous autres on essaie de les rassurer, j'en peux plus Rebecca, merde, ressers-moi un p'tit coup, et Rebecca de leur reverser trois doigts de ce bourbon dont elle a retrouvé au fond d'un placard deux bouteilles neuves, sans doute récupérées dans les affaires de ses parents il y a trois ans, et les voilà toutes les deux qui ne disent plus rien, sirotant leur alcool, un peu grises, l'esprit flottant dans la brume légère de leur ivresse et de leur fatigue.

Des semaines passent. Corvées d'eau, de ravitaillement. L'autre jour, une trentaine de personnes ont forcé les portes du magasin pour en piller les stocks. Quelques hommes brandissaient d'antiques fusils de chasse. Ils ont désarmé les vigiles, ils ont tiré en l'air pour bien signifier qu'ils ne plaisantaient pas. Cinq minutes après, ils se sont enfuis, de lourds sacs aux épaules, poussant des cris de joie, jusqu'à quatre vieux fourgons à essence qui venaient juste de se garer un peu plus loin et qui ont démarré en bringuebalant, empuantissant l'avenue de leurs gaz d'échappement. Ils ont disparu au coin de l'avenue et on a entendu au loin des sirènes de police, le claquement sec de quelques coups de feu. Dans la foule stupéfiée par l'attaque, un type a aboyé quelques jurons puis espéré qu'aucun de ces voyous n'était sorti vivant de la fusillade. Ce qu'il qualifiait de « racaille des marges » était responsable de tous les maux qui sévissaient en ce moment : épidémies, pénuries, violences et sabotages. « Ça reçoit des subsides de l'État à rien foutre, et voilà comment ils remercient la société. Sans nous, ils crèveraient la gueule ouverte. Pendant ce temps, c'est nous qui payons l'addition. » Quelques voix ont grogné leur approbation. La plupart des gens présents gardaient la tête baissée ou affectaient de regarder l'hélicoptère qui passait ou de lire les affiches de la préfecture relatives à la distribution de denrées alimentaires. L'homme est entré dans le magasin en brandissant ses tickets de rationnement, toujours proférant sa diatribe contre les feignants professionnels et les étrangers.

Rebecca a repensé à ce que disait Martin certains jours de ceux qu'il appelait « ses clients ». Son impatience, son exaspération face à leurs demandes d'aide, à leurs protestations, son indifférence à leurs difficultés dont ils ne cherchaient pas à sortir, affirmait-il, encouragés à la paresse par des aides sociales trop généreuses. Elle avait un temps attribué son acrimonie à la fatigue, la chaleur, les cadences de travail qu'on imposait à son service mais peu à peu ses accès de mauvaise humeur avaient évolué vers un mépris mêlé de fatalisme ; c'était ainsi, dans l'ordre des choses : certains, par manque de combativité, d'intelligence, peut-être par malchance, ne parvenaient pas à s'adapter et avaient tendance à aggraver leur situation, mais comme moralement on ne pouvait pas les abandonner au triste sort auquel eux-mêmes s'abandonnaient il fallait bien leur venir en aide. « Surtout, il faut éviter qu'ils se révoltent », ironisait Rebecca. « Se révolter ? Ils n'en ont même pas l'idée. Et quand bien même, ce serait comme en

42 : six mois d'agitation, quelques émeutes sans projet ni leader, une répression féroce, près d'un millier de morts, cinq fois plus de blessés, et puis quoi ? Chacun est rentré à la niche et l'État a promis de mieux remplir les gamelles. »

Rebecca ne reconnaissait pas celui qu'elle avait rencontré lors d'une manifestation cinq ans plus tôt, fuyant un affrontement avec la police. Elle avait essayé de lui opposer quelques arguments convoquant la justice sociale, la répartition des richesses, mais il avait haussé les épaules en jugeant ces idées archaïques, inapplicables, naïves, séquelles d'utopies rétrogrades. Ils n'avaient plus jamais abordé la question et ce silence s'était installé entre eux, bientôt comblé par les pleurs et les babils d'Alice.

Nuit après nuit, le silence qu'impose le couvre-feu est brisé par des détonations sporadiques, puis des échanges de tirs plus nourris. On dit que des milices s'affrontent pour le contrôle des quartiers nord. Une fois, Rebecca est tirée de son sommeil par le lourd crépitement des mitrailleuses d'un hélicoptère de combat dont elle aperçoit par la baie vitrée le pointillé fluorescent des balles traçantes.

Dès qu'elle le peut, Rebecca va promener Alice dans le parc jonché de feuilles mortes. L'herbe a reverdi par places puisqu'il a plu pendant quelques jours. Elle se rend compte que c'est l'automne. Le début de novembre. Le mois préféré de son père qui aimait la pluie et le vent. La petite se tient debout, veut marcher, tombe sur le cul, essaie de se remettre debout en riant. Elle fait quelques pas titubants tenue par sa mère. Elle dit « Mamamamam » et elle rit encore et Rebecca se sent heureuse, les yeux pleins de larmes.

Ça ne tient plus qu'à ça. Ces bonheurs minuscules à tout petits pas chancelants. Se relever de toute sa force et retomber et se remettre debout. Rebecca vit à ce rythme. Parfois, un livre posé ouvert sur les cuisses, elle se perd dans de vagues pensées maussades, opaques comme un jour de brouillard persistant, la petite fille la hèle « Mamamamamam », dressée dans son parc dont elle secoue le rebord en piétinant un jouet qui couine ou grelotte puis elle attend, la fixant avec une sorte d'impatience ou d'inquiétude alors Rebecca se lève à son tour, fait rouler ses épaules à la façon d'un boxeur qui s'arrache de son tabouret pour affronter une reprise de plus et vient près d'elle, oui, mon cœur, ma vie, mon âme, je suis là, et elle s'agenouille et elles collent toutes les deux leur bouche dans le cou de l'autre, oui, rester comme ça pour toujours, mourir, si c'était maintenant, serait si doux avec l'infime caresse de ses cils sur ma peau, ma main dans son dos la protégeant à jamais.

Un soir, observant Alice en train de jouer près d'elle, Aïssa dit à voix basse qu'il faut partir, quitter la ville avant qu'il ne soit trop tard. L'épidémie hors de contrôle. Des milliers de morts chaque semaine. Les combats de rue. Les difficultés de ravitaillement. L'état de siège envisagé.

– Ils fermeront la ville. On se retrouvera piégées. Pour l'instant, toutes les trois on est protégées de la maladie par le vaccin, mais jusqu'à quand ?

Rebecca scrute autour d'elle la pénombre de l'appartement. Les deux veilleuses solaires ne peuvent rien contre la nuit venue. Partir, se mettre à l'abri. Où ? Elle a l'impression de marcher sur un pont de cordes oscillant au-dessus du vide.

Alice s'est réfugiée dans les bras d'Aïssa.

– Je vais la coucher. Il est tard.

Elles regardent la petite frotter ses yeux de ses poings, puis s'abandonner au sommeil.

– Je ne sais pas si je pourrai.

– Si tu pourras quoi ? Continuer de vivre ici avec elle ? Qu'est-ce qui te retient ?

– Laisser tout derrière moi. Des gens que j'aime. Trente ans de ma vie. Et puis partir comme ça sur les routes avec ma petite, sans savoir comment je ferai pour la nourrir, l'élever. Quel avenir ?

– Ici, ce sera la guerre. Vous serez prises au piège.

– Ce sera la guerre partout. Et toi tu es prête à tout laisser derrière toi ?

– Laisser toute cette merde, oui. L'hôpital, les cadavres dans les couloirs, le regard implorant de ceux qui meurent et qui s'accrochent à ta main comme si tu pouvais encore faire quelque chose et rendent leur dernier souffle leurs yeux ouverts qui se remplissent tout d'un coup de larmes. Ce monde est en train de finir, Rebecca... Comme ces pauvres morts... Et ça ne sert à rien de lui tenir la main parce qu'il va nous entraîner dans sa chute. Dans deux, trois ans, ce sera terminé. Tout ce qu'on a connu, tout ce merdier branlant qui tombait en morceaux aura cessé d'exister, et la plupart de ceux qu'on a connus auront disparu. Les épidémies laisseront peut-être 10 ou 15 % de survivants et je veux en faire partie. Il faut s'échapper avant que les bactéries et les virus nous attrapent. Partir loin d'ici, putain. Y a que ça.

Elle se tait. Elle sourit à la petite fille endormie puis revient dans le salon et s'assied, les épaules voûtées.

– Je ne laisse pas grand-chose derrière moi. Comme mes parents quand ils ont quitté l'Afrique pour fuir la grande famine. J'étais toute leur richesse et ils m'ont laissée moi et je suis sûre que là où ils sont...

Quelques larmes qu'elle essuie avec le bas de son tee-shirt. Rebecca lui prend la main.

– Où tu crois qu'ils sont ?

– Dans un enfer bleu où ils se débattent pour revenir à la surface et remonter dans le bateau. Ils crient mon nom et ils avalent de l'eau et ils se noient et ça recommence et ils aperçoivent les mains qui se tendent vers eux à travers la flotte qui leur brûle les yeux. J'arrive pas à me défaire de cette vision.

Elles ne disent rien pendant un moment. Chacune avec les siens.

— On pourrait aller chez mes parents adoptifs. Je t'ai parlé d'eux une fois. Ils m'ont élevée, ils m'ont payé mes études. On s'aimait beaucoup jusqu'au jour où lui, Vitto, a estimé qu'il y avait trop de nègres dans le pays et qu'ils foutaient le bordel partout. Il m'a balancé ça de l'autre côté de la table, penché vers moi, les yeux dans les yeux. Je les avais pas vus depuis presque un an, je vivais des choses compliquées, bref... J'avais l'impression que c'était plus le même bonhomme. Je dis pas ça pour toi, hein, il a précisé. C'est pas pareil. Mais tous ces migrants qui envahissent tout, qui salissent tout, qui viennent vivre à nos crochets quand c'est si difficile déjà ici. Il m'a redit qu'il disait pas ça pour moi, que c'était différent. Mais si, c'était pareil. Je le lui ai dit. C'était la même misère, en pire. La famine. La sécheresse. La guerre depuis cinq ans. Je lui ai parlé des bateaux que les garde-côtes européens coulaient au large de la Corse ou de la Sicile. Je lui ai parlé des camps d'internement, de la malnutrition, des maladies, de la violence. Je lui ai dit qu'à bord il y avait des dizaines de gamines comme moi et dans les camps où elles se prostituaient pour pas crever de faim et que c'était pareil et que lorsque j'étais arrivée des connards disaient la même chose que lui aujourd'hui. Tu me traites de connard ? il a dit. Après tout ce qu'on a fait pour toi ? Mélanie a voulu s'interposer, elle a posé sa main sur la mienne en m'expliquant qu'il était fatigué, qu'il ne fallait pas qu'on se fâche, elle lui a demandé de se calmer parce qu'il ne pensait pas ce qu'il disait, mais lui il s'est levé de table et m'a attrapée par la manche et m'a traînée dehors en gueulant alors sors de chez les connards et n'y refous plus les pieds. C'était il y a quatre ans. Depuis, j'appelle Mélanie, on se parle longtemps en cachette de lui, enfin... on se parlait beaucoup. Deux ou trois fois je suis allée la voir et on s'est retrouvées un jour de marché et on a mangé ensemble sous la halle...

Une explosion assourdie retentit vers le fleuve. À l'est s'empourpre un nuage de fumée pâteux, bosselé et mouvant comme une chose vivante. Aïssa pose une main sur son épaule.

– Vois où on en est. Réfléchis, dit-elle. Pour moi, ma décision est prise.

Rebecca regarde l'incendie jeter au ciel couvert des bouffées rougeoyantes. Elle entend soudain la porte se refermer et se rend compte qu'elle est seule devant la ville qui semble trembler à chaque rafale de tirs martelant dans le lointain.

Au milieu de la nuit, couchée près d'Alice qui ne dort pas non plus, elle se tourne vers elle et lui parle à l'oreille tout bas.

– Et toi qui comprends tout, qu'est-ce que tu en penses ?

8

Ils avaient tendu une bâche sur la remorque pour protéger de la pluie Marceau et leurs maigres possessions. Ils avaient recueilli un peu d'eau à une gouttière de la masure où ils avaient passé la nuit. Ils marchaient la tête baissée sous des espèces de ponchos qu'ils s'étaient bricolés à partir d'une toile de tente, suant sous ces cloches de nylon, aussi trempés que s'ils ne se protégeaient pas. De temps en temps, l'un ou l'autre levait les yeux au ciel et laissait la pluie couler sur son visage, dans sa bouche pour profiter d'une illusion de fraîcheur.

Sous le ciel bas et le crachin, les enchevêtrements de troncs calcinés luisaient d'un noir profond, dressant au-dessus des fougères et des arbres jeunes leurs pattes d'insectes gigantesques exterminés en masse par un fléau.

Vers midi, ils abordèrent une zone que le feu avait épargnée. Comme il ne pleuvait plus, Marceau souleva la bâche pour voir les arbres. Après quelques kilomètres, ils s'arrêtèrent au bord de la route sous un bosquet de chênes. Ils levaient les yeux vers les feuillages remués par le vent qui s'ébrouaient en lâchant sur eux de grosses gouttes froides. Ils se souriaient, heureux de se retrouver en bonne compagnie. Le regard se perdait dans les profondeurs sombres de la forêt. Densité rassurante. Marceau supposa qu'il devait y avoir du gibier. Il faudrait chasser mais il n'était plus en état de le faire. Nour lui rappela qu'elle savait chasser, qu'il lui avait appris. Bien sûr, mais... Toujours cette réticence de Marceau dès que Nour envisageait la question. Il se laissa retomber sur son matelas, terrassé par un élancement douloureux.

Ils mangèrent un peu de viande séchée, des galettes de sarrasin qu'ils devaient tremper dans l'eau pour les ramollir, quelques pommes qu'ils avaient récupérées dans un jardin préservé de l'incendie. Aucun n'osant avouer aux autres la faim qui les réveillait la nuit avec au creux de l'estomac une crispation nauséeuse, assis sur leur couche en attendant que le rot qui les tenaillait s'évacue. Ou bien l'illusion d'un fumet de viande grillée les tirait du sommeil, ou encore le rêve d'un repas de fête comme ils s'en étaient offert quelques-uns ces dernières années quand ils célébraient leurs anniversaires.

Léo détela le cheval et le mena jusqu'à un talus herbeux. L'animal plongea son mufle dans l'épaisseur mouillée et commença à en arracher des touffes à pleine gueule. Il tapait du pied et soufflait. Léo flattait son échine chaude en lui murmurant des bêtises comme s'il parlait à un petit animal pour le rassurer. Quelque chose bougea derrière un fourré d'ajoncs et de bruyère. Le cheval leva la tête, les oreilles pointées vers le bruit, puis se remit à brouter avec le même empressement. C'était sûrement un chevreuil. Il devait être déjà loin, enfui, silencieux. Léo s'approcha pourtant puis s'immobilisa à quelques mètres du fourré. Un fouillis de ronces l'empêchait d'aller plus loin. Il se baissa, demeura accroupi, respirant par la bouche. Il faisait sombre sous le couvert des arbres. On entendait le clapotement intermittent des feuillages qui s'égouttaient et parfois une risée d'air humide et tiède venait chuinter parmi les branches. Léo fit claquer sa langue et attendit. Il lui sembla percevoir le souffle à peine audible d'une respiration. Il ramassa une pomme de pin et la jeta. Il s'attendait à entendre détaler quelque chose mais rien ne bougea. « Bon », dit-il à voix haute.

Il revint vers le cheval qui l'observait, la tête et les oreilles dressées, aux aguets, peut-être sur ses gardes. « C'est rien. C'est moi », dit-il. Il le ramena vers la remorque et l'attela.

– Qu'est-ce que tu faisais là-bas accroupi ? T'avais un problème de...

Clara se tenait dans son dos, mâchouillant un bout de galette.

Léo haussa les épaules.

– T'étais accroupi comme si tu chiais.
– Mais non. J'avais entendu quelque chose.
– C'était quoi ?
– Je sais pas. Une bête.
– Tu l'as vue ?
– Non. C'était peut-être rien.

Ils repartirent sous le ciel menaçant, ses outres noirâtres et gonflées figées au-dessus d'eux. Clara allait devant, à une trentaine de mètres, comme d'habitude, un fusil à l'épaule. Elle s'arrêta net et le cheval, bizarrement, refusa d'avancer davantage malgré les ordres de Léo.

– Là-bas, dit-elle.

Elle pointait du doigt l'orée de la forêt au bout d'un champ envahi de genêts et de jeunes chênes.

– Y a quelque chose qui nous suit. J'étais pas sûre mais je viens de voir cette chose bouger. Ça s'est enfoncé dans les bois.

Marceau était parvenu à se redresser et balayait la lisière avec la lunette de son fusil.

– Je vois rien.
– J'ai entendu quelque chose déjà tout à l'heure, dit Léo. J'ai cru que c'était une bête.

Ils prirent leurs armes. Léo alla rejoindre Clara en avant et Marceau se hissa avec peine sur une caisse pour surveiller les alentours. Il suait et grimaçait. Il s'essuyait la figure du revers de sa manche de chemise, lourdement appuyé aux ridelles de la remorque. Nour marchait à côté du cheval, une main sur son encolure.

Ils firent encore deux ou trois kilomètres sans que rien ne se passe. Marceau confirma qu'il n'y avait rien. C'était peut-être un cerf, supposa Nour.

Clara gardait les yeux rivés loin devant elle, le regard fixe sous la visière de sa casquette. Léo scrutait le profond des bois, s'arrêtant dès qu'une forme ou une masse suspecte lui attirait l'œil. Ils arrivèrent au croisement d'avec une étroite route dissimulée sous les arbres.

– Là-bas ! Ça vient de traverser ! C'est pas une bête !

Il sauta le fossé et partit en courant. Ils l'appelèrent, non, reviens, le danger était trop grand, et Marceau eut la force de crier son nom et la détresse que le garçon perçut dans sa voix le fit tressaillir. Il entendit encore leurs voix affolées lancées à sa poursuite puis il entra dans les bois et ils furent loin, soudain, comme s'il avait franchi les limites d'un autre monde. Il suivait au milieu des fougères jaunissantes un passage récent, l'herbe couchée se redressait lentement et il eut l'impression d'être sur la trace d'un animal rapide, furtif, alors que ce qu'il avait vu avait forme humaine, courbée, sombre, aux enjambées claudicantes, s'aidant des bras et des mains pour galoper.

La forêt s'assombrissait. Léo s'arrêta pour écouter et il n'entendit rien d'abord que le silence étrange des arbres qui lui semblaient toujours sur le point de parler. C'étaient surtout des chênes. Par places surgissait un pin qui grimpait droit au-dessus du foisonnement des feuillages mêlés. La pluie se posa sur les cimes avec un clapotis doux et patient cependant que par terre le silence était plus profond encore. Une attente. Un souffle retenu. Au moment où l'averse s'abattait en grondant, il y eut ce cri. Cette plainte. De joie ou de chagrin.

Il se remit à courir sous un déluge capricieux dispensé au hasard par les branches se délestant de leur poids d'eau. La trace était toujours visible, couchant les fougères, contournant les ronciers, mais elle allait toujours dans la direction du cri qu'il avait entendu. La pluie inondait ses yeux et emplissait la forêt de sa rumeur têtue, crépitant sourdement sur toute chose. Il aperçut la masse noire de la cabane, dressée dans une clairière, quand il en fut proche d'une vingtaine de mètres. L'eau cataractait du toit, versée dans deux conteneurs de plastique par un système bringuebalant de gouttières accrochées au bord d'une galerie qui donnait de la bande. Un toit de tôle ondulée abritait un fauteuil en osier et une chaise longue.

Une porte s'ouvrit et une grande femme, ses cheveux gris tombant sur ses épaules, apparut, un fusil à la main, et mit en joue le garçon.

– Lâche ça.

Voix douce. Geste ferme.

Léo se rendit compte qu'il tenait toujours le fusil à pompe. Il s'aperçut aussi qu'il était trempé, dégoulinant, de l'eau dans les yeux, la bouche, le nez, comme si on l'avait tiré d'un puits.

L'averse pourtant s'éloignait mais le vent continuait de secouer les arbres de la pluie qui s'y accrochait encore.

La femme fit deux pas en boitant, déhanchée, vers lui. Elle affermit sa prise sur son arme.

– M'oblige pas. J'en ai rien à foutre.

Léo posa son fusil par terre. La femme abaissa le sien.

– Je veux rien vous faire. Je vous ai suivie. Je savais pas...

Un gémissement s'éleva dans la cabane. C'était peut-être un chien. Léo avait entendu déjà un chevreuil se plaindre de la sorte, blessé à mort. La femme esquissa un coup d'œil derrière elle mais se ravisa. Elle recula jusqu'à la porte.

– Tais-toi. Je suis là. N'aie pas peur.

Un petit cri aigu lui répondit puis il y eut dans la cabane un grand remuement. La femme jeta un coup d'œil à l'intérieur. Elle dit arrête ça. Calme-toi. Je suis là.

Elle se retourna vers Léo et agita son fusil devant elle.

— Pars d'ici. Partez, toi et les autres. Laissez-moi tranquille.

— C'est vous qui nous suivez depuis ce matin ?

— Qui d'autre ? Y a pas grand monde dans le coin. Va-t'en. Pas besoin de vous ici.

— Ils vont venir. Ils me cherchent. On ne vous veut aucun mal.

— C'est pour ça que vous avez des fusils.

— C'est pour nous défendre.

La voix de Nour résonna, qui l'appelait, dans le lointain.

— Qui c'est ? ta mère ?

— Non. Mais c'est pareil. On est les quatre ensemble.

— Réponds-lui. Qu'elle te trouve et qu'elle t'emmène loin d'ici.

Léo se signala par deux fois. La femme s'assit dans le fauteuil d'osier, son fusil sur les genoux.

— Vous allez où comme ça ?

— Ils ont brûlé la maison, on a dû partir. Ils ont attaqué Clara. Ils lui ont…

Il ne sut pas quels mots utiliser. La femme hocha la tête.

— On les cherche.

Quand Nour déboula dans la clairière, hors de souffle, la femme se leva et s'avança vers elle.

— Je lui ai rien fait à votre garçon. Maintenant, faut que vous partiez.

Le regard de Nour passait incessamment de la femme dressée devant elle, appuyée sur son fusil comme sur une canne, à la masure de guingois qui semblait un assemblage hétéroclite de planches, de cloisons, de portes et de fenêtres rafistolées. Un mince filet de fumée bleuissait au-dessus d'une cheminée de pierre. Nour refoula les cent questions qu'elle avait envie de poser à la femme sur sa vie d'ermite. Elle montra le fusil posé dans l'herbe.

– Je prends juste son fusil. On s'en va.

Elle passa son bras autour des épaules de Léo et l'entraîna vers les arbres.

– C'est votre fille Clara ?

Nour sentit son cœur s'arrêter puis repartir en roulant dans sa poitrine. Elle se retourna vers la femme.

– Votre garçon m'a dit comme ça qu'on lui avait fait du mal.

Nour cracha par terre le sanglot qui l'étouffait.

– Ils l'ont battue. Ils l'ont violée. On croit savoir où ils vont. Il y a un gros bourg un peu plus loin au nord d'ici. Une sorte de colporteur nous a dit, l'an dernier, que des gens s'y étaient regroupés. Ils vont sans doute y aller pour se ravitailler. On les attrapera là-bas.

– C'est peut-être eux que j'ai vus passer hier soir. Ils sont six. Quatre hommes, deux femmes. Un des hommes est étendu sur une charrette qu'ils poussent. Ils ont des gros sacs sur le dos.

Elle regarda le ciel, écouta le vent.

– Il va encore pleuvoir. Vaut mieux que vous passiez la nuit ici. Sur la petite route, un peu plus loin que là où je suis passée, y a un ancien chemin. C'est couvert de fougères mais y a pas d'arbres, il est carrossable pour votre fourniment.

Nour ne bougeait plus. Elle ne savait que penser de cette vieille boiteuse armée d'un fusil, de cet endroit, cette bicoque bâtie au milieu d'une clairière, ces poules dont on entendait les caquètements, ce jardinet qu'on devinait derrière, cette solitude... Elle regardait la femme et n'osait soutenir son regard bleu pâle, plantée devant elle comme devant une magicienne ou une divinatrice apparue soudain dans un éblouissement.

– J'y vais, dit Léo. Je vais les chercher. Je leur expliquerai.

Elle murmura Oui, vas-y, sans détourner le regard. Fais attention à toi.

Il reprit son fusil et s'éloigna à grands pas. Elle l'écouta s'enfoncer dans les bois.

– Comment tu t'appelles ?
– Nour.
– Viens t'asseoir.

La femme marcha vers son fauteuil d'osier, boitant bas, et montra la chaise longue à Nour et s'installa en soupirant, toujours appuyée à son fusil qu'elle finit par poser près d'elle.

Nour s'assit, écrasée, tellement lourde de fatigue, qu'elle redouta que la toile cède sous son poids. Elle ferma les yeux un moment et quand elle les rouvrit elle croisa le regard de la femme. Un regard vif, d'un bleu presque transparent, qui perçait le masque froissé posé sur elle.

– Comment vous vous appelez ?

La femme ne répondit pas tout de suite. Elle hochait la tête lentement, les yeux mi-clos, comme si elle cherchait à se rappeler quelque chose.

– Disons Suzanne.
– Disons ? Mais…
– C'est à cause d'une très vieille chanson que me faisait écouter mon grand-père. Comment c'était déjà… Ah oui :
Suzanne takes you down to her place near the river
You can hear the boats go by
You can spend the night beside her
And you know she's half crazy
But that's why you want to be there…

Elle avait fredonné d'une voix juste et claire, presque juvénile.

– C'est si vieux… 1967. Je me demande parfois si cette année a vraiment existé. S'il y a eu un passé avant qu'on meure tous. Au début, on avait encore ce lien avec les années passées. Les vieux en parlaient, quelque chose de vivant se transmettait encore. On voyait des images, des films, des gens avaient même rêvé en ce temps-là d'un monde meilleur, d'un bonheur universel, d'égalité, de justice... Tu te rends compte ? Mais personne ne s'est aperçu que les assassins et les fossoyeurs étaient depuis longtemps à l'œuvre, si puissants et habiles qu'ils avaient fait en sorte de n'être plus nommés ni désignés et qu'ils ne s'arrêteraient jamais tant qu'ils ne seraient pas allés au bout du désastre. On a bien essayé de les en empêcher mais...

Elle se redressa dans son fauteuil, se tapota les joues, secoua la tête.

– Pardon... Je parle et... Il y a si longtemps que je n'ai pas parlé. Je veux dire... vraiment parler.

Il y eut un silence traversé par la rumeur des arbres dans le vent.

– Et vous voulez leur faire quoi à ces enfants de putains ?

– Les tuer, peut-être.

– Peut-être ?

– J'en sais rien. Ils ont voulu nous tuer. Ils ont violé Clara. Si mon fusil ne s'était pas enrayé deux ou trois seraient morts à l'heure qu'il est.

Nour manqua d'air en revoyant dans la lueur de leur lampe les trois types s'agitant au-dessus de Clara et la chair pâle qu'elle croyait morte déjà, secouée par leurs coups de reins et de poings. Elle repensait aux deux balles qu'elle avait tirées en l'air pour les faire fuir puis la dureté de la détente de son arme bloquée à mi-course, leurs faces tournées vers elle comme trois gorets qu'on aurait dérangés en pleine bâfrée.

Une quinte de toux résonna à l'intérieur de la cabane, puis une respiration bruyante. La femme se leva et entra en se tenant au chambranle de la porte. C'était une toux d'homme. La respiration rauque d'un homme.

Nour avança vers la porte grande ouverte. Elle ne vit rien d'abord qu'une pénombre éclairée par deux fenêtres étroites.

La femme lui tournait le dos, affairée au fond de la pièce devant une table, près d'un évier, et l'on entendait tinter du verre et couler de l'eau. Elle se retourna et se pencha sur une masse sombre que Nour n'avait pas remarquée jusque-là. Un fauteuil roulant dont la silhouette se découpait sur la clarté de la fenêtre. Du haut du dossier dépassait une masse de cheveux hirsute. L'homme respirait péniblement, semblant reprendre son souffle. Sa tête bougeait au rythme de son effort. Apercevant Nour, la femme tourna le fauteuil vers elle.

– Regarde, mon cœur. On a de la visite. C'est Nour.

L'homme dévisageait Nour, écarquillant ses grands yeux verts, piqués de reflets dorés, et un sourire hésitait sur ses lèvres. Il émit un geignement interrogateur puis un petit rire aigu. Nour frissonna. On aurait dit qu'un enfant bougeait dans ce corps d'homme. Il était d'une foudroyante beauté. Il leva les yeux vers la femme et chercha sa main qu'elle lui donna. Ses pieds nus bougeaient confusément sur le plancher grossier.

– Je te présente Joseph, mon fils.
– Bonjour Joseph.

Il regarda Nour avec ébahissement. Il l'examinait, bouche entrouverte, des pieds jusqu'à la tête comme si se tenait devant lui un phénomène extravagant, une apparition surnaturelle, ses grandes mains crispées sur les bras du fauteuil.

Nour approcha. Joseph émit un profond soupir puis tapa dans ses mains.

– Pas plus près, fit la femme.

Joseph se cambra puis essaya de se lever, prenant appui sur les bras du fauteuil. Nour s'aperçut alors qu'une sangle l'attachait à son siège. Il se débattait, il secouait le fauteuil pour s'en arracher puis il retomba soudain sur ses coussins, épuisé, et poussa une longue plainte d'enfant triste, ses yeux pleins de larmes rivés sur Nour, puis un hurlement lui déchira la gorge et Nour recula parce qu'il lui semblait que du sang allait jaillir de cette bouche béante et que Joseph mourrait là, sous ses yeux, de l'avoir seulement vue.

Au bout de son souffle, il se laissa aller dans le fauteuil et ferma les yeux, le menton sur la poitrine. Son front luisait. Sa mère lui passa un linge mouillé sur le visage.

– Ça lui a fait un choc de te voir. Je croyais pas que... Ça fait si longtemps qu'on n'a vu personne.

Nour sortit sous l'auvent et regarda la cime des arbres, la course des nuages, en attendant que se taise ce hurlement qui résonnait toujours en elle. Un vertige l'obligea à s'appuyer contre un poteau.

– Tiens, bois ça.

La femme lui tendait un quart bleu à l'émail ébréché.

Nour flaira le breuvage. C'était de l'eau mentholée. Quelques feuilles y flottaient, qu'elle mâchouilla lentement.

La femme rentra et on l'entendit parler à son fils et son fils lui répondit par de petits gloussements de gosse et grommela d'une voix grave d'homme adulte. Elle l'amena sous la galerie et l'installa à côté de son fauteuil d'osier. Joseph posa son regard doré sur Nour puis se détourna d'elle pour se perdre dans la ramure des arbres où il semblait guetter quelque chose.

– Ça lui arrive parfois. Quand quelque chose le contrarie ou lui fait peur.

– Je lui ai peut-être fait peur, alors.

La femme sourit.

– J'ai connu dans le temps des hommes qui avaient peur des belles femmes. Il est peut-être comme eux.

Joseph se tourna vers elle et lui toucha le bras, riant silencieusement. Elle lui baisa la main.

– Mon fils. Mon petit. Il est né en 75. En avril. L'année après les épidémies. Il ne restait déjà plus grand monde, à ce moment-là. Tous ces morts, partout. Et cette odeur. Ces fous de dieu qui organisaient des incinérations dans les stades, sur les places, les gens qui se jetaient dans les flammes pour venir se coucher sur leur défunt.

Elle ferma les yeux, pressa le bout de ses doigts sur ses lèvres comme pour s'obliger à se taire. Joseph regardait devant lui, les yeux dans le vague.

– On était une centaine, on s'était trouvés au hasard des routes et des camps. On a fini par dégoter ce village désert au bord du fleuve et on s'est installés là. Ça a duré cinq ans. On y arrivait. On s'entraidait. On s'organisait. Puis il y a eu cette attaque. Ils sont arrivés dans des camions militaires mais ce n'était pas l'armée, ça n'existait plus depuis longtemps. On se demandait où ils avaient trouvé le carburant. Armés jusqu'aux dents. Et nous on n'avait rien pour se battre. Quelques fusils mais peu de munitions. On s'est rendus au bout d'une demi-journée pour ne pas tous y passer. Ils ont séparé les hommes des femmes et des enfants et nous ont emmenés dans leurs camions. Le lendemain, on est arrivés à l'entrée d'un pont à moitié détruit. Ils nous ont fait descendre peut-être à cause du poids. Ils manœuvraient entre les trous, en équilibre sur des plaques de béton et on attendait que tout finisse de s'effondrer et que ça les entraîne tous mais ils sont passés. Ils nous ont poussés sur ce qui restait d'un trottoir. La rivière était à trente mètres en dessous alors j'ai pris Joseph par la main et j'ai sauté. J'ai eu le temps d'entendre les autres crier mon nom et un coup de feu claquer avant de m'écraser dans l'eau avec cette douleur terrible au bassin. Je me suis accrochée à Joseph, je le voyais se débattre les yeux fermés, il avait les joues gonflées d'air. Je sais plus comment on s'est retrouvés sur la rive sous des racines qui plongeaient à cet endroit. On était cachés du pont par un arbre penché au-dessus de la rivière. Joseph était couché sur moi, du sang plein les cheveux. Il ne bougeait plus, il ne me répondait pas. J'ai posé ma main sur son cou et j'ai senti battre son pouls alors j'ai rampé sur le talus malgré la douleur. J'avais l'impression que ma jambe allait s'arracher. Je ne sais pas combien de temps on est restés comme ça, inanimés, évanouis, presque morts. Je me suis réveillée dans la nuit, je voyais le ciel à travers les branches sans feuilles, un croissant de lune, je me rappelle... Joseph était contre moi, je le tenais dans mes bras, il remuait dans son sommeil, il se plaignait comme un petit chat.

Au matin, j'ai essayé de m'asseoir, de bouger un peu mais j'ai eu tellement mal que j'en ai gueulé et que ça a réveillé Joseph. Il a ouvert les yeux et m'a regardée alors je lui ai parlé, je lui ai dit qu'on s'en était sortis, qu'on s'en sortirait. J'étais tellement heureuse de le voir ouvrir les yeux que je croyais à ce que je disais, je savais que la vie nous avait fait un cadeau inestimable et qu'on pourrait en profiter. Je lui parlais mais il ne me répondait pas, il battait des paupières, j'ai pensé qu'il était en état de choc, je l'ai pris contre moi et il s'est laissé aller tout flasque comme une poupée de chiffon, la tête en arrière, les yeux perdus.

Nour sentit quelque chose gonfler dans sa poitrine. Son estomac se souleva.

– Taisez-vous.

Elle se leva et marcha jusqu'au milieu de la clairière. Elle se tourna vers la femme et son enfant démesuré et ils lui parurent soudain, tassés sous l'auvent de leur baraque, comme deux spectres issus du récit qu'elle venait d'entendre. La femme ne se matérialisait que pour délivrer son histoire à quiconque l'approchait et par le sortilège du conte qu'elle faisait, elle ramenait à la vie son fils avec elle. L'ayant fait taire, Nour s'attendait à les voir s'affaisser tous les deux sur leur siège puis disparaître dans l'ombre, la forêt se refermant sur ce lieu qui n'existait peut-être pas.

La femme vint vers elle, déhanchée, cassée en deux à chaque pas. Elle posa sa grande main dans le cou de Nour.

– Je te demande pardon. Je suis toujours couchée là-bas avec lui dans mes bras, à me demander si j'allais pas nous foutre à l'eau. Comment il s'appelait ?

– Gabriel. C'était mon amour. Le père de Clara.

Joseph poussa un cri puis bredouilla quelque chose, la main tendue vers les arbres.

Clara se tenait au milieu de la clairière, regardant autour d'elle d'un air étonné. Léo arrivait, tenant le cheval par le licol. La remorque cahotait derrière eux. Nour s'approcha, les prit tous les deux dans ses bras.

– Vous êtes là, dit-elle.

– Oui, on est là. C'est ce qu'on avait prévu, non ? Pourquoi tu dis ça ?

– Pour rien. Non, c'est rien.

Elle grimpa sur le plateau pour voir Marceau. Il était assis contre une malle, l'air renfrogné.

– Qu'est-ce qu'on fout là ? Léo m'a dit qu'il avait trouvé une sorcière.

– C'est un peu ça. On va passer la nuit ici. Tu vas comprendre.

La femme s'était approchée. Elle s'appuyait au bord de la remorque. Elle singea un salut militaire.

– C'est moi la sorcière. J'ai vu passer vos salopards hier, dit-elle. Ils trimbalent un blessé dans une charrette, ils vont lentement. Dans deux jours vous les aurez rattrapés.

Elle remarqua la jambe pansée de Marceau.

– Qu'est-ce que vous avez ?

– Je suis tombé sur un bout de ferraille. C'est infecté...

La douleur lui coupa le souffle.

– La gangrène, souffla Marceau.

Elle vint près de lui et renifla sa jambe par-dessus le rebord de métal.

– Non. Pas encore. Si vous le permettez, la sorcière jettera un coup d'œil.

Nour aida Marceau à descendre de la remorque et le soutint jusque sous la galerie où Joseph, redressé dans son fauteuil, saluait leur arrivée avec des petits cris aigus et des battements de mains. Marceau fut installé dans la chaise longue et se tourna vers l'ancien enfant qui cacha son visage dans ses mains et l'observa à travers ses doigts écartés. Marceau lui demanda comment il allait, il s'excusa pour le dérangement, il dit qu'il aimait bien cette maison. L'enfant brisé minaudait derrière ses mains, rentrant la tête dans les épaules. Quand il se démasqua et montra à Marceau la douceur sublime de son visage, il posa sur lui ses yeux d'or et Marceau croisa à ce moment-là le regard de Nour. Tu as vu toi aussi ? se dirent-ils sans un mot.

– Si je croyais à ces conneries, je dirais que c'est peut-être un dieu déchu, tombé sur terre dans le malheur, dit Nour.

Clara, debout derrière elle, serra son épaule. Ils étaient tous devant Joseph silencieux et bouleversés et lui, redressé, ses grandes mains posées sur les bras de son fauteuil, les dévisageait avidement, la lèvre brillante de bave.

Ils s'installèrent. Léo bouchonna le cheval puis le conduisit dans le bois de chênes derrière la cabane. Clara l'accompagnait en silence. Nour et la femme allèrent jusqu'à la source, dont l'eau se répandait dans un bassin de pierre, sous une voûte surmontée d'une croix. Un ruisseau courait se perdre dans la forêt avec un petit bruit clair. La femme but dans sa main et Nour fit de même. Elle eut l'impression que la vie même coulait dans sa gorge. Puissante et dense. D'une ardente fraîcheur. Comme elles se rafraîchissaient le haut du corps avec des soupirs d'aise, la femme avoua à Nour qu'elle s'appelait Marianne. Elle avait menti tout à l'heure parce qu'elle ne voulait pas se dévoiler devant une inconnue. Ce prénom plus personne ne le prononce ni ne le connaît, ni même ne s'en souvient. Pas question de le dire à n'importe qui, tu comprends ? C'était le surnom de la république dans ce pays, du temps où ce pays existait. J'ai jamais su d'où ça venait.

C'était aussi le titre de cette chanson que son grand-père lui faisait écouter. Impossible de se rappeler le nom de celui qui la chantait. Emporté dans le gouffre où s'était perdue sa jeunesse.

– Nous on se souviendra de toi, dit Nour. De Marianne et de Joseph son fils à l'incroyable beauté. Gardiens d'une source miraculeuse. Si je pouvais, j'écrirais votre histoire. Mais je la dirai de vive voix à tous ceux que je rencontrerai. C'est comme ça que naissent les légendes. De bouche à oreille. On se souviendra de toi dans cent ans sans t'avoir connue, quand peut-être ce monde en aura fini de mourir.

– C'est l'eau qui te fait déparler, dit Marianne. Ça me fait ça des fois. Je parle à Joseph pendant des heures, je lui raconte ma vie d'avant lui, le monde avant tout ça. Je lui raconte ce qu'on m'a raconté. Quand tout allait bien, ou quand personne ne voulait croire ce qu'on savait. Je lui chante des chansons. Et il m'écoute, je vois ses yeux dans la nuit comme éclairés, et je suis sûre qu'il comprend parce qu'il s'endort en souriant, si calme, si beau que j'ai l'impression qu'au matin il se réveillera et se lèvera et me dira « Bonjour, qu'est-ce qu'on fout ici ? On s'en va ? »

Elles remplirent jerrycans et gourdes puis Nour transporta dans une brouette les provisions d'eau jusqu'à la remorque.

Léo s'était assis près de Joseph et l'amusait en faisant disparaître, d'une main à l'autre, un caillou rouge pris l'autre jour sur l'un des crânes bariolés du curé fou. Joseph tapait dans ses mains et riait de son gros rire quand il devinait où se trouvait le caillou. Il trouvait souvent. Au lieu de regarder les deux mains fermées de Léo, il posait son regard d'or sur Clara et Clara s'efforçait de lui transmettre par la pensée ce qu'elle avait deviné et il se penchait vers elle et tendait sa main vers ses lèvres blessées et touchait en fermant les yeux son genou de sa main chaude.

La nuit vint vite sous le ciel pluvieux et le vent. Ils écoutèrent en mangeant la pluie s'abattre par vagues sur la cabane, tassés autour de la petite table. C'était une sorte de civet de lapin pris au collet et d'oiseaux attrapés aux pantes. Ils parlaient de leurs techniques de chasse, racontaient leurs plus belles prises, échangeaient des recettes.

Le feu dans l'âtre, chantant et dansant. Un alcool fort, au goût d'anis, vert pâle, que Marianne distillait dans ce qu'elle appelait son labo, une remise adossée à la maison où elle faisait sécher ou infuser les herbes qu'elle collectait dans les bois. Un savoir ancien qu'elle avait reçu d'un vieux maître.

Marceau tâtait doucement le cataplasme qu'elle avait posé sur sa plaie. C'était chaud. Ça le démangeait comme si des insectes là-dessous commençaient à la dévorer. Il eut peur que des vers s'y fussent mis mais n'osa pas le dire. Il reprit de cet alcool et se laissa aller dans une torpeur légère, bienheureuse, et il souriait parfois.

Clara s'était endormie par terre et gémissait dans son sommeil et semblait parfois se débattre des bras et des jambes. Joseph se tournait vers elle en marmonnant de sa voix grave puis le sommeil le prit lui à son tour et Léo aida Marianne à le coucher dans son lit.

Ils parlèrent aussi du temps d'avant, de ce qui les avait menés là, les unes et les autres, des épreuves, de la terreur, de la barbarie, des mains tendues qu'ils avaient saisies, secourables ou secourues, des nuits sans fin au fond d'un trou, des journées sous le feu des armes, délogés, traqués, perdus. On sentit passer entre eux quelques fantômes mais on ne les invoqua pas, peut-être parce qu'ils savaient s'inviter sans prévenir.

Ils dirent plutôt les bonheurs minuscules et les petits matins, la vie opiniâtre, l'entêtement du jour, le courage d'y croire, de se lever, de rester debout, de tenir peut-être parce que les femmes et les hommes sont aussi faits comme ça, pour ça. Tenir. Penser au lendemain en remettant le futur à plus tard.

Puis ils se turent et la nuit au-dehors n'était plus que silence et ils écoutèrent ce silence, inquiets soudain, jusqu'à ce qu'une chouette, non loin de là, vienne les rassurer en témoignant de sa tranquille solitude.

9

Début d'automne. Ciel bleu, transparent. Dans la clarté de l'air tremblent et murmurent les feuilles des arbres. Une rivière chantonne. Il y a des femmes sur ses rives, à l'ombre des arbres. Une trentaine peut-être. Il y a des enfants avec elles. Qui rient, pleurnichent, poussent des cris aigus, parlotent en jouant. Il y a des nourrissons, trois, blottis contre leur mère, bercés au pas lent de la promenade, une main minuscule tendue parfois, doigts écartés. Les femmes bavardent à voix basse, assises sur un banc ou marchant côte à côte, leurs enfants galopant autour d'elles ou s'accrochant à leur jupe.

On n'entend rien d'autre que l'harmonie tranquille de ces voix mêlées dans la douceur de la matinée. Alice trouve l'instant presque parfait. Sa mère lui en a conté de semblables vécus durant son enfance dans les années 20. Au bord de torrents, sous les étoiles en montagne, au bord de l'océan à marée basse sur une immense plage déserte. Du bonheur en sursis, disait le père de Rebecca. L'écoute pas, lui soufflait la mère à l'oreille. Profitons-en ! Rebecca sombrait parfois dans une sorte de tristesse rêveuse et se mettait à raconter des fragments du passé et Alice absorbait ses paroles comme une eau fraîche.

Maman.

Nour a prononcé tout haut ce qu'Alice a pensé si fort. La fillette tient par la main un garçonnet plus petit qu'elle, fluet, blond, le nez morveux, la bouche sale. On croirait qu'il a pleuré ou qu'il va le faire.

C'est Pierre, elle dit. Il a perdu sa maman.

Alice demande au gosse qui est sa mère. Il renifle et dit qu'elle s'appelle Sandra. Alice voit bien qui est Sandra. Elle a déjà parlé avec elle. Petite, blonde, pas plus de vingt-cinq ans, mariée à Éric qu'elle a suivi ici guidée par l'amour et la foi, disait-elle. Entièrement dévouée à son homme, combattant de Dieu, et prête au sacrifice, s'il est un jour nécessaire de sacrifier sa vie. La dernière fois qu'elles se sont parlé, Sandra a fait allusion à des pratiques « spéciales » de son mari, peu sûre qu'elles soient en accord avec la morale recommandée par les livres saints. Comme Alice lui demandait ce qui se passait précisément, une cheffe a gueulé qu'il fallait se taire en s'approchant d'elles sa badine dressée.

On va la retrouver, dit Alice. Tiens, mange ça. Elle lui donne un abricot sec qu'il mâchouille en se frottant les yeux.

Encore une heure avant de devoir ramener les enfants à l'école. Alice aimerait bien être seule avec Nour qu'elle ne reverra pas avant quatre jours. Le gamin lui tourne le dos, scrutant la rivière, ses berges, dévisageant les femmes qui passent en bavardant.

On va la retrouver. Ne t'en fais pas. Elle va revenir.

Nour s'approche de sa mère et plante ses yeux noirs dans les siens, articulant un « alors ? ». Alice, l'index en travers des lèvres, lui signifie de ne rien dire. Nour acquiesce d'un battement de cils, posant elle aussi son doigt sur sa bouche.

Puis une cheffe apparaît au bout du chemin et siffle. C'est l'heure. Le gosse court vers elle, se plante à ses pieds, tout petit devant cette grande femme forte qui le toise de haut en l'écoutant demander après sa mère.

Bientôt, les appels : Sandra, Sandra, repris par toutes les femmes qui s'égayent sur les bords de la rivière, tenant leurs enfants par la main, à la recherche de la disparue. Alice elle aussi l'appelle. Sandra, Sandra. File et cours, ma belle. Ne te retourne pas. Tu as pris un peu d'eau ? Des vivres ? Dans une heure cinquante hommes se lanceront à ta poursuite. Leurs chiens sont implacables. Tu les entendras se rapprocher petit à petit puis fondre sur toi quand on les aura lâchés sur tes traces toutes fraîches. Ils te saisiront par les chevilles et te cloueront au sol, deux ou trois couchés sur toi, leurs gueules béantes menaçant ta gorge. Ils ont été élevés, dressés, entraînés pour cela : neutraliser leur proie sans la tuer. À la seule condition que la proie ne leur résiste pas.

Les hommes vont adorer ça. Cette partie de chasse. Ils intrigueront auprès des capitaines pour en être. Les plus chanceux iront à cheval et galoperont en poussant d'effrayants cris de joie. Abdel est bien vu de son capitaine. Il est choisi à chaque fois. Il commande deux chiens au bout de leur longe et jouit de les voir le mufle au ras du sol ou la tête levée, s'arrêtant parfois avant de reprendre leur recherche. L'hiver dernier, il les a vus s'immobiliser, humer la terre puis l'air autour d'eux puis émettre une plaine presque humaine. Il a su qu'il devait les lâcher puisqu'ils avaient trouvé une piste. La femme était tombée dans un trou d'eau, noyée déjà quand les chiens s'étaient rués sur elle, et les hommes, l'ayant sortie de là, avaient craché sur son visage bleui et ses yeux grands ouverts, et l'avaient maudite parce qu'il leur fallait ramener le corps au village, traîner ce fardeau sur dix kilomètres à travers les collines embroussaillées.

Il a raconté à Alice sa traque dans tous les détails, encore exalté, on aurait dit un enfant emporté par le récit d'une partie de ballon gagnée grâce à son exploit, les yeux brillants, rejouant par les gestes les actions déterminantes. Un enfant pervers, guidé seulement par son plaisir, jouissant de la douleur et de la mort. Alice, en l'écoutant, en le voyant s'animer ainsi, imaginait le visage cyanosé de la morte, ses yeux grands ouverts sur la panique de son dernier souffle.

Elle entend d'autres coups de sifflet, puis le mugissement d'une sirène. Le petit garçon est tout seul, immobile au bord de la rivière, tourné vers l'aval. C'est peut-être par là qu'elle est partie. Il est rare que les évadées tiennent plus d'une journée. Les plus déterminées s'échappent la nuit mais elles n'ont aucun moyen de s'orienter et se perdent ou tournent en rond et sont retrouvées au petit matin, épuisées, apeurées, recroquevillées au fond d'un fossé ou réfugiées dans un arbre. Les femmes n'ont pas d'accès aux cartes de la région. Elles ne connaissent du Domaine que les abords immédiats du bourg : les champs, les ateliers, et ne savent pas jusqu'où il s'étend. Personne ne le sait, d'ailleurs. Le territoire sur lequel s'exerce l'autorité du Domaine et de son Conseil dépend du rapport de force militaire établi avec l'ennemi.

Nul besoin de clôtures. Celles qui envisageraient de s'enfuir ont les pieds entravés par une chaîne impossible à rompre : l'enfant ou les enfants qu'on leur a faits, qu'elles ont dû avoir, cette chair de leur chair engendrée presque toujours à leur corps défendant. Comment imaginer de s'évader avec un gosse à la main, dans les bras ou sur le dos ? Comment imaginer de s'enfuir en le laissant derrière soi ? Comment courir le risque que les chiens le tuent sous vos yeux ? Depuis dix ans que le Domaine a été fondé, et son autorité proclamée sur tous les croyants des grandes religions, une trentaine de tentatives ont été officiellement dénombrées, et seules deux fugitives ont réussi à s'échapper.

Quant aux prisonnières, capturées lors de raids effectués en territoire hostile et préposées au bordel, elles donnent lieu, quand elles cherchent à fuir, à de véritables battues à l'arc dont le but est de rapporter comme trophée la tête de la coupable.

La cheffe gueule et s'essouffle dans son sifflet. Rassemblement. Trois Vigilants arrivent au trot. La main de Nour dans celle d'Alice. Comme un oiseau blotti là, bougeant à peine. Alice jouant de ses doigts telle une pianiste sur un clavier secret. Je t'aime tant. Ma petite fée. Je pense à toi tout le temps. Tu verras. Tout ça finira et on sera libres. Nour lève la tête vers elle et sourit et bat des paupières pour dire son approbation et sa confiance. Nour comprend les messages silencieux. Nour sait lire au fond des yeux d'Alice. Nour a cette extra-lucidité et perçoit peut-être des ondes, des vibrations émises par la pensée. Alice, enfant, avait le même don. Rebecca disait tout le temps ça : Tu comprends avant les mots, tu ressens des tremblements dans l'air.

Quelques garçons chahutent encore, perturbant les alignements et la cadence, promptement calmés par les Vigilants d'une claque sonore sur la nuque. Les gamins baissent la tête aussitôt et se serrent contre leur mère. La petite colonne avance en silence sur le macadam fissuré de la route. Soleil de midi. La chaleur tombe du ciel, monte du sol. Étau brûlant.

Les grilles de l'internat s'ouvrent. C'est un ancien lycée, immense, bien trop grand pour la centaine d'enfants qui y sont scolarisés. Il est temps de se quitter pour quatre jours. Des éducateurs attendent la fin des effusions, le visage impassible, indifférents aux étreintes, aux larmes vite écrasées du revers de la main.

Allons, allons, on se dépêche, clame une voix forte. C'est un directeur de conscience, un enseignant de la morale et de la foi, petit et gros, le visage couvert de barbe, serré dans une espèce de soutane. Une croix de bois, incrustée d'un croissant, pend à son cou.

Alice et Nour ne se disent rien. Elles s'étreignent puis la petite fille s'éloigne sans se retourner et se range avec les autres devant un éducateur qui les entraîne après lui en tapant dans ses mains pour rythmer leur pas. Les garçons traversent la cour à petites foulées, en file indienne, encouragés par les cris cadencés des adultes. Un petit de quatre ou cinq ans a du mal à suivre. Il trébuche. Un éducateur le saisit par le col de sa chemisette et le remet debout. L'enfant pleurniche et recommence à courir, tête basse. L'éducateur trotte derrière lui en gueulant Allez, allez, arrête de pleurer comme une fille. La mère du gosse s'approche des grilles refermées, serre de ses poings deux barreaux. Salauds, dit-elle entre ses dents. Salauds.

Si on t'entendait, lui dit une autre en la prenant aux épaules pour qu'elle se détourne de la scène. La femme est en pleurs. Qu'est-ce qu'elle a ? demande la cheffe. Rien, répondent les femmes. Elle est triste. Ah bon… Ça lui passera.

Alice suit la femme, consolée par deux autres, qui continue d'injurier à voix basse les éducateurs, les directeurs de conscience, le Domaine tout entier. Allons, lui disent les autres. Fais attention à ce que tu dis, tu vas être punie. Je vais prendre mon fils et je partirai avec lui, voilà ce que je vais faire.

Qu'est-ce que vous foutez encore ? demande la cheffe. Rien, répondent les femmes.

Celle qui pleure s'appelle Corine. C'est une ancienne prisonnière. On dit qu'après sa capture elle a donné des renseignements aux capitaines sur les positions et les intentions de l'ennemi. On dit qu'un des capitaines voulait l'épouser mais que le Conseil a interdit cette union. Elle a été donnée à un jeune soldat valeureux qui s'était distingué lors de plusieurs raids par son courage et sa détermination, comme ce jour où il a rapporté deux têtes accrochées à la selle de son cheval. Hommage officiel et acclamations.

Alice se méfie de Corine, de cette soudaine rébellion contre le Domaine. Il pourrait s'agir d'une manœuvre visant à débusquer les opposantes, les comploteuses. Ça s'est déjà produit. Deux femmes fouettées jusqu'à l'os. Le dos arraché. L'une d'elles est morte le lendemain du supplice. L'autre est restée couchée sur le ventre pendant un mois, recousue, couverte de cataplasmes. Elle est devenue folle. On dit qu'elle a été bannie. On dit qu'un capitaine et un sergent l'ont conduite loin par-delà la forêt morte et l'ont abandonnée avec un sac de nourriture. Alice se rappelle son nom à l'instant : Madeleine.

On dit qu'on a entendu plusieurs nuits de suite crier au loin. Les sentinelles, en haut des tours de guet, assurent que c'était un animal. Peut-être un loup. Ou le brame d'un cerf. Ou le glapissement d'un renard. Quelques femmes prétendaient que c'était un hurlement entrecoupé de sanglots. Deux autres disaient avoir vu la pauvre fille errer dans les rues, se faufilant sous la pleine lune en gémissant.

Alice n'a rien entendu ni rien vu. Elle sait seulement que cette femme hante les forêts mortes, les rues bleuies par la lune, les mémoires sans sommeil.

10

Rebecca est écrasée sur la civière par le hurlement de la sirène. Posée sur elle, à plat ventre, Alice tremble et gémit. Une fausse perfusion est accrochée à une potence, dont le tuyau vide se perd sous le drap.

Aïssa garde les yeux rivés sur la rue, à travers le parebrise ruisselant de pluie. « Ça va aller », répète-t-elle tout bas. Elle tient la main de Rebecca, elle caresse la tête de la petite fille.

Elles ont démarré tôt. Moktar, l'ambulancier, les attendait en bas de l'immeuble, tous feux allumés, sous le regard des curieux derrière leurs rideaux. Aïssa et Rebecca sont sorties, l'une soutenant l'autre, sa petite fille dans les bras. Un homme, accoudé à son petit balcon du premier étage, a promptement refermé sa fenêtre quand il a vu sous lui cette femme et cette enfant malades.

Leur décision prise, il avait fallu trois jours pour organiser leur départ. Obtenir les papiers indispensables pour passer les points de contrôle, faire établir un faux certificat médical justifiant du transport sanitaire d'une petite fille malade, trouver une ambulance en état de marche. Moktar avait réussi à recharger les batteries de ce vieux véhicule hybride et avait fait le plein de carburant.

Aïssa se demandait comment ses parents adoptifs les recevraient mais elle était sûre qu'ils ne les mettraient pas dehors.

Mélanie leur ouvrirait sa porte, comme elle l'avait fait souvent par le passé à des gens qui avaient besoin de manger et dormir. Presque dix mois sans contact avec elle, depuis la grande panne.

Rebecca a préparé deux bagages. L'un, énorme, équipé de roulettes, l'autre un vieux sac à dos hérité de ses parents, retrouvé dans un placard. Dans une poche, une carte au 1/25 000 du Queyras. Elle l'a dépliée et l'a étalée sur le lit. Elle a cru sentir soudain l'odeur astringente, minérale des pierres vertes qu'elle ramassait sur le chemin, avec au fond de la gorge la froidure râpeuse de l'eau qu'elle buvait dans ses mains au torrent. Elle a cru sentir l'odeur de la nuit. De ces nuits-là. Elle a revu tout ce ciel tendu au-dessus d'elle troué d'étoiles. Y aurait-il d'autres nuits comme celles-là ou seulement des ténèbres ? Le tracé des chemins était surligné de vert. Les zones de pique-nique, de bivouac en bleu. Elle les a suivis du bout des doigts et le paysage se déployait et les images affluaient. Ce groupe de chamois traversant l'éboulis. Un aigle, peut-être, planant au-dessus de la crête. Elle a laissé déborder ses larmes. Comme vous me manquez. Elle a replié la carte inutile comme on referme un grimoire et l'a rangée dans un petit étui de plastique au fond du sac. Vous me montrerez le chemin.

Elle a hésité pendant des heures sur le choix des vêtements, des chaussures qu'elle devrait enfiler et celles qu'il faudrait emporter. Elle a pensé à la pluie, qui pouvait en ce début d'hiver tomber nuit et jour durant des semaines alors elle a roulé une bâche qu'ils tendaient parfois sur le balcon pour faire un peu d'ombre les jours de grande canicule. Quelques médicaments, de la nourriture en sachets, du lait en poudre, des barres protéinées. Un couteau qu'elle garderait sur elle en permanence, un autre dans une poche latérale du sac à dos.

En s'affairant, elle revoyait les images qu'elle avait toujours connues des interminables colonnes de réfugiés chassés par les inondations, les famines, les guerres ou les épidémies, millions de damnés claudiquant, piétinant, se traînant, poussant des carrioles, battant des ânes fourbus, femmes, hommes et enfants chargés de sacs et de colis, misérables bardas arrachés à leur vie de misère. Ils se heurtaient à des murs de barbelés surveillés par des drones et des robots. On leur jetait parfois des sacs de vivres depuis des hélicoptères, on repoussait à coups de gaz ou de mitrailleuses leurs assauts désespérés, on les laissait dépérir dans des forêts mortes de soif et ils enterraient leurs défunts auprès de ceux que la précédente vague avait laissés sous terre.

Il avait fallu se décider à quitter la ville. Jusqu'au bout, Rebecca avait temporisé, espérant que la situation se stabiliserait malgré les difficultés grandissantes de ravitaillement, malgré les pillages et les combats qui opposaient les bandes armées aux commandos de la police. Ajoutées à l'épidémie virale, des rumeurs de cas nombreux de choléra dans les camps avaient commencé à courir et Aïssa avait confirmé que la maladie se répandait désormais dans les quartiers populaires. Jusqu'au bout, Rebecca s'était réveillée chaque nuit en croyant entendre le cliquetis de la clé de Martin ouvrant la porte. Alice, couchée à côté d'elle, ne dormait pas non plus. Toi aussi tu l'as entendu ?

La dernière fois qu'elle était sortie faire un tour avec la petite fille, dix jours plus tôt, par un après-midi clair et frais, Rebecca avait vu en travers des trottoirs ou sous des porches des corps inanimés, une dizaine, étendus de tout leur long comme des dormeurs, parfois la tête reposant sur le bras, dont personne ne semblait se soucier sinon pour les éviter du plus loin possible. Les passants qu'elle avait croisés se hâtaient vers un point de ravitaillement, encombrés de sacs et de bidons ou bien erraient, pâles et désœuvrés, certains continuant, après toutes ces semaines, à interroger leurs écrans déconnectés. La ville avait commencé à se vider. On disait que les quelques bus censés remplacer les trains étaient pris d'assaut. Des gens se battaient, d'autres se couchaient devant les roues pour qu'on les entasse à bord. Quand les matraques et les gaz lacrymogènes des vigiles ne suffisaient plus, la police intervenait et menaçait d'ouvrir le feu sur quiconque troublait l'ordre public, comme l'état d'urgence décrété il y a deux ans l'y autorise.

Il a fallu partir. Alice a pleurniché et gémi et s'est blottie contre sa mère toute la nuit. Rebecca a fait le tour de l'appartement, touchant du bout des doigts les objets familiers, les cadres des photos, les livres. Elle en a pris deux qu'elle a réussi à caser dans un sac. Elle a commencé à griffonner un mot pour Martin puis l'a roulé en boule et jeté par la fenêtre. Quoi lui dire par-delà le chaos ? Elle ne pouvait s'empêcher de le penser en vie, perdu dans le désastre, mais ne trouvait rien à lui dire. Elle a laissé sur la table une photo qu'ils avaient prise quelques jours avant la grande panne, sur laquelle ils étaient tous les trois, Alice entre eux regardait d'un air stupéfait leurs visages heureux sur l'écran brandi devant eux.

Alice assoupie dans les bras, elle a refermé la porte sans bruit. Elle ne voulait pas la claquer sur ce qui avait été sa vie jusqu'à ce moment, tous ces objets, toutes ces affaires qui ne valaient presque rien, exposés sur des étagères, accrochés aux murs, rangés dans des tiroirs et des placards dans cette sorte de musée dérisoire et secret. Elle a gardé un moment sa main sur la poignée d'acier puis Aïssa est apparue au bout du couloir.

– Tu pleures ?

Oui, elle pleurait. Elle s'en est aperçue alors, tant ces larmes, qui purgeaient le chagrin noué au fond de sa gorge allaient de soi, évidentes comme un vertige au bord du vide.

Elle a rejoint l'amie en tirant son gros sac dont le roulement bourdonnait sur le revêtement du sol. Elles ont cahoté dans les escaliers, titubant sous le poids de leurs bagages, s'octroyant à chaque étage une pause qui rendait plus lourd leur fardeau quand elles le reprenaient.

Il fallait partir. Rebecca se rabâche ça en caressant le dos de sa petite fille. Pour toi, murmure-t-elle, la bouche dans ses cheveux. Elle aimerait le croire.

Moktar les avertit d'un barrage de police. Préparez vos papiers.

La sirène se tait. On s'arrête. À travers les vitres dépolies, Rebecca aperçoit les éclats bleus des gyrophares, les silhouettes noires qui vont et viennent. Les portières sont ouvertes. Sortez du véhicule, mains sur la tête. À l'arrière, un flic en tenue de combat braque l'intérieur de l'ambulance. Rebecca se redresse un peu. Elle distingue par les trous de sa cagoule, sous son casque, des petits yeux noirs, écarquillés, scrutant tous les recoins de l'habitacle. Derrière lui, des milliers de gens encombrés de ballots, de valises, de sacs, marchent vers le sud, débordant des trottoirs.

– Et ça ?

Il pointe du bout de son arme Alice qui bouge sous la couverture.

– C'est ma fille.

Aïssa tend la liasse de papiers. Laissez-passer, pièces d'identité, certificat médical.

– On transfère la petite à l'hôpital Nord.

– J'ai vu, dit le flic. Je sais lire. C'est encore ouvert là-bas ?

Il n'attend pas la réponse. Il fait un signe à l'un de ses collègues. C'est bon pour moi.

Une rafale de tirs retentit quelques rues plus loin. Un émetteur radio crachote un message, les flics se regroupent, épaulent leurs fusils. Les gens sur les trottoirs se hâtent. On trébuche, on se pousse, on s'épaule. On relève ceux qui tombent. Les portières sont claquées, un flic cogne du poing sur le capot. Il gueule Allez, maintenant dégage ! L'ambulance louvoie entre les chicanes de béton puis accélère. La sirène reprend son vacarme déchirant.

Ils traversent des zones presque désertes où ne s'aperçoivent que des silhouettes fugitives ou des ombres à l'affût. En travers des avenues s'entassent par endroits des carcasses d'autos, des meubles calcinés, des arbres abattus, des pierres et des parpaings, de pans de palissades. Des éclats de verre. Des chaussures. Peut-être des barricades balayées par un blindé. Les rares vitrines sont brisées, les magasins incendiés. En face d'eux, à deux cents mètres, une tour de vingt étages est en feu. Des flammes soufflant et gesticulant aux fenêtres sous de longues traînées de suie. Une petite foule contemple le sinistre. Quand ils voient l'ambulance, les gens font de grands gestes. Ils appellent au secours. Moktar tourne brusquement à gauche alors qu'une clameur leur parvient.

Rebecca s'est assise et scrute la rue à travers le parebrise. Alice est posée sur ses genoux et regarde aussi, silencieuse, sans un soupir. Rebecca sent contre elle le souffle court de la petite. Ses doigts serrés sur son bras. Au bord des trottoirs des enfants dépenaillés les saluent de la main ou leur jettent des pierres. Tous les trois baissent la tête à chaque impact. Alice sursaute mais ne dit rien.

Sur l'autoroute, des véhicules abandonnés, des gens marchant le long des voies en traînant des valises énormes. Quelques voitures débordantes de bagages, rapides, silencieuses, aux vitres fumées, conduites sans doute par des privilégiés ayant eu accès à de l'électricité, et quelques vieilleries brinquebalantes crachant une âcre fumée. Odeur d'huile chaude, de gasoil frelaté. Ils roulent près de deux heures dans les prolongements sans fin de la ville en louvoyant parmi les véhicules en panne, les valises et les malles abandonnées, ouvertes, dégueulant leur contenu sur la chaussée, vêtements, nourriture, petits outils, photos éparpillées, des vies répandues, comme éventrées. Sur les talus d'herbe jaune, des familles sont installées pour de tristes pique-niques, entourées de leurs bagages. De rares enfants, surveillés de près. Un garçonnet cabriole dans la pente.

Vers midi, ils sont rattrapés par un ciel de plomb et la pluie s'abat comme une vague, avec fracas, noyant le paysage, submergeant la chaussée, et Moktar doit ralentir parce que de cette opacité surgissent des lueurs rouges, des feux de détresse, la masse d'un camion. Un coup sourd résonne contre la carrosserie, puis un cri d'homme. Moktar hésite. Aïssa pose sa main sur son bras. Ne t'arrête pas. Un peu plus loin, le halo éclatant d'un incendie jette sur les vitres de l'ambulance des morves dorées. Une voiture sur le toit, en flammes. Des silhouettes ondoient dans cette clarté mouvante. Ne t'arrête pas.

Ils ne s'arrêtent pas. Pendant plus d'une heure ils avancent sous l'eau qui a tout englouti. Ils ne disent rien, ils bougent et respirent à peine et l'on croirait qu'ils veulent économiser l'oxygène de leur sous-marin de poche. Ils quittent l'autoroute sous un bombardement de grêle qui fait éclater la rampe de gyrophares. Aïssa déchiffre les panneaux indicateurs, montre le chemin. Peu à peu, la pluie cesse. Ils émergent de la tourmente et laissent derrière eux l'épaisseur de cette nuit liquide.

Puis le soleil les éblouit brusquement. Groggys, ils clignent des yeux et ne savent plus ce qu'ils voient. Un torrent de boue franchit la route, et plus loin un cheval trotte sur la chaussée et s'enfuit dans un pré à leur approche. Traversant un hameau, une vieille apparaît sur le seuil de sa maison, accompagnée d'un grand chien noir, et leur adresse un regard effrayant. Ils ont l'impression d'arriver dans un autre monde. Villages fantômes. Maisons aveugles. Arbres penchés, massés en foule au bord de la route, les regardant passer.

– Où on est ? demande Moktar.

Rebecca a ouvert un déflecteur et observe la campagne rutilante de pluie sous la lumière brutale. Dans ses bras, Alice cache ses yeux derrière ses mains.

– Tu as vu toute cette lumière ? Comme c'est beau ? Les arbres ?

Alice secoue la tête. « Non », elle dit. Elle dit souvent non. Rebecca pense que c'est de son âge. Elle aimerait pourtant être sûre de ce qu'elle refuse ainsi ou ne veut pas voir. Ce qu'il advient, peut-être. Comme cette nuit-là où...

Aïssa annonce qu'ils sont arrivés. Là-bas, à la sortie du village, la première à droite. Puis elle dit « Mon Dieu », la main sur la bouche. Des gens sont en train de dégager les décombres d'une maison effondrée. Un peu plus loin, un toit crevé par un incendie brandit un chaos de poutres et de tuiles accrochées. On se redresse pour les voir passer. Des hommes ceints de cartouchières ont leur fusil de chasse à l'épaule.

La route descend doucement vers la rivière. Ici. Une maison d'un étage, flanquée d'une remise. Devant, un tilleul immense. Derrière, un bois de chênes. Une grande femme aux cheveux gris coupés court sort, s'essuyant les mains à un torchon. Aïssa descend du véhicule. « Mamé ? »

Elles pleurent dans les bras l'une de l'autre. Elles ne se disent rien. Elles pleurent, elles s'étreignent, puis elles rient et pleurent encore, dans le même souffle. Mélanie lui explique qu'une bande de pillards a attaqué l'autre nuit le village. Elle en tremble encore. Aïssa la serre plus fort. Ça va aller.

Quand elle aperçoit Rebecca et Alice aux côtés de Moktar près de la portière ouverte, Mélanie s'approche d'eux et Aïssa fait les présentations et raconte la ville, le chaos. Mélanie caresse les cheveux fins et la joue si douce d'Alice. « Vous avez bien fait. »

Mélanie les fait entrer. Pour manger, boire quelque chose. La tourmente est passée ici aussi mais ça n'a pas duré. Des trombes d'eau, une sorte de tornade. Il faisait nuit. Elle les installe à la table de la cuisine. De l'eau ? Un peu de vin ? Elle sort du réfrigérateur transformé en garde-manger une tarte aux pommes.

Elle coupe le gâteau.
– Comment ça va ici ? demande Aïssa.
– Ça va. On se débrouille, on s'organise. Les gens s'entraident. Tu te rappelles le vieux four à pain ? Eh bien Vitto l'a nettoyé et réparé. C'est bien utile.
Un silence. Ils mangent. Rebecca fait goûter un bout de pomme cuite à Alice qui en redemande.
– Et Vitto ? demande Aïssa. Il n'est pas là ?
– Si, il est là.
Mélanie montre le plafond. Sa mine s'assombrit. Elle laisse son regard se perdre par la fenêtre.
– Je t'expliquerai. Je vous expliquerai.
Elle pose une main sur celle de Rebecca et lui sourit tristement.
– Vous avez bien fait. Ensemble, on va s'en sortir. Les beaux jours reviendront.

Ils acquiescent. Bien sûr. Le gâteau est bon. Le soleil entre à flots par la fenêtre. Quelques rayons dansotent dans le feuillage du tilleul. Alice s'est endormie dans les bras de sa mère. Ils se tiennent tous les cinq immobiles et silencieux dans ce tremblement de la lumière. Rebecca aimerait que le temps s'arrête maintenant. Elle voudrait extirper cet instant du flux et rester blottie dans cette bulle.

Moktar se lève et explique à voix basse, comme s'il ne voulait rien troubler, qu'il doit rentrer pour s'occuper des siens. Il s'excuse presque, il sort à reculons. Rebecca et Aïssa l'accompagnent dehors et l'embrassent, l'enlacent, le remercient car sans lui… À bientôt, se disent-ils. Oui, à bientôt. Le plus tôt possible. Serrées l'une contre l'autre, elles regardent le véhicule s'éloigner sur la route.

– Tu crois que…

Aïssa ne termine pas sa question. Rebecca ne sait pas, ne croit rien. Elle ne veut plus voir partir personne. Elle se sent debout sur un pont de glace en train de fondre.

Elles retrouvent Mélanie auprès d'Alice, qui dort sur le dos, jambes et bras en étoile comme souvent.

— Et Vitto ?

— Ça fait des mois… Un jour, il n'a pas voulu se lever. J'ai cru qu'il était malade, mais non. J'ai réussi à le traîner au bus sanitaire qui passait une fois par mois et le médecin n'a rien trouvé. Il a parlé de dépression et lui a donné des cachets. Il a dit que c'était fréquent, les gens qui n'avaient plus envie de rien, qui se laissaient glisser. Il a dit que c'était un signe des temps et que la grande panne avait tout aggravé et pas seulement chez les vieux comme nous.

Des larmes débordent, coulent, qu'elle laisse couler.

Aïssa prend ses mains dans les siennes.

— Non, c'est rien, dit la femme. Je suis triste parce que j'ai l'impression qu'il m'abandonne. Je lui dis tu vas pas me laisser toute seule dans ce monde-là, non ? Il dit non, bien sûr, et il me serre contre lui et il se met à pleurer lui aussi. Je l'avais jamais vu pleurer. Tu sais comme il peut être dur… Et le voilà qui pleure comme un gosse.

Elle se met debout, essuie ses joues du revers de ses mains.

— Venez.

L'escalier grince sous leurs pieds. La chambre est baignée de lumière. Comme elles entrent, l'homme remonte le drap à ses épaules et leur tourne le dos.

— Aïssa est là. Elle est venue avec une amie et sa petite fille. Tu verrais ça… Elle s'appelle Alice.

Mélanie s'est assise sur le lit. Elle pose une main sur l'épaule de l'homme et l'homme attrape sa main et la serre entre ses doigts.

— Tu m'entends ? Reviens avec nous. Elles vont rester là, toutes les trois. Avec nous. Tu leur feras du pain dans le vieux four.

— Je suis là, Vitto, dit Aïssa. *Sono qui.* Il y a aussi Rebecca et Alice. Tu vas les aimer.

L'homme marmonne. Ses jambes bougent sous les draps. Il demande qu'on le laisse tranquille.

Les trois femmes quittent la chambre. Rebecca est la dernière à sortir. Elle se retourne vers le lit. Les épaules de Vitto sont secouées par des sanglots silencieux.

Elles mangent dehors, sous une tonnelle aux feuilles neuves, puis la fraîcheur leur tombe brusquement dessus et elles rentrent en frissonnant. Elles parlent à voix basse en faisant la vaisselle. Alice gribouille sur une feuille un éclatant chaos de couleurs.

Elles s'installent dans le salon et parlent encore et rient parfois et se taisent pour écouter un oiseau de nuit. Elles mangeant des pruneaux à l'eau-de-vie. Rebecca est un peu grise. Elle met ça sur le compte de la fatigue.

Rebecca est réveillée plusieurs fois par le silence, d'abord effrayée parce qu'elle ne comprend pas ce qui se passe puis se rappelle où elle est, dans cette odeur de draps propres et ce lit qui craque dès qu'elle bouge. Elle n'entend plus la ville et les échos nocturnes du chaos, ce sourd fracas de guerre, ce bruit de fond terrifiant qui rendait les petits matins si pénibles avec leurs panaches de fumée noire et le passage des hélicoptères et la stridence des sirènes d'ambulances. Elle reste allongée sur le dos, ne distinguant, sur la table de nuit, que les chiffres et les aiguilles fluorescentes d'un vieux réveil arrêté, écoutant le souffle régulier d'Alice, rassurée sinon tranquille d'avoir mis la petite à l'abri.

Au matin, Alice babille devant son bol entre deux cuillérées que lui donne Rebecca. On ne comprend pas vraiment ce qu'elle dit mais elle tient à le faire savoir. Mélanie a préparé du vrai café, elle a fait griller du pain à la cheminée, elle a posé un gros pot de confiture de fraises. Aïssa ne dit rien, se consacrant avec minutie au rituel très ancien du petit déjeuner qu'elle retrouve ici.

D'un bond silencieux, un chat noir se matérialise sur la table et dévisage la petite fille et flaire la main qu'elle lui tend. C'est Mato, comme l'a baptisé Vitto, le chat fou, parce que plus jeune il se mettait parfois à courir et à bondir dans tous les sens et à grimper aux murs. Mélanie lui dit de descendre, ouste le chat, mais l'animal se détourne, dédaigneux, clignant des yeux, s'assoit puis pose son regard doré sur la petite fille.

C'est le chat qui, d'un miaulement, les avertit de ce qu'il advient. L'escalier grince et l'on voit Vitto dans une grosse robe de chambre rouge entrer dans la cuisine et s'attabler près d'Alice.

– *Come ti chiami ?* lui demande-t-il.

Le chat tend son cou vers le vieil homme, les oreilles dressées.

– Alice, dit-elle. Et toi ?

11

On tire dans son dos depuis la tour de guet. Les balles bourdonnent en la frôlant. Elle court mais n'avance pas. Ses jambes aux muscles mous la portent à peine. Elle appelle Nour mais aucun son ne sort de sa bouche. Elle ne sait pas où est la gosse. À tout moment elle s'attend à être frappée dans le dos par deux ou trois coups de marteau brûlants qui la jetteront au sol.

Alice est réveillée par la lumière de la lampe que tient Abdel. Il est debout au pied du lit et il écoute les claquements sporadiques de la fusillade. Il sort de la chambre en jurant. Elle l'entend s'habiller, s'équiper dans la pièce spéciale dont il est seul à posséder la clé. C'est là qu'il range les armes et les munitions qu'en tant qu'officier il a le droit de garder chez lui.

Nour entre en courant et saute dans le lit pour se blottir contre sa mère. C'est rien. On est à l'abri. La petite fille enfouit son visage dans le désordre des draps. On entend le tapement lourd d'une mitrailleuse. Des cris dans la rue.

Abdel reparaît, un fusil automatique à la main, les poches de son brêlage pleines de chargeurs. Un grand couteau barre sa poitrine dans un étui de cuir. Il est coiffé d'un bonnet noir. Très pâle. Souffle court. Alice ne sait pas s'il est excité par la perspective du combat ou s'il a peur.

– Ne bouge pas d'ici. Va dans la cave.

La porte d'entrée laisse s'engouffrer des éclats de voix, les pas lourds d'une cavalcade, puis claque. On n'entend plus alors que la fusillade au loin, près de la grand-place.

Alice allume une veilleuse pour rassurer la petite en lui susurrant des bêtises puis s'aperçoit qu'elle s'est rendormie. Elle la garde près d'elle, sa tête posée sur son bras. Elle tend l'oreille, essaie de deviner si l'attaque progresse, si les assaillants prennent le dessus. Il y a des femmes parmi leurs combattants. Les hommes ici n'aiment pas en parler mais tout le monde sait qu'elles sont redoutables. Abdel et ses amis plaisantent parfois à ce sujet : ils disent que ce ne sont pas de vraies femmes, seulement des femelles d'une autre race, comme des guenons ou des truies et que Dieu interdit toute relation avec ce genre de créatures, même par punition ou par vengeance. Ils trinquent bruyamment et rient beaucoup. Alice les entend, de l'autre côté de la cloison. Elle imagine leurs regards égrillards, leurs gestes obscènes. Pour le moment, elle aimerait pouvoir prendre une arme dans la pièce forte d'Abdel et aller abattre quelques Vigilants ou quelques Cheffes en attendant de s'évader, sa petite dans les bras. Cette idée folle lui fait battre le cœur plus vite et elle porte sa main sous son sein et elle sent que la vie tape fort contre ses côtes.

Nour se réveille et s'assoit, écoutant le bruit sourd de la bataille. Elle interroge sa mère du regard, pose sa main sur sa cuisse. La veilleuse projette sur les murs leurs ombres estompées.

– N'aie pas peur. On risque rien.

Nour dévisage Alice. Alice sourit mal, un peu de travers, et la petite hausse les épaules puis baisse la tête. Elle chiffonne le drap entre ses doigts. Une explosion plus proche la fait tressaillir. Alice la prend dans ses bras et l'emmène dans la cuisine. La petite n'a pas faim. Elle regarde partout autour d'elle comme si le danger allait surgir des murs. Elle boit son lait du bout des lèvres, elle avale à grand-peine trois cuillérées de compote et refuse le pain perdu qu'Alice a préparé la veille.

Elles demeurent silencieuses, les yeux dans le vague, tendant l'oreille. Le jour blanchit à travers les persiennes. Alice voudrait voir déferler la lumière pour dissiper à jamais la nuit où elle survit et tâtonne depuis toutes ces années. Elle s'efforce de croire chaque matin que cette aube est la première d'un nouvel âge, d'un monde neuf. Comme si, pendant la nuit, une cassure dans l'espace et le temps s'était produite et qu'un alignement d'astres et de planètes jamais vu s'était formé. Elle adresse parfois des prières athées aux énergies invisibles, à la puissance muette de l'univers. Elle invoque une sorte de magie à laquelle elle ne croit pas mais qu'elle ne peut se résoudre à récuser.

Elle ouvre en grand les volets, Nour dans ses jambes enlaçant ses cuisses. Dehors, une odeur de feu. L'écho de la fusillade s'engouffre dans les rues. Elle prend la petite fille dans ses bras.

– Écoute.

La petite écoute. On entend gronder des moteurs. Dans le ciel pâle file une bouffée noire.

– J'ai peur.

Nour s'écarte de sa mère en la repoussant des deux mains. Elle se tord jusqu'à ce qu'Alice la repose par terre et referme la fenêtre. Elle se réfugie sous la table, tire une chaise vers elle pour mieux se cacher.

– Ils vont tuer les enfants, dit-elle. Ils les emmènent pour leur faire des choses et après ils les tuent.

Elle pleure en silence. Alice aperçoit une petite flaque se former sous la gosse, son pantalon trempé.

Alice la tire vers elle, la sort de sous la table et Nour se laisse porter, inerte comme une poupée de chiffon. Alice la nettoie, la rhabille, lui brosse les cheveux, lui dit qu'elle est belle.

– C'est à l'école qu'ils t'ont dit ça ?

Oui, de la tête.

– Ce sont des mensonges. C'est pour vous faire peur. Si c'était vrai, je serais allée combattre moi aussi. Je t'aurais cachée pour que personne ne te trouve.

Nour dit « D'accord ». Elle dit aussi « J'ai peur ».

Elles descendent à la cave. Elles y passent trois ou quatre heures, allongées sur un vieux matelas, avec une lampe à dynamo qu'Alice recharge de temps en temps. Alice essaie d'inventer des histoires que Nour n'écoute pas.

Des coups donnés à la porte d'entrée les sortent de leur torpeur.

Une Cheffe, échevelée, en sueur, du sang sur sa blouse, attrape Alice par l'épaule en gueulant : « Faut venir ! Vite ! » Le soleil cogne dur. Alice cligne des yeux. Elle sent la chaleur couvrir ses épaules nues. Elle enfile une blouse et prend Nour dans ses bras. La Cheffe court presque, se retournant sans cesse pour s'assurer qu'on la suit. D'autres femmes sortent des maisons. La rue bourdonne de questions, d'étonnements, de craintes. Claquements des sabots sur le pavage. La Cheffe aboie de se taire mais sa voix s'étrangle et la voilà cassée en deux par une quinte de toux. Les femmes la dépassent en s'écartant d'elle, sans un regard. Une autre Cheffe apparaît, se précipite vers sa commère, la soutient, l'aide à se redresser.

La grand-place est noire de monde. Des centaines de femmes, parquées devant la mairie par les Vigilants. Un haut-parleur annonce d'une voix d'acier que compte tenu des circonstances aucune sanction ne sera prise à l'encontre des femmes qui ont négligé de coiffer leur foulard. Quelques-unes se réjouissent bruyamment et applaudissent. D'autres passent dans leurs cheveux une main hésitante, l'air confus.

Tous les yeux se lèvent vers le clocher décapité dont une des cloches pend dans le vide, accrochée à une poutre. « Regarde », dit Alice à Nour. Nour montre du doigt la tour déchiquetée. Alice l'embrasse dans le cou. « Tu n'as plus peur ? »

Non, de la tête.

Les hommes en armes se rassemblent devant l'église. L'air farouche ou épuisé. Certains sont blessés, soutenus par leurs camarades. D'autres sont campés sur leurs jambes écartées, défiant les femmes du regard, bardés de cartouchières, une arme dans chaque main. La voix recommence à brailler et salue la victoire des valeureux combattants animés par leur courage héroïque et la foi en Dieu et ses Prophètes. L'attaque a été repoussée et les ennemis de Dieu sont vaincus. Gloire à Dieu ! Gloire à ses Prophètes ! La foule reprend en chœur dans un ensemble morne. Les hommes brandissent leurs armes, tirent de courtes rafales.

Le silence revient brusquement. On n'entend que le bourdonnement du haut-parleur. On attend. Les femmes échangent des regards étonnés et inquiets.

Puis la voix de fer s'éraille de nouveau. Hommage à nos martyrs. Neuf des nôtres sont d'ores et déjà dans le paradis de Dieu. Ils parcourent, bienheureux, les jardins éternels aux côtés des Prophètes. Un murmure se propage parmi les femmes. Quelques pleurs. Quelques gémissements. Nour serre plus fort la main de sa mère, se colle à elle.

La petite fille a hurlé quand le capitaine a soulevé le drap pour montrer le visage détruit d'Abdel, la moitié de la face emportée par une balle de fort calibre. Comme elle se cachait dans le cou d'Alice, le capitaine l'a attrapée par les cheveux et l'a obligée à regarder. Vois ce qu'ils ont fait à ton père bien-aimé ! Souviens-toi de quoi ils sont capables ! Regarde bien !

Nour s'est évanouie dans les bras d'Alice et elle était soudain plus lourde, et Alice ne savait plus que faire d'elle dans cette pièce empestant la poudre, le sang et la merde, ces neuf corps allongés sur des brancards. Reviens, lui chuchotait-elle. Reviens avec moi. Nour a bougé ses jambes, l'a serrée plus fort.

– Laissez-nous quelques minutes avec lui, s'il vous plaît, a-t-elle demandé au capitaine.

Le capitaine a soupiré.

– Trois minutes. C'est bien parce que c'est Abdel.

Quand elles ont été seules, Alice a exploré les poches du mort. Elle a glissé ses doigts dans les poches humides de son pantalon souillé par la mort et a trouvé ce qu'elle cherchait : une clé de verrou en cuivre. Elle a recouvert le cadavre et a marché vers la porte. Nour tremblait contre elle, mouillant son cou de ses larmes.

– Viens.

Devant la porte, gardée par deux Vigilants armés, d'autres femmes avec des enfants attendaient leur tour pour aller identifier le corps de leur époux et se recueillir. Deux d'entre elles pleuraient en silence et se consolaient mutuellement. Alice a croisé le regard du capitaine et l'a senti planté dans son dos jusqu'à ce qu'elle sorte de cette ancienne école transformée en cantonnement pour les unités de quart.

Alice se sent flotter. Il lui semble que ses jambes ne la portent plus et qu'elle est en suspension dans l'air, la pesanteur abolie, mais qu'elle peut s'écrouler à tout moment sans rien pouvoir faire. Par moments, elle a l'impression que la main de Nour n'est plus dans la sienne alors elle bouge ses doigts pour la sentir de nouveau au creux de sa paume. La sueur mouille les bords de son foulard, son dos ruisselle. Elle aimerait jeter un coup d'œil vers les autres femmes qui attendent comme elle devant les neuf cercueils alignés mais elle n'ose pas parce qu'elle est censée elle aussi observer immobilité et silence pour rendre hommage aux martyrs tombés au combat.

La façade de pierre blonde de la mairie n'est qu'un écran aveuglant blanchi par le soleil. Les soldats alignés derrière les cercueils se tiennent dans un garde-à-vous imperturbable. Les hommes ne bronchent pas malgré la transpiration qui mouille leurs figures et dégoutte de leurs mentons.

La place est pleine. Présence obligatoire. Les femmes ont revêtu leurs blouses grises, ont coiffé leurs foulards, et leurs têtes multicolores en plein soleil sont un parterre mouvant face aux hommes rangés à l'ombre, immobiles et noirâtres, leurs armes à l'épaule. La chaleur tient cette foule collée au fond du chaudron qu'est la place dans le jour déclinant, partagée entre lumière et ombre comme ces arènes des temps anciens où l'on tuait des animaux ou des esclaves.

Des gourdes passent de main en main. L'eau est tiède mais c'est ce qu'Alice a avalé de meilleur depuis ce matin. Nour boit trois gorgées les yeux fermés avant qu'un gamin lui arrache la gourde. Les yeux d'Alice croisent ceux de la mère, rougis, boursouflés par le chagrin, qui se détournent aussitôt. Alice cherche à se rappeler comment elle s'appelle. Elles ont travaillé l'an dernier dans le même commando au défrichage de la colline infestée de moustiques et de serpents. De sa machette elle décapitait les reptiles en maudissant à chaque fois ces messagers du démon, les brandissant au-dessus d'elle, sanglants et se tordant encore autour de son poignet, bracelets impies qu'elle jetait au loin en criant de dégoût. Aurélie. Bien sûr. Plus venimeuse que toutes les énormes vipères qui glissaient entre les pieds des femmes au travail.

On attend les Colonels. Ils sont trois. On les voit rarement, ou bien de loin, qui passent à cheval ou bien à bord d'un pickup, escortés par leur garde rapprochée. Nul ne sait d'où leur vient leur pouvoir.

Alice se souvient de ce que lui disait Rebecca dans les derniers mois où elles ont vécu ensemble, avant d'être arrachées l'une à l'autre : dès la fin des années 60 des groupes religieux évangéliques et musulmans s'étaient unis pour prendre le contrôle des communautés humaines qui tentaient de survivre aux épidémies et à la guerre généralisée. L'État se disloquait en fiefs rivaux et ce qui subsistait de l'armée et de la police se constituait en groupes armés qui mettaient à sac le pays déjà exsangue. Dans la région, les Colonels ont profité du chaos pour faire front commun et promettre prospérité et sûreté à ceux qui voulaient bien se placer sous leur protection et sous leurs ordres. Et pour soumettre ceux qui leur résistaient.

Alice se souvient des barrages qu'on ne franchissait qu'en payant, des femmes qui suppliaient qu'on les laisse prendre la place de leur fille. Alice se souvient des convois des paramilitaires qui passaient sur la route et abandonnaient leurs véhicules à mesure qu'ils tombaient en panne de carburant. Alice se souvient de la peur, dans les premières années du désastre, de voir arriver une colonne de pickups dans la cour de la ferme ou sur la place du village, selon l'endroit où elles avaient trouvé refuge.

La main de Nour bouge dans la sienne. Ses grands yeux noirs sont levés vers elle. Nour embrasse sa main. Pas pleurer.

Alice essuie ses larmes. On va croire qu'elle pleure sa peine d'avoir perdu son glorieux époux. Un remuement se fait dans la foule. Les Colonels arrivent.

Tenues de combat noires. Fourragères rouges. Pistolet à la ceinture. La croix frappée du croissant pend sur leur poitrine. Ils sont coiffés de casquettes rouges. L'un d'eux porte une cagoule. Personne n'a jamais vu son visage. On dit qu'il a eu la figure emportée d'un coup de hache. Ou de sabre. Ou par une balle. La légende varie. On dit qu'il était là dès le début avec une poignée de fidèles. Il se fait appeler Lewis. On le dit saisi souvent par des accès d'une insondable tristesse. On dit qu'il peut s'abandonner à une cruauté barbare.

Les deux autres passent pour des mystiques. Des soldats de Dieu. Salman et Mathieu. Ils célèbrent deux fois par semaine un culte auquel il est prudent de se montrer de temps en temps en dehors des séances de prière obligatoires sur les lieux de travail et les chantiers. Leurs sermons, aboyés en chaire, sont un bric-à-brac de citations volées dans les livres sacrés et d'appels au massacre des infidèles et des athées, condition absolue à l'avènement d'une humanité nouvelle lavée de tous les péchés des siècles précédents. Ils prêchent la guerre sainte, le martyre, le châtiment, la vertu. Comme tous les hommes du Domaine, ils peuvent répudier à tout moment une de leurs épouses sans avoir à se justifier auprès de quiconque. Souvent, des parents exaltés viennent proposer à l'un ou à l'autre leur fille en espérant que l'un ou l'autre sera sensible à sa beauté et à sa jeunesse et daignera la garder quelque temps comme concubine, puisque chaque homme du Domaine est autorisé à entretenir trois femmes à la seule condition qu'elles lui donnent des enfants.

Ils vont sur des chevaux d'un noir si profond que le bossèlement de leurs muscles lustre leur robe d'un reflet bleu. Au pas, marchant de front, les trois Colonels tirent leurs sabres au clair et saluent les cercueils. Un servant lit le nom des morts. Les veuves baissent la tête. Certaines pleurent. Leurs sanglots s'élèvent dans le silence. La foule reprend après lui « Qu'il repose heureux dans la paix de Dieu ». Une femme s'effondre lentement. D'abord à genoux puis face contre terre, gémissant et se tordant, entourée de ses deux petits enfants qui ne savent que faire et se mettent à bramer à l'unisson. Des femmes la font se remettre debout, l'entourent de leurs paroles apaisantes et de leurs caresses, lui donnent à boire, les petits éplorés accrochés à leurs robes.

Les trois Colonels ne se retournent pas. Le servant poursuit son appel des morts. La foule marmonne son répons.

L'un des chevaux s'ébroue et chie. L'odeur puissante du crottin sature l'air chaud. Nour se pince le nez. Une des veuves s'évente le visage de la main. Alice regarde les cavaliers s'éloigner puis descendre de cheval et venir vers les veuves d'un air solennel, les pouces coincés dans leurs ceinturons. Lewis va devant.

Sois fière de son martyre. En devenant mère, tu as su perpétuer son sang. Ton ventre est fécond de hautes espérances.

C'est à peu près ce qu'ils répètent aux veuves en leur donnant l'accolade.

Quand il s'arrête devant Alice, Lewis lui sert le couplet sur un ton monocorde puis la prend aux épaules et la dévisage. L'attirant vers lui pendant l'accolade, il lui murmure : « Je sais qui tu es, je sais ce que tu veux Selma, puisque c'est ainsi qu'on t'appelle. »

12

Joseph les regarda préparer leurs affaires. Il tendait la main vers eux pour les toucher quand ils passaient près de lui et ils touchaient sa main et Joseph riait à chaque fois. Nour et Marianne avaient installé son fauteuil tout près du cheval qui par moments penchait sa grosse tête vers ce grand enfant et le laissait caresser son museau. Léo voulut le faire jouer avec le caillou rouge, comme la veille, mais Joseph refusa. Il tournait vers Clara son visage d'homme, se tordait pour la suivre des yeux, et Clara n'osait pas croiser l'insupportable beauté de ce regard pour n'en pas voir le désespoir qu'elle y devinait. Alors Léo lui donna le caillou et Joseph le roula entre ses mains, le colla contre son oreille comme pour en percevoir une secrète vibration puis le glissa avec peine dans une poche de son gilet.

Ils partirent. Ils décidèrent de ne pas se retourner vers Marianne, son garçon brisé, leur frêle masure, la petite vie dans laquelle ils se tenaient blottis comme des animaux tristes et doux. Clara allait devant, comme d'habitude. Nour pleurait en silence et refusa de dire pourquoi à Marceau et Léo. Elle avait eu avec Marianne une longue conversation cette nuit sous une demi-lune et le vent tiède qui s'était levé après la pluie. Elles avaient parlé à voix basse et avec passion. Léo les avait entendues sans comprendre ce qu'elles se disaient.

Ils cahotèrent sur le chemin qu'ils avaient pris en venant, maintenant plein d'ornières remplies d'eau, et rejoignirent la route rectiligne sur laquelle débordait une végétation en train de la digérer. La forêt fumait en séchant sous le soleil déjà brûlant. Des fumeroles s'attardaient au-dessus des cimes puis s'envolaient soudain, chassées par le souffle même des arbres.

Deux coups de feu claquèrent au loin. Nour s'immobilisa, la tête dans les épaules. Clara, là-bas, se retourna. Le cheval aussi s'était arrêté.

Marceau se dressa sur la remorque.

– Tu savais ?

– Oui. Elle m'avait dit. J'ai essayé de l'en dissuader cette nuit, mais…

– C'est parce qu'on est venus ?

Nour s'ébroua, prise d'un grand frisson, tournée d'un air éperdu vers la forêt où les coups de fusil avaient éclaté.

– Elle m'a dit qu'elle avait été heureuse qu'on vienne et qu'elle n'avait pas vu Joseph aussi bien depuis longtemps. Que plus jamais ils ne connaîtraient ce bonheur-là et qu'ils pouvaient en rester là. Elle m'a dit qu'elle ne voulait pas que la mort la surprenne et que Joseph se retrouve sans elle, tout seul. Elle m'a dit que c'était le bon moment, le bon jour. Qu'elle attendrait qu'on soit loin mais qu'on sache qu'elle l'avait fait. Elle m'a dit que c'était son dernier geste d'amour et qu'il ne fallait pas qu'on soit tristes.

Elle parlait les yeux rivés à la cime des arbres.

Léo s'approcha d'elle et lui prit le bras.

– Moi, je suis triste, dit-il. C'est à cause de moi. J'aurais pas dû courir derrière elle. Je croyais que c'étaient eux et qu'on les coincerait.

– Raison pour laquelle tu t'es lancé seul à sa poursuite.

Léo baissa d'abord la tête puis regarda son père en face.

– Tu savais bien que c'était pas eux. T'as voulu aller voir. J'aurais fait la même chose.

Marceau se tenait debout sur le plateau de la remorque. Sa voix était plus ferme. La fièvre semblait l'avoir quitté.

Ils reprirent leur route. Ils traversèrent des villages déserts aux volets clos comme si leurs habitants avaient dormi très tard ou décidé de se rencogner dans le noir pour fuir la chaleur, ne sortant que la nuit, peuple nocturne terrifié par le jour. Ailleurs, portes et fenêtres béantes, brisées, ouvraient sur une obscurité où Léo redoutait de voir apparaître des spectres mais il ne pouvait s'empêcher de scruter ces profondeurs et n'y distinguait que la masse sombre d'une armoire ou les pendeloques blanchâtres d'un vieux lustre. Clara s'était laissé rattraper et surveillait de son arme ces façades aux yeux crevés. Léo lui demanda si elle voyait quelque chose mais elle ne répondit pas, haussant seulement les épaules.

Des carcasses de voitures et de camions finissaient de rouiller le long des rues, des guêpes et des frelons fusant parfois par les vitres brisées ou des capots de moteurs. Ils passèrent au-dessus d'une autoroute vide à perte de vue, ses talus et le terre-plein central envahis de grands acacias par endroits penchés en voûte au-dessus du macadam craquelé. Une harde de sangliers dégringola une pente et traversa les voies en bondissant par-dessus les glissières. On les entendait grogner, la tête basse, l'air farouche et mécontent alors qu'ils s'enfonçaient dans les bois à la queue-leu-leu.

Dans l'après-midi, de gros orages déversèrent sur eux une pluie glacée qui les obligea à s'abriter sous la remorque, haletants, transis. Le tonnerre explosait de toutes parts, le sol en tremblait et le cheval entre ses brancards bronchait et tapait du pied. Léo s'échappa sous le déluge pour le rassurer et lui parla, serré contre sa chaleur. Sous la peau de l'animal courait un gros frisson qui n'en finissait pas.

La foudre tomba tout près, effrayante, et ils entendirent craquer puis crépiter dans les flammes le grand pin que l'éclair avait frappé. Le grain noya l'incendie. Ils repartirent quand la masse obscure de feu et d'eau se fut éloignée vers le sud en grondant.

Tôt dans la soirée, parce qu'ils grelottaient de froid sous un vent qui soufflait du nord en charriant des nuées de crachin, ils s'arrêtèrent dans un village que les pillages semblaient avoir épargné. Aucune destruction, aucun dégât n'était visible. Pas une voiture en train de pourrir, pas un tas de gravats. Les fenêtres avaient gardé leurs vitres. Les portes étaient fermées, et les volets, quand ils n'étaient pas clos, étaient crochetés aux murs et Nour revit sa mère penchée à la fenêtre en train de fixer ceux de sa chambre. De jeunes arbres poussaient çà et là, au milieu des rues, soulevant le dallage de la place, et une herbe haute, jaunâtre, s'immisçait dans la moindre fissure, la moindre lézarde, et la façade de certaines maisons se hérissait de touffes échevelées qui remuaient dans le vent.

Sur la place, devant ce qui avait été la terrasse du grand café-restaurant aux vastes baies ternies par la poussière, se dressaient encore les armatures de deux parasols au milieu des tables et des genêts qui avaient prospéré en renversant quelques chaises de plastique. À l'intérieur, rien ne semblait avoir bougé sous le voile gris du temps depuis que l'endroit avait été abandonné. Marceau supposa que l'épidémie de fuèvre du Nord, qui avait balayé la région entre 95 et 100, avait sans doute contraint les quelques habitants de fuir en hâte en emportant le strict nécessaire.

Ils s'installèrent dans une grande maison cossue cachée au fond d'un parc envahi d'arbres. Ils purent y laisser vaguer le cheval qui arrachait des feuilles aux branches basses.

Ils explorèrent les lieux et trouvèrent d'abord dans une armoire des piles de draps dont ils s'empressèrent de couvrir les lits de deux grandes chambres. Du linge, des vêtements qu'ils trièrent en les essayant sommairement. Dans un buffet ils découvrirent de la vaisselle en porcelaine ornée de fleurs et de motifs campagnards, de grands verres en cristal, un coffret de couverts en argent garni de velours bleu. Ils s'ébahirent devant ce trésor et disposèrent leurs trouvailles sur une longue table de bois massif. Ils jouèrent à disposer la soupière, les saucières, les carafes ciselées, l'argenterie, et la lumière de la fin d'après-midi produisait sur ces vestiges délicats de vifs éclats presque sonores.

Quand ils eurent fini leur installation, ils restèrent silencieux un moment, déconcertés, devant cette table mise pour douze convives qui ne viendraient plus ou avaient quitté la pièce quelques instants plus tôt, chassés par une terreur soudaine. Marceau s'était assis au bout de la table, présidant ce dîner fantôme, et contemplait l'air songeur cet étalage étincelant. Léo faisait tinter les verres à vin avec un couteau à beurre et l'on eût dit qu'un petit carillon sonnait l'heure sans fin.

– Arrête, lui dit Marceau à mi-voix.

La note se prolongea puis sa vibration s'évanouit dans l'air. Clara prit Nour par le bras et se serra contre elle.

– Ils sont morts, murmura-t-elle.

– Peut-être pas tous.

Ils quittèrent la pièce en silence et Clara referma la porte derrière eux.

Aux murs du salon étaient accrochés des cadres. Des peintures, des photos. Clara en décrocha quelques-uns pour dévisager les sourires, les airs farouches, l'air heureux des enfants. Elle levait les yeux parfois, croyant avoir entendu le faible grincement d'une porte, perçu le passage d'un courant d'air. Elle n'aurait pas été surprise de voir entrer quelqu'un dans la pièce ou un gamin la traverser en courant. Elle se demanda s'ils la verraient, eux. S'ils devineraient seulement sa présence étrangère. Ou si, l'apercevant, ils seraient effrayés ou surpris. Elle reposa le cadre à sa place et s'assit dans un fauteuil devant le foyer charbonneux d'une cheminée. Elle entendit Nour l'appeler mais ne répondit pas. Viens voir, disait Nour.

Ils ouvrirent portes et placards, ébahis par tout ce qu'ils trouvaient. Même Marceau, qui avait recouvré quelques forces, s'extasiait.

En furetant, Léo découvrit une buanderie dont il dut forcer la porte et en rapporta des boîtes de conserves et des bocaux. C'étaient des pâtés et des légumes et des fruits au sirop. Du café lyophilisé, du riz, des haricots secs, du sucre. Ils s'enthousiasmaient d'un tel inventaire et riaient en se promettant pour le soir un grand festin. Ils pique-niquèrent dans le salon, affalés dans des fauteuils, devant un feu qui ronronnait dans l'âtre. Ils se réjouissaient à chaque bouchée de ce qu'ils mangeaient. Ils en reprenaient.

Après le repas, Nour changea le cataplasme sur la jambe de Marceau. Il souffrait moins. La fièvre était tombée. Il supposa en souriant qu'il ne mourrait pas tout de suite. Léo sentit dans sa poitrine gonfler un gros sanglot de soulagement. Il repensa à Joseph et sa mère. Il regrettait de ne s'être pas retourné vers eux en partant, au moment de quitter la clairière. Ils les avaient sûrement regardés s'éloigner sous les arbres, ils avaient peut-être pleuré en se voyant abandonnés, seuls à nouveau. Les deux coups de feu résonnèrent encore dans sa tête et il en ressentit le choc dans sa poitrine.

– Pourquoi elle a fait ça ?

– Parce qu'elle a été heureuse de notre venue. Parce que Joseph aussi a été heureux peut-être comme jamais et elle voulait rester sur ça. Sur ce bonheur. Comme je l'ai dit ce matin, j'ai essayé de la dissuader mais sa décision était prise. Je crois qu'après notre visite elle n'aurait plus été capable de reprendre leur vie d'avant. Elle ne voulait pas que Joseph se retrouve seul au cas où... Elle n'était plus très jeune, elle avait peur d'un accident...

— N'y pense plus, dit Marceau. Tu as donné ce caillou rouge à Joseph. Peut-être que personne à part sa mère ne lui avait jamais rien donné de tel. Tu es devenu la personne la plus importante de sa vie après elle.

— Il était si beau, dit Clara. Il me regardait... Jamais on ne m'avait regardée comme ça. Ça me faisait du bien.

— Parce qu'il n'y avait personne pour le faire. J'espère que...

Nour ne termina pas. Elle ne savait pas quoi espérer pour Clara. Depuis longtemps on n'espérait plus rien pour les enfants, sinon leur éviter le pire. Fuir le passé, redouter le lendemain. S'effrayer de les perdre un jour ou de devoir les laisser sans pouvoir plus rien pour eux. Elle se rappela le désarroi de Marianne et sa certitude, pourtant, d'agir de la seule façon possible. Son soulagement d'avoir pris cette décision. Nour repoussa l'idée qu'un jour peut-être...

Elle se leva et alla s'accouder au garde-fou d'une fenêtre. Elle ferma les yeux. Il faisait bon. Au-dessus du couchant, un moutonnement rose glissait vers le sud. Demain, le jour. Un autre jour. Elle se persuada que ça suffisait.

— À quoi tu penses ?

Clara la poussa doucement pour s'installer à côté d'elle.

— À ce qu'on fera quand on les trouvera.

— Moi je sais ce que je ferai. Un par un.

— Ne dis pas ça. Tu me fais peur.

— Tu peux pas comprendre.

Nour se redressa brusquement, le souffle court. Une douleur se réveillait et se tordait en elle.

— Tu es sûre ? Tu veux que je te raconte ?

Sa voix tremblait. Elle eut froid, soudain.

— Non, dit Clara, toujours penchée à la fenêtre. Je voulais pas... On sait les mêmes choses, maman.

Le soir tombait, rougeoyant.

— Je serai avec toi, dit Nour. Un par un, si tu veux.

La nuit venue, ils refermèrent soigneusement les volets, se répartirent les armes mais renoncèrent à organiser un tour de garde.

Léo se réveilla sans savoir où il était. Il tâtonna à côté de lui et ne trouva que le drap. Il appela tout bas :

— Maman ?

Son cœur se serra. Elle ne lui répondrait pas. À l'autre bout de la pièce, Marceau respirait fort puis prononça dans son sommeil d'inintelligibles paroles de colère puis se tourna brusquement en faisant craquer le lit. Dans le silence revenu, le garçon entendit qu'on bougeait dans la maison. Le grincement d'une porte. Un raclement léger sur le sol.

Il se leva. Quand il fut dans le couloir, il aperçut une lueur mouvante provenant de la cuisine par la porte entrouverte.

Nour était assise à la table devant une bougie plantée au goulot d'une bouteille. Les yeux pleins de larmes. Les joues mouillées qu'elle essuyait du revers de ses mains. Elle fit l'effort de lui sourire.

— Je t'ai réveillé… pardon.

Léo s'assit à l'autre bout de la table. Il n'osait pas s'approcher. Il ne l'avait jamais vue pleurer.

— Pourquoi tu pleures ?
— Parce que je suis fatiguée.
— T'arrives pas à dormir ?

Elle secoua la tête, fit flotter une main devant elle.

— C'est pas un problème de sommeil.
— T'es triste alors ?
— Oui. Être triste ça fatigue, tu sais.
— Oui, je sais.

De l'autre côté de la flamme, Nour croisait le sombre regard posé sur elle, brillant, qui la dévisageait. Elle se pencha vers lui, les bras croisés sur la table.

— Qu'est-ce que tu sais ?
— Que c'est pas la peine de parler aux morts.

Nour sentit une main froide lui serrer la gorge.

– Pourquoi tu dis ça ?

– Parce que c'est vrai. Maman, elle répond jamais. C'est parce qu'elle n'existe plus. Mon père m'a dit ça un jour : qu'elle existait plus, seulement dans les souvenirs. Là, il m'a dit, tu peux la faire revenir autant que tu veux parce que ça fait du bien, mais c'est seulement dans ta tête. Des fois, j'entends sa voix mais elle ne me parle pas. Et d'autres fois j'arrive plus à revoir son visage.

– Tu as quelques photos. Celles que montrait Marceau l'autre soir. Tu peux la regarder autant que tu veux.

– Et toi ? T'en as des photos ?

– Non. Seulement ma mémoire. J'avais fait des dessins mais ils ont été perdus l'autre nuit dans le feu et l'eau.

– Je savais pas. Tu me dessinerais ?

– Si j'avais ce qu'il faut, et du papier, oui.

– Du papier ? Tu pourrais dessiner là sur le mur ?

Il montrait le mur blanc entre deux fenêtres. Nour éclata de rire.

Il courut vers la cheminée et revint avec des bouts de charbon de bois qu'il posa devant elle. Nour ne disait rien. Elle regardait cette offrande calcinée en hochant la tête.

– Comme tu voudras.

Elle prit deux bâtons noirs puis se leva, apportant avec elle la bougie, et elle traça sur le mur des formes sinueuses auxquelles Léo s'efforçait de donner une signification. Il alluma une autre bougie, la colla sur une assiette et la leva vers le mur. Le visage d'un homme, barré d'une cicatrice, apparaissait dans les ondulations de la lumière. Rieur. Échevelé par un vent invisible. Il semblait à Léo qu'il s'animait parfois. Il faillit demander qui c'était puis préféra se taire. Il revint à la cheminée pour récupérer encore du charbon et déposa les bouts de bois calcinés aux pieds de Nour.

Elle ne disait rien. Elle soufflait fort parfois, reculait, bloquant sa respiration, puis se jetait sur le mur et y faisait danser et vibrer son bras dont l'ombre souvent s'enfuyait dans l'obscurité de la pièce, et surgissaient des corps, des visages, des regards dont le garçon attendait qu'à tout moment ils se tournent vers lui pour lui demander de les rejoindre. Soudain il se vit apparaître parmi eux, tout près de la sombre beauté de Clara, et il laissa couler ses larmes, bêtement heureux comme un petit enfant. Il aurait aimé que sa mère fût là elle aussi, parmi eux. Il se sentait capable de la dessiner tant son image occupait tout son esprit, riant aux éclats, elle qui ne riait pas souvent, qui n'en avait guère eu l'occasion.

Il regarda longtemps Nour danser contre la nuit. Les flammes des bougies amplifiaient ses gestes et leur lumière chiche courait sur elle dès qu'elle restait immobile, essoufflée, dressée sur la pointe de ses pieds nus.

Ils entendirent Clara crier et geindre dans un cauchemar.

Nour s'interrompit, se tourna vers les chambres, écouta le silence revenu.

Léo se leva.

– Je vais la voir.

– Non. Laisse-la. On n'y peut rien. Y a qu'elle qui peut.

– Elle va avoir peur, toute seule.

– Mais non. Elle n'a plus peur, depuis ce qu'ils lui ont fait.

– Tu crois qu'on les retrouvera ?

– Il faudra. Ils sont sur la même route que nous. Rappelle-toi ce qu'a dit Marianne. Ils ont un blessé, ils ne vont pas vite.

– Vous allez faire quoi ?

– Qui nous ?

– Clara et toi. Vous allez faire quoi ?

– C'est elle qui décidera. Je serai avec elle.

– À cause de ses cauchemars ? Pour plus qu'elle rêve comme ça ?

– Pour plus qu'elle rêve comme ça. Oui. Il faudra punir ces hommes.
– Moi aussi je serai avec elle. Moi aussi des fois je rêve mal.

Nour sourit. Il aperçut son sourire dans la lumière hésitante des bougies et il vint l'enlacer. Il ferma les yeux, bercé par le soulèvement chaud de sa poitrine puis elle le repoussa doucement et il alla se rasseoir.

Léo aperçut le petit jour bleu se faufilant aux interstices des volets. Il était assis sur une chaise, calé entre la table et le mur, l'assiette où brûlait encore la bougie posée à côté de lui, et ne se souvenait pas de s'être installé de la sorte. Il ne savait pas s'il avait dormi longtemps. Nour était couchée par terre au pied de la fresque, enveloppée dans une couverture. Il secoua sa main pour dissiper l'engourdissement qui fourmillait dans son avant-bras puis se leva. Ils étaient là tous les quatre et ce petit enfant au milieu d'eux.

Il éteignit les bougies puis regagna la chambre et se glissa dans la fraîcheur des draps.

– Qu'est-ce que tu faisais ? demanda Marceau d'une voix étouffée.
– Rien. C'est Nour.

Marceau grogna en se retournant dans son lit.

Léo s'endormit puis rêva. Sa mère écrivait penchée sur une petite table dans une maison en ruine. Il savait que c'était elle mais il ne pouvait voir son visage. Il essayait de s'approcher d'elle, de lui parler, mais ses jambes ne lui répondaient pas, engourdies, inutiles, et sa voix ne franchissait pas sa gorge nouée. Il l'appelait mais elle ne se retournait pas.

Il se réveilla, en pleurs. Marceau était assis au bord du lit et lui caressait le front. Le grand jour s'infiltrait partout, forçant les volets clos de la chambre, se glissant sous la porte.

– Viens. T'as dormi longtemps.

Marceau se mit debout puis boita jusqu'à la fenêtre. Il ouvrit les volets et le soleil se jeta dans la pièce. Léo regardait son père sur ses deux jambes en train d'enfiler une chemise propre trouvée dans une armoire. Le pansement sur sa cuisse était brunâtre, teinté par le cataplasme que Marianne avait prescrit. Ses gestes étaient vifs. Il ne semblait pas souffrir.

Léo entra dans la blancheur éblouissante de la cuisine. Des rectangles de lumière se découpaient sur le carrelage de grès. Nour et Clara étaient attablées devant des bols remplis d'un breuvage noir. Nour lui expliqua que c'était du café. Elles piochaient avec des petites cuillères dans des pots ouverts devant elles.

Il se tourna vers la fresque.

– Maintenant ils sont tous là, dit Nour.

Sa mère le regardait en souriant par-dessus son épaule. Il s'approcha du portrait, leva la main pour le toucher.

– Fais attention. C'est fragile. Ça peut s'effacer.

Il retira sa main vivement. Un léger vertige le prit et il chercha à s'asseoir. Nour se poussa pour lui faire une place près d'elle et quand il fut installé il se laissa aller contre elle en disant merci. Elle lui passa la main dans les cheveux.

– On est six, dit-elle. Tous les deux ils cheminent avec nous. Allons… Il faut manger. On va partir.

Elle déposa dans son bol deux cuillérées de café soluble et versa dessus de l'eau chaude.

– Tu te rends compte. Du café. J'en avais pas bu depuis vingt ans. Si ça se trouve, ce pot date d'avant les épidémies. Je pensais pas que ça pouvait exister encore. Et puis de la confiture… Bien mcilleure que celle que j'essayais de faire.

Léo renifla le contenu de son bol et but à petites gorgées le café amer.

Il se trouva bientôt seul à table, nettoyant le fond d'un pot de verre de sa confiture rouge. Sa mère lui souriait et son cœur à lui cognait fort. Il avait écouté les autres préparer le départ, charger la remorque de quelques vivres, de vêtements, de produits d'hygiène, ces richesses trouvées dans cette étrange maison surgie du passé, vestige de la vie d'avant les désastres, d'un monde disparu, d'une civilisation éteinte.

Il se leva et ouvrit quelques placards sans savoir ce qu'il cherchait, espérant confusément trouver un objet surprenant, inconnu, dont il ne saurait pas l'usage, mais rien ne retint son attention parmi les rangements, les entassements inutiles qu'il découvrait.

– Qu'est-ce que tu fous ? Faut y aller, maintenant.

Clara se tenait dans l'encadrement de la porte, vêtue d'une robe rouge large et longue retenue à ses épaules par deux bretelles noires.

– T'as trouvé quelque chose ?

Il fit non de la tête puis se planta devant la fresque que Nour avait tracée avec ses bouts de charbon. Il détaillait chaque visage et les trouvait tous si impressionnants, si présents, si noirs sur ce mur blanc, dans cette lumière blanche. Sa mère et cet homme jeune, une cicatrice en travers de la joue, étaient les seuls à sourire. Les morts souriaient de là où ils étaient, à fleur de mémoire. Il se demanda si on trouverait un jour ces dessins, qui et dans quel futur, et il redouta que le tracé fragile s'effrite et tombe en poussière et qu'il n'en reste au pied du mur que le résidu calciné. Même la date que Nour avait marquée – octobre 2121 – n'existerait peut-être pour personne.

Clara s'était approchée et contemplait les visages d'un air indifférent ou blasé.

– Avant, elle en faisait plein. Elle avait des cahiers et des crayons de couleur. Depuis que... Elle n'a jamais plus rien dessiné.

Elle s'approcha encore, la tête levée.

– Gabriel, murmura-t-elle. C'est mon père.

Elle toucha le mur du bout des doigts puis s'enfuit hors de la pièce.

Léo laissa les larmes déborder. Il déposa de la main un baiser sur la bouche de sa mère puis sortit en courant.

Quand il le vit, le cheval tendit le cou, remua la tête. Marceau lui dit qu'on n'attendait plus que lui. Léo se retourna vers la maison, sa façade de pierre blonde, les volets clos, le soleil du matin posé dessus.

Marceau prit dans sa poche de poitrine une enveloppe et la donna à Léo.

– Pour toi. Garde-la.

C'était la photo qui avait servi à Nour pour la fresque. Sa mère lui souriait pour toujours par-dessus son épaule. Léo ne put rien dire. Il rejoignit le cheval et se mit à son pas. Il lui dit des choses confuses à propos des souvenirs, du chagrin, du bonheur auquel il voulait croire. Devant eux, comme souvent, Clara marchait dans sa nouvelle robe rouge, un fusil dans les mains.

13

Depuis des semaines, les attaques de l'ennemi et les expéditions punitives ne cessent plus. Il y a dix jours, les hommes sont revenus avec huit prisonnières qui ont été mises aux enchères sur la grand-place. Les captives, nues sur une estrade, exhibées, palpées avec impudeur, tremblaient et pleuraient. L'une d'elles, très jeune, perdait son sang, qui ruisselait sur ses cuisses. On a beaucoup ri, crié, plaisanté. Les hommes, surtout, même si quelques femmes parmi les plus enthousiastes ont exigé que les unions soient consommées tout de suite, en public. Pour faire payer à ces truies la mort de leurs époux et frères. Il a fallu l'intervention de Lewis pour que l'assemblée présente renonce à ce spectacle.

Alice remplit des sacs de terre que d'autres femmes ferment sommairement d'une couture grossière puis elles les portent jusqu'aux positions que les capitaines ont décidé de fortifier. Les rues sont désormais encombrées de chicanes, de barricades. Des maisons ont été réquisitionnées parce que leurs étages constituent de bons postes de tir pour les snipers.

Le soir, les femmes du commando se traînent jusqu'à chez elles rompues, crasseuses, se tenant le dos, cassées en deux comme des vieilles. Toi au moins ce soir tu auras la paix, disent-elles à Alice. Alice ne sait pas si elles sont sincères ou si elles sondent le fond de sa pensée alors elle ne répond pas, elle se contente de sourire et de leur souhaiter le bonsoir quand elle arrive devant sa porte. Profites-en tant que ça dure, ajoutent-elles. Elles savent que la période de veuvage et de deuil ne dure que trois mois. Alice compte les jours qui restent. Elle sait ce qu'elle aura à faire.

Ce soir, elle passe chercher Nour à l'école. Les enfants ne dorment plus sur place à cause des attaques nocturnes. Nour a neuf ans aujourd'hui. Elle sautille sur les pavés en chantonnant un air de sa façon.

– T'as fait un gâteau ?
– Un gâteau ? En quel honneur ?

Alice éclate de rire. Elle se laisse aller à ce plaisir.

Nour feint d'être fâchée. Ses cheveux noirs engloutissent son visage baissé.

Le gâteau est couvert de crème et de confiture. Quelques quartiers d'orange caramélisés. Nour goûte du bout du doigt. Elle ne dit rien. Elle contemple, émerveillée, l'œuvre de sa mère. On croirait qu'elle n'ose pas lever les yeux vers elle. Elle essuie quelques larmes du revers de la main.

Alice sort de sa poche un appareil plat, noir, luisant. Elle l'a trouvé dans la pièce réservée d'Abdel. Elle a pu le recharger grâce aux cellules photovoltaïques dont il est équipé. Deux soirées à explorer le mode d'emploi de l'appareil. Elle se rappelait vaguement en avoir vu aux premiers temps du désastre quand quelques égarés espéraient encore qu'un réseau quelconque pourrait être rétabli.

Regarde-moi.

Alice photographie l'air stupéfait de la petite devant cet objet (Qu'est-ce que c'est ?) puis son sourire. Regarde. Nour crie de joie en voyant son image sur l'écran. Alice la serre contre elle. Nour s'extasie devant leurs visages hilares dans cet étrange petit miroir. Léger bourdonnement. Alice prend une dizaine de photos. Pour figer l'instant déjà révolu.

Un matin, il y a cet homme de la garde spéciale qui cogne à la porte et lui remet une lettre. Comme elle s'apprête à refermer, l'homme l'en empêche.

– Lis. Devant moi.

Elle ouvre l'enveloppe. Elle déplie la feuille de papier. Vendredi prochain, on viendra la chercher pour que son mariage avec le colonel Lewis soit célébré comme il se doit. Une nausée la plie en deux et elle dégueule aux pieds du soldat.

– Putain, c'est pas vrai, il dit en reculant.

Alice froisse le papier, s'essuie la bouche avec.

Elle sait bien que cela devait arriver. La période de deuil se termine demain. Une femme ne saurait demeurer sans époux. C'est leur loi. Elle se met à trembler. Elle revoit cet œil unique, par l'ouverture de la cagoule, elle entend encore la voix enrouée. « *Je sais ce que tu veux, je sais qui tu es.* » Une menace, peut-être. Que peut-il savoir d'elle qu'il serait le seul à savoir ? Savoir ce qu'elle veut ? Comme la moitié des femmes du Domaine : fuir ce bagne et trouver refuge dans une communauté... comment dire ? Plus humaine ? Elle ne sait plus ce que veut dire cet adjectif qu'elles emploient entre elles dans leurs conversations. Les mots manquent. Il y en a moins qu'avant. Le Domaine est une communauté humaine. Constituée de femmes et d'hommes. Alors ?

Cette nuit-là, elle ne dort pas. Pendant des heures elle imagine les itinéraires de fuite. Les barques qui subsistaient au bord de la rivière ont toutes été coulées. Les patrouilles sont plus nombreuses pour repérer les intrusions de l'ennemi. La frontière virtuelle entre les deux territoires se situerait à une vingtaine de kilomètres. Six ou sept heures de marche. Elle a découvert que le téléphone pouvait donner l'heure. Ici, seuls quelques capitaines sont équipés pour savoir l'heure parce que c'est essentiel au combat. Alice espérait trouver une carte dans la pièce interdite d'Abdel mais il n'y avait rien que quelques schémas hâtifs, illisibles. Elle sait qu'il faut franchir la colline aux serpents. Trois heures de marche en pleine nuit.

Cette nuit-là, elle dort mal. Elle est arrachée du sommeil par la figure dévastée collée à elle, mouillée de sang, hérissée d'esquilles d'os, par cette bouche béante qui cherche la sienne et cette langue énorme qui remue en tous sens comme une créature des abysses et dans les draps défaits elle ne sait pas si elle a hurlé vraiment et s'inquiète d'avoir réveillé la petite.

Elle n'a plus le choix. Demain soir. Il va falloir qu'elle explique à Nour. Nour comprendra. Nour comprend tout. Nour comprendra. Elle se persuade de cela. Elle se lève pour aller la regarder dormir. Écouter son souffle. Elle s'approche d'elle et s'agenouille à son chevet.

– Qu'est-ce qu'il y a ? On s'en va ?

Nour n'a pas bougé. Elle est couchée sur le flanc, lui tournant le dos.

– Tu dors pas ? Pourquoi tu demandes ça ?

– Si, je dors. Mais j'ai cru que tu venais me chercher pour qu'on parte.

– Pourquoi on partirait ?

La gosse pousse un gros soupir. Pas de réponse.

– Tu dors ?

La petite marmonne quelque chose dans son sommeil. Alice se retire sur la pointe des pieds malgré l'envie qui la prend de se coucher à côté de sa fille et de la serrer contre elle.

Dors, ma Douce.

Elle part travailler aux champs. La terre est lourde des pluies tombées la semaine dernière mais le soleil s'acharne à la durcir. Sur le talus, deux Vigilants, armés. Dans leur dos, qui vont et viennent, les Cheffes. L'une d'elles ne peut s'empêcher de faire siffler sa badine au-dessus des nuques courbées par l'effort. Tout à l'heure, elle a cinglé les chevilles de Régine qui s'était redressée pour souffler un peu, appuyée sur le manche de sa bêche. Régine n'a rien dit. Elle a serré les dents comme elles font presque toutes sous les coups et les humiliations des Cheffes parce que ces chiennes jouissent d'entendre la douleur qu'elles infligent. Alice imagine le fer de son outil planté dans cette sale gueule.

Toute la journée, Alice sent les regards posés sur elle. Elle en croise quelques-uns, curieux, envieux, inquiets, qu'elle ne sait interpréter. La nouvelle de son mariage avec un Colonel, avec le plus mystérieux et terrifiant des trois, a dû déjà se répandre.

« Quoi ? » a-t-elle envie de crier au milieu du champ où elles pataugent et trébuchent depuis ce matin. Elle se tait parce que la terreur lui écrase la poitrine. Elle se tait parce que depuis dix ans elle a appris à le faire sans renoncer à rien.

Dans l'après-midi, elle est attelée avec Betty à la charrue. C'est Claude qui tient les mancherons. C'est une gaillarde aux bras forts, aux épaules larges mais Alice l'entend forcer et souffler derrière elles et la Cheffe répéter allons, du nerf, bordel, et la courte lanière du fouet siffler et claquer au-dessus de leurs têtes. Le harnachement leur cisaille les épaules, leur écrase les seins. Elles sont presque à plat ventre, arc-boutées, la chaleur pesant sur leurs épaules pour les plaquer au sol. Elles font comme ça une dizaine de sillons. Quand c'est fini, elles tombent à quatre pattes et la Cheffe leur jette une gourde ouverte qui s'écoule dans la terre et que Betty rattrape avant qu'elle ne se vide complètement. C'est tiède et ça sent fort. Cette salope a pissé dedans, c'est pas possible, dit Betty. Elles boivent quand même. Alice s'essuie le front du revers de sa main et le retire souillé d'une boue de terre et de sueur. Te fatigue pas, dit Claude. Vous ressemblez plus à rien, toutes les deux. Elle ôte sa blouse et s'essuie avec la figure, le cou, les seins. Elle est nue jusqu'à la taille, luisante de transpiration.

Et alors ? Où tu te crois ? gueule une Cheffe. C'est une garce petite et sèche, méchante et sournoise. Viens me rhabiller, tu me lècheras les nichons, ça me fera du bien, répond Claude. L'autre leur tourne le dos, feignant de s'occuper d'autre chose et de n'avoir pas entendu. Pas de taille face à Claude, grande, forte, superbe, dépoitraillée dans le soleil du soir.

« Je savais bien qu'on allait partir. »

Nour s'est assise dans son lit quand Alice est venue la réveiller vers 2 heures du matin. Elle souriait, clignant des yeux à la lumière de la petite lampe que sa mère tenait à la main.

– C'est dangereux, a dit Alice. Si tu ne veux pas venir, on reste, et on n'en parle plus.

– Je sais.

– Il faudra marcher pendant des heures, toutes seules. Ils vont nous pourchasser. S'ils nous rattrapent, ils nous feront du mal.

Nour plantait son regard dans celui d'Alice et ne cillait pas.

– Je sais.

– Tu sais quoi ?

– Même si on reste, ils nous feront du mal. Je sais qu'il faut partir d'ici parce que quand j'aurai douze ans ils vont me marier avec un homme. C'est arrivé à Farida l'an dernier. Et à Ludivine. Je l'ai vue l'autre jour. Elle m'a dit que ça faisait mal. Que ça lui fait mal à chaque fois.

Nour s'est levée et a mis ses mains sur ses hanches. Elle était grande et mince, et si belle, dressée dans une sorte d'insolence. Alice a soudain aperçu la jeune fille qu'elle deviendrait bientôt et a seulement dit : « Il faut y aller. »

***

Voilà deux heures qu'elles marchent. La route serpente au milieu des prés. Il faut aller plein sud. Alice a trouvé une boussole dans le matériel d'Abdel. Elle regarde souvent l'aiguille tremblante à la lueur de sa lampe. Elles entrent dans la forêt par un chemin étroit qui se faufile au milieu de jeunes arbres. Sous la pâle poussière qui tombe des étoiles, elles distinguent leurs mains mais ne savent pas où elles posent leurs pieds. Le sol est un gouffre possible. Nour tient la main de sa mère. De temps en temps, Alice allume sa lampe pendant deux secondes pour montrer à la fillette qu'il y a bien un chemin et qu'elles ne sont pas perdues dans des ténèbres sans fond.

L'alerte ne sera donnée que vers 8 heures, quand on constatera l'absence d'Alice à l'appel du matin. Alors ils constitueront les équipes de traque et une heure plus tard on entendra les chiens dans le lointain. Alice dispose d'une cinquantaine de cartouches. À son épaule, le poids du fusil trouvé dans la pièce réservée d'Abdel la rassure. Elle tuera peut-être un chien ou deux, mais les hommes qui les auront lâchés ? Si elle en arrive à devoir livrer ce combat c'est qu'elle aura échoué. Elle les retiendra le temps que Nour...

Alice n'a plus de souffle. Elle décide d'une pause. Ici. N'importe où. Nour se laisse tomber assise contre un tronc abattu. Elle soupire.

– Ça va ?

Oui, de la tête. Pauvre sourire estompé par la nuit.

– On peut encore rebrousser chemin, Nour.

La petite fille secoue la tête.

– Ça va, je te dis. On a dit qu'on partait alors on s'en va et puis c'est tout.

– D'accord. C'est toi qui commandes.

Petit salut militaire.

– T'es bête.

Elles boivent et mangent puis repartent.

Alice surveille à l'est le bleuissement de la nuit. Elles vont d'un bon pas. On entend, très loin, deux chouettes s'appeler. Nour s'arrête, retient sa mère par une lanière de son sac à dos. Elle chuchote.

– T'entends ça ? C'est des chouettes ?

Alice s'accroupit près d'elle et l'enlace.

– Oui. C'est si rare de pouvoir les écouter.

– Ça va nous porter bonheur.

– Oui, ça va nous porter bonheur.

Elles gravissent la colline aux serpents alors que l'aube jaunit le ciel. De l'or partout, posé sur toutes choses. Dans les parcelles défrichées, Alice tape le sol de son bâton au milieu des fougères et les herbes hautes.

– Pourquoi tu fais ça ?

Alice ne lui a rien dit des serpents.

– Pour rien. Pour m'amuser.

Le soleil surgit derrière un promontoire.

Alice transpire malgré la fraîcheur de l'air, scrutant le sol où rien ne bouge. Elle s'assure que Nour est dans ses pas. Elle se rappelle avec un frisson l'autre folle et les vipères qu'elle venait de tuer brandies, enroulées autour de son bras. Cette illuminée a peut-être exterminé tous les reptiles du secteur.

Elles redescendent le versant ombragé, elles s'engagent sur une route bouffée d'herbes folles et digérée par les bas-côtés envahis d'arbustes. Elles passent devant une maison trapue et sombre, assise au milieu de grands arbres jaunissants groupés autour d'elle comme des géants protecteurs.

Nour s'arrête devant le portail grand ouvert.

– On pourrait se cacher là et se reposer.

– Non. Viens. Il faut continuer.

– Pourquoi ?

Nour s'assoit par terre.

– Parce que c'est là qu'ils nous chercheront en premier.

Alice s'accroupit près de Nour et lui tend une gourde qu'elle repousse. Elle sort de son sac un morceau de pain et la petite fille se recroqueville, les bras autour de ses jambes repliées, le menton sur les genoux. Elle ferme les yeux. Elle dit « J'en ai marre ». Alice embrasse ses cheveux.

Un grand remue-ménage se produit dans la forêt. Une bousculade de branches cassées, le piétinement lourd d'un cheval. Un chien bondit sur la route à une cinquantaine de mètres. Il court vers elles en aboyant. C'est un grand chien-loup noir et feu.

Nour s'est relevée et le regarde fondre sur elle, figée. Elle n'entend pas Alice qui a reculé lui crier de venir près d'elle. Alice se débat avec la courroie du fusil puis parvient à l'épauler. Le chien derrière le cran de mire. La détente résiste, coincée. Alice cherche la sécurité. La débloque.

Le chien saute sur Nour et la renverse et la saisit par l'épaule et secoue sa gueule et Nour hurle, traînée sur le sol, grande poupée de chiffon. Le chien. Nour. Le chien. Alice ne tire pas. Elle s'approche à trois ou quatre mètres et le chien s'immobilise, grondant, sa gueule au ras du sol, la regardant par en dessous, Nour à plat ventre entre ses pattes, qui ne bouge plus et semble respirer à peine. Alice tape du pied. Feint d'avancer sur lui. Il tressaille et tremble, il montre les dents. Viens, saloperie. Attaque-moi.

D'autres chiens, au loin, gueulant. Nour gémit, bouge ses bras comme si elle nageait sur ce macadam fissuré mais le chien jette sa gueule ouverte sur sa nuque.

Alice appuie sur la détente, les yeux fermés. Le chien hurle et saute en l'air et retombe dans l'herbe et se débat, ses pattes convulsées raclant le sol.

Nour se redresse, roule et rampe loin du chien en train de crever. Alice lui passe la main dans le cou, dans les cheveux. Elle n'a rien. Elles courent vers la maison sur une allée bordée de platanes décharnés. Fenêtres et portes béantes, obscures. Comme elles s'en approchent, Alice s'attend à voir bondir quelque monstre endormi là depuis des années alors elle épaule son fusil et gravit les premières marches du perron aux pierres noircies couvertes de mousse jaunâtre.

Dans son dos, le pas d'un cheval. Lewis, le Colonel, sa gueule cassée sous une cagoule. Il tient un fusil pointé vers le ciel, la crosse calée sur sa hanche. Chargeur d'acier dépoli. Lunette de visée noire. Une arme destinée au gros gibier.

Il dit : « N'entrez pas là. » Diction pénible, encombrée, pâteuse. Il descend de cheval et marche vers elles, son arme en travers du buste.

Alice le tient en joue. Il s'arrête à trois mètres d'elle. Nour se cache derrière sa mère, collée à ses jambes.

– Tire, si tu veux. Ça les fera venir plus vite. Avec d'autres chiens, d'autres armes. Ils joueront longtemps avec la petite. Nour ? C'est ça ?

Il parle lentement, détachant avec soin chaque syllabe.

– Ta gueule. Ne prononce pas son nom.

L'homme ôte sa cagoule. Sous l'œil fermé, le côté gauche de sa face n'est qu'un creux bleuâtre tendu de peau. À la tempe enfoncée on voit battre une artère. Sa mâchoire tremble. Ses lèvres brillent de salive et il les essuie du revers de sa main.

Alice s'oblige à le regarder. Elle a vu quelquefois des crânes béants, des visages détruits, des têtes qui n'avaient plus de contours. Elle reluquait ça en douce, malgré l'interdiction de Rebecca, mais ces corps étaient morts et les morts si nombreux qu'ils ne suscitaient plus chez elle qu'une curiosité d'anatomiste.

– Ton nom à toi c'est Alice. Je le sais depuis la mort d'Abdel. C'est pour ça que je t'ai choisie pour épouse.

— Je croyais qu'il fallait m'appeler Selma. Oui, Alice, et alors ?

— Alors je veux te protéger. Et je voudrais savoir ce qu'est devenue Rebecca.

Alice n'a plus de souffle. Ses jambes vont se dérober. Elle abaisse son arme, soudain trop lourde.

— Tu es née le 5 janvier 2051. De Rebecca et Martin.

Alice va chercher les mots au fond de sa gorge comme si elle devait les cracher.

— Mon père a disparu en septembre 51. J'avais neuf mois. Il nous a abandonnées au commencement du désastre.

— Notre bonheur était à partir de toi. Il durerait toujours, malgré les menaces que je refusais de voir. Le soir où tout s'est arrêté, tu as hurlé toute la nuit. Rebecca disait que tu avais compris comme si tu avais eu une prescience de ce qui survenait. Moi, je me moquais d'elle. Moi, je ne voulais rien comprendre.

Alice aimerait qu'il se taise. Sa voix sourde semble provenir du fond d'un tunnel.

— Ma mère l'a cherché pendant des semaines. Des années après elle croyait parfois le reconnaître dans une foule ou un convoi de réfugiés alors elle l'appelait, elle s'approchait et je voyais bien sa tristesse quand elle s'apercevait que ce n'était pas lui.

— Quand je me suis réveillé il était trop tard. Je ne savais pas où j'étais, je croyais que j'étais mort. Je...

— Ma mère n'arrivait pas à admettre qu'il était mort. Elle voulait le retrouver pour qu'il lui explique pourquoi il était parti. Longtemps, elle a rêvé qu'il revenait. Il nous retrouvait et nous prenait dans ses bras.

— Il y avait ces gens qui me soignaient dans cette sorte d'hôpital. Je ne savais plus qui j'étais. On m'avait opéré. On me nourrissait avec une paille. Je n'avais aucun souvenir. Il paraît que le premier mot que j'ai prononcé en me réveillant c'est Alice. Ils m'ont surnommé Lewis, je ne comprenais pas pourquoi. Je ne savais pas qui était Alice. Moi aussi je rêvais. Je n'ai réalisé que des mois et des mois après que c'était de vous deux et de tout ce que j'avais connu avant quand la mémoire m'est revenue.

Les chiens. Ils bondissent dans l'allée. Lewis les abat. Alice les voit sauter en l'air, désarticulés et tordus, sous les impacts. Elle prend Nour par la main et l'entraîne vers le fond du parc. Elle s'arrête et se retourne vers Lewis. Elle pense à la tristesse de Rebecca quand celui qu'elle croyait avoir reconnu n'était pas Martin. Tu l'as tellement espéré et le voilà, transformé en seigneur de la guerre démoli. Qu'est-ce que tu ferais face à lui ? Qu'est-ce que je dois faire ?

– Partez. Je vais les retenir un moment.

On entend au loin les hommes s'interpeller. Un cavalier apparaît, puis un autre. Pendant un moment, ils ne bougent pas, figés devant les cadavres des chiens. Lewis tient son cheval par la bride.

– Partez. Il faut en finir.

Il remet sa cagoule et monte en selle et se dirige au pas vers ses hommes.

Elles sont déjà loin quand elles entendent les coups de feu. Elles entrent dans un bois, traversent un ruisseau, longent un pré sous le couvert. Nour ne lâche plus Alice. Elle s'accroche à sa main ou à une courroie de son sac à dos. Elle ne dit rien, elle ne regarde rien que les pieds de sa mère couchant l'herbe, écartant les branches basses, ouvrant un chemin au hasard. Tout se tait sur leur passage. De temps en temps, Alice s'arrête pour écouter. Il n'y a rien à entendre sinon leurs souffles haletants. Quelques insectes crépitant dans la chaleur.

Alice essuie son visage avec le bas de sa chemise. Son visage et ses yeux. Le sanglot qui remonte dans sa gorge lui fait savoir qu'elle pleure.

Puis d'un bosquet surgit un vieil homme qui les tient en joue avec un fusil de chasse. Derrière lui un gamin, un revolver à la main.
— Qu'est-ce que vous foutez là ?

14

Ce sont d'abord de petits groupes traînant ou portant d'énormes valises, de gros sacs sur le dos, quelques enfants tenus par la main. Ils sont épuisés, affamés, assoiffés, terrassés par l'épouvantable chaleur de ce début juin. Dépenaillés, puants. Certains sont à vélo mais n'en peuvent plus alors ils poussent leur monture couchés sur le guidon. On les installe à l'ombre des arbres sur un parking aménagé pour eux à l'entrée du village et ils s'assoient, se couchent, se laissent tomber au milieu de leurs bagages renversés. Des barrières sont dressées autour d'eux, surveillées par des hommes à brassard jaune armés d'un fusil de chasse ou d'un manche de pioche, un sifflet pendu autour du cou. Empêcher qu'ils errent dans le bourg, et y répandent l'épidémie, frappant aux portes pour y demander de l'aide ou établissant leurs bivouacs sur le stade ou dans la cour de l'école comme ça s'est produit pendant les premiers jours. Il a fallu les repousser, les chasser, les cantonner sur ce parking.

Rebecca apporte de l'eau aux femmes en train de se laver derrière une bâche qu'on a tendue sur des cordes et parfois elle les aide à se rincer la tête ou le dos et elles la remercient, tordant leurs cheveux ou immobiles, presque tremblantes malgré la chaleur, tellement nues, tellement vulnérables qu'elle aurait envie de les couvrir d'un drap de bain ou de les rhabiller pour qu'elles retrouvent un peu d'assurance et de courage. Quelques-unes parlent peu, hébétées, tenant près d'elles leur enfant quand elles en ont un, seules, souvent, louvoyant entre les bagages pour trouver un endroit où s'asseoir, loin des hommes et de leurs regards et de leurs mains. Quand Rebecca leur demande si tout va bien, elles regardent autour d'elles d'un air inquiet et disent que oui, ça va, ça ira, merci. Parfois, elles demandent s'il n'y a pas de gendarmes et Rebecca leur répond qu'on ne sait pas, qu'on ne les a plus vus depuis des semaines. Elle leur montre les citoyens qui montent la garde et les assure qu'ils sont là pour veiller à leur sécurité alors les femmes acquiescent, la tête rentrée dans les épaules, serrant contre elles leurs maigres possessions ou un enfant somnolent.

On a sorti les sièges de la salle municipale, quelques vieux fauteuils, des bancs réunis par deux où l'on peut s'allonger. Une dizaine de vieux matelas ont été jetés sur le sol. Sous le vacarme rêche des cigales, une rumeur murmurante. Des toux. Des voix d'enfants, haut perchées. Des pleurs. On se parle à mi-voix. Vers midi, une équipe apporte de l'eau potable et remplit avec parcimonie gourdes et bouteilles. La ressource est rare. Il faut l'expliquer à ceux qui tendent encore un récipient à moitié plein et s'impatientent. Le vieux château d'eau va être réhabilité. On nettoie les puits anciens. On récupère l'eau de pluie, quand il pleut.

Aïssa essuie la sueur qui coule sur son visage derrière sa visière de plexiglas et son masque, et il lui semble que ses doigts vont se liquéfier et fondre dans ses gants en caoutchouc. Sous ce barnum rafistolé de larges bandes d'adhésif, qui a servi des années plus tôt de buvette pour la Fête du Sport, on a aménagé une infirmerie sommaire : une table d'examen récupérée dans l'ancien dispensaire, trois lits de camp, quatre ou cinq chaises de jardin, une petite armoire pour y ranger quelques antiseptiques, des paquets de pansements, quelques boîtes d'antalgiques.

Le petit garçon a les pieds crevés d'ampoules. Il a fait les dix derniers kilomètres sur le dos de son père ou pieds nus sur le macadam brûlant parce que cela valait mieux que la moindre paire de chaussettes. Il pue. Ses pieds puent, bien sûr. Mais de toute sa frêle personne émanent des relents de transpiration, d'urine, de sous-vêtements merdeux. Malgré le masque et la visière, ça s'insinue jusqu'au fond de la gorge d'Aïssa et ça s'y colle. L'enfant la regarde faire, curieux, penché vers elle. Il s'appelle Bruno. Il a les yeux gris, de grands cils noirs qui battent de fatigue. Et toi ? Aïssa, elle dit. C'est joli comme prénom. Aïssa, Aïssa. Il répète ça à mi-voix. Aïssa nettoie ses plaies, les panse. L'odeur âcre du désinfectant masque celle du gamin. Elle donne au père quelques pansements, au cas où ceux-ci se décolleraient quand il se lavera. Ah oui, dit le père. Bien sûr. Aïssa montre la zone réservée aux hommes à l'autre bout du parking. Lui aussi pue. Il porte un bermuda crasseux, un tee-shirt bleuâtre où la sueur a laissé des auréoles de sel. Des chaussures de sport où macèrent ses pieds nus. Oui, bien sûr, répète l'homme, le visage creux sous un grand chapeau de toile.

Une femme âgée brûlante de fièvre, les poumons pris par l'infection. Le bras d'un homme à recoudre après un coup de couteau pendant une rixe. Une luxation de l'épaule. Des cœurs qui ne savent plus comment battre. Des peaux brûlées par le soleil. Des diarrhées. Des nausées. De terribles angoisses inapaisables. D'infinies fatigues qui ne trouvent plus le repos.

Aïssa découvre d'autres maladies qui ne sont plus soignées faute de médicaments qu'on espérait trouver ailleurs, à la campagne, dans une pharmacie de village. On lui présente des prescriptions, il est question de vie ou de mort, vous comprenez, l'hôpital a fermé, je n'ai pas pu voir le spécialiste, comment je vais faire ? C'est important, ma femme a besoin de ce médicament, sinon... La femme se tient sur sa chaise, affaissée, une plaquette de comprimés presque terminée, et Aïssa dit oui, je comprends, mais ici il n'y a rien... je ne sais pas quoi vous dire. Elle aimerait pouvoir invoquer les esprits et les dieux auxquels ses ancêtres croyaient, réciter des prières, des suppliques, des formules magiques et chasser de ces corps dévorés par le mal les démons qui y sont logés parce que démunie comme elle l'est, consultée par ces désespérés qui attendent d'elle un acte miraculeux, elle n'a d'autre ressource que l'apposition de ses mains sur leurs épaules, leurs bras, leur poitrine pour les assurer que leur corps est encore vivant puisqu'elle le touche avec le désir secret et ridicule qu'un rayonnement surnaturel leur transmettra la flux magique de la guérison.

Certains sont sur la route depuis deux semaines, d'autres ont été débarqués en rase campagne par un bus ou un semi-remorque en panne, en pleine forêt ou sur une station d'autoroute. Ils viennent tous de la ville et de ses banlieues, ils fuient les maladies et les pillages et la menace des groupes de policiers ou de militaires qui se disputent déjà le contrôle de certains quartiers et des grands axes de circulation. Il paraît que des combats ont eu lieu à l'aéroport. Il paraît que des drones ont attaqué la préfecture. Il paraît que c'est partout la même chose en Europe, dans le monde. Des insurrections. Des combats. Des bombardements tactiques. Villes rasées, zones irradiées. Des exodes. Des millions de malades, de morts, de réfugiés sans refuge jetés sur les routes, décimés par la faim et les fléaux. C'est ce qui se dit. La ville résonnait ces temps derniers de la voix des crieurs qui annonçaient la fin de ce monde. Alors ils fuient, poussés et conduits par la grande peur millénaire. Ailleurs, plus loin. Il en est qui savent peut-être qu'en des temps obscurs pareilles terreurs s'abattirent sur le monde connu mais ce savoir ne leur est d'aucun secours. On n'est sûr de rien que de sa peur et l'on a peur de tout.

La nuit, on entend des cris. Le sommeil est sans repos. Il arrive qu'on aperçoive des ombres déambulant au milieu des dormeurs en marmonnant. Un matin, on trouve un tout petit et sa mère la gorge ouverte. La femme tient encore le couteau serré dans son poing crispé par la mort.

Les plus riches, qui ont abandonné leur voiture à quelques kilomètres, batterie épuisée ou réservoir vide, proposent de l'argent pour des rations supplémentaires, pour prendre une douche, pour dormir dans un lit. Voir un médecin. Obtenir quelques litres de carburant. Ils exhibent des billets de 50, de 100, raretés encore en circulation, des cartes de paiement, des bijoux parfois et les agitent au nez des villageois comme en d'autres temps on faisait miroiter verroterie et colifichets aux peuples qu'on voulait soumettre. Ils protestent parce qu'on refuse leurs offres d'achat en leur expliquant qu'il faut rationner la nourriture, que leur argent ici comme ailleurs n'a plus cours, qu'il s'agit de s'organiser et faire face en espérant des jours meilleurs.

Pendant des semaines, ils sont des centaines à faire étape au village. Ils reprennent quelques forces puis s'en vont au bout de deux ou trois jours quand ils ont compris qu'il n'y a pas ici de place pour eux. Au fil des jours, le ravitaillement devient plus difficile. Il faut tout rationner. La nourriture, l'eau. Il y a moins à partager. Les portes et les volets se ferment. Les bénévoles se lassent, rentrent chez eux.

Pendant des semaines, on les voit partir avec un soulagement grandissant. Ils partent en remerciant, sans se retourner. Il faut qu'on y aille. On verra bien. Je connais un peu, par là-bas. Ils se regroupent, ils se rassurent avant de s'enfoncer plus loin dans la campagne où l'on trouve, dit-on, des villages presque vides, des terres en friche. Peut-être un monde à refaire.

Puis un jour, plus personne n'arrive. Au quatrième matin, la dizaine de volontaires attend sur le parking au milieu de petits tourbillons d'air chaud qui soulèvent de la poussière et des bouts de papier, puis ils se mettent à nettoyer et à ranger. Rebecca aide Aïssa à désinfecter son infirmerie, guettant le bout de la rue, puis elles s'avancent sur la route vide vibrant sous la chaleur. Elles s'arrêtent à l'ombre d'un grand châtaignier. Ce calme. Ce silence. Le feuillage frissonne au-dessus d'elles mais on ne sent pas un souffle d'air. Elles restent un long moment sans rien dire, les yeux rivés sur le virage, là-bas, où personne n'apparaît.

– On a bien fait de partir, dit Aïssa.

Rebecca voit la route descendre le coteau puis plonger dans la forêt, dévorée peut-être par la végétation comme ces chemins perdus, oubliés par le pas des hommes, effacés pour toujours. Empêchant tout retour. La vie désormais comme une irréversible fuite. Les souvenirs affluent et se bousculent, foule désemparée. Tout ce qu'elle a laissé, perdu, dont elle s'est arrachée. Tous ces bons moments, malgré tout. Les amis. Les amours. Martin. Où es-tu ?

Brusquement, la chaleur dans laquelle elles se tiennent, immobiles, lui brûle la figure, la fait suffoquer. Elle se jette dans le soleil, aveuglée par la fournaise et revient vers le village, les yeux presque fermés.

– On est parties, d'accord. Mais on va arriver où ?

Aïssa la rattrape, passe son bras sous le sien.

– Merde, j'en sais rien. Pour l'instant, on est ici. On se débrouille pas trop mal.

Dans la pénombre de la maison, on entend Alice parler avec le chat. Elle est assise dans la cuisine à une petite table près d'une fenêtre, les fesses réhaussées par des coussins, dessinant sur des grandes feuilles de papier de petits êtres en forme d'étoiles à cinq branches surmontés d'une tête souriante qui volent au-dessus de prairies d'herbe drue piquées de fleurs rouges. Des dizaines d'étoiles souriantes parmi des oiseaux multicolores. Le chat est assis près d'elle, scrutant le dessin de ses yeux de phosphore. De temps en temps, il hasarde une patte vers le crayon de couleur agité par la petite main et il miaule et la gamine lui répond dans son babil et il se couche alors et la dévisage en écoutant le baragouin qu'elle lui débite, montrant ses bonshommes suspendus dans l'air bleu, passant de l'un à l'autre, racontant peut-être leur histoire.

Quand Rebecca lui demande pourquoi il n'y a jamais de maison dans ses dessins, elle secoue la tête, les sourcils froncés, ou bien hausse les épaules. Elle dit « Non », les yeux levés vers sa mère. « Non », elle répète, avec un grand sourire.

– Ah, tu te mets à parler comme il faut, dit Rebecca. C'est le chat qui t'a appris ?

Le chat décampe en râlant. Avant de quitter la pièce, il se retourne et jette derrière lui un regard offensé. Alice repique du nez sur sa feuille et dessine quelques oiseaux supplémentaires.

Mélanie est debout près de l'évier, coupant des légumes pour le déjeuner.

– Alors ?

– Alors, personne.

– Qu'est-ce qui se passe ?

– J'en sais rien. Peut-être qu'ils restent en bas, près de l'autoroute.

– Qu'est-ce qu'ils y feraient ? Il n'y a rien, par là-bas.

– Et ailleurs ? Plus loin ?

Mélanie jette un coup d'œil par la fenêtre. On y voit Vitto dans le potager, son grand chapeau sur la tête, remplissant de tomates le panier que tient Aïssa.

– Ailleurs, d'après ce qu'on sait, c'est la même chose. Les gens s'isolent, se barricadent. Il y a des barrages sur les routes. Les fusils sont sortis.

— Tout à l'heure sur la route avec Aïssa... J'avais l'impression que le monde avait disparu... Je ne sais pas comment dire...

— Alors ne dis rien.

Mélanie a parlé avec douceur et tristesse, les yeux baissés sur ce qu'elle est en train de découper, son geste arrêté, le couteau tremblant entre ses doigts. Rebecca pose sa main sur son bras. En effet, il n'y a peut-être rien à dire parce qu'il est trop tard. Et ce silence, tout à l'heure, était celui d'une longue, très longue nuit tombant sur le monde. Une nuit sans étoiles, sans rien pour montrer la moindre direction. Elle frissonne et congédie ce cauchemar et ses ténèbres. De l'autre côté de la vitre, le soleil la rassure en dispensant sa lumière, jetant partout son feu. Alice tambourine du plat de la main sur sa feuille de dessin puis la jette par terre. Elle se tourne vers Rebecca en éclatant de rire. Aïssa et Vitto rentrent en bavardant à voix basse. Ils rient doucement en refermant la porte. Mélanie met le couvert. Tintements des assiettes, des verres. Alice tend les bras à sa mère d'un air boudeur.

Aussitôt contre elle, la petite colle sa bouche dans son cou. Mamamamaman. Elle fait vibrer ses lèvres. Elle fait des bruits mouillés. Elle dit des mots à elle. Elle mordille la chaleur de cette peau avec ses quatre dents.

Rebecca saisit cet instant d'insouciance comme on respire dans un bois la surprise d'un parfum.

Dans le silence lourd et chaud de l'après-midi, elle prend sur la table d'Alice une feuille de papier et quelques crayons puis se met à dessiner. Depuis tous ces mois l'envie l'avait quittée. Elle a regardé hier, sur son ordinateur qu'elle a pu recharger grâce aux panneaux solaires installés sur le toit, la scène inachevée où Zak, le jaguar, descend la berge du fleuve pour aller pêcher. Elle a été étonnée que cette vie virtuelle, truquée, le balancement de la végétation, le glissement de l'eau, jusqu'à la dérive des nuages dans certains plans généraux baignés de lumière, lui parût si vraie, si proche. Si désirable. Elle a contemplé en gros plan la tête du fauve, et le regard caméra posé sur elle lui a semblé plein de reproches et de tristesse, lui parvenant d'un temps tellement ancien qu'il était trop tard pour se justifier des reproches ou dissiper cette tristesse. Elle s'est mise à penser aux étoiles éteintes, à la persistance de leur lumière. C'est le passé qui la fixait ainsi depuis cette jungle factice. Un passé lointain comme celui de l'enfance. Cette image numérique témoignait d'une vie révolue qui lui paraîtrait un jour, peut-être, tout aussi inventée, fabriquée à partir de faux souvenirs. Une légende. Un astre mort.

Pendant plus d'une heure, elle dessine. D'abord le jaguar, qu'elle fait marcher dans l'eau, puis une pirogue passant sur le fleuve, ses rameurs coiffés de plumes rouges puis, dans un coin de la feuille, elle esquisse le visage de Martin. C'est venu comme un désir. Ou la mémoire du désir. Elle en retrouve les traits allongés, le nez droit, les lèvres fines, mais elle est incapable de restituer son regard. Cette douceur mêlée d'ironie. L'ombre qui s'y logeait si souvent sans qu'il dise rien de ce qui le préoccupait. Comme elle ne trouve pas de gomme, elle recommence. Elle est tentée de trouver une photo dans l'ordinateur, mais préfère se fier à sa mémoire. Et le regard se dérobe à son souvenir. Deux fois encore. Regarde-moi.

Elle déchire ce coin de feuille, met en boule le bout de papier puis le jette par terre. Le chat saute dessus et joue avec, bondissant après chaque coup de patte qu'il donne, puis s'en détourne pour se laisser tomber de tout son long sur le carrelage.

Un soir, un homme apparaît à l'entrée du village devant le garage. Tayeb, le mécano, raconte qu'il l'a vu soudain au milieu de la route, vacillant, maigre à faire peur, vêtu d'un pantalon trop grand dont il retenait la ceinture dans son poing et d'une chemise pleine de sang et du sang il y en avait aussi sur sa figure, dans son cou. Il a demandé à boire avant de faire deux pas et de s'effondrer. Tayeb s'est précipité avec une bouteille d'eau mais c'était trop tard. L'homme ne bougeait plus, alors Tayeb a appelé à l'aide et des gens sont sortis de chez eux malgré la chaleur, malgré la peur de la maladie qui a refait son apparition dans le coin, des morts à Marsan, à Saint-Pierre, d'après ce qu'on sait.

L'homme est mort. On n'ose pas le toucher. On s'approche, masqué, ganté, pour voir un peu mieux. Il a été battu. Son visage est enflé et bleu d'hématomes. Deux plaies entaillent sa tête. On ne sait pas de quoi il est mort. De ces coups ou du virus. Ou bien d'épuisement. Alors on se débrouille pour l'enrouler dans une bâche, le ficeler et on le traîne jusqu'à un pré, plus loin sur la route, pour l'y enterrer. Quelqu'un propose qu'une prière soit dite mais personne n'en connaît (« À qui tu veux l'adresser ta prière ? dit Raphaël. Depuis quand il y a quelqu'un là-haut ? Parle à mon cul, j'irai m'asseoir dans l'église ») et on se contente de poser un bouquet de dahlias sur le tas de terre et d'y planter un bâton blanc avec un panneau pour dire au moins le jour de sa mort : 10 juillet 2052.

Le lendemain, un groupe de dix hommes pousse une reconnaissance sur la route pour voir un peu ce qui se passe dans la vallée et comprendre peut-être ce qui est arrivé à cet homme. Armés, équipés d'antiques talkies-walkies, d'une portée de 20 kilomètres, réparés par Gautier, l'ancien gendarme. Ils partent à l'aube en promettant d'être de retour avant la nuit. On les embrasse, on les encourage. Soyez prudents. On les regarde s'éloigner, leurs sacs sur le dos, fusil à l'épaule, et bien après qu'ils ont disparu dans le virage, on reste à surveiller la chaussée encore dans l'ombre comme si on s'attendait à ce qu'ils remontent, affolés, talonnés par quelque péril.

On poste des guetteurs. On a peur. On discute à voix basse. Toute la journée, on fait l'inventaire des armes disponibles, des munitions. Une vingtaine de fusils de chasse, trois carabines pour le gros gibier, deux cents cartouches. En début d'après-midi, la vieille Mathilde vient à la maison et demande après Vitto, qui a travaillé longtemps avec son mari. Essoufflée, elle s'assoit en s'éventant. Mélanie lui sert un verre d'eau. La vieille femme se lève pour embrasser Aïssa. Elle la serre et la câline longuement. Tellement heureuse de te revoir. T'as bien fait de venir. On lui présente Rebecca, une amie. Plus que ça, dit Mélanie. Alors ? dit Vitto. Qu'est-ce qui t'arrive ?

Elle conduit Vitto et Rebecca jusqu'à son grenier et elle ouvre un coffre et déplie des chiffons graisseux du bout des doigts. Odeur rance. Regardez, elle dit.

Des armes anciennes. Elle les énumère : deux pistolets-mitrailleurs Sten, un revolver Smith&Wesson calibre 38, un pistolet Colt 45, un fusil Enfield. Des boîtes de cartouches, des chargeurs. Elle dit que ça marche encore. Elle tire sur le levier de culasse d'une Sten, appuie sur la détente. Claquement sec. C'est un héritage qui se transmet de génération en génération. « On garde ça, on sait jamais, ça peut servir », disait son père. Rebecca prend le pistolet, soupèse l'acier tiède, empoigne la crosse, l'index sur le pontet et braque le fond du grenier, l'œil rivé au cran de mire. Elle trouve ça lourd et rassurant, elle n'a pas peur de tenir cette arme et ça l'étonne parce qu'elle a toujours détesté ça les armes, même celles des jeux en ligne dans lesquels Martin s'égarait parfois. Pourtant sa main tremble un peu et la tête lui tourne, la sueur coule dans son dos, sur sa figure, tant il fait chaud dans ce grenier. Elle repose le Colt sur le chiffon brunâtre qui l'enveloppait et essuie sa main poisseuse à l'autre puis reste bras ballants, les mains sales.

La vieille Mathilde explique qu'il s'agit du trésor de guerre de son grand-père qui fut maquisard pendant l'Occupation. Rebecca se rappelle que ses parents parlaient parfois de ça. Maquisard. Occupation. Les mots flottent dans sa mémoire. Vitto dit c'était au XXe siècle mais il ne se souvient plus vraiment de quoi il s'agissait. On leur parlait de ça au lycée mais ça leur passait par-dessus la tête. C'était pendant la Seconde Guerre mondiale, en tout cas. Des guerres, il y en a eu d'autres depuis. Ça n'a jamais cessé, jusqu'à aujourd'hui, au point où ils en sont. Des survivants, voilà ce qu'ils sont. Dans les années 40 du siècle dernier, précise Mathilde. Il y a plus d'un siècle. Plus personne ne s'en souvient. La France occupée par les Allemands. Des résistants ont pris les armes pour les chasser. Hitler, elle ajoute. Les nazis. Ils avaient des camps où ils tuaient des gens par millions. C'est difficile à dire, comme ça, en trois mots.

Des camps ? Rebecca revoit les images des camps de réfugiés, femmes et hommes émaciés accrochés aux grillages, affamés et battus, qu'on laissait s'entretuer lors des largages par des hélicoptères. Elle revoit sur le grand écran du salon, malgré l'avertissement de sa mère, les camps de prisonniers de la guerre de l'Est, en 35 ou 36, au milieu de la steppe, morts par milliers de faim, de froid, de soif, elle se rappelle avoir éclaté en sanglots en apercevant les cadavres jonchant le sol quand enfin, à la faveur d'un cessez-le-feu les ONG avaient ouvert les grilles de cet enfer, la file interminable des camions chargés de cercueils, le dictateur affirmant devant les caméras qu'on n'avait enfermé là que des criminels de guerre et des terroristes sur lesquels il interdisait qu'on versât la moindre larme.

La vieille femme presse son épaule de sa main sèche comme si elle devinait son trouble. Elle a des livres là-dessus. Des films sur un vieux disque dur. Elle les lui prêtera. Puis elle parle de l'Histoire et des leçons qu'on n'en tire jamais pendant qu'ils replient les armes, les munitions et les fourrent dans un grand sac de toile.

Tard dans la soirée, dans la chaleur dorée du couchant, le groupe revient de sa reconnaissance. Ils apparaissent tous les dix à la sortie du virage, montant la côte courbés en deux, le pas lourd. Une petite foule les attend. On les interpelle. Alors ? Ça va ? Ils répondent d'un geste las de la main. Les talkies-walkies n'ont permis d'entendre que quelques mots rassurants – ils allaient bien, rien de menaçant – brouillés par un flot de crachotements et de sifflements, avant de se taire. Ils posent leurs fusils, leurs sacs, la tête basse, fuyant le plus souvent les regards cherchant les leurs. On leur donne à boire. Ils ne veulent rien manger de ce qu'on leur propose.

Alors, qu'est-ce qui se passe ? Qu'est-ce que vous avez vu ?

Des hameaux déserts, pillés le plus souvent. Des animaux morts dans les prés, égorgés, découpés. Des traces de feux, de campements. Ils n'ont pas osé s'engager plus avant sur les petites routes. Ils ont aperçu l'autoroute au loin. Rien ne bougeait, là-bas. Un camion en travers, deux corps allongés sur la chaussée, des corbeaux posés dessus, bataillant tout autour.

Rebecca dort mal. La chaleur. Son cœur affolé. Alice est debout dans son lit, accrochée au rebord. Elle murmure, elle souffle des choses. Rebecca entend ses lèvres, sa langue claquer. Elle se lève, marchant sur le plancher tiède, prend dans ses bras la petite qui se colle à elle.

– Qu'est-ce qu'il y a ?

Derrière les volets clos, fenêtres ouvertes pour donner à la fraîcheur du matin une chance de se répandre un peu, de faibles cris d'oiseaux, plaintifs, s'élèvent de la forêt.

La petite s'écarte d'elle puis s'assied et regarde autour d'elle de vagues clartés de la nuit infiltrées parc les clairevoies des persiennes, les meubles qu'on devine dans la chambre : la grosse armoire, la commode, le vieux fauteuil. Elle chuchote quelque chose dans sa langue en hochant la tête, on pourrait croire à une prière, puis elle se tait et demeure immobile.

Rebecca s'est assise à côté d'elle, sa main plaquée sur le dos chaud de la petite fille.

– Qu'est-ce qu'il y a ?

Monte alors dans le silence un grondement lointain. Des moteurs. Ils montent vers le bourg, puis c'est un roulement éraillé de métal, crissant, un bourdonnement énorme qu'écorchent des cris de fer qui passe dans la grand-rue pendant d'interminables minutes avant de s'éloigner, de s'abolir et de laisser derrière lui un silence apeuré.

On frappe à la porte. Aïssa.

— T'as entendu ?

Rebecca ouvre, la petite dans les bras. Aïssa finit de s'habiller dans le couloir.

— Je vais voir.

— Je viens.

— Laisse-la-moi, dit Mélanie en tendant les bras vers Alice qui ne dit plus rien, toute molle, et semble s'être rendormie.

Elles prennent une lampe dans l'entrée, des bâtons de marche, puis sortent dans la nuit qui a fraîchi un peu.

— Attendez-moi.

Vitto sort de la maison, va pisser un peu plus loin contre une haie, les rejoint.

Pas de lune. Seulement la voûte incalculable des étoiles et la vapeur bleutée qu'elle dispense autour d'eux. Rebecca ne peut s'empêcher de lever les yeux vers ce qu'elle tient toujours pour un prodige.

Sur la place, au bord de la rue, ils sont déjà une cinquantaine. Marmonnement des conversations à voix basse. Puanteur des gaz d'échappement dans l'air figé. Les lampes virevoltent et jettent partout leurs éclats blancs. Le maire est là, avec deux adjoints. C'étaient une trentaine de camions bâchés, escortés de blindés légers. Un homme raconte qu'il les a vus passer. De vieux camions qui roulent encore au gazole. Oui, l'armée a des stocks de carburant, forcément.

— Où ils allaient comme ça ?

On hausse les épaules.

– Dans les autres villages, c'est comme ici. Et puis en pleine nuit... Pourquoi ils roulent la nuit ?
– Ils allaient sur le plateau ? suggère une femme.
– Y a rien, là-haut.
– Il y a l'ancienne mine.
– Et tous ces gens qui sont venus ici et repartis, ils allaient où ? Ils ne le savaient même pas. Ils voulaient seulement se trouver un coin loin de tout.

Un chapelet de détonations les fait taire. Une pétarade lointaine comme on pouvait en entendre les soirs de 14 juillet. Depuis que les vagues épidémiques ont décimé la région jusqu'à l'année dernière, on ne tire plus de feux d'artifice.

Puis éclatent des coups de feu isolés, puis une rafale courte.

Ils éteignent leurs lampes. Rebecca cherche la main d'Aïssa, la trouve, glacée, la serre.

– Rentrez chez vous, dit le maire. Pas de lumière aux fenêtres.

On se dit à demain, on espère que le jour dissipera les inquiétudes. On se hâte dans le noir, on étouffe le faisceau de la lampe dans son poing pour ne distinguer que le prochain pas.

Aïssa et Rebecca cheminent serrées l'une contre l'autre. Vitto éclaire par moments les ornières de la chaussée.

– Ça finira jamais.

Aïssa a parlé au bout de son souffle. Vitto la prend par l'épaule.

– J'en sais rien, il dit. Ça a commencé il y a si longtemps que je ne sais pas si ça peut finir.

Ils rentrent à la maison sans plus rien se dire. Ils trouvent Mélanie endormie dans un fauteuil, Alice dans les bras. La petite est lovée dans le giron de la femme et Rebecca voit luire ses yeux grands ouverts.

– Alors ? demande Mélanie.
– Viens, dit Vitto. Allons nous coucher.

Ils souhaitent la bonne nuit puis montent l'escalier lentement et les marches craquent plus fort sous leurs pas plus lourds.

Rebecca pose sur le lit Alice ensommeillée qui se frotte les yeux du dos de ses mains, puis s'abat à côté d'elle. Longtemps, elle sonde le silence pour y déceler l'approche d'un autre convoi. Quand le jour se lève, elle ne sait pas si elle a dormi. La petite fille remue dans son sommeil puis se réveille et se redresse, observant les volets liserés de lumière.

– Qu'est-ce qui se passe ? demande Rebecca.

Alice secoue la tête. Elle montre l'encadrement de la fenêtre, infiltré par le soleil.

Midi. Une vitre fendue se met à vibrer près d'elle et Rebecca tourne la tête vers son reflet inscrit sur le rideau de dentelle et touche du bout du doigt la surface tiède du verre qui continue de trembler dans son cadre au mastic desséché. Le boulanger a fait du pain alors ils sont une cinquantaine à attendre sur ce trottoir de la grand-rue collés au ras des façades dans un couloir d'ombre. C'est la vibration montant dans leurs jambes qui les fait tous se retourner pour voir apparaître le blindé surmonté d'une tourelle de mitrailleuse qui pivote et braque son canon vers eux accroupis ou courbés, les mains sur la tête, se retournant, face au mur, criant « Oh non ! » avant d'éclater en sanglots, alors que le véhicule s'éloigne sans ralentir, suivi par les camions et le vacarme puant de leurs vieux moteurs diésel, leurs bâches rapiécées, les soldats casqués derrière les parebrises, les yeux perdus derrière des lunettes noires, tournant vers la petite foule apeurée leur regard indéchiffrable.

Une main se glisse sous la bâche et laisse tomber un bout de papier qui vole puis passe sous les roues et reste collé au goudron luisant. « Vous avez vu ? »

Personne n'ose bouger jusqu'à ce que le blindé en queue de convoi soit hors de vue.

Rebecca va décoller le papier du macadam et le déplie. C'est une page de cahier barrée d'une écriture en capitales, hâtive, urgente.

ILS NOUS ONT PRIS LA SEMAINE DERNIERE ON SAIT PAS OU ILS NOUS EMMENENT BEAUCOUP DE MALADES ET DE MORTS BEAUCOUP D'HOMMES ONT ETE FUSILLES JE M'APPELLE CLARA J'AI 16 ANS <u>J'AI PEUR</u> AIDEZ NOUS

Le bout de papier passe de main en main, vivement, tenu entre pouce et index comme si on redoutait qu'il soit infecté ou qu'il prenne feu soudain, puis Rebecca le récupère et le relit, et le lit encore comme une page arrachée à un grimoire pour y deviner la malédiction à l'œuvre. Ils sont une dizaine au milieu de la rue au soleil brûlant à se demander ce qu'ils peuvent faire, rien, sans doute rien, puis ils reviennent dans la file d'attente se tapir dans ce qui subsiste d'ombre.

En fin d'après-midi l'assemblée se tient dans l'église parce qu'il y fait moins chaud. Quelques-uns s'agenouillent aux pieds du Christ en croix et prient et se signent, murmurant devant le supplicié leurs demandes à celui qui entend tout, croient-ils, en espérant que cette fois il sortira de son éternel silence.

On parle. On tourne en rond. L'impuissance et la peur. Certains envisagent de partir. Mais où ? Ici, on arrive à se nourrir. On fait quelques stocks pour l'hiver, à l'ancienne. Conserves, salaisons. On mettra tout en commun, on répartira selon les besoins de chaque foyer. On a commencé à le faire. Et ailleurs ? Qu'est-ce qui se passe ? C'est la guerre ? Le chaos ? Le vieux Santos avait un émetteur à ondes courtes. Une antiquité. Sa femme et lui sont morts en 2050, lors de la première vague. Vous vous rappelez ? Jusqu'à sa mort, il a parlé à des tas de gens partout dans le monde. Il faudrait voir si ça marche encore…

On tombe d'accord là-dessus. Réparer l'appareil. Lancer des messages au hasard, chercher des contacts, recevoir des nouvelles du monde. Pendant un moment, on respire mieux, on a envie d'y croire. On y croit peut-être. On se rassure de la décision prise. Des sourires s'autorisent.

« Et ces camions ? Où est-ce qu'ils emmènent ces gens ? »

L'homme qui a parlé se tient un peu à l'écart de l'assemblée, assis sur un prie-Dieu. Épaules voûtées. Courbé sous une immense fatigue.

Trois secondes de silence. On s'écarte, on le regarde tendre vers les autres ses mains aux questions impossibles. Rebecca croise le regard de Mathilde qui détourne le sien et baisse la tête.

« Un jour, ils s'arrêteront ici pour remplir leurs camions. Un jour, ce sera notre tour. » C'est Pauline qui dit cela, ses deux enfants tenus par la main qui voudraient aller gambader dans la nef. « Et ça, jamais. Plutôt… » Elle baisse les yeux vers les deux petits qui tirent sur ses bras pour s'échapper puis elle s'assoit et les laisse filer. On les entend galoper dans le déambulatoire puis rire avec d'autres qui se cachaient derrière les piliers. Leur insouciance résonne sous les voûtes de pierre, devant les statues aux faces grêlées dévorées par le temps.

Dans les bras de Rebecca, Alice se dresse et se tord pour les écouter, les voir, et elle rit et elle se débat pour que sa mère la pose par terre et aussitôt sur pied elle se met à trotter ses trois premiers pas puis titube, s'affale sur le flanc et rit aux éclats, enivrée de ce vertige nouveau.

Le lendemain, le convoi revient, roulant dans l'autre sens, redescendant vers la plaine. Le même blindé ouvre la voie. En passant devant la place de l'église, il émet le hurlement d'une sirène qui pétrifie ceux qui se trouvent là et croient entendre les cris mêlés d'êtres torturés. Les mêmes soldats et leurs yeux cachés et la menace de leurs figures impassibles tournées vers le dehors. La même puanteur épaisse de gaz d'échappement comme un poison laissé derrière eux.

Les jours suivants, la chaleur vitrifie l'air. On attend la nuit, le souffle des bois qu'on sent par moments sur la moiteur de la peau, si léger qu'on le croirait illusoire. Ils ont guetté l'autre soir la lueur lointaine d'éclairs, le roulement assourdi de la foudre, espérant que l'orage monterait jusqu'ici. Alice observait le ciel qui blanchissait parfois, attentive, silencieuse et elle montrait parfois la vapeur phosphorescente allumée dans le ciel et Rebecca lui demandait à voix basse s'il allait pleuvoir, si ça arriverait jusqu'ici ; elle espérait que l'intuition divinatrice de la petite fille annoncerait la venue de l'heureuse colère du ciel mais l'enfant s'est assoupie dans ses bras sans que rien ne se passe.

Deux autres convois traversent le village avant l'aube et d'autres messages tombent des camions, ramassés par les guetteurs. Des appels à l'aide. Des cris de terreur. Même les enfants. Le nom et l'adresse d'une mère qu'il faudrait prévenir pour qu'elle ne s'inquiète pas : sa fille va bien.

Un matin, Rebecca profite d'une fraîcheur inattendue pour aller promener la petite dans la forêt. Alice ne veut pas sortir. Elle s'accroche à Aïssa, serre dans ses bras une de ses jambes, les yeux fermés. Elle ne pleure ni ne geint. Aïssa lui explique qu'elle ne peut pas venir avec elles. Elle a un pansement à changer chez la vieille Katia puis des visites chez des gens qui ont besoin d'elle.

La petite fille se laisse convaincre. Elle se laisse hisser sur le porte-bébé et déblatère à voix basse dans sa langue, tête baissée, indifférente aux baisers que Mélanie et Vitto collent sur ses joues, dans ses cheveux. Comme elles s'éloignent sur le chemin qui monte sous les arbres, Rebecca la sent dans son dos faire effort pour se retourner, criant par moments, appelant peut-être quelqu'un, tapant doucement le haut du crâne de sa mère comme si elle voulait attirer son attention ou la sortir de la torpeur d'un malaise. Quand la montée se fait plus raide, bercée par le pas balancé de sa mère, Alice pose ses mains sur la nuque de Rebecca et elle chantonne dans son sabir, sa petite voix vibrant parfois comme une plainte.

Un peu d'air frais monte du sous-bois chargé d'odeurs d'humus, froissant les feuillages. Rebecca s'arrête pour reprendre son souffle, pose Alice par terre et lui tend un biberon d'eau sucrée. Alice dit à peu près merci avec un battement de cils puis se tourne vers le bas de la pente en mâchouillant la tétine.

Il y a ce moment arrêté dans la douceur de cette ombre. Rebecca voit entre les feuilles des arbres gigoter des haillons d'un bleu pur. Il y a au-dessus d'elles ce dôme mouvant de la forêt sur quoi la chaleur pèse pour en briser la force. Il y a sur les lèvres de Rebecca ce sourire tranquille qu'elle ne peut voir, dont elle ne s'aperçoit pas mais dont la petite fille, se tournant vers elle, lui renvoie le reflet dans un éclat de rire.

Il y a la rafale de mitrailleuse qui les jette toutes les deux au sol et les tirs et l'aboiement d'une voix de métal qui hurle des ordres inaudibles dans la distance.

Alice demeure face contre terre, la figure écrasée sur les cailloux du chemin comme si elle allait creuser le sol avec ses dents et Rebecca la retourne et la serre sur sa poitrine et la petite tousse et se débat comme si elle recommençait à respirer. Elle ouvre les yeux et les referme sur ses larmes qui débordent. Elle pleure en silence, à gros sanglots.

Rebecca attend que la terre s'ouvre et les engloutisse. Elle est assise au pied d'un arbre, sa petite en pleurs dans les bras, et elle voudrait que ça finisse maintenant, que cesse l'agonie de ce monde et ses soubresauts de douleurs déchirantes, et ses étouffements et ses convulsions et les râles arrachés à la gorge de ceux qui s'obstinent à survivre. Elle voudrait qu'une faille gigantesque absorbe tout ce qui existe et que tout retourne dans le magma primitif pour y fondre et disparaître à jamais.

Maintenant lui parviennent des cris. Des coups de feu. D'autres cris. Rebecca pense aux damnés des enfers d'antan. Son cœur tressaute puis s'arrête puis se remet à cogner. Alice s'écarte d'elle et pose à plat sa main sur son sein gauche, les yeux levés vers la pâleur de ce visage.

– C'est rien, murmure Rebecca. Je vais bien. Je serai toujours là.

Des rafales courtes éclatent. La cloche de l'église sonne deux fois. Rebecca pose ses mains sur les oreilles d'Alice.

– N'écoute pas. Entends la mer dans mes mains.

Elle songe à cet instant que la petite n'a jamais vu la mer. Cette pensée la terrifie. Aura-t-elle jamais le bonheur de voir les vagues rouler et s'abattre. Écouter l'éternel bercement du ressac. Voir de grands oiseaux blancs battant à coups d'ailes la ligne d'horizon. Elle songe, l'estomac au fond de la gorge, à tout ce qu'elle sera forcée de voir. Ce qui advient et hurle là-bas, au village, et adviendra en hurlant partout ailleurs. Il faudrait disparaître. S'enfuir de ce monde. Mais il n'existe aucun au-delà, aucun autre ciel que la pureté vide et bleue tendue sur les journées. La fillette se débat puis se tourne vers le village, tout en bas, puis elle écoute, empêche ses sanglots pour mieux entendre.

Elles se taisent et ne respirent presque plus dans l'air chaud qui tremble autour d'elles.

15

Ils traversèrent pendant des jours une étendue calcinée, à perte de vue, le même chaos d'arbres morts, appuyés les uns contre les autres, enchevêtrant leurs énormes squelettes, penchés selon des angles impossibles. Les troncs, bois contre bois, grinçaient dans le vent, et il arrivait qu'ils s'abattent la nuit dans un fracas qui les réveillait tous les quatre et les laissait longtemps sans sommeil, l'oreille tendue vers les bruits surgis de l'obscurité, le chant lointain d'un oiseau, l'aboiement d'un chien, les petits cris, les glapissements de toute une vie qui trottait et se faufilait entre les jeunes pousses jaillies du désastre.

Ils dormaient dans des ruines noircies sous des lambeaux de toits, des pans de murs sur lesquels subsistaient des vestiges de décoration : un motif de papier, une couche de peinture boursouflée, une surface carrelée au-dessus d'un lavabo où avait poussé de l'herbe. Ici, les feux n'avaient rien épargné et les villages, les maisons isolées, semblaient avoir été dévorés par un monstre qui aurait recraché de ses proies les os et quelques dents. Par endroits, un ancien entrepôt dressait encore ses murs de béton surmontés par les extravagantes torsions de ses charpentes d'acier, d'anciens feux de circulation penchaient leurs portiques au-dessus de la route, difformes, vrillés, comme de grands serpents devenus fous.

Marceau parvenait à marcher quelques heures à côté de la remorque puis remontait sur le plateau, la jambe raide, la douleur remontant jusqu'à l'aine, irradiant par moments son bas-ventre. Ils trouvèrent sur le bas-côté de la route un sac vide au fond duquel s'entassaient des lambeaux de tissu ensanglantés. L'appui dorsal et les bretelles du sac sentaient encore la sueur. Leurs assaillants suivaient bien la même route qu'eux et perdaient de leur avance. Ce jour-là, Clara marcha loin devant, son fusil en travers du buste, persuadée qu'elle les apercevrait. Nour n'osa rien lui dire, pas même d'être prudente et de rester toujours en vue, alors qu'elle disparaissait par moments dans un virage et demeurait invisible pendant de longues minutes.

Un matin, ils virent apparaître, à une cinquantaine de mètres derrière eux, un grand chien noir au corps massif, à la gueule carrée, qui les suivit pendant plusieurs jours. Comme il ne semblait pas menaçant et maintenait avec eux une distance toujours égale, ils n'eurent pas l'idée de l'abattre. Il s'arrêtait quand ils s'arrêtaient, en profitant pour s'enfoncer dans les hautes herbes, au milieu des ajoncs, pour y chasser, peut-être. Il en sortit une fois le mufle plein de sang et se remit à trotter derrière eux en s'ébrouant. Un soir, ils l'entendirent traîner autour de leur refuge, éternuant parfois, pataugeant dans les trous d'eau laissés par les averses des jours précédents. Le cheval bronchait, tapait du pied. Léo prit le pistolet pour aller voir mais il fut convenu qu'il ne tuerait le chien que s'il l'attaquait, pour ne pas signaler leur position. Il le vit au loin, couché sous le tronc d'un arbre renversé, masse noire dans la nuit tombante, ses yeux brillant d'un éclat doré. Il revint à leur abri, une bicoque au toit à peu près entier, et parla à voix basse au cheval pour le rassurer. Ils avaient allumé un feu qui claquait et crépitait en dévorant les branches de pin encore imprégnées de résine. Ils mangèrent dans leur unique casserole un rata fait de légumes en conserves et d'un confit qu'ils avaient récupérés dans les placards de cette maison où il faisait si bon vivre.

Léo apercevait par l'embrasure béante de la porte arrachée la nuit bleuie sous la pleine lune. Des bouffées d'étincelles montaient vers la charpente et s'éteignaient contre les tuiles. Léo agaçait le foyer avec un bâton. Marceau posa une main sur son bras.

– Arrête ça.

Léo jeta le bâton et le regarda se consumer et tomber en menus morceaux de braise.

Ils ne parlaient pas, immobiles ; leurs yeux perdus dans la lumière mouvante du feu s'allumaient d'un tremblement doré. La nuit ainsi posée sur eux, sombres et voûtés, on eût dit les survivants d'une tribu primitive serrés autour des flammes à l'abri des prédateurs et des esprits malfaisants des ténèbres. Certains soirs, dans ce pays ravagé, ils ne trouvaient plus rien à se dire, chacun engoncé dans sa fatigue, mornes et farouches, espérant seulement que le jour se lèverait parce qu'on pouvait vraiment douter que la lumière pût s'obstiner plus longtemps à éclairer le désastre et la solitude des rescapés. Ils résistaient au sommeil pour voir venir le lendemain, écoutant la respiration inquiète des autres qui gardaient eux aussi les yeux grands ouverts dans le noir où murmurait le feu en train de s'éteindre, mais ils sombraient les uns après les autres, saisis aussitôt par les bizarreries que leur esprit fabriquait toujours dans ces moments-là.

Le cheval hurla. Ils crurent peut-être à un cauchemar mais ils l'entendirent tous arracher son lien et fuir, des grondements et des aboiements accrochés à lui. Ils suivirent dans l'obscurité le chemin tracé à travers les fourrés et les ornières boueuses et les chablis, se tordant les pieds et appelant l'animal, leurs armes inutiles à la main, jusqu'à ce qu'ils n'entendent plus que son râle et ses gémissements presque humains et ses ruades, les cris et les grognements des chiens se battant. Ils le trouvèrent tombé dans un fossé, incapable de se relever, deux jambes brisées, la gorge lacérée, la bouche déchirée. Nour abattit un chien qui se retournait contre eux, et la détonation fit fuir les autres, qui se dispersèrent en silence, massifs, furtifs, fondus dans l'obscurité.

Léo tomba à genoux près du cheval et lui parla puis posa sa tête sur la sienne en lui caressant le front ; l'animal soufflait doucement, le train arrière agité de spasmes et fermait les yeux comme s'il était pris de sommeil et l'on aurait pu le penser tranquille et confiant, le garçon enlaçant son cou ensanglanté.

– Écarte-toi. Laisse-le, maintenant.

Marceau avait parlé d'une voix sourde. Il se tenait au-dessus de lui, son pistolet tenu à deux mains.

Léo se releva, s'éloigna et se mit à pleurer, tournant le dos aux autres. Clara vint près de lui et le prit par l'épaule. Il demeura raide, les épaules soulevées par les pleurs, alors elle l'embrassa sur la joue et le serra contre elle. Le coup de feu les fit tressaillir d'un même sursaut. Léo s'enfuit vers leur refuge. Il se jeta sur sa couche, épuisé, plein de larmes qui ne coulaient plus et lui brûlaient les yeux et gonflaient sa gorge d'une amertume qui l'étouffait.

Quand il se réveilla, ils étaient autour du feu ranimé et buvaient une lavasse au goût de café en mâchouillant des galettes de sorgho. Nour lui tendit un gobelet et il ingurgita le breuvage chaud et sucré. Il faisait jour, le ciel était parcouru de lents nuages qui dérivaient vers le nord. Le soleil était bas sur l'horizon, encore prisonnier de l'enchevêtrement d'arbres tombés et d'arbustes hésitants.

Ils durent abandonner la remorque et chargèrent leurs sacs des quelques vivres qui leur restaient et réduisirent encore leur strict minimum. Ils s'entraidèrent pour hisser les sacs à leurs épaules et en arranger du mieux possible les bretelles et chacun demeurait un instant courbé sous le poids, persuadé, les pieds plantés dans le sable, qu'il serait incapable d'avancer d'un moindre pas. Ils se mirent en route lentement, bossus et pesants, les uns derrière les autres. Marchant les bras ballants, tassés sous leur charge, on aurait dit une famille de grands singes difformes.

Le vent du sud faisait tournoyer autour d'eux des paquets de poussière et asséchait leur bouche. Quelques arbres se dressèrent de nouveau de chaque côté de la route et ils purent en fin d'après-midi cheminer à l'ombre. Par moments, Léo se retournait avec l'idée que le cheval les suivait à distance, attelé à la remorque et son cœur se serrait à chaque fois en voyant la route vide blanchie par la lumière. Mais non, se disait-il. Les morts sont bien morts et ne reviennent jamais.

– Qu'est-ce qu'il y a ? demandait son père.

Il répondait « Rien » en se remettant en marche. Marceau se retournait lui aussi comme pour s'assurer que rien ne les suivait, ni cheval fantôme, ni revenant.

Tout un après-midi, dans un hameau où ils s'étaient laissés tomber, épuisés, assoiffés, dans l'ombre d'une maison à la façade à demi arrachée, ils cherchèrent de l'eau. Ils ouvrirent des placards, des armoires, ils explorèrent des caves à la recherche d'une bouteille, d'un bidon oublié dans le chaos de l'exode ou de la mort. C'est Nour qui trouva au fond d'un jardin encombré de ronces, infesté de vipères, la margelle en béton d'un puits recouvert d'une plaque d'acier qu'ils soulevèrent à grand-peine et firent basculer. L'eau luisait tout au fond et ils bricolèrent avec un vieux seau troué et du fil de fer un moyen de la remonter à l'air libre. Ils la flairèrent, la bouche emplie de ce qui leur restait de salive, la goûtèrent, puis burent en gémissant et en grognant, et s'autorisèrent même à se laver car ils puaient, ils s'en rendirent compte soudain, nus et maigres et se frottant, se rinçant mutuellement, mêlant leurs mains à celles des autres, d'une peau l'autre, comme s'ils n'étaient plus qu'un seul corps, dans la terreur qui les soudait et dont ils ne disaient rien.

Il faisait encore nuit quand ils repartirent. La forêt soufflait vers eux une fraîcheur clandestine que le lever du jour renverrait bien vite à ses introuvables refuges. Ils ne redoutaient plus une embuscade, ils voulaient seulement arriver dans ce bourg dont Marceau avait entendu parler dans le temps comme d'un possible embryon d'un nouveau monde. Il était sûr qu'ils y retrouveraient ceux qui les avaient attaqués, ceux qui avaient meurtri Clara et hantaient encore ses cauchemars presque chaque nuit.

Nour n'y croyait pas. Elle ne croyait pas en un monde nouveau, elle ne croyait pas qu'ils pourraient un jour retrouver les barbares qui avaient violenté Clara. Elle ne croyait pas que, les ayant retrouvés, une quelconque vengeance pût empêcher les terreurs nocturnes de la jeune fille ni dissiper les angoisses qui parfois lui coupaient le souffle, secouant sa poitrine de courts sanglots. Elle continuait chaque jour de marcher en espérant vaguement que la fatigue et le temps atténueraient ses douleurs et parce que c'était une façon de rester debout mais elle ne voyait aucune issue, aucune destination à cette errance dans les ruines d'un monde qui ne renaîtrait pas de ses cendres, tant il avait été méticuleusement détruit avec une science instinctive du saccage, un talent toujours renouvelé du massacre, une obstination bestiale dans l'erreur. Elle avait lu qu'au début du siècle dernier les humains avaient commencé à apercevoir le danger mortel qui les menaçait, mais les puissants et les riches avaient choisi d'ignorer les alarmes et continué de jouir de leur domination comme un soudard cannibale se serait exaspéré dans un corps éreinté tout en le dévorant vivant. Dans un lointain passé, dans ce que certains vieux qu'elle avait connus appelaient l'Histoire, les rescapés des exterminations, des génocides, des guerres totales, sortis des camps, des forêts, des caves, avaient retrouvé assez de force pour se relever et se remettre à vivre et à espérer malgré les abîmes de désespoir où on les avait jetés mais ils avaient pu le faire dans un monde en reconstruction, flanqués d'enfants heureux et de fantômes effarés.

Aujourd'hui, les enfants étaient effarés et les fantômes pleuraient sans fin.

Elle regarda Clara qui traînait des pieds cent mètres plus loin, courbée sous son gros sac, son fusil fixé dessus lui barrant les épaules. Elle lui demanda de l'attendre et la jeune fille s'arrêta et se tourna vers elle, ses yeux noirs soulignés par l'ombre de son grand chapeau. Elle attrapa une gourde et but une gorgée puis la tendit à sa mère.

– Ça va ?

– Non.

L'eau était tiède, avec un goût de fer.

– Et toi ?

Nour haussa les épaules. Quelle importance. Elle tendit la main et effleura la joue de Clara qui ferma les yeux. Ses traits se détendirent et pendant quelques secondes Nour crut qu'elle allait sourire mais elle fit volte-face et se remit en marche.

Nour repensa à Marianne et à son vieil enfant brisé. Elle repensa à leur conversation dans la nuit. À cette force et cet épuisement. Aux mots qu'elle n'avait pas su trouver pour la convaincre de vivre encore, de voir le jour se lever et briller dans les yeux d'or de son fils. Nour avait songé à s'arrêter là dans cette clairière, près de la source magique, elle avait écouté la nuit pendant les silences qu'elles s'accordaient pour réfléchir, saupoudrées par la lueur des étoiles, et elle avait eu envie de cette paix au point d'en avoir aux yeux des larmes qui ne coulèrent pas et au cœur un battement tranquille qui la laissait pour une fois respirer à son aise. Elle n'en avait rien dit, bien sûr, mais Marianne avait tout entendu de la même façon qu'Alice, sa mère, prétendait avoir eu, toute petite, ce don de deviner les pensées ou de pressentir ce qui allait arriver, comme ces animaux qui savent l'imminence des catastrophes, Marianne avait parlé d'une voix sourde et monocorde purgée de toute émotion : Continuez votre route et retrouvez ces types et tuez-les, c'est ce que j'aurais fait à ceux qui ont blessé Joseph si j'avais pu. Ne vous arrêtez pas ici. Votre visite est peut-être ce que Joseph et moi attendions. Je sais que dans l'esprit de Joseph quelque chose tremble et attend, comme un survivant sous les ruines d'un immeuble. Je crois qu'il vous attendait et que vous avez comblé ce vide et que vous pouvez repartir sans regrets ni remords. Nour n'avait rien trouvé à répondre. Elle avait seulement pris Marianne dans ses bras et elle avait cru pendant un instant que c'était sa mère qui l'étreignait, et elle avait été submergée par une tristesse heureuse.

La chaleur aveuglante dispersa le souvenir de cette nuit-là. Elle se retourna vers Marceau, loin derrière, qui tirait la patte. Elle siffla Clara pour l'avertir et ils entrèrent sous les arbres pour faite une pause. Ils laissèrent tomber leurs sacs au sol et s'assirent par terre, couchant des fougères sous eux. Ça va ? Ils s'interrogèrent mutuellement et se répondirent d'un signe de tête, d'un geste de la main. Oui, ça va. J'en peux plus mais ça va.

Des jours. Ils ne les comptaient plus. Ils avaient faim et soif. La terre sableuse, grise, que le vent soulevait en panaches de poussière entre les troncs noirs des zones incendiées. Les quelques hameaux qu'ils traversaient n'avaient plus rien à leur offrir, désossés par les pillages, dévastés par le feu, sinon des abris pour la nuit, un peu d'ombre aux heures les plus chaudes. Ils attendaient la pluie, de lourds nuages se pressant au-dessus d'eux, des orages marmonnant la nuit parfois. Ils trouvèrent des pommes dans un jardin, ridées ou véreuses, dont ils ôtèrent les parties gâtées de la pointe de leurs couteaux, impatients d'apaiser la nausée de leur estomac vide ; ils se jetèrent sur une vigne aux grappes préservées par l'ombre d'un arbre, ses raisins dorés gorgés de sucre disputés aux frelons ; ils arrachèrent de maigres épis de maïs au milieu de genêts et d'ajoncs. Clara trouva dans un creux une nichée de lapereaux qu'ils attrapèrent sans peine et dont ils se régalèrent le soir même, grognant d'aise autour du feu en écoutant la graisse pétiller dans les flammes.

Ils aperçurent au loin une femme qui portait à l'épaule une bêche et un râteau. Elle sortait d'un champ clôturé par un muret de pierres et quand elle les vit elle laissa choir ses outils et se mit à courir en appelant au secours, sans doute, car à cette distance ils ne comprirent pas ce qu'elle disait. Elle disparut dans un virage et ses cris furent étouffés par la forêt.

La champ clos était un cimetière. Une centaine de tombes. Peut-être plus. De simples monticules de terre, délimités par des pierres, signalés par de petits panneaux blancs. Quelques croix. Par places, des pots de fleurs fanées, le plus souvent. Des allées de gravier. Tout était propre, aligné, témoignant d'un entretien régulier.

Ils tressaillirent tous les quatre en même temps quand une pâle silhouette sortit d'une tombe en soufflant d'effort. L'homme jeta au loin sa pelle puis se redressa. Il était vêtu d'un gilet de corps crasseux et d'un short kaki, chaussé de bottes en caoutchouc. Sa figure, ses bras étaient également sales de terre collée à sa peau par la transpiration. Grand, maigre. Sans âge. Il se figea et les regarda sans surprise, puis essuya du revers d'une main son front mouillé de sueur. Il ramassa la pelle et une pioche et les hissa sur son épaule et se dirigea vers le petit portail sans plus se soucier d'eux. Il s'éloigna sur la route d'un pas nonchalant.

Marceau marcha vers lui.

– Y a du monde, par là-bas ?

L'homme se retourna. Il prit sa pioche à la main, le poing fermement serré sur le manche.

– D'après toi ?

– Comment je peux le savoir ?

L'autre leva les yeux au ciel assombri.

– Va pleuvoir.

Marceau regarda lui aussi les nuages qui montaient de l'ouest.

– Je m'en fous qu'il pleuve. On crève de soif.

L'homme haussa les épaules.

– On peut crever de bien des choses.

– Pourquoi elle est partie en criant cette femme ? C'est ta femme ?

L'homme désigna Nour et les deux adolescents d'un mouvement de menton.

– Et ça ? C'est ta petite famille ?

Il souleva son gilet de corps et le passa sur sa figure. Ses côtes saillaient au-dessus de son ventre creux.

– C'est pas ma femme. C'est ma sœur. Elle a peur de tout.

– Et toi t'as pas peur de nous ?

L'homme leva le fer de sa pioche vers le fusil à l'épaule de Marceau.

– Ça dépend. Mais je crois que non.

Il lui tourna le dos et se remit à marcher.

Marceau adressa un signe de tête à Nour puis ils suivirent le type.

Le village apparut au détour d'un long virage. Le clocher décapité se dressait derrière un groupe d'arbres, les premières maisons qu'ils aperçurent, en ruine, étaient envahies par la végétation. Des feuillages s'agitaient par les fenêtres et les portes et se balançaient à travers les toits crevés dans le vent frais qui commençait à souffler.

Un groupe d'habitants du village tourna le coin d'une rue et se déploya sur toute la largeur de la route. Ils étaient une vingtaine. Femmes et hommes. Indistinctement vêtus de blouses vert olive ou bleu marine et de pantalons gris, délavés, souvent reprisés. Chaussés de sandales de toile, parfois de cuir, des lanières les liant aux chevilles des femmes. Armés de gourdins, de longs bâtons. Des manches d'outils. Quelques hommes tenaient à la main de longs couteaux, peut-être des machettes. L'un d'eux, qui les dominait d'au moins une tête, était coiffé d'une casquette militaire et chaussé de brodequins. Ils avançaient tous en rangs serrés d'un pas ferme puis s'arrêtèrent soudain quand l'homme du cimetière se faufila entre eux sans marquer de pause ni rien leur dire.

Clara voulut décrocher son fusil de son sac mais Nour lui ordonna de n'y pas toucher. Elle-même sentait le pistolet ballotter contre sa cuisse, dans la grande poche de son bermuda, et résistait à l'envie de l'empoigner. Marceau avait remis son arme à l'épaule et marchait vers l'espèce de comité d'accueil, mains écartées, suivi de Clara. Nour et Léo, en arrière, en profitèrent pour se défaire de leurs sacs.

Une des femmes se détacha du groupe. C'était une grande blonde aux cheveux retenus en chignon derrière la tête par deux bâtonnets de bois sombre. Les autres avaient aussitôt fermé un cercle autour d'eux.

– Si vous venez en paix, soyez les bienvenus. Mais auparavant, posez vos armes. Vous constaterez que nous n'en avons pas mais nous savons nous battre et nous défendre, n'en doutez pas.

Deux hommes s'avancèrent pour ramasser pistolets et fusils qu'ils entassèrent dans un grand sac de toile. Le cercle se resserra, silencieux, et tous ces regards méfiants les toisaient, traquant chaque détail de leur personne, chaque geste. Le vent capricieux soufflait sur eux tous des bouffées plus fraîches.

– Qui vous êtes ? Qu'est-ce que vous voulez ?

– On n'est rien du tout, dit Nour. On marche depuis vingt jours, on a faim, on a soif. On a été attaqués une nuit, notre maison a brûlé, il a fallu qu'on l'abandonne et qu'on parte.

– Des maisons y en a partout où vous auriez pu vous installer. Pourquoi vous venez ici ?

Marceau posa son sac et fit jouer ses épaules pour les dénouer.

– J'ai entendu parler de vous, il y a des années. J'espérais qu'il y aurait des survivants.

– Des survivants ?

– C'est ce qu'on est tous, non ? On en est là, il me semble. On peut aller vérifier les dates dans votre cimetière. On dirait que c'est un aménagement récent.

Une femme aux cheveux noirs très courts, l'air juvénile, s'approcha de Marceau et se planta devant lui.

– Vous avez raison. C'est là qu'on loge les visiteurs.

– Je t'en prie, ma sœur, dit la blonde. Modère tes paroles.

La femme baissa la tête et recula d'un pas.

– Ils sont six, dit Nour. On les suit depuis trois semaines. Deux femmes, quatre hommes, dont un blessé. C'est là qu'on les trouvera ?

– Ni là ni ailleurs.

Un silence. Le vent fraîchissant. Sa rumeur dans les arbres. La blonde semblait consulter du regard ses compagnons, puis elle claqua dans ses doigts. Chacun fut entouré de trois gardes. Léo leva les yeux vers les deux hommes qui se tenaient près de lui, leurs visages inexpressifs affectant de regarder ailleurs. L'un d'eux, le plus jeune, lui sourit furtivement puis son visage recouvra son masque impénétrable. L'autre, le colosse à la casquette militaire, se contentait d'attendre, sa machette calée sur l'épaule.

– On les emmène. On verra plus tard pour le reste.

– On a juste faim et soif, dit Clara. On veut juste se reposer.

Nour la vit chanceler et vint près d'elle et lui prit le bras. Elle était brûlante. Son visage aux yeux cernés. Cireux et blafard.

– Ça va, dit Clara.

Ils reprirent leurs sacs avec peine et se traînèrent, encadrés par leur escorte. L'homme à la machette, derrière Léo, la visière de sa casquette rabattue sur les yeux, fermait la marche. Il portait la lame de son instrument posée sur l'épaule et marmonnait quelque chose entre ses dents, peut-être une chanson. Léo se retournait vers lui par moments car il entendait ses semelles râcler le macadam sur ses talons et il sentait dans la nuque un fourmillement douloureux à l'idée de cette lame tenue à un mètre de lui. Ils marchèrent dans des rues vides d'où toute activité semblait s'interrompre à leur approche. Seuls les chevaux attelés à des carioles ou attachés devant les maisons, bougeant la tête, leur queue battant leur flanc, animaient un peu le décor. Ils tournaient parfois leurs gros yeux vers le groupe d'humains qui marchaient au milieu de la chaussée et parfois ils bronchaient et soufflaient, agacés par les mouches. Par les portes entrouvertes s'apercevaient dans l'ombre des visages qui suivaient les prisonniers du regard. Un garçonnet surgit en courant mais fut promptement rattrapé par le col et tiré à l'intérieur.

– Où on va ? Où est-ce que vous nous emmenez ?

Nour s'était rapprochée de la femme blonde pour lui poser sa question.

La femme affecta de ne pas l'entendre. Elle regardait obstinément devant elle, son gourdin à la main.

– Vous verrez bien, dit-elle au bout d'un moment. Vous aurez à boire et à manger. Vous serez à l'abri. Nous avons un problème plus urgent à traiter.

Ils passèrent devant un bâtiment bariolé d'une grande fresque naïve. Des enfants, des oiseaux, un cheval volant rouge, un arc-en-ciel. Nour s'arrêta, le cœur gros d'elle ne savait quelle tristesse ou quelle joie.

Ils s'étaient tous immobilisés et regardaient la fresque, cette profusion de couleurs, ses nuages bleus, ses maisons de travers, ses bonshommes hilares. Même ceux de l'escorte regardaient ça comme s'ils n'y avaient jamais prêté attention. Nour détaillait, parmi la végétation luxuriante qui se pressait dans la partie droite de l'œuvre et semblait prête à tout envahir, les silhouettes furtives de bestioles extravagantes. Elle prit Clara par l'épaule et la serra contre elle. Regarde. Tu pleures, dit Clara. Nour essuya du dos de ses mains sales les larmes qui coulaient malgré elle. Elle ne se rappelait pas avoir vu quelque chose d'aussi beau depuis ce qu'Alice avait peint du temps de la Cécilia.

Elle leva les yeux et vit les enfants. Ils étaient une dizaine derrière les fenêtres à l'étage de l'école et regardaient dehors, d'un air très sérieux, ces adultes en arrêt puis se penchaient vers le voisin pour lui faire part de leurs observations, celui-ci demeurant imperturbable jusqu'au moment où une fillette sourit puis éclata de rire et qu'alors la brochette de petits visages s'agita, ondula, animée par les fous rires et qu'alors, une haute silhouette se dressant derrière eux, ils disparurent soudain de leur poste d'observation, comme escamotés par la magie noire d'un sorcier.

Le charme rompu, ils reprirent leur marche et débouchèrent bientôt sur une vaste étendue d'herbe sèche où se dressaient encore les vestiges des tribunes d'un stade. La femme blonde s'arrêta sous un porche d'acier bouffé de rouille et dit que c'était là, qu'ils n'avaient rien de mieux à proposer pour l'instant mais que ça valait mieux que coucher dehors le ventre vide.

C'étaient deux vieux conteneurs assemblés, posés sur l'ancien terrain de sport où s'entassaient des dizaines d'épaves de voitures et de fourgons au milieu de quoi de jeunes arbres hasardaient vers la lumière de longues branches décharnées qui se tordaient au travers des habitacles et tremblotaient dans l'air. Une table, trois chaises, deux grands matelas maculés de taches jetés dans un coin, un W-C en bois, couvert d'un couvercle de plastique, aménagé à l'autre bout, flanqué d'un seau plein de sciure. Deux jerrycans d'eau, une cuvette. La chaleur de four leur souffla au visage et l'odeur d'ammoniaque et de merde leur serra la gorge et ils toussèrent et crachèrent pour l'en chasser mais déjà elle imprégnait leurs muqueuses et se mêlait à la puanteur intime de leur corps.

On leur laissa leurs sacs non sans les avoir fouillés en éparpillant leur contenu par terre.

– On viendra vous chercher demain matin, dit la femme brune. Tout à l'heure on vous apportera à manger.

Comme Marceau refusait d'entrer, insistant, bravache, sur le seuil de la cellule, le colosse à la machette le repoussa de sa main énorme sur sa poitrine et referma la porte avec fracas. Ils se trouvèrent dans une pénombre chichement éclairée par deux bouches d'aération pratiquées dans les cloisons de fer.

Ils ramassèrent leurs affaires puis burent l'eau tiédasse et se laissèrent tomber sur les matelas. Ils ne dirent rien pendant un long moment, ils écoutaient dans leur silence approcher les grondements d'un orage puis le lourd clapotement des premières gouttes sur le toit de métal. L'un ou l'autre s'endormit peut-être mais quand la pluie et la grêle se mirent à tambouriner sur l'acier de leur cachot, ils s'assirent, étourdis, et se regardèrent, et ils ne virent des autres, dans ce crépuscule, qu'une sombre silhouette et ils durent se toucher pour en éprouver la densité car ils eurent peur, soudain, de n'être plus que les spectres de ce qu'ils avaient été. Nour réunit leurs mains en une seule poignée. Ils s'accrochèrent les uns aux autres dans le vacarme de la tourmente, abasourdis par les coups de masse du tonnerre cognant sur les parois.

C'est Clara qui parla la première.

– Qu'est-ce qu'ils vont faire de nous ?

Elle avait parlé fort, presque crié. Nour posa une main sur sa cuisse parce qu'elle avait entendu la peur dans sa voix. Dans la lueur d'un éclair infiltrée par un des soupiraux, Nour crut voir briller de larmes les yeux de sa fille.

— Ils se méfient de nous, dit Marceau. C'est normal. Il y a toutes sortes de gens sur les routes.

— Oui, mais nous on n'est pas comme ça, dit Léo.

— Comme quoi ?

— Des gens qui...

Il ne continua pas parce qu'il lui semblait que le son de sa voix était englouti par le fracas de l'orage ; et puis il n'avait pas les mots pour dire ça et puis il sentait dans le noir les yeux de Clara posés sur lui.

Des gens comme ces hommes qui avaient tué maman, des gens comme ça, qui erraient dans les ruines du monde en cherchant des proies. Il se rappelait tout, ça lui revenait dans la tête comme un coup de marteau, cette chose écœurante crachée par terre devant lui, leurs pas pesants dans l'escalier, leurs grognements comme ceux des chiens qui avaient attaqué le cheval, tout lui revenait et son cœur affolé lui tapait dans l'estomac, et il se mit à trembler, frissonnant dans leur nuit de prisonniers, traversée de fulgurances bleues, prends-moi dans tes bras, serre-moi fort à me couper le souffle car je veux m'évanouir, perdre connaissance, ne plus me réveiller, mais il en crevait déjà de n'avoir pas autour de lui des bras l'enlaçant, une épaule où s'abandonner, une voix murmurant à son oreille, alors il se leva et marcha jusqu'à la porte et cogna dessus à coups de poings et de pieds en braillant des suppliques et des injures et l'on dut l'entendre dans tout le village car l'orage avait passé, remballant ses tambours de guerre et sa mitraille glacée. Marceau vint le prendre par les épaules pour l'arracher à son chagrin furieux, Viens mon fils, tu vas te faire mal, plus mal encore, bien sûr qu'on n'est pas comme ça, surtout toi car tu es comme elle.

Ils tâtonnèrent pour s'asseoir à la table. Marceau alluma une petite lampe et leurs ombres à tous quatre apparurent, leurs visages hâves, l'éclat tremblant de leurs yeux au fond de leurs orbites. Nour se leva et trouva dans son sac un petit bloc blanchâtre puis elle s'approcha d'un jerrycan et se déshabilla. Elle mouilla son cou, ses bras, frotta le bout de savonnette et passa sa main entre ses jambes et fit ainsi sa toilette en soupirant d'aise, la senteur singulière du savon s'immisçant dans ce cloaque, puis se rinça avec un chiffon tiré des profondeurs du capharnaüm qu'elle trimbalait depuis des jours et alla s'asseoir sur le matelas pour fouiller dans ses affaires et en extirper des vêtements qu'elle flairait et répartissait en deux tas, d'un côté ceux qui puaient, de l'autre ceux qui sentaient fort.

Elle se rhabilla, déjà voilée par l'obscurité, puis se tint debout devant une grille d'aération et respira à fond.

– Tiens, une étoile.

Elle avait parlé tout bas comme pour elle-même. Clara se leva et vint près d'elle.

– Où ça ?

Nour montra l'astre du doigt et elles demeurèrent l'une contre l'autre, les yeux levés vers le ciel grillagé.

Léo les observait à la faible lueur de la lampe et il aurait aimé aller se glisser entre elles, leurs deux corps contre lui, poser ses mains sur leurs épaules nues ; il aurait su trouver par-delà le treillage de fer d'autres étoiles pour qu'elles s'en émerveillent. Il vit que Marceau les regardait, lui aussi, bouche entrouverte, le souffle court, les bras croisés sur la table, puis son père se leva et resta debout derrière sa chaise et il s'écoula d'étranges minutes de silence où ils ne bougèrent pas, s'absorbant dans la contemplation bouleversée de ce que la nuit leur offrait et quand la lampe s'éteignit il sembla qu'ils recommençaient à respirer pour ne pas se laisser étouffer par les ténèbres et ils firent quelques pas d'aveugles, les mains en avant et trouvèrent sans les chercher les corps des autres et c'est Clara qui alluma une autre lampe et se mit à fouiller dans son sac à la recherche de quelque chose à manger, Putain j'ai faim, et chacun l'imita. Ils dégotèrent une poignée de pignons, un maigre épi de maïs, une galette oubliée si dure qu'il fallut la mouiller pour en arracher quelques morceaux et les mâcher longuement. La porte s'ouvrit et deux silhouettes, qu'ils aperçurent à peine, posèrent un panier sur le sol. Ils se jetèrent dessus. Du pain. Une espèce de ragoût froid dont ils se régalèrent en piochant dans un faitout. Une bouteille d'eau fraîche.

Ils s'étendirent sur les matelas dans cette odeur d'urine et de sueur qui en émanait dès qu'on bougeait dessus. Ils ne trouvèrent pas le sommeil ou bien si tard qu'ils s'en aperçurent à peine. Ils entendirent le cimetière de voitures tout proche résonner de claquements, de chocs, de grincements stridents comme si d'obscurs ferrailleurs nocturnes venaient frapper ou découper de la tôle. Ils eurent le temps, les yeux écarquillés sur les ténèbres de leur prison, d'être assaillis par toutes les questions sans réponses, tous les doutes stériles, toutes les peurs. Tous les démons et les chers fantômes vinrent leur murmurer à l'oreille, les prenant aux épaules au bord des gouffres ouverts par l'insomnie. Ils ne se disaient rien mais les pensées de chacun s'écrasaient contre les cloisons de leur cachot.

Au matin, la porte qu'on ouvrait avec fracas déversa sur eux une lumière aveuglante où s'avançaient des ombres brutales. Ils se dressèrent sur leurs grabats et n'osèrent pas bouger.

– Debout. Suivez-nous. Ne tentez rien.

On leur lia les mains dans le dos. On les poussa dans l'air tiède et moite.

17

Alice tisonne le feu, assise sur un tabouret. On entend bouillonner une soupe dans la marmite suspendue à la crémaillère. On entend se tourner les pages d'un livre. Alice compte, le regard dans les flammes. 58, 59, 60... Elle se rend compte plus tard, après que son esprit s'est perdu dans de vaines pensées, qu'elle en est à 97. Elle se retourne vers Rebecca qui a posé son livre et s'étire dans son fauteuil puis se lève.
– Tu crois que c'est prêt ?
Alice fait oui d'un hochement de tête. Elle pose son tisonnier puis se met debout et va regarder par la fenêtre. C'est le soir. Le soleil bas joue dans le vert tendre des arbres. Alice aime grimper aux arbres. Elle dit qu'elle parle aux oiseaux. On est en mai. Le 17, d'après ce vieux téléphone que sa mère emporte partout avec elle, vestige de l'ancien temps, qu'elle recharge en toute occasion au soleil. 17 mai 2060.

Rebecca y regarde longuement des photos ou des vidéos qu'elle explique et commente à Alice et Alice ne comprend pas toujours ce qu'elle voit, malgré ce que lui dit Rebecca. Des passants dans des rues, des terrasses de cafés pleines de monde. Des gens qui rient et boivent et font des grimaces pour la photo.

Qu'est-ce qu'ils font là ?

Rien. Ils se détendent, ils s'amusent. Ce sont... c'étaient des amis.

Des amis ?

Rebecca reste quelques secondes supplémentaires sur l'image. Elle sourit puis soupire et fait glisser son doigt sur l'écran et c'est une plage. Clarté. Vives couleurs. Panoramique trébuchant. Ce bruit de l'océan. Des gens allongés, nus, d'autres qui courent vers la mer.

Et eux ? pourquoi ils sont couchés ? Ils dorment ?

Ils se reposent. Ils prennent le soleil.

Il doit faire chaud. Ils vont se brûler. Tu dis tout le temps que ça brûle.

Oui, mais regarde.

Rebecca zoome sur des vagues. On y voit une femme et un homme sauter dans l'écume. Alice se serre contre sa mère.

Ça fait peur. Ça bouge.

C'est l'océan.

L'océan.

Alice approche ses yeux du remuement de la houle et en scrute le ressac comme si elle cherchait à comprendre un mécanisme complexe.

Rebecca explique l'océan à Alice. L'immensité. La vie. La force et la beauté. Les tempêtes. Les vagues plus hautes que la maison. Alice ne comprend pas. Elle répète que ça lui fait peur. Rebecca lui montre un matin à marée basse, la plage à perte de vue, la mer d'huile, le froissement de la houle. Les oiseaux dans le ciel pâle. Un jour, on ira. Tu verras.

Elle ne lui dit rien du désastre. Des océans moribonds en dépit des alertes depuis plus d'un demi-siècle. Elle ne lui dit rien du fanatisme suicidaire des puissants, des possédants. Elle ne lui dit rien parce qu'il est trop tard et qu'elle en a déjà trop vu et qu'elle en sait trop. À huit ans elle a traversé des misères insondables, des nuits de terreur sans fin, des flammes, des rivières glacées, des ponts effondrés. Des charniers. À huit ans, elle a parlé à des enfants morts comme elle parle aux oiseaux, dans sa langue bizarre, leur disant tout bas des prières peut-être, des supplications, et Rebecca a dû l'arracher de ses agenouillements auprès des corps recroquevillés dans des fossés, ou renversés sur un talus, indifférente à la pestilence qui montait des cadavres.

Alice a fait ces choses, a vu tout cela, à huit ans, alors ça vaut bien la peine de lui dire à quel point un océan est beau jusque dans ses innocentes fureurs et d'essayer de lui faire comprendre que le flux et le reflux des vagues sont un mouvement perpétuel, le rythme battant de l'éternité.

Une autre fois s'ouvre la photo d'un homme jeune, qui sourit avec un air doux.

Et lui ?

Rebecca ne répond pas. Elle fait défiler d'autres clichés du même homme jeune et doux. Alice pose son doigt sur l'écran.

Qui c'est ?

C'est Martin. Ton père.

Mon père. Où il est ?

Je te l'ai déjà dit. J'en sais rien. Il est parti un jour quand tu étais toute petite et il n'est pas revenu.

Martin ?

Oui. Martin.

Rebecca sent toujours sa gorge se nouer quand en prononçant ce prénom affluent les souvenirs.

Il était gentil ?

Oui. Il t'aimait plus que tout.

Plus que toi ?

Rebecca tressaille. Quelque chose l'étrangle.

Alice a posé sa main sur sa bouche comme si elle pouvait rattraper ses mots.

Plus que tout. Plus que tout le monde. Tous les pères aiment leurs enfants comme ça. Plus que tout.

Et toi ?

Quoi moi ?

Tu m'aimes comment ?

Rebecca n'a plus de souffle. Elle ne sait pas dire cela. L'infini. La profondeur. Le plaisir pur, sensuel, de cette peau contre la sienne, de cette bouche sur ses yeux, dans son cou, l'évidente beauté de cette enfant, sa perfection debout au milieu de ce chaos. Ses mots, ses silences, ses rires, ses intuitions de magicienne, son intelligence instinctive de ce qu'il advient.

La terreur de la perdre. À chaque instant. À chaque souffle.

Alice a un petit rire et elle plante son regard dans celui de sa mère. Son regard de divinatrice.

Moi je sais comment.

Elle se laisse tomber dans les bras de Rebecca et colle son oreille à sa poitrine.

Moi je sais. J'entends ton cœur. C'est comme le mien.

Elles ont souvent ces conversations murmurées, joue contre joue, les yeux rivés à l'écran, leurs visages éclairés par la lumière fossile du monde d'avant.

On frappe. Rebecca sursaute, comme à chaque fois. La peur comme son ombre qui la prend brusquement aux épaules ou se met à hurler à son oreille de vaines alarmes.

C'est Muriel et Nadia, qui portent enveloppé dans un linge bleuté un fromage qu'elles ont fait la semaine dernière. Alice leur saute au cou, grimpe sur les épaules de Muriel et rit aux éclats, juchée là-haut, les grandes mains de la femme la parcourant de chatouilles. On se demande comment ça va, depuis avant-hier. Muriel raconte qu'une chèvre a mis bas. Il faudra que tu viennes voir le petit, dit-elle à Alice. La chienne ne le quitte pas des yeux. On croirait que c'est le sien. Nadia est tombée sur un nid de serpents. Elle les a massacrés à coups de bêche. Bientôt les premières tomates, promet Rebecca. Elles font l'inventaire de leurs productions. Légumes, chèvres, poules. La farine fournie par Nicole et Simon, qui habitent un peu plus bas. Elles calculent. Ça ira. Elles espèrent que la canicule ne commencera pas trop tôt cette année.

Le soir tombe et elles doivent allumer les lanternes et dans cette lumière chiche elles boivent une espèce de bière roussâtre que fabrique Nadia, allongée d'un peu d'alcool de pomme, pendant que le lapin se réchauffe dans sa cocotte. Alice picore quelques cerises. Elles plaisantent parfois et il leur arrive d'éclater de rire, échangeant des regards complices, mais souvent lors de ces dîners – on est comme des sorcières, s'amuse Muriel – chacune, à un moment, revient en elle-même et c'est alors un voile sombre qui tombe sur ses yeux, un léger froncement de ses sourcils et quelque chose s'éteint, et se produit alors une éclipse que les autres feignent de ne pas remarquer, se creuse un silence qu'elles comblent d'un mot futile, d'une redite.

Alice, elle, observe à la dérobée cette absence passagère en jouant avec ses doigts, comme si elle avait peur de ce qui vient tourmenter l'amie accoudée à la table.

Après manger, un peu grises, elles sortent dans la nuit et marchent jusqu'au tournant du chemin où elles ont débroussaillé un belvédère qui permet de surveiller la route en contrebas. Tout est calme et obscur. Au-dessus d'elles brille un croissant de lune effilé comme une lame. Il est arrivé que sur les versants de l'autre côté de la vallée brûlent des feux allumés par des voyageurs. Rebecca désigne ainsi les groupes ou les solitaires qui passaient alors, ployant sous d'énormes sacs, poussant une charrette à bras ou tenant par la bride un cheval ou une mule attelé à une carriole. Parfois c'étaient des sortes de tribus dépenaillées, femmes et hommes chargés de besaces, s'appuyant sur des bâtons, armés de coutelas ou de massues accrochés à leur ceinture, d'arcs portés en bandoulière. Des enfants, quelques-uns, qui trottaient courbés dans l'ombre d'un adulte, hirsutes, presque nus, pareils à de jeunes singes.

C'est rare désormais. Les lambeaux de l'humanité s'effilochent. Il ne passe quasiment plus personne. Le pays s'est vidé. Il y a quatre ans, quand Alice et Rebecca se sont réfugiées ici, elles entendaient monter des cris et des éructations et même, dans le silence nocturne, le traînement des chaussures sur le macadam. Trois fois, le grondement énorme du moteur d'un camion dont elles avaient vu l'écarlate des feux arrière disparaître dans le grand virage. C'était au début. Muriel et Nadia avaient beau les rassurer, puisque l'accès au hameau n'est plus qu'un sentier indiscernable de la route, elles partaient se réfugier dans les bois, plus haut, redoutant qu'on arrive jusqu'à elles. Rebecca avait récupéré un vieux fusil de chasse et une poignée de cartouches et l'emportait avec elle, sans savoir si l'arme fonctionnait ou si elle lui exploserait dans les mains.

Le fusil est posé au coin de la cheminée, les cartouches rangées dans un tiroir du vieux buffet. Rebecca vit avec la peur comme avec un double d'elle-même, son ombre invisible attachée à ses pas et ses gestes la nuit comme le jour. Il lui semble l'entendre parfois respirer tout près d'elle, dans son cou, par-dessus son épaule. Dans le lit, cette étrange tiédeur dans les draps comme si quelqu'un avait dormi là et venait juste de se lever. Certaines fois, elle se rappelle le temps d'avant, quand elle cherchait à tâtons le corps de Martin et qu'elle ne trouvait que cette empreinte tiède et s'inquiétait, dans son demi-sommeil, de son absence inexpliquée. Certaines fois, elle ne sait pas bien où elle se trouve, ni quand, surprise du silence de la ville cependant que les craquements de la vieille charpente la ramènent à la réalité présente. Certaines fois, elle se demande si on ne vit pas plusieurs vies parallèles dans des dimensions spatiotemporelles différentes. Elle a lu dans le temps des choses là-dessus. Le temps et l'espace. Des histoires de science-fiction. Si ça se trouve, à cette heure de la nuit, elle est toujours en ville avec Martin et Alice, qui dort tranquillement parce que demain elle doit se lever tôt pour aller à l'école. Si ça se trouve ils boivent un verre sur le balcon avec deux ou trois amis en regardant la ville éteinte piquée de lumignons tremblants qui retentit des sirènes fonçant dans les rues obscures. Si ça se trouve, Aïssa est devenue médecin et fait face à une nouvelle vague d'épidémie beaucoup moins grave que les précédentes. Si ça se trouve, la situation s'est un peu améliorée après que l'humanité s'est fait une grosse frayeur, et...

Dans ces nuits-là, quand la peur bouge dans le lit et la réveille, il arrive qu'elle se lève et aille écouter Alice respirer et une fois sur deux la petite fille lui dit, peut-être encore dans son sommeil : Qu'est-ce qu'il y a ? T'arrives pas à dormir ? T'as peur ? Non, dit Rebecca. Non, ça va. T'as qu'à venir, dit la gosse. Alors elle vient. Elle s'étend. Alice s'est déjà rendormie, lui tournant le dos. Il n'y a pas de place pour la peur dans ce lit étroit.

C'est l'été. Brûlant. Rebecca se tient sur le seuil et regarde le jour se lever derrière le mont d'en face. Folies d'oiseaux. Les arbres se découpant sur le bleu profond. Elle est torse nu dans le semblant de fraîcheur du petit matin. Elle a accroché sa chemise trempée à la poignée de la porte. Quelques frissons courent sur sa peau mouillée de sueur. Tôt ce matin, elle a fait du pain puis l'a cuit dans cet ancien four qu'elle a retapé l'an dernier avec l'aide de Simon. Dix énormes boules qui feront la semaine. Pour les filles et pour Nicole et Simon. Pendant qu'elle pétrissait, elle a entendu le loup hurler, là-bas vers le nord. Le loup. Ils supposent tous qu'il s'agit du même, un solitaire qui cherche de la compagnie dans le coin depuis deux semaines. Muriel et Nadia sont obligées de rentrer les chèvres chaque soir. Il y en a toujours une qui manque à l'appel et qu'elles retrouvent le lendemain matin couchée devant la porte de la chèvrerie.

Elle entend aboyer la chienne des filles. Les oiseaux qui chantaient derrière Rebecca dans la colline se taisent. Au tournant du chemin, en contrebas, surgit un chat qui s'arrête et s'assoit dans l'herbe sèche et observe Rebecca. Noir et blanc. Du blanc jeté sur du noir, du noir renversé sur du blanc. Au hasard. On ne voit que lui dans l'ombre bleutée. Les yeux jaunes ne cillent pas. Rebecca sait qu'au moindre geste l'animal prendra la fuite. Puis arrivent en cabriolant trois petits qui se figent et regardent dans la même direction que leur mère, puis la chatte se retourne et s'enfuit, ses trois petits autour d'elle, qui ne jouent plus. La chienne aussi s'est tue.

Rebecca sursaute en apercevant l'homme qui apparaît au replat du chemin parce qu'elle ne l'a pas entendu venir. Il avance courbé sous le poids d'un énorme sac. Pantalon et chemise crasseux, qui ont dû être kaki. Grosses chaussures montantes encroûtées de boue séchée. Coiffé d'un chapeau de grosse toile aux rebords rabattus. On ne voit pas son visage. Tenue de soldat en déroute, survivant de toutes les défaites. Il trébuche, se reçoit sur les mains en geignant et reste à quatre pattes un moment. Derrière lui, se tenant à une sangle du sac, se tient un petit garçon qui voit alors Rebecca et la regarde, bouche bée. L'homme relève la tête et remarque Rebecca, clignant des yeux comme éberlué, puis se remet debout en soufflant.

Il ressemble à beaucoup d'autres. Qu'elle a croisés, côtoyés, subis ou fuis. Ou tués. La tête accrochée au corps amaigri par des tendons qu'elle redoute de voir se rompre à tout moment, la pomme d'Adam proéminente comme s'il avait une grenade en travers de la gorge, la même figure émaciée, couverte d'une barbe courte, le regard fiévreux ou dément brillant enfoncé dans le visage sale, froissé par la fatigue. Le petit garçon est blond. Ses cheveux très courts sont dressés sur sa tête par la crasse. Rebecca ne sait pas comment il tient debout. Chacun de ses pas semble le dernier avant qu'il s'effondre. Marionnette mue par des bâtons.

Rebecca entre dans la maison, enfile une chemise qui traînait là et prend le fusil. Elle le casse, vérifie qu'il est chargé. Elle sait qu'il est chargé. Elle vérifie toujours. Les culots de cuivre des deux cartouches luisent. Elle pense aux yeux d'une machine.

L'homme et l'enfant sont assis à une dizaine de mètres de la maison sur un banc de pierre au pied du mur aveugle de la remise où sont entreposées les provisions à l'abri des souris et des rats. L'homme essuie avec un chiffon crasseux les joues du petit qui sanglote. Il fouille dans son sac et en sort une gourde qu'il secoue puis l'ouvre et la tend au gosse. Le gosse boit mais bien vite rend la gourde vide à l'homme qui se tourne vers Rebecca. Il désigne le fusil d'un coup de menton.

– De quoi t'as peur ? De nous ?
– J'ai toujours peur. De vous, des autres.
– De lui ?

Le gosse joue avec ses doigts. Les frotte et roule de petits amas de saleté qu'il éparpille par terre. L'homme pose sa main sur celles de l'enfant pour qu'il cesse puis les tient serrées.

Rebecca sent la puanteur âcre de leur corps se coller au fond de sa gorge. L'enfant se gratte le crâne puis le cou.

– T aurais pas un peu d'eau ? On est en train de crever.
– Qu'est-ce que vous faites là ?
– I'en sais rien. On m'avait dit une source près d'une cabane mais on s'est perdus.
– Qui on ?
– Des gens, plus bas.
– Y a des gens ? Où ça ?
– Plus bas, je te dis. À Marcenac.
– Pourquoi t'es pas resté là-bas ?

L'homme se penche et regarde derrière Rebecca en souriant de travers. Rebecca n'aime pas son sourire.

– Tiens ! Qui voilà ?

Alice vient auprès de Rebecca, tout ébouriffée dans un grand tee-shirt bleu pâle. Les yeux rivés sur l'homme et son petit garçon, elle cherche la main de sa mère puis la voit serrée sur la crosse du fusil.

– Qui c'est ?

– Va prendre un peu d'eau.

Alice rentre. On l'entend fourgonner dans le garde-manger puis elle revient avec une bouteille et avance vers l'homme.

– Arrête-toi.

Alice s'immobilise.

– Ne t'approche pas d'eux. Pose la bouteille sur la pierre, là.

Rebecca fait un pas en avant, épaule le fusil pendant que la petite pose la bouteille. Derrière le cran de mire, le type s'est redressé.

– Qu'est-ce que tu crois ? Pour qui tu me prends ?

– Je crois rien. Sauf que j'ai toujours pas compris ce que tu viens foutre ici.

– On est en train de crever, je te dis. De soif, de faim. Cette nuit, j'ai senti cette odeur de fumée alors je l'ai suivie comme aurait fait un clébard et j'ai trouvé le chemin.

Le garçonnet boit à petites gorgées, louchant sur la bouteille qu'il tient à deux mains. Il la tend à l'homme. Son bras tremble, sans force. L'homme boit à son tour, goulûment, trop vite. Il s'étrangle, tousse, crache. Il s'essuie la bouche, essoufflé. Le gosse essuie son nez morveux du revers de sa main. Ses paupières lourdes voilent son regard vague qui ne se pose sur rien. Il pourrait être aveugle.

– Qu'est-ce qu'il a ?

– Devine. Trois jours sans rien bouffer. Un peu d'eau de temps en temps.

— On a connu ça avec ma fille.

Rebecca passe une main dans les cheveux d'Alice, la crosse du fusil calée sous le bras.

— Comment vous vous appelez ? demande Alice.
— Lui c'est Yanis. Moi, je m'appelle Milan. Et toi ?
— Alice. Et elle c'est Rebecca.
— Rebecca.

L'homme dévisage Rebecca puis la toise de la tête aux pieds. La chemise qu'elle a passée tout à l'heure, fermée de travers d'un seul bouton, ne l'habille pas. Elle a froid. Ce regard glissant sur elle comme un air glacé. Il lui semble que son index, posé sur le pontet de l'arme, est devenu insensible et ne lui répond plus.

Alice lève les yeux vers elle. Elle tire doucement sur un pan de la chemise.

— N'aie pas peur.
— J'ai pas peur.

Le gamin se laisse aller contre son père et ferme les yeux.

— Va chercher du pain et du lait.

Alice ne bouge pas. Elle observe le gamin.

L'homme a ouvert son sac et fouille dedans. Il a des gestes lents et doux pour ne pas réveiller son fils dont la tête ballotte sur son bras.

— Alice, dit Rebecca.

Alice rentre dans la maison. L'homme extirpe de son sac un petit étui de cuir rouge. Il roule une cigarette. Rebecca scrute ses gestes précis et rapides.

— C'est du tabac ?
— Bien sûr que c'est du tabac. J'ai même un briquet.

Il allume sur une mèche une petite flamme bleue puis tire sur sa cigarette les yeux fermés, surjouant son plaisir.

— T'as trouvé ça où ?
— Je l'ai pris sur le cadavre du type que je venais de tuer.
— Pourquoi tu l'as tué ?

– Parce qu'il se mettait en travers de mon chemin.
– Et le gosse ?
– Quoi le gosse ?
– Il était là ?
– Bien sûr qu'il était là. Où tu voulais qu'il soit ? Tu t'es séparée souvent de ta fille, toi ? Il m'a aidé à fouiller les affaires du mec. Il a trouvé des coquillages au fond de son sac.
– Des coquillages ?
L'homme rit en silence.
– Putain, il dit, la voix emportée par une quinte de toux. C'est un vieux qui m'a donné ce tabac. Il en cultivait dans un champ derrière chez lui. Il avait quelques tonneaux d'alcool et j'ai bricolé ce briquet. Il a donné une poignée de coquillages au gamin. Voilà. Tu sais tout.
– Oui. Je sais tout, et le reste je le devine.
– Ta fille n'a pas peur, elle.
– J'ai peur pour deux.

Alice revient avec un pichet de lait, un bol et un morceau de pain frais sur un plateau qu'elle pose sur la même pierre à côté de la bouteille vide.

L'homme réveille le petit et lui fait boire le lait à petites gorgées. Le garçon lève les yeux vers son père et le remercie d'un battement de paupières. Ils mangent. Ils mâchent longuement le pain, avec une sorte d'application. Le gosse semble aller mieux. Pour la première fois, il regarde Alice et Rebecca, ses yeux bleus, clairs comme le ciel de ce matin, écarquillés d'étonnement ou de curiosité.

Rebecca se rend compte qu'elle a baissé son arme. Elle ne sait plus si elle a peur de ces intrus ou si elle s'en méfie seulement. Elle ne sait pas quelle différence ça fait.

Elles ont laissé l'homme et le petit s'installer dans un cabanon de pierres sèches près de la chèvrerie. Entre elles, elles disent « le type », « le mec ». Elles n'utilisent jamais son prénom, même quand elles s'adressent à lui. « Si on doit le tuer, autant éviter toute familiarité », a dit Muriel. Elles se sont regardées d'abord stupéfaites d'entendre des mots posés sur ce qu'elles pensaient confusément, puis elles ont gloussé en trinquant à la bonne santé de tout le monde. Pendant les deux premières semaines, elles portent en permanence un couteau sur elles. Comme il leur en faisait la remarque, Nadia a répondu qu'on ne savait jamais qui ou quoi on pouvait rencontrer. Lui aussi porte un couteau. Il en a tapoté le manche : « Sûr, il a dit. On sait jamais sur quelle tribu on tombe. »

Plus d'un mois, maintenant. Elles ont remisé leurs couteaux. Non, il n'a pas tué le type pour lui voler son tabac. Non, il n'est pas ce genre d'homme, il faut le croire. Si tu le dis... Il affirme qu'il repartira dès que son fils aura repris des forces. Il remontera vers le nord, où des gens l'attendent. Des amis ou de la famille, ce n'est pas très précis. Rebecca n'en croit rien. Amis, famille. Mots surgis d'une langue ancienne, d'un lexique révolu. Personne n'attend personne. Personne n'attend rien que la journée du lendemain.

Alors il donne un coup de main. Il garde les chèvres, il aide aux foins, maniant la faux comme s'il avait toujours fait ça. Il récupère des tuiles sur les maisons en ruine, il débroussaille avec Simon et Muriel le haut de la colline, il fend du bois. Il remet en état le fusil de Rebecca, il explique qu'il aurait pu lui exploser à la gueule. Rebecca le remercie avec un grand bol de lait. Il remonte pierre à pierre une ancienne étable, il s'y prend bien, il dit qu'il est du métier. Il récupère la charpente d'une maison effondrée un peu plus haut dans le hameau de Sarrus. Simon l'aidera avec son cheval. Nadia le trouve beau, tout luisant de sueur au soleil, tout doré, la hache ou la pioche à la main. Fin, musclé, rapide. Muriel la regarde de travers. Mais non, dit-elle. Je pense à Rebecca.

Rebecca ne pense à rien. Rebecca aimerait bien éprouver autre chose que cette peur instinctive grâce à laquelle Alice et elle sont encore en vie. Rebecca ne sait plus comment c'était. Ce que ça faisait, d'avoir envie d'un homme. Martin et les quelques-uns qui l'ont précédé. Parfois, elle caresse son corps amnésique, comme ça, pour voir si ses souvenirs réveilleront sa peau comme l'eau froide sait la faire frissonner ou la chaleur la mouiller de transpiration, mais rien ne se produit et elle pince jusqu'aux larmes ce cuir qui couvre désormais sa chair et elle se dit vache, pauvre vache, voilà ce que tu es. De la viande et des ruminations.

Parfois, un rêve vient la bouleverser et la réveille presque heureuse mais bien vite le flot qui l'a soulevée l'abandonne comme du bois mort après une crue. Je couche avec des fantômes.

Alice joue avec le petit garçon. Elle lui parle à voix basse, et ils rient. Rebecca les entend derrière la maison, dans le bois. Comme il a plu beaucoup la nuit dernière, comme dans tous les creux dévalent des ruisseaux, les deux enfants ont bricolé un petit moulin qui tourne follement, calé entre deux gros cailloux au déversoir d'une flaque qu'ils ont élargie en retenant l'eau avec des pierres et des bouts de bois. Ils y font naviguer des barques, des pirogues qu'Alice a fabriquées avec son couteau. Alice agite l'eau de sa main, elle explique que ce sont des vagues, tu sais, comme sur la mer. Le petit regarde d'un air inquiet les esquifs malmenés par la tempête, la main tendue comme pour empêcher un naufrage.

Yanis ne parle pas, ou si peu. Il dit oui, parfois non. Il dit d'accord, ou attends-moi. Souvent, il prend la main d'Alice quand elle l'entraîne sur les chemins, il s'arrête par moments pour reprendre son souffle et il tremble sur ses jambes grêles. Alice lui donne alors à boire ou rafraîchit son front de sa main mouillée et il ferme les yeux sous sa caresse. Alice dit à Rebecca c'est comme si c'était mon petit frère. Rebecca ne laisse rien paraître du pincement que ça lui fait au cœur.

Elle ignore pourquoi cette idée qui ne lui était jamais venue l'électrise ainsi. Un enfant. Un petit frère. Faire un enfant aujourd'hui, ou même hier, quelle folie. Autant accoucher au bord d'une falaise et jeter sans tarder le nourrisson dans le vide. C'est ce qu'ils se disaient avec Martin. À quoi bon ? faire naître un bébé dans ce monde-ci. Leurs amis pensaient la même chose. *No future, no kids*, répétaient-ils, hâbleurs et résignés. Mais ils avaient fêté tous la naissance d'Alice pendant deux jours, ivres d'alcool et de joie, voulant y voir une promesse, une ouverture vers le pays des merveilles.

Dix ans après, mon cœur, ma colombe, vois où nous en sommes. Où sont les enfants ?

Rebecca les entend jouer pendant que le pain cuit. Elle nettoie le pétrin, trempée de sueur, l'étoffe usée de sa chemise collée à sa peau. Nadia appelle les enfants, leur demande s'ils veulent l'aider à mouler le fromage. Alice entre, suivie de Yanis, pour dire qu'ils vont au fromage. De toute façon, y avait plus d'eau au barrage, ça coulait plus. Yanis s'approche, souriant, l'air heureux. Il serre les jambes de Rebecca dans ses bras. Rebecca aime sentir sur ses cuisses la fraîcheur de sa peau, de ses mains. Les enfants partent en courant. Attends-moi, crie le petit garçon.

Douze pains sur la table. Leur parfum emplit la pièce et leur chaleur s'ajoute à la chaleur qui stagne déjà dans la semi-obscurité des volets clos. On frappe à la porte. Milan entre sans attendre.

– L'odeur du pain, encore, dit-il.

Il est vêtu d'un vieux short coupé dans un pantalon militaire et d'un tee-shirt mité. Rebecca cherche un bouton sur sa chemise ouverte, le trouve, le ferme sans perdre l'homme des yeux. Il hausse les épaules en la voyant faire puis se laisse tomber dans un fauteuil.

– Je crève de soif.

– Dans le garde-manger, dit Rebecca. Il y a deux pichets d'eau à peu près fraîche que j'ai tirée ce matin.

Il se lève avec peine. Il reste un moment à la regarder, essuyant son front du revers de la main.

Rebecca s'essuie les mains. Elle va au garde-manger, remplit deux verres d'eau puis se retourne vers Milan. Il s'est approché. Elle lui donne son verre.

– À la tienne.

Ils trinquent.

– Dans le temps, on faisait comme ça.

Il fait s'emmêler leurs bras puis il boit sans quitter Rebecca des yeux.

Elle ne bouge pas. Elle n'ose pas bouger. Ils sont très près l'un de l'autre comme ils ne l'ont jamais été. Elle n'a pas peur. Elle ne sait pas ce qu'elle ressent.

– On n'est plus dans le temps, elle dit en essayant de se dégager en douceur.

– Je suis au courant. Et tu peux pas savoir à quel point je le regrette.

Il a parlé d'une voix sourde qu'elle ne lui connaît pas. Il retient son poignet, sans serrer. Il pose son verre sur le meuble. Elle n'a pas peur. Elle n'ose pas bouger. Elle attend. Elle ne sait pas quoi faire de son verre alors il le lui prend.

– On est aujourd'hui. Maintenant.

Rebecca vient contre lui. Il passe ses mains sous sa chemise. Il ne la tient pas, ne la serre pas. Ils sont juste collés l'un à l'autre. Elle pourrait s'éloigner, renoncer. Mais elle sent courir ses doigts dans son dos et son dos frissonne dans cette chaleur redoublée.

Quand elle touche sa peau d'homme, ses plages douces, la toison de ses épaules, il gémit doucement.

– Viens.

Peaux, souffles. Sueur, salive. Ils ont roulé l'un sur l'autre. Ils ne se parlaient pas. Leurs mains empressées ont retrouvé les chemins anciens du plaisir. Rebecca se sentait triste et heureuse. Il lui semblait trahir une promesse qu'elle n'avait jamais faite ou bien déchirer un engagement sans valeur légale. Elle refusait de réfléchir. Elle s'abandonnait au moment. On aurait dit que la vie reprenait pour de bon.

Il bascule sur le côté, lourd, luisant de transpiration.
– J'y arrive pas. Je peux pas. Je peux plus.
– Pourtant, je croyais...
Rebecca pose la main sur son ventre. Il tressaille.
– Je peux plus, il répète. C'est fini.
Il s'essuie les yeux.
– Tu pleures ?
– Non.
Il regarde le plafond, les yeux pleins de larmes.
– C'est foutu pour moi. Je le savais. J'aurais aimé... J'ai eu envie de toi dès que je t'ai vue.
– Moi aussi je croyais que c'était mort. Tu m'as ranimée. Peut-être que...

Il se lève puis reste debout face à elle, bras ballants. Rebecca regarde ce corps dans la pénombre de la chambre, la densité soudaine de sa présence, qui semble occuper tout l'espace.
– Pardonne-moi. Je suis plus bon à rien.
Elle se lève à son tour et vient se coller à lui.
– Trop de souvenirs. On n'arrive pas à les poser par terre comme un vieux sac encombrant. On les a toujours sur le dos.
– C'est comme si on marchait au-dessus du vide. On avance et tout d'un coup, on réalise qu'il n'y a rien alors on tombe.
– Si Alice n'était pas là, je ne sais pas... J'aurais déjà sauté dans le trou.

Milan lui baise les cheveux, les yeux.

Ils restent un moment ainsi, comme des amants tristes, puis les voix des enfants, dehors, les obligent à se séparer.

Passent les jours. Le ciel est en feu. Ils se lèvent avant l'aube, sans bruit, parlant bas, et s'affairent dans ce que la nuit a pu rendre de fraîcheur, à la lumière blanche et froide de leurs lampes solaires. On croirait voir des clandestins ou des fugitifs se cachant des nervis d'un tyran. Ou des vampires redoutant d'être désintégrés par les rayons du soleil. Ils se hâtent dans l'ombre sous la clarté inexorable, d'un rose délicat ; la forêt souffle encore quelques bouffées encourageantes puis la lumière surgit, dorée, et ils courbent un peu l'échine ou lui tournent le dos ou bien s'en abritent dans l'ombre qui subsiste et retient encore un peu de douceur avant que la chaleur vienne s'y vautrer.

Pendant une semaine, ils se cachent. Passé midi, ils se renferment dans les maisons, volets clos, ils laissent peser puis glisser lentement le silence brûlant qui leur fait redouter qu'en sortant, le soir, ils trouveront bêtes et arbres crevés et secs déjà et le sol couvert de poussière et de cendre.

Rebecca essaie de lire ou de dessiner pendant que les enfants jouent aux dames ou aux dominos dans une pièce au fond de la maison adossée au rocher, sorte de grotte obscure mais presque fraîche, éclairés par une lanterne faiblarde. Tout à l'heure, elle les trouvera endormis, sans doute, et le petit garçon bondira dès qu'elle entrera et lèvera vers elle des yeux terrifiés avant de s'apercevoir qu'il ne court aucun danger. Son père ne dit rien de ce qu'ils ont vécu avant d'arriver ici. Il s'effarouche et se tait dès qu'on essaie de le faire parler. « Il y a ce qu'on a subi et ce qu'on a dû faire. Ce qu'on a perdu et ce qu'on a pris. Je vous apprends rien, non ? Qu'est-ce que vous voulez dire d'autre ? »

Rien. Ils n'ont rien dit, ce soir-là autour de la table, et ont replongé le nez dans leurs assiettes et ont rempli les verres vides de cette bière fruitée et se sont mis peu à peu à parler d'autre chose, de cette vigne, par exemple, un peu plus haut sur la route, qu'il suffirait de restaurer un peu en labourant, en taillant, pour en faire du vin, on pourrait peut-être utiliser les anciens chais, ils sont encore debout et la toiture tient bon, on y est allées l'autre jour avec Nadia, le raisin était presque mûr. Qu'est-ce que vous en pensez ? Ils en pensaient que c'était dangereux d'emprunter la route et de remettre en culture cette vigne, de signaler ainsi leur existence à des bandes de maraudeurs mais que c'était tentant de faire du vin, de s'y remettre comme dans l'Antiquité, on fait déjà de la bière, on va pouvoir ouvrir une auberge, a plaisanté Nicole et ils se sont raconté des histoires anciennes d'auberges pleines de rufians et de pirates et de types désespérés ou malfaisants attaquées par des hordes de zombies, si bien qu'à cours de récits effrayants, sous l'œil inquiet des enfants, ils ont quitté l'idée de fabriquer du vin et se sont abandonnés à leur ivresse légère.

Rebecca observait Milan qui jetait à Rebecca des regards en coin et quand il a fallu se quitter ils se sont dit « À demain » en baissant les yeux, l'air navré, comme s'ils n'osaient pas, comme s'ils n'oseraient plus.

Passent les jours et les nuits. Un loup hurle, vers le sud sur le plateau. Muriel dit que c'en est un autre. Le lendemain, ils sont deux à se répondre. Milan renforce la porte de la chèvrerie.

Passent les jours. Alice apprend à écrire à Yanis. Elle dessine son portrait. Rebecca offre le dessin à Milan. Milan pleure en la remerciant.

Un matin, l'enfant est malade. Il n'est pas venu cogner au carreau comme il le fait chaque jour pour qu'Alice vienne lui ouvrir et boive avec lui un verre de lait. Rebecca va jusqu'au cabanon et y trouve Nadia, assise auprès du matelas où le petit garçon s'agite dans un demi-sommeil. Ça l'a pris dans la nuit. Des quintes de toux et la fièvre montée d'un coup. Le gosse geint puis se casse en deux pour tousser, dressé brusquement sur sa couche, soutenu par son père, puis retombe épuisé, haletant. Il est nu, maigre, et ses os saillent sous sa peau et tendent sa poitrine comme s'ils allaient la déchirer. Rebecca a l'impression de sentir la chaleur qui émane du petit corps fiévreux.

On apporte de l'eau fraîche, on pose sur le front de Yanis des compresses inutiles. Rebecca retrouve des sachets d'aspirine en poudre et les propose malgré une date de péremption remontant à 2054. Le petit boit le médicament, en recrache une partie à cause de la toux qui le secoue. Toute la journée, son père lui parle, l'encourage, redit sans fin les mêmes mots ; ce pourraient être des imprécations, des prières à un dieu absent, des conjurations d'exorcisme. Il le caresse, appose ses mains sur sa poitrine, les yeux fermés, guérisseur impuissant. Toute la journée.

Les femmes lui apportent à boire et à manger mais il ne mange rien, elles rafraîchissent comme elles peuvent le corps brûlant du gosse. Alice reste là, assise dans un coin. Elle ne quitte pas le garçon des yeux. Elle imagine des formules magiques dans sa langue d'avant, celle qui lui venait pour chasser la peur ou éloigner les méchants, celle des petits secrets et des rêves, que le chat seul semblait comprendre. Alice ne veut pas quitter cette sorte de caverne trouée par le carré aveuglant d'un fenestron qui découpe un bloc de lumière tombant au pied du matelas où le petit garçon se débat contre la fièvre. Rebecca essaie de la convaincre que ça ne sert à rien mais elle ne veut pas l'entendre et se bouche les oreilles et secoue la tête en fermant les yeux. Elle reste dans cette chaleur et cette odeur de sueur et de poussière les yeux rivés à la poitrine de Yanis soulevée, tremblée par son souffle court et les quintes de toux.

Au soir, le petit ouvre les yeux et regarde autour de lui d'un air effaré. Il adresse un pauvre sourire à son père. Je suis là, murmure l'homme. Je suis là. Ça va aller. Le petit ferme les yeux.

La nuit, bientôt. Une lumière pâle s'attarde devant la porte ouverte. Le gosse s'assoit dans son lit. Il prend quelques cuillérées de soupe froide, du pain trempé dedans. Il tousse moins. Sa respiration est plus lente et il s'endort tranquillement. L'homme vient s'asseoir devant le cabanon. Rebecca lui a apporté à manger alors il mange un peu puis se roule une cigarette puis fume sans rien dire. Muriel vient aux nouvelles, apporte à Alice un petit lapin assis qu'elle a sculpté dans du bois de châtaignier. Alice lui saute dans les bras et loge son visage dans son cou et pleure à bas bruit. Faut pas, dit Muriel. Il va guérir. Pleure pas, Grenouille. Alice a un petit rire, comme à chaque fois que Muriel l'appelle comme ça : ma Grenouille, parce qu'elle a de longues jambes et qu'elle est leste. C'est un jeu entre elles. Et toi, t'es quoi ? Moi, je suis une vieille biche un peu fatiguée. C'est joli les biches. Oui, j'étais jolie, tu sais. Demande à Nadia. Nadia approuve. On est toutes fatiguées mais on est jolies quand même.

Alice ne dort pas. Elle vient dans le lit de Rebecca. Elle dit que si elle s'endort Yanis va mourir. Rebecca la prend contre elle. La nuit a fraîchi, elles sont bien, elles se bercent l'une l'autre. Rebecca s'endort. Alice se défait de ses bras et se lève et sort devant la maison. Le ciel est plein d'étoiles. On dirait qu'elles vont tomber et venir luire par terre, ici, partout. Alice tend sa main vers ce frémissement et attrape une poignée d'étoiles et souffle dans sa paume pour les envoyer vers le cabanon du garçonnet. Elle prononce une formule dans sa langue secrète. Elle essuie ses joues mouillées. Elle ne sait pas si ce sont des larmes ou la pluie d'étoiles qui a commencé. Elle voudrait que cette nuit dure longtemps.

Elle se glisse lentement dans le lit auprès de Rebecca, elle se recroqueville et se fait toute petite pour ne pas la réveiller mais les bras de Rebecca la prennent et l'attirent et le baiser sur son front est humide et chaud.

— Tu as regardé les étoiles ? C'était beau ?

Alice souffle que oui.

— J'en ai attrapé quelques-unes.

— Tu as bien fait.

Alice ne dort pas. Elle s'applique à respirer profondément pour aider Yanis à le faire. Elle épie les bruits de la nuit. Elle aimerait bien entendre une chouette. Ou le glapissement d'un renard. Nadia lui a appris les bruits que font les animaux. Mais la nuit est silencieuse alors elle écoute Rebecca ronfloter et gémir parfois doucement.

Alice ne dort pas, mais l'aube se lève sans elle.

Le lit est vide. On parle devant la porte. Rebecca et Nadia et Muriel.

Alice contourne leurs murmures, échappe aux mains de Rebecca, ignore ses appels, descend le pré en pente jusqu'au cabanon.

Milan est assis sur le banc de pierre, replié sur lui-même, la tête sur les genoux. Alice s'arrête devant lui puis effleure ses cheveux ras.

D'une tape il chasse sa main puis saisit au vol son poignet. Il lève vers elle ses yeux rougis, son visage gris, froissé.

— Qu'est-ce que tu veux ?

Alice se débat, tord son poignet dans le poing serré, tombe à genoux.

— Qu'est-ce que tu veux ? il répète.

Il est penché vers elle, il la remet debout, il lui crie dans le visage. Elle ne peut plus parler. Des larmes plein la figure, la gorge nouée.

— Tu veux être avec lui, c'est ça ? Tu veux rester avec lui ?

Il sort son couteau.

— Je peux arranger ça.

Le couteau s'agite devant ses yeux. Alice hurle puis s'affale par terre.

Rebecca voit l'homme penché sur Alice son couteau à la main. Elle court vers lui, elle crie, Non, non, je t'en supplie, puis elle n'a plus de souffle et tombe à plat ventre et avance à quatre pattes en braillant puis se relève et alors Milan quitte son banc et entre dans le cabanon et en ressort son petit garçon dans les bras et le hisse sur son épaule gauche comme un sac plein de chagrin et fait face à Rebecca puis lui dit « J'ai plus rien maintenant, c'est terminé. Même toi ». Il embrasse le flanc de son petit mort, il lui dit mon amour mon tout beau je viens avec toi, attends-moi, puis il pointe la lame du couteau sous son menton sur la carotide, il dit encore je viens, regarde, j'arrive, et il enfonce la lame du couteau dans sa gorge, bouche grande ouverte, et il reste quelques secondes immobile cependant que le sang s'écoule par saccades autour de cette chose plantée en lui puis il tombe, fermant les yeux, tenant fort l'enfant contre lui, il s'effondre sur le côté, le garçon couché sur lui, nu et livide dans la pâleur du matin.

Rebecca se remet debout et titube vers Alice qui s'est assise et regarde autour d'elle sans rien comprendre.

– Viens. Ne regarde pas. Ne restons pas ici.

Alice ne pleure pas, ne dit rien. Elle accroche sa main à celle de sa mère. Il lui semble que le sol se dérobe sous ses pieds comme si à chaque pas se creusait la marche d'un escalier. Elle avance comme une poupée mécanique. Muriel et Nadia viennent vers elle, s'accroupissent, lui demandent si ça va Grenouille, leurs visages aux yeux ronds tout près du sien, leurs visages énormes qu'elle ne reconnaît pas à cause de leur masque de peur.

Elle se réveille trempée de sueur dans la pénombre ; un trait de lumière infiltré entre les volets s'est planté au pied du lit. Elle ne sait pas quelle heure il est. Elle ne sait pas si elle a rêvé. Elle se rappelle la voix de l'homme, le couteau devant ses yeux, le petit garçon dans ses bras, le petit garçon mort cette nuit pendant qu'elle s'était endormie, elle savait qu'il ne fallait pas dormir.

— Maman ?
— Je suis là.

Rebecca enfoncée dans un fauteuil en un coin obscur de la pièce. Alice s'est tournée vers elle et l'aperçoit qui bouge, se lève et traverse le rayon de lumière pour venir s'asseoir au bord du lit.

Sa main vient se loger dans le cou d'Alice comme un petit animal.

— J'ai dormi longtemps ?
— Il est presque midi.
— Et...
— Simon leur creuse un trou.
— Je veux les voir avant que.

C'est au bas d'un pré en pente, à l'orée du bois. Simon attend au bord de la fosse, appuyé sur sa pelle, couvert de terre. Des pierres éparpillées autour de lui qu'il a dû extraire à mesure qu'il creusait.

Les corps sont enveloppés dans des draps, étendus l'un à côté de l'autre. Alice s'approche et s'agenouille auprès du garçon. Elle tend la main vers le drap, Rebecca veut l'en empêcher mais Alice la repousse et dévoile le visage du petit, ses lèvres bleues figées dans une sorte de sourire tranquille. Elle voudrait dire quelque chose mais les mots ne lui viennent pas et elle s'aperçoit alors que sa langue d'enfance est morte et de sa gorge amère ne montent que des larmes qui coulent sans qu'elle puisse rien y faire, sans un sanglot, avec seulement ce poids dans la poitrine qui lui coupe le souffle. Rebecca la fait se relever et la prend dans ses bras. Alice enfouit son visage dans son cou et ne bouge plus, respirant fort. Rebecca regarde le trou, les linceuls, ces deux formes allongées, ces silhouettes imprécises, ces morts déjà loin dans leur néant. Elle cherche à deviner le corps de Milan absorbé par le drap mais ne voit plus rien de ce qu'il a été. Elle voudrait se le rappeler allongé près d'elle, se souvenir du grain de sa peau, de son odeur, du creux blanc sous son épaule, petit cratère d'une extrême douceur, de la boursouflure que la balle avait laissée en ressortant par l'omoplate, mais elle ne parvient pas à croire que ce qui est plié dans le linceul ait jamais pu la tenir dans ses bras.

Muriel et Nadia les déposent dans la terre. Elles soufflent et geignent d'effort en les faisant glisser au fond. Puis ils restent tous les six immobiles, silencieux, à l'ombre chaude des arbres dont pas une feuille ne bouge. Puis Simon jette la première pelletée de terre et les femmes, chacune à son tour, font de même. Alice insiste pour les imiter puis s'enfuit en courant vers le hameau.

Au soir, ils décident de manger tous ensemble. Ils parlent à voix basse, ils recommencent à sourire. Alice observe les adultes, elle devine derrière leurs visages dorés par la lueur des lampes la peur qui les tient, la tristesse qui voile parfois leurs yeux. Nadia fredonne quelque chose puis se met à chanter en arabe une berceuse qu'elle a apprise de sa mère.

Vers minuit, quand ils sortent et qu'ils vont comme toujours sur leur belvédère, ils cessent de respirer en apercevant les feux allumés de l'autre côté du vallon. Des voix résonnant autour des flammes, des ombres traversant leur lumière. Un homme éclate de rire. Un cheval hennit.

– Ils vont nous trouver, dit Rebecca. Il faut partir.

18

Les enfants se parlent à voix basse ou parfois parlent tout seuls en badigeonnant un coin de ciel bleu ou les lueurs d'un incendie. Ils vont d'un pot de peinture à l'autre, portant devant eux leurs pinceaux comme les instruments sacrés d'un rituel, vêtus de blouses ou de vieilles chemises ou de robes parfois trop grandes, tachetées de couleurs, pieds nus dans leurs sandales de corde. Une petite fille blonde s'applique sur l'écarlate du sang s'écoulant d'une tête. Le corps n'est encore que tracé, presque invisible, mais la petite, à genoux, s'applique sur ce ruisseau rouge. Elle s'occupera peut-être, plus tard, du fantôme. Il y a des oiseaux sur le ciel. Bariolés, avec de gros becs d'un jaune vif, et des yeux ronds percés d'une grosse pupille avide de tout voir. D'autres sont tracés en noir, plus petits, lointains, sortes de croix volantes. L'un d'eux, un peu plus gros que les autres, chie un chapelet de bâtonnets noirs au-dessus d'une jungle miniature.

Alice a expliqué au petit qui les dessine, perché sur un escabeau, le nez collé dessus, louchant presque, que ça ressemblait à des avions. Des machines qui volaient dans l'ancien temps, ressemblant un peu à ce que tu dessines, et qui. Oui, je sais, a répondu le gamin. J'ai vu ça sur des images dans des livres à la bibliothèque. Ils jetaient des trucs. Des bombes, a dit

Alice. Oui, c'est ça, a dit le gosse sans lever le nez de ses noirs oiseaux. Des bombes. C'était la guerre.

Alice lui gratouille doucement le mollet et l'enfant glousse de plaisir en tapant du pied, puis elle passe de l'un à l'autre et inspecte et scrute ce qu'ils font et donne de ci, de là, un coup de pinceau qui rassure ou de chiffon qui console en réparant un dérapage ou une coulure.

La petite fille blonde a fini de peindre sa tache de sang et se lève et frotte ses genoux puis recule de quelques pas, son pinceau toujours à la main. Le sang se répand puis s'étale jusqu'au pied du mur et Alice a l'impression fugitive que demain matin il aura coulé sur le trottoir pour prolonger dans la réalité la vision de l'enfant. La silhouette du mort, ce contour esquissé, cette trace de son fantôme, aura peut-être disparu.

– Pourquoi tu l'as laissé comme ça ?
– Parce qu'il est mort.
– Donc on ne le voit plus ?

La petite secoue la tête. Elle donne son pinceau à Alice puis s'essuie les mains à sa blouse.

– Si, on le voit mais c'est fini, il est plus là. Papa je le voyais mais il était plus là. Il me parlait plus.
– Tu vas le laisser comme ça ?
– Qui ?
– Le bonhomme.

La petite fille s'approche et effleure le dessin vide.

– Je ferai de l'herbe pour que ça soit beau.

Elle se retourne vers Alice pour recueillir son approbation. Alice lui sourit, hoche la tête. Oui, ce sera beau. Elle tape dans ses mains. On continuera demain. Les gosses déposent leurs pinceaux et leurs rouleaux sur un grillage tendu au-dessus d'une bassine puis partent jouer. Ils sont une dizaine qui courent et sautent et crient sous le préau ou à l'ombre des deux arbres de la cour. Feuillages jaunissant. On est en novembre et la chaleur décline depuis quelques semaines. Il a même plu, l'autre nuit. Avant de s'endormir, Alice a longuement écouté par la fenêtre ouverte la clameur sourde des averses qui soulevaient du sol desséché une odeur de terre mouillée. On eût dit qu'un souffle soulagé et avide s'exhalait des arbres comme une vaste respiration réanimée. Tu entends ? lui a demandé Nour de l'autre côté de la cloison. Oui, j'entends. Dors. Fais de beaux rêves. Nour a répondu Merci d'une voix de gorge, surjouant la volupté. Les rêves de Nour sont beaux.

Presque six mois sans combat. Pas la moindre escarmouche. Les reconnaissances que les patrouilles ont poussées vers le Domaine n'ont signalé aucune activité de l'ennemi. Une fille qui a pu s'en échapper le mois dernier raconte que les religieux et les militaires sont en conflit et parfois se battent entre eux. Des femmes s'insoumettent, de plus en plus souvent. Elles sont punies. La fille a montré son dos, ses jambes. Le fouet. Les coups de badine des cheffes. Deux nuits dans le cantonnement des hommes de garde. La fille est arrivée presque morte, contenant l'hémorragie entre ses jambes avec de vieux chiffons. On ne sait pas comment elle a fait pour parvenir jusqu'ici. Alice ne comprend pas. Elle a d'abord cru qu'il s'agissait d'une espionne. Beaucoup ont cru ça. Mais Cora, la docteure de la commune, a certifié que les lésions avaient été causées par toutes sortes de viols. Elle a interdit que quiconque la touche. Elle est restée auprès d'elle dix jours et dix nuits. Parce que j'ai connu ça, a-t-elle seulement répondu quand on lui demandait les raisons d'un tel dévouement. Et j'en ai vu tellement.

Cora dit qu'après elle il n'y aura plus de médecin dans la commune. Elle dit que parmi ce qui reste de l'humanité il n'en survivra plus un seul d'ici une dizaine d'années. Elle dit aussi que les hommes ont toujours eu besoin de médecine, bien avant que les médecins existent. Chamans. Hatathalis.

Sorciers. Guérisseurs. Magiciens. Toutes sortes d'êtres mystérieux et craints qui prétendaient tenir leurs pouvoirs des esprits ou des dieux. Elle dit qu'à l'âge qu'elle a, née en 2015, imaginez, elle se sent fatiguée et comme eux elle se doit de transmettre son savoir. Ils sont quatre. Deux femmes, deux hommes. Trois matins par semaine, dès 6 heures, elle les reçoit dans son cabinet et leur apprend et leur enseigne tout ce qu'elle sait avec l'aide de tous les livres qu'elle a pu rassembler dans la bibliothèque, dans tous ceux qu'elle a récupérés au fil des années. Cinq heures de travail. Harassant. Sous son impitoyable férule. Tous les quatre la remercient en repartant. L'embrassent. Elle les serre contre sa longue carcasse maigre. Tout l'après-midi, elle leur montre. Des corps, des plaies, des organes. Des douleurs qu'il faut écouter. Des mots qui peuvent soigner. Elle explique, elle commente. Les patients comprennent mais se méfient de ces mains hésitantes, de ces doigts fébriles. Sourient pourtant à ces jeunes visages penchés sur eux quand ils se réveillent d'une opération.

Il faut aussi regarder la mort bien en face. L'affronter jusqu'au bout dans des yeux pleins de tristesse ou d'épouvante.

Nour, elle aussi, apprend auprès de Cora. Elle est venue un jour aider à l'accueil des blessés de retour d'une embuscade. Elle a nettoyé des plaies, posé des pansements, fait bouillir les instruments. Tenu des mains, apaisé des inquiétudes. Ça va aller. On s'occupe de toi. Tard dans la nuit, du sang sur le front, la sueur dans les yeux. Quelqu'un est venu lui essuyer le visage et elle n'a pas remercié, fixant un bandage. Puis un linge mouillé d'eau fraîche s'est posé sur sa nuque. Quand elle a eu terminé, le blessé endormi, Cora lui a tendu le bout de tissu frais et Nour l'a passé dans son cou, sur sa poitrine. Cora lui a dit Tu as un don. On dirait que tu devines les choses. C'est très étrange. Viens apprendre avec nous. Nour a mieux regardé cette femme aux yeux d'un bleu profond, le visage marqué par d'anciens sourires qu'on devinait sous sa douceur mélancolique. C'est un autre sourire qui s'est animé, plissant le coin des yeux soudain plus brillants.

Quand Nour lui a raconté cela, Alice a dit C'est seulement de l'intuition. Ma mère me racontait que je comprenais des choses que je ne connaissais pas, même avant que je parle vraiment. Parce qu'elle m'a dit que je parlais une langue à moi quand j'étais toute seule ou quand j'avais peur. Et toi aussi tu comprenais avant qu'on t'explique, tu avais cette sorte d'instinct. Je pensais qu'on perdait cette capacité en grandissant. Il paraît que certains animaux perçoivent à l'avance les signes avant-coureurs des catastrophes naturelles ou comprennent que leur maître est triste ou malade. Je ne sais pas si c'est bien vrai. Ma mère disait que le chat semblait comprendre ce que je lui disais dans mon charabia. Je ne sais plus quel chat. J'étais toute petite, même pas trois ans. Mais des fois, je rêve d'un chat noir. C'est sûrement lui. Si ça se trouve c'était une langue de magicienne, a dit Nour. Comme dans les histoires. Des formules magiques. Les sorcières elles avaient des chats noirs. J'ai vu ça dans un livre.

C'était un jeune homme aux cheveux noirs tombant autour de son visage barré du côté droit par une cicatrice qui courait de la racine du nez jusque sous le maxillaire. Un trait blanc sur sa peau brune. Le coup de couteau d'un milicien du Domaine qui voulait l'égorger. La lame avait dérapé au moment où le crâne du type éclatait sous le coup de masse d'un camarade. Il s'est assis dans le fauteuil ancien tendu d'un velours bleu-roi râpé qu'Alice installe chaque samedi sur le parvis de la salle des fêtes, une liasse posée près d'elle de feuilles de papier granuleux, d'un gris pâle, recyclé à partir de vestiges imprimés du temps d'avant. Je veux voir à quoi je ressemble, a-t-il dit. Alice lui a parlé des miroirs mais il affirme, pour en avoir déjà vu, que les portraits qu'elle fait montrent vraiment les gens tels qu'ils sont. Si tu le dis, a souri Alice. Tout le monde le dit, il a répondu. Il a ajouté qu'il s'appelait Gabriel, qu'il avait vingt ans.

Il a pris une pose arrogante, peut-être moqueuse, mais c'est de lui qu'il semblait se moquer, avec un sourire ironique et doux. Il souriait mal du côté qui avait été blessé alors ça lui faisait une expression crispée, contrainte avec quelque chose de plus noir encore dans son regard sombre. Alice n'a pas pu empêcher le visage détruit du colonel Lewis – ou de Martin, de qui au juste ? – de surgir dans sa mémoire. Elle a revu le moment où il ôtait sa cagoule comme s'il arrachait une peau sur cette chair détruite pour mettre à nu un épiderme bleuté, une ecchymose pâle, soulevée par le battement d'une artère. C'était là le fantôme que Rebecca avait cru voir durant toutes ces années : hagard dans une colonne de prisonniers, menaçant gardien surarmé d'un barrage, se débattant à la renverse au milieu du chaos d'un charnier. Mon père le fantôme.

Le sourire du jeune homme s'est effacé et il lui a demandé si tout allait bien. Bien sûr, que tout allait bien. Quelle question.

Sa cicatrice ajoutait à sa beauté. Ce trait clair sur sa peau sombre comme un maquillage rituel. Une peinture de guerre. Elle le dessinait presque sans le regarder. Puis est venu le moment de capter son regard. Vibrant d'ironie naïve. Brillant, au-dessus de la balafre, d'un éclat de terreur.

Regarde-moi.

Mais il ne la regardait pas. Nour s'était assise près de sa mère, un peu en retrait, sur un tabouret. Le garçon la considérait d'un air ébahi. Et Nour, bouche entrouverte, avait posé sur lui un regard étonné.

Regarde-moi.

Les rêves de Nour sont beaux.

On croirait la paix, dans des journées comme celle-là.

Le matin, on entend dans les rues claquer les sabots des chevaux et Alice imagine les silhouettes assoupies dodelinant au rythme tranquille de ce pas. Elle se rappelle, lors de sa première patrouille, la fraîcheur de l'aube et cette transparence de l'air que la nuit semblait avoir purifié de la brume pulvérulente soulevée tout le jour par la chaleur. Terre et rochers, eux-mêmes, s'évaporant sous un ciel en flammes. Elle se rappelle les frissons, puis les tremblements qu'elle tâchait de maîtriser en serrant dans ses mains le cuir souple des guides, réalisant que c'était la peur et non le froid qui courait sous sa peau. Elle revoit l'œil du cheval inquiet de son inquiétude, la tête tournée vers elle jusqu'au moment où elle s'est couchée sur son encolure et lui a murmuré qu'il ne fallait pas avoir peur, que tout se passerait bien. Elle a senti dans son dos le poids rassurant de son arme, celle qu'elle avait emportée des mois plus tôt quand elle s'était enfuie du Domaine, et lorsqu'ils sont sortis du bourg, sur cette route étroite qui longeait les champs de sorgho, elle a regardé le ciel bleuir et Nelly, qui portait en bandoulière une carabine de précision emballée dans son étui noir, est venue à sa hauteur et a posé une main sur son épaule : T'as peur ? Nous aussi. C'est une habitude à prendre.

Une habitude. Alice n'a rien répondu. Ça n'était pas la même peur que ce toxique qui gâtait son sang depuis toujours et fatiguait son cœur et empoisonnait ses nuits de cauchemars qui la réveillaient haletante et enfiévrée. Le cheval a paru rassuré et les frémissements de ses flancs ont cessé puis la lumière a surgi par-dessus les arbres et fait oublier le danger.

On croirait la paix.
Alice marche vite et se tord les pieds sur le pavage disjoint de la rue. Elle est de service ces jours-ci au marché, sous l'ancienne halle aux piliers de pierre avec sa charpente de chênes coupés et équarris il y a mille ans. Des troncs dégrossis, presque noirs, souqués par des chevilles épaisses comme ses

poignets. Alice les imagine recélant encore une vie en sommeil comme des monstres endormis et bienveillants capables de sortir de leur léthargie séculaire pour étendre leurs bois et donner refuge. La rumeur des conversations lui parvient bien avant qu'elle arrive sur la place carrée bordée de colonnades. Puis c'est un vacarme bourdonnant prisonnier des façades. Les filles d'attente s'allongent. On parle fort aux terrasses des cafés, on rit, on s'engueule. Une femme chante, la main posée sur l'épaule d'un guitariste :

La vida es bella ya verás,
Como a pesar de los pesares
Tendrás amigos tendrás amor
Tendrás amigos

Entonces siempre acuerdate
De lo que un dia yo escribi
Pensando en ti, pensando en ti,
Como ahora pienso...

Alice écoute un moment la voix éraillée de la femme, la tristesse de sa chanson et se demande quel est ce chagrin qui tremble dans cette langue qu'elle ne comprend pas. Derrière elle, un homme fredonne la mélodie. C'est Miguel, ce vieux type qui les a trouvées, avec Nour, le jour où elles fuyaient les chasseurs et les chiens du Domaine. Son sourire se répand sur toute sa face creusée de rides.

— C'est une chanson contre la solitude, contre la peine. Il dit à cette femme de ne pas rester seule, d'espérer toujours.

— Ça semble tellement triste...

— L'espoir nous fait souvent le cœur gros. C'est une attente qui peut décourager.

— Et si on n'espère rien ?

— Alors on meurt. On se tue. Pourquoi on s'accroche à la vie même quand tout semble perdu, d'après toi ?

– Parce qu'on a peur de la mort. Pur instinct de survie. Les animaux n'espèrent rien et ils font tout pour survivre.

– Les animaux n'ont pas peur de la mort. Ils n'ont pas conscience de leur fin inéluctable. Et survivre n'est pas vivre. Nous ne sommes pas des animaux.

Alice hausse les épaules. Elle montre d'un coup de menton la petite foule qui se presse sous la halle.

– Vois où nous en sommes, piètres humains. Vois ce que nous avons fait.

– Qui nous ? Toute la fin du siècle dernier et au début de celui-ci les alertes ont été données, sonnées, gueulées. Il fallait changer de logique, cesser la fuite en avant de l'avidité, de la rapacité des puissants de ce monde qui saccageaient la planète et les peuples par tous les moyens possibles. Catastrophes climatiques, famines, pandémies, guerres. La misère et la barbarie partout. On voyait chaque jour le monde imploser mais on était trop peu nombreux à se rebeller. Les gens s'imaginaient qu'ils échapperaient au pire. Ils achetaient des climatiseurs, des téléphones neufs, ils prenaient des avions, ils regardaient les guerres sur leurs écrans, soulagés qu'elles se déroulent loin d'eux, pleurnichant de temps à autre sur les malheurs du monde pour mettre à jour leur bonne conscience. Pendant ce temps perdu, les maîtres de ce monde-là conduisaient à pleine vitesse vers le bord de la falaise et nous demandaient à nous, pauvres cons, de retenir le bolide pour l'empêcher de basculer. Ils pensaient peut-être qu'ils parviendraient à sauter en marche et quelques-uns ont dû le faire... À cette heure, il en reste probablement quelques-uns dans des forteresses en Norvège ou en Alaska, va savoir, gardés par leurs milices.

– Ma mère m'a raconté. Les émeutes, les insurrections. On tirait sur des foules révoltées depuis des hélicoptères. On leur jetait des gaz mortels. Des humains faisaient ça à d'autres

humains. Et j'ai vu, moi aussi, ce que certains étaient capables de faire. Et tu parles d'espoir ?
– Je suis peut-être fou.
– Tu as plus de courage que moi.
– Et Nour ?
– J'ai tellement peur pour elle. Un jour, je ne serai plus là. Elle se retrouvera seule.
– Pourquoi seule ?
– Tu as raison. Je ne sais pas pourquoi je dis ça. Ma mère aussi avait tout le temps peur pour moi. On a été tellement seules, toutes les deux. Quand on a été séparées, j'ai cru mourir. Je me suis crue morte.
– Mais tu es vivante. On revient à ce qu'on disait. À cet instinct. C'est un espoir secret, comme un moteur silencieux qui nous fait tenir debout et mettre un pas devant l'autre.

Miguel lui colle un baiser sonore sur le front.

– *Fin de la canción.* Faut que j'y aille.

Alice voudrait le retenir, elle aimerait qu'il reste là, elle aimerait elle ne sait quoi au juste de ce vieil homme presque centenaire qui chasse les doutes et les craintes comme on écarte d'un revers de main une nuée de moucherons, qui dit de sa voix grave des choses simples et profondes avec au coin des yeux un sourire en embuscade prompt à disperser tout accès de tristesse ou de nostalgie. Elle aimerait là, à cet instant, petite fille soudain, qu'il la porte sur ses épaules et elle sait et elle sent le bien que ça ferait, ses jambes serrées autour de son cou épais, à la femme qu'elle est.

Il s'éloigne du même pas sûr, très droit, que cinq ans plus tôt quand il les avait trouvées, Nour et elle, et qu'il les avait conduites jusqu'à la Cécilia, puisqu'il avait nommé ainsi ce lieu. Il avance dans la foule en serrant des mains, en saluant de loin des gens qui l'interpellent.

Pendant les deux semaines de quarantaine, Miguel était venu plusieurs fois, accompagné d'une grande femme silencieuse qui prenait incessamment des notes sur un cahier, leur poser toutes sortes de questions et entendre le récit qu'elles faisaient, séparément ou ensemble, de leur vie là-bas et de leur fuite. Alice n'avait rien dit de celui qui se disait son père, et qui l'était probablement, un père, non, plutôt un géniteur, cette ombre que Rebecca avait pourtant cherchée si longtemps. Elle ne connaissait pas aux hommes qu'elle avait vus, croisés, subis, d'autres fonctions, sinon celles de la violence, du combat et de la guerre, et n'éprouvait à leur égard, mâles dominants et prédateurs, qu'un sentiment mêlé de crainte et de haine. Puis vers la fin de leur mise à l'écart, il était venu seul et leur avait expliqué ce qu'était cet endroit où elles pourraient bientôt vivre librement.

Elle prend sa place parmi les autres derrière le banc de légumes. Il y a là Lise, Fanchon, Hasna. La file d'attente s'allonge. Les gens tiennent à la main leurs tickets d'alimentation. Une vieille femme tend le sien. C'est Manon, les cheveux tenus par un grand foulard noir. Elle sourit malgré le mal de dos qui la voûte, elle pince son ticket entre index et majeur, elle blague un peu et les femmes rient. Elle a quatre-vingt-cinq ans. « Ce siècle avait deux ans... », aime-t-elle à répéter dès qu'on lui parle de son âge. « C'est de Victor Hugo, vous pouvez pas connaître. » On se récrie, on lui récite des vers entiers, on lui parle des *Misérables* et elle rit en silence. « C'était pour vérifier », elle dit, malicieuse. « On n'aura peut-être pas tout perdu, je mourrai tranquille. »

Elle est une des fondatrices de la Cécilia. Ici, c'est la Cécilia. Miguel lui a raconté. Il était là au tout début, lui aussi.

Ils étaient une cinquantaine. Ils ont trouvé ce village presque désert, dévasté par l'épidémie, ses rescapés enfuis, sauf une famille de six personnes, deux enfants et des adultes squelettiques qui vivaient enfermés depuis des mois avec quelques vivres qu'ils allaient glaner dans les maisons vides ou dans les champs alentour, tuant quelques-uns des chiens qui rôdaient dans les rues pour avoir un peu de viande. Nus, ensauvagés, apeurés, ils avaient supplié qu'on les tue quand les nouveaux arrivants les avaient découverts en suivant un enfançon qui s'enfuyait à leur approche. Ils voulaient qu'on les tue parce qu'ils n'avaient pas eu le courage de le faire eux-mêmes, parce qu'aucun d'eux n'avait voulu être le dernier à l'issue du sacrifice.

On les a nourris, habillés, apaisés. On les a aidés à nettoyer la grotte immonde qu'était devenue leur maison. Ils ont remercié, tremblant toujours d'une folle terreur. Ils ne sortaient de chez eux que la nuit. Les deux enfants jouaient avec des poupées, parlant tout bas, assis au bord du trottoir. On avait vu les adultes s'accoupler en silence sur un vieux matelas jeté au milieu de la rue.

Un matin, on s'est aperçus qu'ils n'étaient plus là. Ils n'avaient presque rien emporté. Quelques besaces, des baluchons. Des couteaux et des manches de pioches. On a décidé de ne pas les chercher. On les imaginait arpentant les routes, égarés, farouches. Ils croiseraient d'autres hordes d'humains ou de loups. Le monde en était là, alors. La nuit tombant. Des feux bousculés, couchés par les vents mauvais.

La cinquantaine qu'ils étaient ont posé leurs sacs et leurs armes dans ce gros village. Dans cette nécropole. Par les portes et les fenêtres béantes des maisons soufflait souvent la puanteur de la mort. Il arrivait que des chiens en gardent l'entrée et les attaquent, se jetant sur eux avec des cris déments puis s'abattant à leurs pieds la gueule fracassée par une balle ou un coup de hache. Ils pouvaient alors pénétrer dans le charnier d'où s'envolaient parfois un corbeau ou quelques mésanges qui leur faisaient baisser la tête en tressaillant de surprise.

C'est Thomas qui avait eu l'idée, une fois leur labeur macabre terminé. On appellera cet endroit la Cécilia. Quinze ans plus tôt, il avait trouvé dans une bibliothèque en ruine un livre qui racontait l'histoire d'une communauté utopique créée au Brésil par des anarchistes italiens. Réunis dans l'ancienne salle des fêtes, les autres avaient écouté son récit puis disputé longtemps, avec passion, à la lueur de candélabres récupérés çà et là. Il avait fallu expliquer un peu. Ce qu'étaient les anarchistes. Ce qu'était une utopie. Quelques-uns, quelques-unes, les plus âgés, savaient des choses. Croyaient les avoir oubliées puis découvraient au fond de leur mémoire de vieilles idées de l'ancien monde. D'anciens combats, d'amères défaites. Pour d'autres, c'était difficile à comprendre. La nécessité vitale d'établir une société égalitaire et libre. C'étaient des mots. Certains mots avaient péri pendant ces décennies barbares. Il ne suffisait pas de les dire, de les invoquer comme des revenants. Il fallait leur donner de la chair, du sens, de l'épaisseur.

Regardez autour de nous. Le monde détruit, l'humanité décimée, les batailles incessantes entre les communautés et les seigneurs de la guerre. À quoi bon ? Qu'est-ce que vous racontez ? On se contente de survivre, et c'est déjà bien.

Il y avait Mireille, Sonia, Manon, Thomas, Sergio, Adama, Miguel, cinq ou six autres. On va recommencer, disaient-ils. Construire autre chose. On sera attaqués, il faudra se battre encore. On s'est déjà battus. On sait combattre.

Alors ? La guerre ?

Mais c'est la guerre depuis quarante ans. Vous l'avez dit vous-mêmes.

Puis ils avaient voté. Tard dans la nuit, presque au matin. Oui à la Cécilia. Oui. Nommer cette idée, comme on nomme un enfant à sa naissance. On l'élèvera tous ensemble. Lui donner un nom de femme. Étourdis, presque heureux, ils étaient sortis sur la petite place pour voir le jour se lever. Comme quoi les symboles…, avait plaisanté Mireille.

Manon repart, portant à l'épaule son grand cabas. On s'écarte sur son passage, on l'embrasse, elle rit, elle fait de grands gestes de sa main libre. La foule se presse et se bouscule sous la halle. Brouhaha des conversations sous les troncs millénaires de la charpente. Alice se demande quelles voix ont entendues ces arbres à leur pied. Des grognements. Un parler proféré du fond d'une gorge étroite, encombrée. Des sons articulés puis crachés. Elle rêvasse un moment, se frayant un passage dans une forêt primaire et elle pense aux images que lui a laissées Rebecca sur le vieux téléphone, cette jungle, ces oiseaux colorés, ce jaguar qu'elle regardait souvent dès qu'elle avait pu recharger la batterie de son appareil. Elle se rappelle la forêt aux serpents et cette folle qui les tuait et les brandissait se tordant encore dans son poing. Elle se rappelle... Maman, je ne t'oublie pas. Mais sa mémoire s'emballe et l'entraîne dans sa pente alors elle revient à ce qu'elle est en train de faire, le comptage des bons d'alimentation, les quantités délivrées, l'état des stocks. Le rangement. La manutention des paniers et des caisses. Les souvenirs se tiennent à distance des tâches concrètes et les visions s'estompent. Elle sait que les autres sont en proie aux mêmes intrusions. Elles en parlent parfois, entre elles, quand leurs yeux perdus dans le vague débordent sans qu'elles s'en rendent compte. Les femmes surtout se disent ces choses. Il arrive que des hommes pleurent après un cauchemar.

Ils sont près de deux mille, femmes, hommes et enfants à vivre à la Cécilia. Combien de fantômes les ont suivis jusqu'ici ?

Soudain, Nour est devant elle, dans sa robe bleu pâle. Les cheveux mouillés, lourds sur ses épaules. L'étoffe de sa robe humide par endroits, collée à son corps. Elle sourit. Ses rêves sont beaux.

– On s'est baignés. Gabriel m'apprend à nager.
– À nager ?

Rebecca lui disait toujours qu'elles iraient à la mer et qu'elle lui apprendrait à nager. Tu verras comme c'est bon. Ça ne sert à rien mais c'est bon. Rebecca lui avait montré des photos, des vidéos. Mer d'huile, plages immenses. L'explosion des vagues contre une digue un jour de tempête. J'allais là avec mes parents. Je te montrerai, tu verras.

Elles rentrent en suivant les remparts dans une ombre qui sent le salpêtre, la chaleur au-dessus d'elles, alourdie. Le ciel est blanc. Elles ne parlent pas. Nour soupire parfois, serrant un peu plus fort le bras d'Alice.

Dès qu'elles sont rentrées, aussitôt la porte refermée, Nour lui tombe dans les bras. Alice sent des larmes mouiller son cou.

– Je suis enceinte.

Alice n'a plus de souffle. Elle cherche quoi dire. Non. Pas ça. Pas toi. Mon pauvre chat. Elle pense aux dessins des enfants. À leurs terribles dessins. Elle pense aux enfances. La sienne, celle de Nour. Aux enfances évoquées par les anciens, insouciantes, contes charmants et malicieux auxquels elle aimerait tellement croire. Elle serre sa fille plus fort contre elle.

– Cora m'a examinée. Elle est sûre. Deux mois.
– Et Gabriel ? Il sait ?
– Non. Il sera content.
– Content ? Tu es sûre qu'il sera content ?

Elles se regardent à travers leurs larmes.

– Et toi ?

Nour pose une main sur son ventre.

– Cette vie qui est là. Je ne sais pas. C'est bizarre. Et toi ? qu'est-ce que tu en penses ?
– Moi je ne pense rien. J'ai peur.
– Tu as toujours peur.
– J'ai toujours eu peur. Ma mère me racontait que le soir où tout s'est éteint, le soir où tout a flanché pour de bon, j'ai crié et pleuré toute la nuit. J'avais à peine un an. Elle disait que j'avais compris ce qui était en train de se passer, comme par une espèce d'intuition. J'ai dû avoir peur, ce soir-là, comme ces animaux qui pressentent les tremblements de terre. Et ça ne m'a jamais quittée.

— Et moi ?
— Toi ?
— Oui, moi, quand je suis née.
— Tu m'as consolée de tout le reste. Je suis née une deuxième fois avec toi. Je n'avais plus de nom, plus aucune volonté. Ni celle de vivre, ni celle de mourir. Je n'existais plus, je survivais. Dès que tu as été là j'ai eu un but. Grâce à cette énergie que tu me donnais. Je te prenais contre moi, tu me souriais, tu éclatais de rire et j'étais rechargée. Ma vie procède de toi.
— Ne dis pas ça.

Elles parlent dans la pénombre d'une pièce où elles se sont assises. Pendant un moment, elles ne disent plus rien. Elles essuient leurs larmes et la sueur dans la chaleur humide qui les écrase.

— Je vais le faire cet enfant. Moi aussi j'existerai davantage.
— Mais tu existes déjà, si fort. Tu soignes, tu aimes.
— Ça ne suffit pas. Je veux me faire cette promesse.
— Et Gabriel ?
— Il est là. Il sera là. Longtemps.
— Longtemps.

Longtemps… Pour Alice ce mot ne peut évoquer qu'un passé révolu, lointain. Des souvenirs d'enfance qu'elle aurait préféré oublier, des visions obsédantes. Des cris et des odeurs. Mais l'avenir se réduit à demain, à la semaine prochaine. Parfois, Rebecca regardait l'aube venir par la fente d'un mur ou par une fenêtre, selon l'endroit où elles avaient trouvé refuge et elle observait en silence la lumière se répandre puis elle disait « Il va faire jour. Ça ira ». Une journée après l'autre. Le temps était un pont de cordes et de bois aux planches pourries s'effondrant derrière elles, jeté entre un bord du vide et une falaise noyée dans le brouillard.

Longtemps, alors, c'était du temps qui ne s'écoulait pas, quand elles se terraient, frigorifiées ou suffoquant dans une fournaise, respirant à peine pour ne pas être capturées par une patrouille piétinant autour de leur cache, grognant et jurant et proférant des menaces barbares.

Alice a dû apprendre, quand Nour a été là, à envisager le futur, à remplacer dans son vocabulaire rester par devenir, à imaginer d'autres lendemains mais elle repoussait, le souffle court, le cœur fou, ces perspectives comme de coupables pensées.

Elle s'aperçoit que le regard de Nour ne la quitte pas, brillant, et la tient captive comme un papillon de nuit dans sa lumière.

– À quoi tu penses ?
– J'aimerais être heureuse comme tu l'es. Avoir cette force. Sois pas fâchée après moi.

Leurs mains par-dessus la table. Il fait presque nuit. Elles se voient à peine.

– On sera bientôt trois.

Alice se lève pour allumer une lampe. Lumière jaune. Dans ce clair-obscur, elle aperçoit cette autre femme assise les yeux dans le vague. Nour. Ma fille.

– Non, quatre, dit-elle en se rasseyant. Il y a Gabriel.

Elles se sourient en haussant les épaules.

Dehors, un peu de vent se lève. La pluie se met à tomber. Un orage, au loin. Un craquement, la foudre qui blanchit aux fenêtres, le ciel déchiré.

19

La rue s'était figée quand ils avaient paru, encadrés par leur escorte, au coin d'une grosse maison d'un étage aux volets fermés, sa pierre grise encore noircie des traînées d'un incendie. On les regardait marcher deux par deux, leurs pieds nus entravés, les mains liées devant eux qui leur donnaient l'allure de pénitents misérables. Misérables ils l'étaient mais aucune foi ne les poussait en avant ni ne leur faisait oublier la faim qui leur creusait l'estomac jusqu'à la nausée, éblouis par la lumière déjà vive qui blanchissait au-dessus des toits. On parlait sur leur passage mais ils ne comprenaient pas ce que disaient les gens. Des rires d'enfants, vifs et clairs fusaient dans l'air, vite empêchés. Une charrette les croisa, tirée par un gros cheval gris pommelé qui malgré ses œillères tourna la tête vers eux en soufflant. Léo tendit la main vers lui, tout près d'effleurer son nez, mais un gardien le poussa dans le dos du bout de son bâton. Il dévisagea le type qui détourna les yeux. Nour posa ses mains attachées sur son épaule.

– C'est rien, dit-elle tout bas.

Il se contenta d'écouter s'éloigner le pas lent du cheval. Il leva les yeux vers Marceau, chercha à rencontrer son regard, mais il gardait les yeux mi-clos, ballant par moments de la tête comme s'il s'endormait. Alors il le toucha du coude et

Marceau le regarda d'un air triste et las, s'efforçant de lui sourire avant de recouvrer son apparence de somnambule.

On les fit entrer dans un immeuble de béton, datant du siècle précédent, dont la façade vitrée s'étoilait d'impacts et de fissures qui fracassaient le décor de la petite place s'y reflétant. Ç'avait dû être la mairie, mais aucune inscription ne l'annonçait ni aucun drapeau comme il était de coutume dans le temps. Ils pénétrèrent dans une vaste salle blanche dont le mur du fond s'ornait d'une fresque en trompe-l'œil figurant la rue fleurie d'un village idéal. On les fit asseoir sur un banc, gardés par trois hommes armés de matraques, un sabre grossier pendant à leur ceinture. D'autres gardes se tenaient devant la porte par où entrèrent une cinquantaine de personnes qui s'assirent sur des chaises en plastique dans un remuement bruyant. Cinq personnes, revêtues de vastes robes noires, menées par une femme, s'installèrent derrière une grande table drapée de rouge installée sur une estrade. Léo demanda à quoi rimait tout ce cérémonial et Nour lui répondit qu'on allait peut-être les juger, en tout cas décider de leur sort.

– Nous juger ? Comment ça ?

Un de leurs gardiens leur ordonna de se taire. Le public les regardait dans une rumeur de voix basses et de raclements de gorge. Certains étiraient leur cou pour mieux voir, d'autres se dressaient sur leur siège. Hommes et femmes étaient indistinctement vêtus de blouses vert olive ou bleu marine et de pantalons gris, délavés, souvent reprisés. Chaussés de sandales de toile, parfois de cuir, des lanières les liant aux chevilles de quelques femmes. On eût dit une assemblée de bagnards ou d'esclaves, n'eussent été leur vitalité, leur bonne mine, la vive curiosité avec laquelle ils dévisageaient les prisonniers. Nour examinait cette assemblée en se demandant ce qui les unissait : quels intérêts communs, quelles lois écrites ou non ? Quelle vindicte ? Elle échangea un bref regard avec

Marceau, qui secoua la tête en tordant la bouche. Ses épaules s'affaissèrent et il regarda devant lui l'espace vide qui séparait la tribune du public.

Six chaises demeuraient vides au premier rang. Derrière la table, la femme assise au milieu de ses pairs, qui semblait présider la cérémonie, fit un signe aux gardiens de la porte qui l'ouvrirent en grand. Un homme élancé, large d'épaules, s'avança dans la travée centrale d'une démarche souple. De longs cheveux gris réunis en catogan. Une barbe blanche, taillée court. Les gens levèrent les yeux vers lui et une rumeur bourdonna parmi eux. Il les ignora, ni hautain, ni méprisant, perdu peut-être dans ses pensées. La peau épaisse de son visage était parcourue de rides profondes, cuir bruni par le soleil. Il était sans doute le plus âgé des présents, mais peut-être aussi le plus puissant. Il vint s'installer sur l'une des chaises vides. Il était vêtu comme le reste du public, chaussé de mocassins de cuir souple. Dans un étui brun accroché à sa ceinture, il portait un couteau. Il garda un moment la tête basse, comme s'il ressassait quelque pensée, puis il leva les yeux et regarda les prisonniers. Ses yeux très clairs passaient de l'un à l'autre, et il paraissait étonné ou perplexe. Il s'attarda sur Marceau, qu'il toisa, dont il semblait examiner le moindre détail de sa personne.

Marceau soutint son regard quelques secondes puis renonça, haussa les épaules, puis baissa la tête, accablé par la fatigue et la faim.

La présidente se leva, imitée par ses comparses et par le public. Les gardes poussèrent les prisonniers du bout de leurs bâtons pour les obliger à en faire autant. La femme se tourna vers eux :

– Savez-vous pourquoi vous êtes ici devant nous ?

– On va pas tarder à le savoir, dit Marceau.

La femme hocha la tête.

– Bien, dit-elle.

Tout le monde se rassit.

– Non, pas vous. Restez debout.

Marceau se releva. Léo fit de même, à côté de lui. Un des gardes fit rasseoir le garçon d'un geste brusque et Marceau se retourna vers lui et saisit son bras entre ses mains liées.

– Bas les pattes. Le touche pas.

Le garde s'esclaffa en silence. Il levait son gourdin au-dessus de sa tête.

– Ferme donc ta gueule et tiens-toi tranquille.

Le type avait parlé entre ses dents, sans presque bouger les lèvres.

– Comment vous nommez-vous ? demanda la présidente.

– Marceau.

– Marceau comment ?

– Marceau. J'ai oublié le reste. Qu'est-ce que ça peut foutre ?

La femme haussa les épaules. Les autres membres de l'espèce de jury ne quittaient pas Marceau des yeux.

– Comme vous voulez, dit la femme. Marceau…

– Et vous ? Qui vous êtes ? la coupa Nour en se levant. Qu'est-ce que c'est ici ? Un tribunal ?

Elle se rassit en sentant la main d'un garde se poser sur son épaule.

La femme l'ignora.

– Marceau, donc, vous êtes accusé d'avoir attaqué le campement de voyageurs il y a de cela trois semaines environ. Deux sont morts. Les autres se sont réfugiés dans notre communauté et demandent justice.

Nour se leva de nouveau. Un garde la saisit par les épaules pour la faire rasseoir mais elle se dégagea et les deux autres la ceinturèrent, l'un d'eux derrière écrasait sa gorge avec son bâton. Elle hurlait et se débattait. Clara fut écartée d'une gifle et Léo renversé d'un coup de matraque en plein front.

Marceau fut plaqué au sol par d'autres gardes accourus. Une semelle écrasait sa figure.

Un coup de sifflet retentit et les gardes cessèrent de les frapper. La femme qui présidait le jury s'était dressée et donna des ordres.

On les rassit sur le banc. Une corde fut passée entre leurs bras, tirant sur les liens qui leur tenaient les mains, les attachant l'un à l'autre. À leurs pieds du sang s'égouttait. Leurs mains empêchées, ils essuyaient leurs bouches blessées, leurs nez ensanglantés aux emmanchures de leurs épaules, essoufflés, étourdis, absents. Nour tâchait de reprendre son souffle et toussait et crachait.

– C'est eux qui nous ont attaqués. On s'est défendus. Ils ont battu et violé ma fille, ils ont incendié notre maison et on a dû l'abandonner. Voilà la vérité. On l'a dit hier en arrivant.

Sa voix était brisée, son souffle court.

– Oui, en effet, c'est ce que vous avez dit. Mais nous avons vu le cadavre d'un homme tué par arme à feu et a été extraite de son corps une balle tirée par une arme ancienne, d'un calibre correspondant à l'une des armes que nous vous avons confisquées hier. Cet homme a agonisé pendant une semaine, dans d'atroces souffrances. Je vous demande à présent de vous taire. Nous savons que Marceau, ici présent, avec votre complicité, a ouvert le feu sur lui et ses compagnons.

– Cet homme était mon fils, dit une voix forte.

Un silence lourd s'abattit sur la salle. L'homme qui était venu s'asseoir au premier rang se leva, s'avança vers les prisonniers puis se tourna vers le public.

Il parla de son fils assassiné. De son corps déjà puant qu'il avait tenu dans ses bras. Du petit garçon qu'il avait serré contre lui tout parfumé, sortant du bain, de ses rires, de la douceur de sa peau, des épreuves qu'ils avaient traversées. La mère de l'enfant tuée par des rôdeurs, la fuite à travers une ville en feu. L'arrivée, enfin, dans ce village presque vide pour y fonder, avec quelques autres, cette communauté pour que le monde renaisse sur des bases nouvelles, loin des barbaries dans lesquelles l'humanité avait sombré, sur le point de disparaître. S'efforcer de bannir toute violence, prôner la paix universelle, l'harmonie collective, l'amour de chacun pour tout autre, voilà sur quels principes s'était construite cette utopie. Il s'exaltait, sa voix enflait, tremblait, s'étranglait en démontrant par des souvenirs et des paraboles la supériorité des principes nouveaux qui fondaient la collectivité. Et toujours revenait l'image de son fils, parti au désert avec quelques compagnons, lâchement tué par ces âmes perdues et leur chef.

À certains moments, après ses intonations les plus fortes, ou quand il semblait sur le point d'être submergé par l'émotion, ou qu'un mot qu'il venait de prononcer le frappait en retour par sa force, il suspendait son prêche et un murmure approbateur parcourait le public et il dévisageait alors, dans le silence revenu, les spectateurs un par un et ils hochaient la tête, osant à peine sourire, pour exprimer leur accord ou leur soumission. Derrière leur table, les cinq membres de l'espèce de jury gardaient la tête basse, mains jointes, yeux fermés, comme s'ils priaient.

Marceau suivait des yeux les mains de l'homme qui tournaient autour de lui et se joignaient puis s'abattaient sur ses cuisses avec un claquement léger. Léo s'était collé à lui. Il tremblait et essuyait de la langue le sang qui coulait de son nez.

L'homme parla encore des engeances mauvaises qui erraient sur les routes et contre lesquelles il fallait se défendre et sévir. Seules exceptions aux règles en vigueur. *Si vis pacem...* Il ne compléta pas le précepte latin et laissa la salle gronder la suite.

Para bellum.

Le silence revint aussitôt et l'homme se tourna vers le banc des accusés. Les jurés semblèrent sortir de leur recueillement. Leurs regards se posèrent sur eux, collants et lourds.

– Je demande justice. Je demande votre châtiment. Vous souffrirez comme a souffert mon fils.

Il pointa son doigt vers Marceau.

– Tu mourras lentement. Pendant des jours de supplice tu verras venir ta fin. Et vous autres, âmes perdues, vous saurez qu'il est en train de mourir. Je demande au tribunal de n'avoir aucune pitié

Un remue-ménage se fit entendre au fond de la salle. Trois hommes et une femme, vêtus comme les autres, avançaient dans l'allée centrale en traînant des pieds et restèrent debout devant les sièges laissés libres au premier rang.

– Regardez-les : ils ont été les derniers compagnons de mon fils. Ils m'ont ramené son corps.

Marceau voulut se lever mais la corde qui les reliait les uns aux autres l'en empêcha.

– Tu mens. Ils mentent. On a déjà dit ce qui s'est passé. Ton fils était un voleur, un violeur, un criminel. Il a eu ce qu'il méritait. S'il était présent dans cette salle, j'irais le tuer de mes mains. Lui et aussi les autres.

L'homme se jeta sur Marceau et le prit à la gorge d'une main, et de l'autre saisit le couteau qui pendait à sa ceinture. Il brandit sa lame devant le visage de Marceau. Il hurlait des malédictions et des injures. Les gardes ceinturaient Nour et Clara. Ils les obligeaient à s'incliner, appuyant sur leur nuque du plat de leur sabre.

Léo se tordait pour cogner l'homme de la tête mais il n'arrivait à rien, qu'à tirer sur la corde qui les tenait tous les quatre. La gorge de son père était prise dans la pince énorme d'une main puissante, entre le pouce et les deux doigts qui lui restaient. Le garçon n'arrivait pas à comprendre ce qu'il voyait : une main amputée de ses deux derniers doigts ou un animal surgi du néant pour égorger Marceau.

Un coup de sifflet retentit encore et deux gardes s'approchèrent de l'homme pour lui faire lâcher prise. Maître Gilles, dirent-ils. Je vous en prie. L'homme recula et rengaina son couteau. Hors de souffle, il pliait et dépliait les trois doigts de sa main gauche et Léo n'y voyait plus qu'un appendice mortel, un tentacule crochu.

Ils montaient l'escalier. Leurs pas lourds, leurs grognements et leurs rires, la puanteur qu'ils charriaient avec eux. Les cris et les pleurs de maman. Puis cet homme était sorti, cette chose au bout de son bras qu'il avait léchée, avec quoi il se touchait le bas-ventre. Léo courait de nouveau dans la rue, il sait désormais ce qui le poursuivait, cet homme porteur de ces crochets de chair qui maintenant voulait tuer son père.

Quand il rouvrit les yeux, il aperçut dans le flou un visage penché sur lui, il sentit une main caresser sa joue. Maman ? Il se retint de prononcer le mot parce qu'elle venait encore de mourir. Parce qu'elle n'en finissait pas de mourir dans ses rêves et sa mémoire et les efforts qu'il faisait pour remonter le temps jusqu'à la bifurcation possible, une minute avant l'arrivée de cette voiture dans la rue, pour l'avertir et fuir avec elle et avoir peur avec elle, et se cacher dans un trou quelque part et cesser de respirer, n'oser même plus respirer en attendant que leurs poursuivants passent sans les trouver. Il n'en finissait pas, lui, d'imaginer cette scène, il se disait que le temps peut se retourner, comme un sablier, mais il ne savait pas si les grains s'écoulaient dans un ordre immuable pour reconstituer très exactement le cône fatal du passé accompli ou si l'on pouvait, à force de patience et de volonté, en modifier l'ordonnance.

Nour lui passait un linge mouillé sur le front. Il toucha sa main, elle serra ses doigts dans la sienne. Il voulut s'asseoir mais elle l'en empêcha. Elle lui demanda d'attendre un peu. Il la voyait mieux. Une bosse bleuissait au-dessus de son œil droit. Sa lèvre inférieure était enflée, barrée d'une croûte. Du sang avait séché dans son cou. Il s'assit quand même et regarda autour de lui. Il vit renversé le banc où on les avait

attachés, la salle vide, l'estrade déserte, les deux gardes, à quelques mètres, qui les surveillaient, leurs matraques à la main.
 Il se leva péniblement. La tête lui tournait un peu. Nour tendait ses mains vers lui, les posa sur ses épaules, le serra contre elle.
 – Et mon père ?
 – Ils l'ont emmené.
 – Où ?
 Elle le regarda, ses mains toujours sur ses épaules. Elle secouait la tête.
 – Je sais pas. Je...
 Elle alla chercher son souffle loin dans sa poitrine.
 – Ils l'ont condamné.
 – Ils vont le tuer, c'est ça ?
 – Non, enfin...
 La femme qui les avait enfermés la veille entra, poussant Clara devant elle. Elle était suivie de trois hommes dont les bâtons pendaient à leur ceinturon.
 – Il faut y aller.
 Il était peut-être midi. La lumière leur tomba dessus et l'air chaud se colla à eux. Ils marchaient l'un derrière l'autre, Nour venant en tête, qui se retournait vers Clara et Léo d'un air inquiet, s'assurant qu'ils étaient toujours là, leur demandant tous les trois pas si ça allait. Sur les trottoirs, les gens s'arrêtaient et les regardaient passer et se parlaient à voix basse. Un enfant vint marcher à côté d'eux, au pas de l'oie, un bâton sur l'épaule, leur adressant des grimaces et des pieds de nez, poussant des sortes de croassements. L'un des gardes le chassa en simulant un coup de pied et le gamin s'enfuit en poussant des cris aigus qui firent broncher les chevaux attelés à une grosse charrette puis se perdirent dans une petite rue.
 Une femme s'approcha en leur criant qu'ils troublaient l'ordre universel et l'harmonie revenue en ce monde. Elle

brandissait un gros médaillon de métal gris orné d'un dessin géométrique compliqué où se mêlaient étoiles, croix et cercles.

Ils traversèrent une place, devant l'église, où deux hommes montaient à grands coups de marteau une sorte de podium pendant que d'autres installaient tout autour des barrières métalliques.

Léo s'arrêta pour regarder les hommes travailler. Un garde de l'escorte le poussa du bout de sa matraque dans le dos mais il résista.

– Qu'est-ce que c'est ?
– Avance, disait le garde. M'oblige pas.

Nour le prit par la main.

– Viens. Je t'expliquerai.

Ils se remirent en marche. Léo ne voyait plus rien autour de lui, n'entendait plus la rumeur sourde de la rue. Il avançait dans un tunnel qui s'ouvrait à chacun de ses pas et se refermait aussitôt derrière lui. Il voulut être mort. Il l'était déjà, peut-être. Il n'était revenu à lui tout à l'heure que pour traîner encore un peu avec les vivants puis il repartirait de l'autre côté. Il aurait aimé savoir si on retrouvait les morts qu'on chérissait, s'il était donné une autre chance d'être avec eux. Il faudrait qu'il demande à Clara, qui semblait avoir là-dessus quelques intuitions.

L'obscurité fétide de leur prison l'effraya. Des crissements stridents, un fracas métallique firent s'ouvrir dans une paroi du conteneur une fenêtre grillagée dont ils n'avaient pas soupçonné l'existence. De la lumière, de l'air. Léo frissonna. Il s'approcha de Nour, qui remplissait d'eau des gobelets au robinet du jerrycan.

– Est-ce que je suis mort ?

Nour lui tendit un gobelet plein. Il l'avala goulûment, s'étrangla un peu, toussota.

Elle le resservit, il but encore, à longues gorgées.

– Les morts n'ont pas soif.

Clara l'observait par-dessus son gobelet.

– Pourquoi t'as demandé ça ?

– Je me suis senti bizarre. Comme si j'étais plus là.

– Tu t'es évanoui, dit Clara. On n'arrivait pas à te faire revenir. Ton père s'est battu avec les gardes pour que quelqu'un s'occupe de toi. Ils t'ont étendu dans un coin, on n'avait pas le droit de t'approcher.

Nour leur tournait le dos, debout devant l'ouverture grillagée. Elle buvait elle aussi l'eau tiède du jerrycan.

– Ils l'ont condamné au pilori, dit-elle sans bouger. Huit jours. S'il survit, il sera libéré et on sera tous les quatre chassés de leur village. Ils veulent qu'on reste ici pendant son supplice. Ils veulent qu'on y assiste. C'est notre punition.

Léo s'approcha d'elle.

– Ils ne vont pas le tuer ?

Nour ne sut comment répondre.

– Non. Mais ils voudraient qu'il meure.

– Je comprends pas. C'est quoi le pilori ?

– On attache le condamné à une sorte de cadre d'où ne dépassent que sa tête et ses mains. On le laisse comme ça sur une place et les gens viennent le voir et…

– Ils font quoi les gens ? Ils lui font mal ? Ou alors c'est interdit de lui faire mal, on le laisse juste comme ça ?

– J'en sais rien.

Léo fit le tour de leur prison. Il tapait du poing sur les cloisons pour y trouver un point faible. Dans un coin sombre, le plus éloigné de la porte, la rouille pourrissait le bas d'un panneau. Il cogna de la pointe de son soulier et vit le jour percer par un trou du métal.

– Faudrait se transformer en souris, dit Clara derrière lui.

Il ne répondit pas. Il s'acharna quelques minutes avec un canif que les autres n'avaient pas trouvé, récupéré au fond de son sac. Il trouva d'autres points de corrosion qui rongeaient l'acier. Dans une dizaine d'années, il serait peut-être possible d'abattre quelques panneaux d'un coup de pied. Il se laissa tomber sur un matelas et replia son couteau.

Clara vint s'asseoir à côté de lui.

– Ils étaient là. Ils étaient assis, tranquilles, pendant que l'autre salaud s'acharnait sur nous.

Léo faillit lui demander de qui elle parlait.

– Ce type, je l'ai déjà vu.

– Qui ?

– Celui qui parlait. Leur chef.

Nour s'était approchée.

– Tu l'as vu où ?

Il revit tout. Il y était encore. Il serait pour toujours caché dans ce placard, puis désemparé au pied de cet escalier, fixant le cadre oblique de la porte de la chambre dans laquelle sa mère ne gémissait plus que faiblement comme on pleure en cachette pour ne pas inquiéter ceux qu'on aime et en surgissait cet homme avec son fusil et sa main à trois doigts massant cette immonde chose dans son pantalon. Léo demeurerait à jamais prisonnier de ce moment et il savait que cet homme était le gardien de sa geôle. Alors il faudrait qu'il le tue pour parvenir, peut-être, à s'échapper. Il passa le doigt sur la lame de son canif, piqua le creux de sa main de sa pointe. Il se trouva ridicule.

Nour s'était accroupie près de lui.

– Tu l'as vu où ?

– Il a tué ma mère. Il était là, avec sa main.

– Sa main ?

– Oui. Trois doigts. Comme un bec. Je l'ai vu en haut de l'escalier. Il m'a poursuivi, après.

– Marceau il sait ça ? Tu lui as dit ?

– Non. Pas pour la main. Je m'en suis souvenu que tout à l'heure. Et puis sa gueule. C'est bien lui. Et maintenant il veut tuer mon père.

Il aurait aimé pleurer. Il aurait aimé tomber puis se laisser glisser dans une torpeur au fond de laquelle rien ne l'atteindrait plus. Sa mère lui avait raconté une histoire d'esprit gisant au fond d'un puits, sur une planète inconnue, qui absorbait l'âme de quiconque s'y penchait. Il aurait aimé devenir ce genre d'entité. Ne plus voir, du fond de ce néant, que ce qui viendrait se pencher dans le cercle immuable du ciel vide.

Ils restèrent tous les trois figés dans le silence, consternés, presque somnolents dans un temps arrêté. Le carré de lumière découpé par la fenêtre grillagée glissait pourtant sur le sol son quadrillage oblique. Deux heures peut-être. Clara dit qu'elle avait faim. Ces ordures veulent nous faire crever de faim. Léo se tourna vers elle, étendue à côté de lui sur ce matelas infect. Elle massait son estomac, une main sous sa chemise. Il voyait un sein par l'échancrure. Il détourna le regard, croisa celui de Nour. Elle lui souriait.

– On va s'en sortir, dit-elle. Tous les quatre.

La porte pivota en grinçant. La lumière blanche les saisit tous les trois. Deux femmes et trois hommes. L'un d'eux tenait une arbalète. L'une des femmes, jeune, aux cheveux presque ras, leur attacha les mains dans le dos. Elle enserra les poignets de Nour.

– Ça va ? dit-elle à son oreille.

Nour fit bouger ses poignets dans les liens. Elle remercia d'un hochement de tête.

La place était blanche de soleil. La façade claire de l'église renvoyait une lumière insupportable. Il y avait là deux ou trois cents personnes agglutinées derrière les barrières, à l'ombre chiche de grands parapluies ou de chapeaux à larges bords. Sur le parvis, le pilori était dressé, de bois sombre, le cadre fixé à une petite estrade, portant le carcan et ses trois trous. On les fit entrer dans l'enclos, à quelques mètres du lieu de supplice. La foule gronda. Nour fut traitée de putain, de chienne, de truie. Grimpée par un assassin pour pondre ces deux bâtards. Salope. Un caillou l'atteignit au front sous les rires et les quolibets. Elle chancela puis se redressa et secoua la tête. Un peu de sang sourdait au point d'impact. Clara se précipita vers elle, impuissante, les mains liées dans le dos. La femme qui avait attaché Nour s'approcha et tamponna le sang avec un mouchoir.

– C'est rien, dit-elle.

La foule se tut soudain. Un cortège apparaissait au coin d'une rue : une douzaine d'hommes et de femmes, vêtus de grandes robes noires, cravatés de blanc comme les gens de justice aux temps anciens, marchaient avec solennité, au rythme d'une grosse caisse. Des gardes venaient derrière eux, leur espèce de sabre pendue au ceinturon, encadrant Marceau, entièrement nu, les pieds entravés, le cou serré d'un collier de cuir tenu au bout d'une corde par un homme coiffé d'une cagoule. Dès qu'ils entrèrent sur l'esplanade, Léo bouscula l'un des gardiens et courut vers Marceau. Un homme le déséquilibra d'un croc-en-jambe et se jeta sur lui, à genoux sur son dos, et lui cogna par trois fois le visage contre les pavés puis le releva et le traîna jusqu'à Nour et Clara. Léo tomba à leurs pieds, inconscient, le visage en sang.

Marceau gémit et gronda comme un animal et tira sur le collier et la corde qui le tenaient. L'homme à la cagoule le ramena en arrière d'un coup sec et le fit basculer sur le dos. Deux gardes le relevèrent et il tituba jusqu'au parvis où les dignitaires revêtus de noir s'étaient alignés de part et d'autre du pilori. On fit venir Marceau devant eux, face au public. Le silence était tel qu'on entendait grincer la girouette au sommet du clocher et claquer l'aiguille de l'horloge à chaque minute qu'elle passait. Marceau chercha Léo des yeux, l'aperçut étendu derrière les gardiens qui se redressait sur un coude pour le regarder lui aussi, le visage ensanglanté, tordu par un sourire grimaçant.

Nour et Clara ne le quittaient pas des yeux. Il n'avait jamais remarqué à quel point elles se ressemblaient, à quel point la fille avait hérité la beauté de sa mère. Depuis qu'elle était morte il n'avait plus regardé de femme et aujourd'hui, alors qu'il était peut-être trop tard, il se troublait de les voir couvrir de leurs regards noirs, si intenses, la vulnérable nudité de son corps et cela, l'espace d'un instant, lui redonna du courage.

Leur accusateur s'avança et vint se placer à côté de Marceau. Une rumeur parcourut la foule. Maître Gilles. Il était vêtu d'une blouse noire cintrée d'un gros ceinturon où pendait un poignard dans son étui de cuir. Un pantalon grisâtre, bouffant, plongeait dans une paire de bottes à rabats rouges. Sur sa poitrine luisait un gros médaillon aux motifs emmêlés.

— Maître Gilles ! proclama l'une des dignitaires. Faisons nôtre tout ce qu'il dit !

L'homme se redressa et bomba le torse, les mains sur les hanches.

— Bouffon, murmura Nour. Sinistre bouffon.

L'un des gardiens la frappa à la nuque du plat de la main. Elle croisa le regard de la femme qui lui avait lié les mains dans le dos et il lui sembla distinguer sur son jeune visage l'ombre d'un sourire.

— Nous nous sommes dressés une fois encore contre le Mal, comme nous l'avons fait maintes fois depuis que nous vivons tous ensemble dans cet îlot d'harmonie perdu dans l'océan du chaos, depuis que nous avons fait le serment, par le sang, sur notre vie, de remettre notre humanité sur la voie du bien en éradiquant le Mal et ses émissaires. En voici un, capturé vivant, ainsi que sa femelle et ses petits. Oui, je me permets ces mots car ces créatures n'appartiennent plus au genre humain. Ils sont de cette race régressive dans quoi dégénère parfois notre espèce après ces décennies qui ont vu sa quasi-extinction. Ils sont de ces hordes qui errent sur les routes, cherchant leur pitance et traquant leurs proies, qu'elles soient humaines ou animales. Ces hordes que nous avons dû combattre, souvenez-vous, ces meutes de chiens de guerre traînant derrière eux leur progéniture, apprenant à leurs bâtards les funestes stratagèmes de la prédation. Mais vous savez tout cela. Mon fils et l'un de ses compagnons ont succombé sous leurs balles alors qu'ils cherchaient un autre lieu où fonder une nouvelle communauté. Et comme souvent, les assassins se posent en victimes. Je mets en garde ceux qui auraient la faiblesse de les croire. Leur complaisance à l'égard de ces assassins serait à nos yeux coupable et passible de sanctions. La cohésion et l'unanimité sont notre force. Nous ne pouvons tolérer en notre sein le poison insidieux du doute.

Marceau avait retrouvé son souffle et observait la foule massée à quelques mètres de lui. Une lumière d'acier tombait du ciel blanc. Personne ne bougeait. Des larges parapluies ouverts contre le soleil pas un même ne frémissait. On aurait dit que leur chef avait figé tous ces gens dans la pâte invisible de son discours, englués comme des mouches par une fleur toxique. Marceau apercevait dans l'ombre des chapeaux quelques regards fixés sur lui et ne savait s'il devait y deviner de la haine ou de la curiosité.

— Vient maintenant l'heure du châtiment. Je n'ai pas dit de la mort car notre justice refuse de la donner, refuse de prononcer la mort d'un criminel, fût-il le pire. Seule une légitime défense, ou la sécurité menacée de notre communauté, nous autorise à tuer. Tels sont les principes intangibles sur lesquels nous avons fondé notre petite république. La mort viendra et nous débarrassera de cet individu si vous le décidez. Huit jours et huit nuits il restera ici, enchaîné à ce pilori. Il sera à la merci du jugement de chacun.

Le tambour recommença à battre. Deux hommes saisirent Marceau sous les bras et le conduisirent jusqu'au carcan qu'un troisième tenait ouvert. Marceau voulut les bousculer, leur résister, mais il ne parvint qu'à remuer entre les mains de ses bourreaux. Il ne se sentait plus aucune force. Ses intestins se vidèrent et il eut honte. Il pensa qu'il mourrait bientôt et il eut peur et il chercha à voir Léo mais il y avait tous ces hommes autour de lui, leurs jambes, leurs bras, le souffle de leurs efforts pour le porter et le contraindre. On lui ôta le collier, on l'obligea à poser sa tête et ses poignets dans les creux du carcan que l'homme cagoulé referma et verrouilla à l'aide d'un cadenas.

Il y eut quelques applaudissements dans la foule.

On fit venir devant lui Nour et les enfants. Ils voulurent s'approcher pour le toucher mais les gardes les en empêchèrent et les repoussèrent du plat de leurs lames.

– Regardez bien à quoi aboutissent vos crimes, dit la femme qui avait présidé cette parodie de tribunal. Nous vous conduirons à cet endroit chaque jour pour que vous le voyiez. Nous ne condamnons ni les femmes ni les enfants, ici. Mais votre supplice sera d'assister au sien.

Marceau pleurait. Il les voyait tous les trois masqués de terreur, les yeux pleins de larmes.

– Qu'est-ce qui nous arrive ? demanda-t-il.

Nour secoua la tête, incapable de répondre. Léo tendait une main vers Marceau et mimait des caresses et cette main se mouvait dans l'air avec une légèreté qui rappela à Marceau la grâce de Clara dansant à la lueur de leurs lampes ou sous la lune pleine quand certaines nuits promettaient un beau lendemain.

La place se vida peu à peu. La chaleur de l'après-midi écrasa tout. Quand on voulut les arracher de là, ils résistèrent, ils promirent à Marceau qu'ils reviendraient le chercher, qu'il devait garder confiance et courage. Ils bramèrent leurs mots inutiles dans le silence de plomb. Marceau tournait vers eux son visage abîmé, les yeux clos à cause du soleil, il bougeait ses mains attachées. On les ramena dans leur prison, on leur laissa un brouet rougeâtre, un peu de pain et un seau d'eau. Ils mangèrent, l'estomac au fond de la bouche. Ils burent et mouillèrent leurs corps épuisés et brûlants en pleurant presque. Ils eussent pu n'être que trois animaux grognant près d'un trou d'eau. Nour nettoya le visage de Léo. Il ne dit rien malgré les coupures et les bosses. Il fermait les yeux. Les doigts de Nour dans son cou. Ses petits mots murmurés. Ne bouge pas. Attends. Voilà.

Le reste de la journée passa dans l'abrutissement. Une fraîcheur inattendue vint à la tombée du jour et les ranima. Clara la première se leva et entreprit de faire sa toilette. Nour la rejoignit et elles se frottèrent mutuellement le dos avec des soupirs d'aise. L'eau des jerrycans était tiède. La fraîcheur qui passait à travers le grillage de la fenêtre les faisait frissonner et c'était bon. Elles encouragèrent Léo, qui les regardait, leur peau luisant dans la lumière du soir, à faire comme elles.

– Tu pues, dit Clara. On n'est pas des bêtes. Il faut leur montrer qu'on n'est pas des bêtes. Si tu veux, je te lave.

Elle se rhabillait déjà, flairant ses vêtements douteux.

– C'est une proposition honnête, dit Nour.

Elles pouffèrent, lui tournant le dos.

Il se lava. Elles avaient raison. L'odeur du savon lui fit du bien. Il lui sembla se débarrasser d'une chappe, d'un poids qui l'épuisait et l'étouffait. S'essuyant, il se mit à bander. Il se dissimula comme il put avec sa chemise mouillée pour aller jusqu'à ses affaires. Clara le vit puis détourna les yeux.

– C'est comme ça. C'est la vie, dit-elle doucement dans son dos.

Il se sentit triste, peut-être humilié. Qu'est-ce qu'elle savait de la vie ? Qu'est-ce qu'elle savait de ce qu'il ressentait, de ces envies d'étreintes qu'il ne comprenait pas et qu'il devait réprimer, qui le gênaient par moments et peuplaient quelques-uns de ses rêves ? Devinait-elle d'instinct certaines choses, comme on le dit des animaux ? De même qu'elle prétendait percevoir parfois la présence des morts ?

La porte s'ouvrit. Nour reconnut la femme aux cheveux ras, celle qui avait tamponné cet après-midi la blessure à son front. Elle était accompagnée de deux gardes. Elle déposa une gamelle pleine d'une soupe de tomates où trempaient des bouts de pain.

— Je reviendrai demain soir. Demain soir. N'oubliez pas. Ça ira.

Elle avait chuchoté mais un des gardes lui ordonna de se taire et de sortir. On les entendit s'éloigner en parlant fort. Les voix des hommes graves et menaçantes.

Demain soir. Ils se demandèrent ce que ça signifiait.

La nuit était tombée. Léo proposa qu'ils se donnent la main pour communiquer à Marceau toutes leurs pensées d'affection et de courage. Ils joignirent leurs mains. Les voyant ainsi on aurait pu croire qu'ils priaient mais il n'y avait pas de dieu, seulement un homme au supplice, seul dans le noir, désespérant de voir le jour se lever.

Léo ne dormit pas. Ou bien crut-il tomber dans un puits sans fond quand la fatigue l'y poussa, réveillé alors par la peur. Il se demanda si elles dormaient, elles. Il épiait leur respiration, il les entendait bouger sur leur matelas. Clara marmonna, se débattit, se retourna brusquement.

Il ne dormit pas mais rêva de son père mort. Effondré au sol mais ses mains et sa tête encore prises dans le carcan du pilori. Il se réveilla et posa sa main sur sa poitrine pour empêcher son cœur de s'en arracher.

— Ça va ? demanda Nour.

Léo répondit oui dans un souffle.

On les emmena vers midi devant Marceau. Dans les rues, personne ne leur prêta attention. On entendait au loin les cris d'enfants qui jouaient. Nour repensa à la fresque ornant le mur de l'école et aux gamins qui les avaient regardés passer avec tant de curiosité. Le ciel était gris et l'air chaud, humide, leur faisait le souffle court.

Sur la place où se dressait le pilori, la chaleur monta du pavage et la clarté plus vive leur fit mal aux yeux. Les gens qui traversaient la place faisaient un écart quand ils approchaient de Marceau puis s'éloignaient sans un regard. Il y avait du sang et de la merde sous lui. Il tremblait sur ses jambes, les yeux fermés, respirant par la bouche. Le côté droit de sa figure était gonflé, l'arcade sourcilière sanglante. Les gardes d'escorte les empêchèrent de s'approcher à moins de trois mètres. Léo s'annonça, lui demanda s'il avait mal. Marceau ouvrit les yeux. Mon fils. Je te vois. Ne me regarde pas. Je t'aime. Sa voix faible, mourante. Nour et Clara prirent Léo par les bras au moment où il s'affaissait. Il fit effort pour rester debout, puisque son père se tenait encore sur ses jambes malgré les souffrances qu'il endurait. Ils lui dirent qu'ils reviendraient lui apporter à manger et à boire. Ils lui firent des mensonges auxquels ni lui ni eux ne croyaient. On te laisse pas, dit Nour. Il bougea sa tête, fit jouer ses doigts. Je sais, dit-il.

On les ramena. Léo titubant parfois, ivre de tristesse, au bras de Clara.

Ils s'abattirent sur leurs grabats. Ils avaient faim, alors ils mangèrent ce qui restait de la soupe de la veille. Il faut qu'on se repose. Qu'on soit en forme, disait Nour. Pour ce soir. Elle a dit qu'elle reviendrait.

Torpeur de l'après-midi. Ils avaient faim et essayèrent de dormir pour conjurer la douleur lancinante installée dans leurs estomacs creux. Le ciel s'assombrit un moment, leur faisant espérer une averse qui aurait pu rafraîchir Marceau, mais rien ne vint. Vers le soir, ils commencèrent à tendre l'oreille à tous les bruits de pas, aux voix qui leur parvenaient, au passage des chevaux, au loin. Leur prison de fer émettait de brusques claquements, résonnant si fort dans la tôle épaisse qu'on aurait pu croire qu'elle allait se disloquer.

— On a fini par les rattraper, dit Clara. Et c'est eux qui nous prennent. Je voulais les tuer et maintenant j'ai peur quand je suis devant eux.

Nour l'attira contre elle.

— Sans doute parce qu'ils sont effrayants. Avoir peur d'eux n'empêche pas de les tuer si l'occasion se présente. J'ai peur des serpents et j'en tue dès que je peux.

Léo s'était planté devant la fenêtre pour essayer d'apercevoir quelque chose mais il ne voyait qu'un amas de voitures pourrissant envahi d'arbustes et d'herbes sèches. Il regarda la nuit venir, les doigts accrochés au grillage, le secouant parfois comme si les soudures pouvaient lâcher brusquement. La tristesse lui monta à la tête et bourdonna à ses tempes. Il pensa soudain que c'était cela sa vie. Cet emprisonnement derrière des grilles qu'il tentait d'arracher mais qui ne céderaient jamais. Son père supplicié. Sa mère morte dont le calvaire se rejouait dans son esprit sans cesse. Prisonnier de l'espace mais aussi du temps qui s'était arrêté et revenait sur lui-même en boucles obsédantes. Le lendemain pour seul avenir. Il distingua à travers le treillage d'acier quelques étoiles inutiles. Il eut l'impression que cette beauté le narguait. Et de rage il secoua encore le grillage.

Il se retourna en entendant Nour et Clara fourgonner dans leurs sacs. Nour l'encouragea à les imiter. Il fallait être prêt à toute éventualité. Léo ne voyait pas bien à quelle éventualité il devait se préparer, mais il entassa dans son sac ses vêtements répandus par terre. Il trouva au fond d'une poche, dans son petit étui de cuir souple, enroulé dans un morceau de tissu, le pendentif bleu de sa mère. Il le déballa et l'examina à la lumière vacillante de sa lampe. Il se rappela le jour où son père le lui avait donné, le lui transmettant parce qu'il pensait mourir bientôt de sa blessure. L'éclat bleu qu'il put apercevoir avant que la lampe s'éteigne le bouleversa. Ça semblait vivant, parcouru de moirures, animé de toutes les nuances imaginables, comme si la pierre, magique, s'était éveillée dans sa main.

– Le perds pas, surtout, dit Clara.

Il fut surpris d'entendre sa voix si près de lui, son souffle dans son cou, et la vit à peine dans l'obscurité. Il replia le bijou dans son tissu puis le glissa dans sa poche.

La porte s'ouvrit lentement dans un interminable grincement. Le faisceau d'une lampe frontale les épingla puis s'éteignit.

– Venez. Dépêchez-vous.

La femme tenait le battant d'une main et braquait sur la nuit une sorte d'arbalète.

– On n'a pas le temps. Suivez-moi.
– Et Marceau ? demanda Nour.
– On y va. On s'en occupe.

Ils coururent malgré le poids de leurs sacs. Ils se tordaient les pieds dans le noir sur le chemin cahoteux. Leurs yeux finirent par accrocher la lueur blême dispensée par la lune en croissant. Des cris s'entendaient dans les rues.

– Qu'est-ce qui se passe ?
– Rien. Une diversion.

Ils débouchèrent sur la place. Plus noir que l'obscurité, le pilori se dressait et le corps de Marceau s'affaissait par moments quand ses jambes se dérobaient sous lui et il pendait, accroché par le cou et les mains, ses pieds recherchant un appui. Ils se précipitèrent sur lui, le saisirent sous les bras et il gémit de douleur alors ils l'encouragèrent, ils lui dirent que c'était fini, qu'ils allaient tous partir.

Deux hommes s'approchèrent. L'un d'eux bandait un arc armé vers le bas de la place et l'autre portait une grosse pince et cassa les cadenas qui verrouillaient le pilori. Marceau s'effondra. Nour et Léo vacillèrent sous son poids.

– Suivez-moi, dit la femme.

Les hommes restèrent en arrière. On entendit vibrer la corde de l'arc, la flèche bourdonner. Léo et Nour arrachèrent Marceau du sol et le traînèrent en titubant.

Une cloche se mit à sonner, frénétique, sans fin.

Les rues résonnaient de cris et du piétinement de chevaux. Léo vit s'allumer une lueur jaunâtre sur les façades. Il tourna la tête et aperçut des gens portant des torches qui surgissaient de toutes parts.

– Vite ! cria la femme.

Des flèches passèrent au-dessus d'eux. L'une rebondit sur les pavés, une autre contre un mur. Ils parvinrent à une charrette. Une mule y était attelée, qui les regarda arriver en secouant la tête. Ils firent basculer Marceau sur le plateau, se débarrassèrent de leurs sacs et Léo prit la bête par le licol et suivit la femme dans une rue. Elle marchait à grands pas, tenant devant elle son arbalète. Nour la rejoignit. La femme lui dit qu'elle se nommait Mona et lui tendit la machette qu'elle portait à la ceinture.

– Fais attention, ça coupe.

– Moi, c'est Nour.

– Je sais. Tout le monde le sait. Tu es la suivante sur leur liste.

Des fenêtres s'ouvraient, des volets claquaient en heurtant les murs.

– Arrêtez-les ! Assassins !

On vidait des poubelles sur eux. Des seaux d'aisance. On leur lançait des couteaux, des pierres. Une flèche se planta dans le plateau de la charrette. Derrière eux, sur la place, deux explosions soulevèrent une clameur, des hurlements. Léo encourageait la mule à voix basse et elle allongea son pas. Ils s'éloignèrent, terrifiés et puants, poursuivis par les cris et les insultes. Ils approchaient d'une ancienne porte fortifiée flanquée par les vestiges de remparts.

– Le Moyen Âge, dit Mona. On va peut-être en sortir.

Elle s'arrêta pour laisser passer l'attelage.

– Le Moyen Âge, dit Nour. Pourquoi tu dis ça ?

Marceau était couché sur la charrette, en chien de fusil, la tête reposant sur un paquet de vêtements que Clara avait rassemblés.

– Clara ?

Nour remonta la rue. Mona la suivit.

Des cris. Elle courut jusqu'à un porche où flambait la lueur d'une torche. Deux hommes armés de bâtons et de couteaux en éclairant deux autres qui tenaient Clara et arrachaient ses vêtements. L'un des hommes avança vers Nour et la menaça de son couteau.

– Bouge plus ou on égorge ta salope de fille.

Nour avança encore vers lui. Il agitait son grand couteau devant elle en reculant. Elle fit un pas de plus et frappa de sa machette le bras tendu vers elle. L'homme ne cria pas et parut surpris quand sa main tomba par terre, serrant toujours le couteau, avec un petit bruit de ferraille. Il recula encore, levant son avant-bras amputé d'où pissait le sang puis il hurla puis tomba à la renverse, serrant son poignet, trépignant comme un enfant capricieux.

– Arrête, sale pute ! Regarde !

Clara était à genoux, la tête renversée en arrière, tirée par les cheveux. La lame du couteau appuyée sous son menton. L'homme qui la tenait défiait Nour en souriant. Son comparse pointait sa lame vers elle.

– Fais ce qu'on te dit.

Le carreau se planta dans son front et il resta une ou deux secondes immobile sans perdre Nour des yeux, sans rien comprendre à ce qui lui arrivait. Clara non plus ne bougeait pas, le couteau toujours maintenu contre sa gorge. Puis le bras du type se détendit et elle put l'écarter d'elle et lui prendre l'arme. Elle l'enfonça dans le ventre de l'autre homme qui l'attrapa et la serra contre lui et roula au sol avec elle. Nour l'acheva d'un coup de lame dans la nuque puis dégagea Clara restée bloquée sous lui. Elle était pleine de sang, son couteau à la main, et elle sanglotait en répétant Maman, Maman.

– Allons-y, dit Mona en récupérant son carreau d'arbalète. D'autres vont venir.

Elles se retournèrent et virent les deux hommes couchés l'un à côté de l'autre, une flèche dans le front. Clara tenait toujours son couteau et regardait les cadavres.

– Ceux-là ont payé, dit Nour. Tu as fait ce que tu devais. Tu peux lâcher ça.

Clara regarda le couteau, approcha sa lame de ses yeux.

– Non. Je le garde.

Elle frotta le couteau avec un pan de blouse d'un mort.

– Ça m'appartient.

Arrivée à la charrette, elle jeta sa chemise et enfila un vieux polo trop grand qui lui tombait sur les cuisses, crasseux, imprégné d'une odeur aigre.

Ils firent quelques kilomètres, silencieux, se retournant souvent pour s'assurer qu'on ne les poursuivait pas, sur une route qui filait droit à travers une forêt dont ils devinaient la masse obscure dressée autour d'eux, puis Mona leur demanda de s'arrêter sur la plateforme d'une ancienne station-service.

– Je vous laisse ici. Je dois y retourner.

– Tu nous expliques ? demanda Nour.

– C'est simple. La condamnation de ton… de Marceau a été la goutte d'eau. On était nombreux à savoir que son fils était un vaurien dangereux qui écumait la région avec sa tribu pour attaquer et piller les isolés. Il revenait de temps en temps et son père, Maître Gilles, comme il se fait appeler, lui foutait une correction, l'enfermait avec les autres, d'où l'endroit où on vous a bouclés, mais il finissait toujours par lui pardonner et ses partisans l'approuvaient sans protester. Ils espèrent que leur chef les conduira à des conquêtes grâce aux véhicules qu'ils restaurent et remettent en état de marche. Le village est plein d'ateliers de forgerons, de métalliers qui travaillent à ça. Le fils achetait du carburant à un groupe qui a relancé un ancien forage par là-bas dans les dunes. Gilles est soutenu par une bonne partie de la communauté mais les gens commencent à douter de plus en plus des valeurs que ses sbires et lui rabâchent en toute occasion. Il y a une quinzaine d'années, des tas de gens, des rescapés de l'épidémie de 95, se sont regroupés ici en croyant reconstruire quelque chose de viable. Et ça s'est fait. Tout le monde y a cru. Mais Gilles et sa garde rapprochée ont peu à peu pris le pouvoir et les gens sont restés et ils ont obéi parce qu'ils n'avaient nulle part où aller. Le jour venu, ils attaqueront le puits de pétrole et deviendront maîtres de la région, et au-delà. Ils ont des armes pour ça. Des armes à feu. Celles qu'ils vous ont confisquées. Celles qu'ils ont prises depuis des années. Alors notre révolte. On espère qu'on a entraîné assez de monde.

– Ces types tout à l'heure, c'était quoi ? demanda Clara.

– Des fidèles de Gilles. Des amis de son fils. Ils ont fondé une sorte de milice au service du chef.

– Et toi ?

– Moi et les autres. Mes frères, que vous avez vus tout à l'heure. Et des tas d'amis secrets. Des filles de mon âge qui veulent échapper au lit de Gilles.

– Parce que…

– Oui.

Mona se tut. Ils se tenaient tous très près les uns des autres dans d'étouffantes ténèbres. Ils s'apercevaient à peine. Nour alluma une lampe et éclaira leurs visages.

– Pour qu'on voie à quoi on ressemble. Pour se souvenir.

– Marchez vers le nord. Vers la ville. Là-bas, de l'autre côté du fleuve, il y a un endroit où des gens essaient de reconstruire quelque chose de bien. Sans seigneur ni tyran. C'est mon père qui en parle. C'est presque une légende, ce lieu. L'an dernier, un colporteur nous a un peu raconté. Il a dit que bientôt il irait y installer un magasin. Il n'a pas su nous dire où c'était précisément. Sur la rive droite. Sur les côteaux. Il faut suivre la route qui longe le fleuve. Comme qui dirait l'endroit de nulle part. Si ça se trouve ça n'est qu'une idée. Si on n'y arrive pas ici, on s'en ira là-bas. On verra bien.

– J'ai entendu parler de la même chose, dit Nour. Quand j'étais plus jeune. Un vieux vagabond nous en a parlé. Il a même tracé un vague plan. Ça existe bien.

– Alors on y va, dit Clara.

Marceau les regardait, allongé sur le flanc. Il grogna un « merci » du fond de sa gorge abîmée. Ils essayaient de se sourire. Mona était très jeune. Elle avait vingt ans, peut-être. La lampe, batterie épuisée, s'éteignit.

– Il faut vraiment que j'y aille. On a besoin de moi.

Ils s'étreignirent à tâtons. Mains, bras, bouches, cous.

Aucun d'eux ne vit Mona s'éloigner. Léo écouta faiblir le bruit de ses pas avec une tristesse qui lui mouilla les yeux.

20

Il fait nuit. Alice est seule, enfin. Abdel ne rentrera pas avant demain matin, requis pour une mission de reconnaissance. Elle est allongée, Nour endormie sur elle. Elles sont nues toutes les deux. Peau contre peau. Sueurs mêlées dans la chaleur qui ne tombe pas. Elles dormiront ensemble comme ça tout à l'heure. Le visage de Rebecca sourit sur l'écran du téléphone. Tout son visage dit un bonheur sans ombre. Où es-tu ? Rebecca a vingt-six ans sur cette photo, datée du 7 avril 2046. Rebecca sourit comme Alice ne se souvient pas de l'avoir vue sourire. Alice n'a pas connu Rebecca heureuse. Maman. Tu me manques chaque jour. Elle fait défiler d'autres photos, quelques vidéos du monde d'avant où tout semble normal. On voit des gens rire, boire, chahuter, sauter dans les vagues, insouciants. Pas trace des épidémies, des catastrophes, des guerres, des pénuries, des famines, des massacres. On dansait au bord du gouffre, disait souvent Rebecca pour qu'elle comprenne. On savait tous que ça arriverait mais on ne savait pas quand. Ni comment. On s'attendait au pire, mais pas à ça.

Alice se plaît à imaginer Rebecca heureuse. Bien sûr, il y a eu des moments de répit. Des refuges. Des amis. Elle se rappelle le hameau. Les chèvres de Nadia et Muriel. Et Nicole. Et Simon. Les repas pris ensemble le soir et leurs discussions dont elle ne comprenait pas tout parce qu'ils parlaient de choses révolues et de personnes disparues.

Et Yanis et Milan. Encore aujourd'hui, plus de dix ans après, le souvenir lui mord le cœur.

Où es-tu ? Tu me disais tout le temps Je serai toujours là.

Alice se souvient de chaque moment de cette nuit-là. Les feux de la horde sur le versant d'en face. Les cris. Cette rumeur barbare. Ils vont nous trouver, a dit Rebecca. Il faut partir. Les autres n'ont rien ajouté. Ils se sont séparés en se donnant rendez-vous une heure plus tard devant la maison.

Elles ont rempli leurs sacs. De quoi se nourrir, se vêtir, se défendre. Alice ne disait rien. Elle n'avait pas peur. Maman est avec moi. Je ne risque rien. Elle pensait que Maman serait toujours là. Elle ne pouvait imaginer la vie sans elle. Je serai toujours là, disait-elle souvent. Ne regarde pas, elle disait aussi. Alice cachait son visage dans son cou mais regardait quand même. Elle ne regardait pas mais elle voyait tout.

Comme ce jour-là, au village. Aïssa et Vitto tombés l'un sur l'autre devant la maison. Mélanie et cette traînée de sang laissée derrière elle depuis l'entrée jusqu'au bas de l'escalier. Ne regarde pas. Rebecca avait entassé dans deux sacs de quoi survivre encore quelques jours. Viens. Ne regarde pas. Elle pleurait peut-être. Alice ne sait plus. Rebecca ne pleurait pas souvent. La tristesse ou le chagrin fermaient son visage et lui donnaient un air rêveur, absent. Alice ne sait pas si ce jour-là elle a pleuré. Quand elles ont franchi le seuil de la maison, elle s'est inclinée sur les corps d'Aïssa et Vitto et leur a dit des choses à voix basse puis elles ont traversé le village. Ne regarde pas. Il y avait des gens pendus aux arbres de la place, aux lampadaires. Devant une maison en flammes, un petit enfant mort, recroquevillé, noirci. La peau à vif de son dos. Ne regarde pas. Je t'en supplie.

Elles ont laissé derrière elles les morts, le feu, les odeurs du massacre. Un peu plus loin sur la route elles ont entendu un cri. Une femme appelait à l'aide. Un homme gémissait. Alice s'est arrêtée vers l'orée du bois d'où ça venait. Non, viens, on peut rien faire. Rebecca l'a prise par la main et l'a tirée un peu fort. Viens, je te dis. Alice a eu peur de cette brusquerie nouvelle.

    Rebecca essayait de remplir les sacs avec méthode. Elle réfléchissait à voix haute. Alice lui faisait passer les choses qu'elle avait posées sur la table. Alice se souvient d'avoir insisté pour porter les vingt cartouches qu'elles possédaient pour toutes munitions et un bout de savon noir. Elle a entassé des vêtements, elle a tenu à y glisser le téléphone de Rebecca, elle a roulé au-dessus de son fourniment une bâche et quand elle a voulu soulever son sac et le porter à son épaule Rebecca a dû l'aider et lorsque tout le poids s'est trouvé sur son dos il lui a semblé qu'elle allait s'enfoncer dans le sol et ne plus jamais pouvoir s'en arracher et faire le moindre pas. Rebecca lui a dit que ça irait. Alice voulait bien la croire. Bien sûr que ça irait. Elle a reposé le sac en soufflant puis elle a levé les yeux vers sa mère et lui a souri et Rebecca a souri aussi mais elle faisait semblant. Alice savait, depuis le temps, quand elle pouvait croire au sourire de sa mère ou non.

    Alice se faisait du souci pour les chèvres de Muriel et Nadia. Rebecca lui a expliqué qu'elles redeviendraient sauvages, qu'elles seraient très heureuses libres dans la nature. Et le loup ? Rebecca a ri. Elle s'est forcée à rire. Alice entend encore ce rire faux. Elles se battront contre lui. Ça a des cornes, une chèvre. Et puis le bouc sera là.

    Elle n'a pas osé parler de Yannis et de son père, qu'elles laissaient derrière elles, couchés ensemble dans leur trou. Il lui arrive de rêver de ce petit garçon maigre qui parlait peu et ne la quittait pas des yeux. Il descend en courant la pente d'un pré d'herbe sèche et elle a peur qu'il tombe et elle l'appelle mais aucun son ne sort de sa gorge.

Les autres sont arrivés, ployant sous leurs sacs. Ils ont tous les six fait l'inventaire de leurs possessions, ils se sont dit que ça irait mais ils savaient tous qu'il faudrait désormais autre chose que des mots tout faits pour les rassurer. On entendait sur le versant d'en face des chants psalmodiés et des reprises en chœur et les feux brûlaient sous les arbres, la lueur de leurs flammes tremblant à travers les feuillages. Un coup de feu, puis une rafale ont éclaté dans la nuit, accueillis par une clameur.

Un sentier grimpait dans la montagne au bout du hameau, entre les dernières maisons effondrées. Un ancien chemin de berger, qui menait jusqu'au plateau.

Ils se sont mis en route. Ils ont attendu d'avoir franchi le premier tournant pour allumer une lampe parce qu'ils ne voyaient pas leurs pieds dans cette obscurité tendue d'étoiles. Ils n'entendaient plus que les échos lointains de la horde festoyant autour des flammes.

Ils ne se disaient rien. On n'entendait que leurs souffles et le craquement sourd et lourd de leurs pas sur les cailloux. Alice s'accrochait à une lanière du sac à dos de Rebecca. Rebecca touchait sa main de temps en temps.

Je suis toujours là.

Ils ont fait une pause en arrivant sur le plateau. Alice se rappelle le goût de cette eau à la gourde. Un goût de métal. Une eau dure et froide qui faisait presque mal aux dents. Du promontoire où ils étaient, ils avaient une vue plongeante sur les derniers lacets du chemin. Le jour allait se lever. Tout était bleu. Sous eux, la forêt d'un azur sombre comme une mer qui aurait gravi les pentes à l'encontre de toute loi physique.

Avant de se remettre debout, Alice s'est demandé si elle serait encore capable de marcher dix mètres. En les entendant tous geindre et souffler en reprenant leurs sacs, elle a su qu'elle n'était pas la seule à se poser la question.

Tout le jour. La chaleur plombait les sacs, leur coupait les jambes. Ils ont traversé une forêt décimée où des clairières arides semblaient avoir été ouvertes par un incendie, des grands chênes morts s'y dressant encore, leur bois grinçant et craquant sous la brise. Ils ont établi leur bivouac sur un versant au nord, dans un remuement de feuillages, où le crépuscule les a rafraîchis et leur a redonné confiance.

Alice se souvient de cette soirée envahie peu à peu par l'obscurité parce qu'ils ne se servaient qu'avec parcimonie de leurs lampes pour ne pas être repérés par d'éventuels poursuivants. Ils n'étaient pas sûrs d'ailleurs qu'on les poursuivrait. La horde, comme ils l'appelaient désormais, trouverait de quoi se nourrir et s'installer dans le hameau, quel besoin ils auraient de les poursuivre ? Simon ne croyait pas qu'on les traquerait. Pour quoi au juste ? Pour leur prendre quoi ? Muriel et Rebecca disaient que ça leur paraissait évident. Pour nous quatre, ou cinq. Les autres femmes ont approuvé d'un hochement de tête.

Alice revoit précisément Simon lui jeter un coup d'œil puis baisser la tête et la prendre entre ses mains. Non. C'est pas possible. Sur l'instant, elle n'avait pas compris ce qu'elles voulaient dire. Quatre ou cinq quoi ? Qui ? Elle tendait l'oreille au loin, par-delà leur discussion murmurée, elle savait seulement qu'ils viendraient mais elle n'osait pas le leur dire.

Ils ont renoncé à organiser des tours de garde, déjà somnolents, fourbus Ils se sont réveillés souvent. Au passage d'un animal, au chant d'un oiseau de nuit, à un passage du vent, sa rumeur dans les arbres.

C'est le lendemain, vers midi, réfugiés à l'ombre d'un surplomb rocheux, qu'ils ont entendu le hennissement d'un cheval.

Ils ont gravi à quatre pattes une pente escarpée pour couper les lacets du chemin, hors de souffle, geignant d'effort, mais des pierres se sont mises à rouler et des cris de joie ont éclaté et on a entendu des chevaux forcer leur allure et des rires et des glapissements obscènes sont montés à leur poursuite.

Ils sont sortis de la forêt dans le feu du soleil sur une prairie desséchée où se dressaient par endroits les silhouettes hérissées de sapins morts. Ils ont couru malgré l'air brûlant qui faisait gonfler leur langue et leur gorge, ils ont couru peut-être une minute, peut-être moins, Alice aujourd'hui ne sait plus très bien. Ce qu'elle se rappelle c'est qu'ils sont tombés à peu près tous les six en même temps et qu'ils sont restés allongés sous un arbuste, se faisant passer des gourdes, s'étranglant avec cette eau tiède qu'ils devaient recracher parfois parce qu'ils n'avaient plus la force de déglutir.

Alice revoit très bien le cavalier arrêté à une vingtaine de mètres d'eux, visage maigre, osseux, creusé par l'ombre d'un vaste chapeau de paille, impassible, tête de mort noircie de barbe. Il tenait un pistolet à la main. Le cheval a tapé du pied, a secoué la tête. L'homme a posé sa main sur son encolure. L'animal a soufflé. D'autres cavaliers sont arrivés. Tous coiffés de grands chapeaux, leurs armes en bandoulière ou dans des fontes de toile grossière. Alice ne sait plus combien ils étaient. Dix ou douze. Ils ont approché, les ont encerclés. Odeur des chevaux. Rebecca a pris Alice dans ses bras.

Il y a eu ces cris. L'écart d'un cheval, le coup de feu. Alice se souvient d'avoir vu un homme par terre, se tordant et tremblant, et Simon une arme à la main, menaçant les cavaliers, puis une autre détonation et Simon bondissant en arrière et Rebecca enfouissant le visage d'Alice entre ses seins. Ne regarde pas. Alice n'a pas regardé.

Trois hommes sont descendus de cheval et les ont fait se relever. Ils ont aligné les quatre femmes et les ont obligées à se dévêtir. Ils ont ordonné à Alice de demeurer sous l'arbuste, parmi les sacs. Les cavaliers restés sur leurs montures grognaient et ricanaient et lançaient aux femmes nues des propositions obscènes. Les trois autres les examinaient, allant et venant devant elles, avec un air imperturbable. L'un d'eux a soupesé les seins de Nicole. Un autre a pincé les fesses de Nadia. D'accord, a dit celui qui semblait être leur chef. Ces deux-là et la petite. Les autres, on les garde. Rhabillez-vous. Restez pas comme ça, il a dit avec mépris. Ces deux-là c'étaient Nadia et Muriel.

Rebecca s'est précipitée sur Alice et l'a prise dans ses bras. Alice se rappelle son râle mêlé à ses sanglots. Non, non, elle disait. Non, pas ça. Laissez-la avec moi.

Nour bouge ses bras et ses jambes, petite nageuse endormie. Ça va. Je suis avec toi. Je reste avec toi. La petite fille ouvre les yeux, lève la tête. Elle a dû entendre mon cœur s'affoler sous l'afflux des souvenirs. Cette même douleur, jamais apaisée. Ça va.

Rebecca s'est battue. Un type a roulé au sol, se tenant l'entrejambe. Un autre a porté sa main sale à son nez brisé. Rebecca a fini par tomber à genoux puis a été jetée au sol d'un coup de pied.

Alice s'est réveillée sous l'arbuste où on l'avait attachée avec Nadia et Muriel, parmi le contenu de leurs sacs éparpillé. La nuit était presque tombée. Les hommes étaient un peu plus loin, autour d'un feu. Ils n'étaient plus que cinq. Ils parlaient entre eux à voix basse et parfois riaient.

Maman ?

Les hommes se sont tus. On n'entendait plus que le feu crépiter.

Ta mère elle est plus là. Elle est partie avec les autres. Ils vont bien s'occuper d'elle. Un homme a gloussé. Ta gueule, a dit un autre. Ta gueule.

Alice a essayé de mourir en ne respirant plus mais elle n'y est pas arrivée. Muriel l'a serrée dans ses bras. Reste avec nous, Grenouille. Ça va aller. On va s'en sortir. Bien sûr que non, se disait Alice. Menteuse.

Elles ont marché tout le jour suivant, attachées les unes aux autres, encordées. Les cavaliers avaient été rejoints au petit matin par des hommes à pied et ils s'étaient réparti le contenu de leurs sacs, donnant le fusil de Rebecca et les cartouches à un jeune garçon qui a accueilli le présent avec un hurlement d'animal.

Le soir, ils ont fait halte dans les ruines d'un hameau où étaient encore visibles les traces récentes d'un campement. Les restes d'un feu, les reliefs d'un repas éparpillés tout autour : des os, des carcasses d'oiseaux, le crâne calciné d'un lapin. Elles ont été attachées à un arbre, à l'écart. Les hommes ne leur parlaient pas, les poussant dans le dos ou tirant sur leurs liens pour les faire obéir. Ils les traitaient sans brusquerie, comme s'il s'était agi d'animaux dociles. On leur a donné dans une écuelle pour trois des galettes ramollies dans de l'eau et quelques bouts de viande séchée. Elles ont mangé et bu sans rien se dire, sans se regarder, puis elles se sont couchées, déjà endormies, épuisées, les unes contre les autres, Alice entre Muriel et Nadia.

Au soir du deuxième jour, la colonne est arrivée en vue d'un gros bourg perché sur une colline. Alice se rappelle le hululement de la sirène qui a dévalé vers eux, cette sirène qui retentit aujourd'hui à la moindre alerte, ce hurlement d'animal gigantesque, l'éveil d'un monstre qui réclamerait aux hommes son dû en échange de sa protection.

Presque aussitôt, on a entendu gronder des moteurs. Alice a voulu courir vers la route mais l'un des types l'a retenue par sa chemise et l'a presque soulevée de terre. Elle s'est débattue. C'est maman, elle a dit. Mais non, connasse. Ta mère elle reviendra pas. Elle est allée se réfugier auprès de Nadia et Muriel qui l'ont prise dans leurs bras mêlés. Elles tremblaient. Ça va, elles disaient à voix basse. On est avec toi.

Deux pickups se sont arrêtés. L'un d'eux était surmonté d'une mitrailleuse qu'un homme tenait par les poignées et a braquée sur les cavaliers. Deux hommes armés en sont descendus. Ils ont parlementé avec le chef de la colonne qui leur montrait Alice et les deux femmes. Les hommes se sont approchés. Ils ont examiné les captives, les ont touchées, ont demandé à voir les seins de Nadia et Muriel puis l'un d'eux a soulevé le menton d'Alice et lui a souri. C'est bon, il a dit. On prend. Ils sont tous redescendus sur la route. Ils discutaient avec animation, riaient parfois. L'un des hommes a tiré deux coups de feu en l'air. Les types ont roulé des cigarettes et les ont allumées et ont fumé, appuyés aux véhicules. Qu'est-ce qui se passe ? a demandé Muriel. Nadia a répondu qu'ils les avaient vendues. Elles ont reposé Alice par terre et se sont enlacées. Elles pleuraient en silence. Leurs gardiens les ont séparées en ricanant. Va falloir changer d'habitudes. C'est des vrais hommes qui vont vous baiser.

Une sorte de bétaillère est arrivée. Ils en ont fait descendre un cheval. Les hommes se sont extasiés devant l'animal, se sont congratulés en échangeant de grandes tapes dans le dos. On a poussé les prisonnières vers l'un des pickups et on les a fait monter sur le plateau, assises sur le plancher de bois. Les deux hommes qui les gardaient ont tenu leurs armes braquées sur elles jusqu'à leur arrivée dans le centre du bourg.

Deux femmes ont emmené Alice malgré ses cris et ses pleurs dans une grande maison où d'autres enfants jouaient dans une vaste pièce, qui se sont tus en la voyant passer. Les femmes ont lavé Alice dans un baquet, elles lui ont donné des vêtements qui sentaient bon mais comme elle refusait de s'habiller, toute grelottante, demandant après sa mère, elles l'ont vêtue de force en lui faisant mal.

Une mère, on t'en donnera une, t'en fais pas.

Alice s'aperçoit qu'elle a les larmes aux yeux et toujours dans la poitrine le même chagrin. Nour s'est réveillée et lève la tête et la regarde et lui fait un grand sourire puis pose un baiser mouillé sur un sein.

– Toi aussi tu sais tout. On est comme des sorcières. Ils ne peuvent rien contre nos pouvoirs.

21

« Réveille-toi. Il se passe quelque chose. »

Nour est éblouie par la lampe que tient Alice et elle écarte son bras pour voir sa mère penchée au-dessus d'elle, en chemise, échevelée. Puis elle perçoit cette vibration, ce bruit sourd ponctué de secousses. Puis elle entend l'eau. C'est différent de la pluie. Ça se déverse. Ça déferle. C'est un flot. Les volets tremblent et elle s'attend à voir la fenêtre exploser sous la pression de l'eau. Le tonnerre explose. Aux clairevoies des persiennes un éclair blanchit, qu'elle imagine éteint par cette submersion.

– Nour !

Elle se lève. Il est près de 3 heures du matin. Elle marche à tâtons dans le petit couloir vers la lueur qui bouge au rez-de-chaussée. De l'eau, encore. Elle entend Alice se déplacer en pataugeant. Du haut de l'escalier, elle voit le reflet troublé de la lampe. Jusqu'aux genoux elle est saisie par le froid et elle avance dans cette épaisseur qui lui serre les jambes. Alice a posé sur la table deux grands sacs à dos, un fusil et deux chargeurs, un rouleau de corde, trois couteaux dans leurs étuis, deux lampes frontales.

– Pourquoi le fusil ?
– Parce qu'on en aura besoin.
– C'est une grosse tempête, c'est tout.

– Non. Cette fois-ci ce sera différent.
– Pourquoi tu dis ça ? C'est comme il y a deux ans, non ?
– Non. Ça va mal se passer. Occupe-toi des vivres.
– Des vivres ?

Alice hoche la tête. Alice et ses intuitions. Déjà, toute petite. Sa mère, Rebecca, prétendait qu'elle avait le don bizarre de pressentir les événements mais qu'elle n'était pas toujours capable de l'exprimer, que c'était seulement une angoisse ou une terreur, même, qu'elle ne pouvait pas expliquer. Puis en grandissant ça s'était usé, vidé comme une pile. Mais Alice affirme que parfois des signaux lui parviennent. Elle ne croit à aucun dieu ni aucune magie. Elle sait que ça la prend par moments dans le ventre et que son cœur bat plus vite. Comme si j'étais un animal.

Au moment où elles sortent, la cloche de l'ancienne église sonne follement. La pluie tombe par paquets et leur coupe la respiration et les oblige à gober l'air bouche ouverte et elles remontent la rue barrée plus bas par la rivière en crue. Leurs bottes sont pleines d'eau. Elles s'accrochent l'une à l'autre pour vaincre le courant qui dévale la chaussée. Dans la clarté de leurs lampes, elles voient le flot courir, forcir. Des rues qu'elles croisent débouchent des torrents. Elles ont de l'eau jusqu'aux cuisses, elles sont lourdes d'eau, elles sont sous l'eau, remuées, bousculées par les bourrasques qui grondent à leurs oreilles. Par moments, le son du tocsin leur parvient, haché, étouffé, comme si la cloche tombée roulait dans une cataracte.

Elles gueulent pour se parler. Gabriel. Cora. Où sont les autres ?

Des choses tombent autour d'elles. Nour sent un choc à son épaule, une douleur, comme un coup de poing. Des tuiles. Elles se protègent la tête de leurs mains, de leurs bras. Elles ne voient rien dans ces ténèbres. Seulement, traversant le faisceau de leurs lampes, des plaques de métal, des panneaux de bois, des branches et encore des tuiles. L'ouragan écaille les toits et jette en l'air ce qu'il arrache.

Elles vont courbées sous le poids de leurs sacs détrempés, luttant contre le courant, haletant, les yeux noyés, la bouche pleine d'eau. Nour aperçoit en haut de la rue des lampes qui semblent fouiller l'obscurité. Elle appelle. Les lueurs convergent vers elle. Alice les voit elle aussi. Elle saisit l'épaule de Nour et lui crie « les voilà ! » et passe devant elle. Elle ôte sa frontale et l'agite de haut en bas puis s'effondre, renversée sur le dos par son sac, se débattant dans le flot, déjà submergée, déjà entraînée. Nour lui saute dessus et l'attrape par une bretelle du sac et la tire hors de l'eau mais elles retombent l'une sur l'autre et l'on croirait voir deux furieuses qui se battent, essayant de se noyer mutuellement. Elles se redressent serrées l'une contre l'autre, puis se remettent à progresser vers les lampes qui bougent là-bas. Elles approchent. Alice pèse sur Nour. Elle chancelle, trébuche, fait deux pas, se laisse traîner. Une lampe s'approche. Nour n'arrive plus à avancer. Elle soutient Alice, dont les jambes se dérobent. Maman, maman, fais un petit effort. La lumière blanche de la lampe l'éblouit. C'est le vieux Miguel. Il débarrasse Alice de son sac puis la prend contre lui, la soulevant presque. Viens, la belle. Ils finissent tous les trois de remonter la rue. Ils arrivent sur la place balayée par des trombes de pluie et vont se réfugier sous les arcades. De l'eau partout. Les bouches d'évacuation refoulent un jus boueux. Des gens les pieds dans l'eau s'affairent, s'agitent, parlant fort pour couvrir le beuglement de la tempête. Ils installent des plateaux sur les tréteaux du marché, ils essaient d'organiser quelque chose, de combattre le chaos, d'accueillir des blessés, d'apaiser les peurs des enfants, de secouer les hébétudes. À la lueur des lampes Nour aperçoit le visage d'Alice couvert de sang. Ses cheveux sont détrempés d'eau et de sang. A sa tempe, une plaie profonde et du sang, encore. Nour dit Maman, ça va aller. Alice sourit mais son visage reste figé dans ce sourire et ses paupières battent follement. Son bras gauche tremble puis se replie, poing fermé. On va s'occuper de toi, dit encore Nour. Miguel va frapper à une porte. Un homme que Nour ne reconnaît pas vient leur ouvrir et les précède dans un escalier. Les jambes d'Alice traînent sur les marches. Miguel souffle et gémit. Tiens le coup, la belle.

On débarrasse Alice de ses vêtements mouillés, on l'enveloppe dans une couverture, on la couche sur un lit et Nour se penche sur la blessure et approche de la plaie ses doigts tremblants en parlant bas à sa mère, Voyons voir ce qui se passe. Le sourire figé d'Alice s'est effacé et son visage est agité de tressaillements nerveux et ses yeux s'ouvrent et se ferment et se tournent en tous sens comme s'ils cherchaient quelque chose mais ne s'arrêtent jamais sur rien, mais ne regardent pas le visage de Nour au-dessus d'elle qui lui dit des choses rassurantes d'une voix sans souffle. Une femme lui tend un linge propre et Nour nettoie les pourtours de la plaie. La peau bleuie apparaît et l'énorme bosse s'arrondit autour d'un creux sanglant.

– Alors ?

Miguel s'est assis au bord du lit et prend la main d'Alice dans la sienne et la réchauffe en soufflant dessus.

– Faut pas qu'elle ait froid. *Pobrecita.*

Nour remonte la couverture sous le menton de sa mère. Elle concentre toute son attention sur ce visage tremblotant et ce regard qui cherche en vain ou qui fuit ou qui n'est peut-être déjà plus là. Elle voudrait hypnotiser ce mal. Calmer ce désordre. User de cette petite magie qu'invoque Alice en souriant. Cette sorte de don. Un peu de magie, juste un peu. Ou de hasard, ou de chance. Nour cherche en elle où se cache le siège de ce pouvoir, cette arme secrète. Elle se redresserait, étourdie, le crâne déformé de cette énorme bosse, les seins à l'air, en disant putain qu'est-ce qui se passe ici ? Elle remonterait la couverture sur sa poitrine, gênée par le regard émerveillé de Miguel, elle dirait laissez-moi, il faut que je dorme une heure ou deux. Maintenant. Nour presse un peu le sein entre ses doigts. Alice soupire, Regarde-moi, dit Nour en essuyant la peau brûlante. Ne pars pas. Reviens. Elle pose sa main à plat sur la poitrine tranquille qui se soulève doucement et elle sent la rondeur du sein et elle perçoit juste dessous le battement du cœur. Là. Comme ça, elle dit encore. Ton cœur qui bat. Il faut que tu te reposes.

La porte de la chambre s'ouvre. C'est Cora, essoufflée, qui peine à reprendre sa respiration. Elle passe sa main dans les cheveux mouillés de Nour, soulève un pan de son ciré.

— Change-toi, tu vas attraper la crève. C'est pas le moment, tu crois pas ?

Elle a parlé vite et sec, soupirant de lassitude, puis s'assied près d'Alice et l'examine. Nour raconte ce qui s'est passé, décrit les convulsions, debout derrière Cora qui caresse la joue de la blessée.

— Alors ?

— Alors tu sais aussi bien que moi ce qu'il en est : trauma crânien gravissime, enfoncement probable de la zone fronto-pariétale. Les convulsions que tu décris, et ce que j'observe, disent que le cerveau est comprimé par une embarrure. Il faudrait pouvoir l'opérer.

Cora a parlé sur un ton monocorde et froid comme un compte-rendu clinique. Elle ne bouge pas, sa main caressant le front d'Alice.

— Et tu crois pas que…

— Non. On en a vu de ces blessures, souviens-toi. Le vieux Paul…

Nour se souvient. Elle regarde la nuque et le dos de Cora qui affecte de ne pas se retourner puis qui baisse la tête et s'essuie la figure du revers de la main.

— Tu crois qu'elle a mal ?

Cora se lève avec effort. Ses yeux cernés, enfoncés dans leurs orbites, ses traits tirés, froissés de rides, ses épaules un peu voûtées, disent une immense fatigue qu'elle ne cherche pas à conjurer.

– Non, je crois pas qu'elle souffre. J'espère qu'elle ne souffre pas. Tu sais bien qu'on n'a rien pour soulager la douleur. Au début il y avait ce marchand ambulant, une espèce de colporteur qui passait avec son camion. Il avait de tout. Des vêtements, des outils, des armes. De temps en temps, il avait des médicaments qu'il se procurait je ne sais où, peut-être dans les stocks d'un ancien hôpital, et il proposait un peu de morphine ou des boîtes d'opiacés. On lui troquait tout ça contre de la nourriture. Il passait trois ou quatre fois par an puis on ne l'a plus revu. Il y avait ce colosse avec lui, un Noir immense armé jusqu'aux dents qui surveillait les transactions le doigt sur la détente... Pourquoi je te raconte ça ?

– Peut-être parce que tu ne peux rien dire d'autre.

– Je pourrais te mentir. Te dire que...

– Non. Pas toi.

– J'ai beaucoup menti dans mon métier. Beaucoup de gens préfèrent qu'on leur mente. Ça les soulage, un temps. C'est toujours ça de gagné avant que la réalité leur saute dessus et les terrasse.

Une rafale cogne contre les volets puis les secoue. Quelque chose de gigantesque, là dehors, veut entrer et piller et tuer. La porte s'ouvre et les fait sursauter. Une femme perdue dans un poncho de toile cirée dit à Cora qu'il faut venir parce que ça va mal. Elle ruisselle. Elle essuie sa figure de ses mains mouillées. On dirait que la tempête l'a suivie jusqu'ici. Cora prend sa mallette, embrasse Nour en lui promettant qu'elle repassera.

Nour reste immobile devant la porte claquée. La maison vibre. Elle a l'impression que l'air par moments se comprime puis se détend. Une femme qu'elle ne reconnaît pas dans le flou de ses larmes s'approche d'elle et entreprend de la déshabiller. C'est Rosine, la femme de Miguel. Nour se laisse faire. J'ai six ans et tu me changes parce que je suis tombée dans la rivière, tu te rappelles ? Tu m'as baignée, tu m'as frictionnée avec de l'eau de lavande. Nour ferme les yeux et frissonne puis serre contre elle la serviette rêche dont Rosine la frotte. Tu te souviens ? La cheffe a gueulé quand tu es venue me chercher parce que tu n'obéissais pas au règlement. « Tais-toi, salope », tu disais à voix basse.

Au sec dans des vêtements trop grands, elle se rassoit auprès d'Alice et caresse sa main et lui raconte l'ouragan, dehors, son boucan, sa fureur, le chaos qu'il sème. Elle dit qu'il est comme un géant enragé décidé à tout détruire sur son passage. Elle épie les yeux clos, le visage immobile, si pâle, et cette façon de sourire de dormeuse apaisée, et la respiration tranquille qui soulève la couverture bleue.

Elle doit lui parler pour qu'elle reste ici. Pour qu'elle s'approche et écoute. Des tempêtes et des tourmentes elles en ont vu d'autres. Elle lui demande si elle se souvient du jour où elles ont failli se noyer dans la cave où elles s'étaient réfugiées pour échapper à ces hommes qui avaient attaqué le village, ces flots de boue et de grêlons dévalant par le soupirail. Elle lui rappelle le jour où elles sont arrivées au bord de la mer et qu'elles se sont arrêtées au sommet d'une dune en train d'engloutir une ancienne station balnéaire dont les toits crevés affleuraient encore.

– J'ai eu peur de tout ce bruit, de ces vagues qui montaient et puis c'était trop grand. À perte de vue. Rien n'arrêtait le regard. Tu te souviens ? La tête me tournait et tu as dû me retenir pour que je ne tombe pas.

Nour prend dans son sac le téléphone et l'allume et va fouiller dans les photos et les vidéos, écoute ça, maman, et des voix retentissent, et des éclats de rire, tu les entends ?

Rebecca proteste parce qu'on la filme, « *Non, merde, arrête, pose ça, Martin* ». Martin.

– Tu re rappelles quand on est parties de là-bas ? Ce type à cheval, le Colonel Lewis ? Tu m'as dit que c'était ton père qui avait disparu quand tu étais encore bébé. C'était bizarre, non ? Il savait depuis le début que tu étais là, tu crois ? Tu me diras, hein ?

Alice soupire. Ses paupières battent. Nour se penche tout près d'elle.

– Tu m'entends ?

Miguel apporte à Nour une infusion chaude et sucrée et elle se réchauffe les mains contre les flancs du bol puis elle sent la chaleur du breuvage se répandre dans son corps. Miguel fredonne une vieille chanson, un poème d'amour :

Me gustas cuando callas porque estás como ausente
Distante y dolorosa como si hubiera muerto
Una palabra, entonces, una sonrisa bastan
Y estoy alegre, alegre de que no sea cierto

– Qu'est-ce que tu chantes ?

– Une sorte de prière. Un poème d'amour. Alice aime bien que je lui chante mes vieilleries en espagnol.

Il se lève en soufflant, mains sur les cuisses.

– Je vais voir dehors si je peux aider. Reste avec elle. Retiens-la.

Il embrasse Nour sur le haut du crâne d'un gros baiser sonore.

Toute la nuit, dans un vacarme lointain de chute d'eau, entre les coups de boutoir des bourrasques qui ébranlent la maison, toute la nuit Nour dit leur vie à Alice, remémore les souvenirs, les mauvais et les bons, le bonheur invaincu d'être ensemble, envers et contre tous. Toute la nuit, Nour laisse les larmes nouer sa voix et noyer ses yeux, heureuse qu'Alice ne les voie pas mais sûre qu'elle les entend du fond de ce grand silence où elle gît. Toute la nuit elle s'efforce de rire et de sourire. Tu te rappelles ? Tu te souviens ? Et ce jour où...

Et ce bébé qui va venir dans quelques mois. Tu vas l'aimer tellement.

Nour aimerait y croire. Nour veut y croire.

C'est peut-être la lueur grise s'infiltrant au contour des volets qui la réveille. Ou une voix forte dans la rue de quelqu'un qui demande si ça va, couvrant la rumeur du vent qui chahute encore.

C'est peut-être cette immobilité de la couverture. Cette fixité des plis bleus dans la pénombre.

Alors ça y est, tu es partie.

Nour la soulève et la prend dans ses bras, tiède et molle, et la serre fort et lui donne dans le cou ces petits baisers qu'elle aime tant. Comme des oiseaux, disait Nour quand elle était petite. Des oiseaux dans ton cou et Alice riait et lui pinçait la taille.

Elle mêle son chagrin à celui des autres. Dans le matin gris, on patauge dans la boue qui fume et pue. On ramène des corps qu'on installe sous la halle et qu'on rince à grande eau pour savoir qui ils étaient, trouvés dans une rue au hasard d'un bras dressé hors de la fange ou recroquevillés dans un couloir. Toute la journée, des cris et des pleurs, des charrettes qui reviennent avec leur chargement macabre, des appels qui résonnent dans les rues, dans les maisons vides car il y a ceux qu'on pleure et ceux qui ont disparu, ceux qui pleurent et ceux qui espèrent encore, cet homme guettant au coin de la rue principale le retour de sa femme, toujours en retard celle-là, ce couple qui attend devant l'école dévastée le gamin téméraire emporté par la vague, on a eu beau lui dire de ne pas sortir... et tous ces effarés qui vont et viennent au milieu des gravats, un sac gorgé d'eau en bandoulière, s'inquiétant de ne pas voir une amie, un voisin, un amant à qui pourtant cette nuit ils ont tenu la main.

Pendant trois jours on enterre les morts. C'est dans le cimetière du bas, près de l'ancienne route nationale, qui a été aménagé lors de l'épidémie de 73. Des alignements d'arbres y ont été plantés à l'époque. Quelques-uns ont survécu. On y dit des prières, on y chante beaucoup. On passe d'une fosse à l'autre parce qu'on connaît presque tout le monde à la Cécilia. La pluie a repris. Des averses sans un souffle de vent, verticales et drues, claquant sur les capuches de toile cirée, sur les boîtes de bois blanc qu'il a fallu assembler à la hâte.

Alice est là, au fond. Nour regarde voler dans le trou le dessin que vient d'y jeter un petit garçon. C'est le portrait d'une femme aux grands yeux noirs et aux cheveux fous, noirs eux aussi, aux lèvres écarlates, et qui sourit devant trois arbres et un grand soleil d'or. Il a seulement écrit ALICE sous les petits seins esquissés sous un polo rayé de bleu. Le petit garçon s'est enfui sans rien dire. C'est Tom. Alice disait qu'il ne parlait presque pas et qu'il venait s'asseoir près d'elle avec sa feuille et qu'il dessinait des océans et des étoiles et des campagnes verdoyantes pleines d'animaux aux grands yeux, il faisait des dessins éclatants d'une joie sublime alors que ses yeux, plongés dans ceux d'Alice, étaient d'une tristesse insondable.

Ce matin, Nour a trouvé parmi les centaines d'images stockées dans le téléphone un fichier intitulé « Pays des merveilles » qu'elle n'avait jamais ouvert et elle y a découvert les photos d'un bébé puis d'une toute petite fille tour à tour rieuse et inquiète, son regard noir fixant l'objectif avec intensité comme si elle voulait deviner son fonctionnement. Au sein de Rebecca puis hilare dans les bras de Martin. Nour a dû s'asseoir parce que ses jambes se dérobaient, son cœur battant la chamade, la pièce flottant autour d'elle. Tu étais là et tu ne m'en as rien dit.

Elle trouve que les écarquillements du dessin de Tom ressemblent à ceux de la petite Alice. Il a peut-être ressenti la même inquiétude que la sienne. La même envie éperdue de bonheur.

Serrée contre Gabriel, Nour reste bien après que les autres sont partis devant le rectangle de terre et les quelques fleurs et la plaque de bois qu'a gravée Miguel.
ALICE
2051-2097
TANT AIMÉE
Elle pose la main sur son ventre. Elle voudrait que ça bouge.

– Tu vois, ça va continuer. Je te raconterai tout.

22

    Ils marchèrent pendant cinq jours en se courbant sous les averses qui déversaient sur eux une pluie glacée et ils durent plusieurs fois se réfugier dans des maisons en ruine, grelottant, sous des pans de toits encore debout, où ils parvenaient à allumer du feu, serrés les uns contre les autres au ras des flammes qui leur cuisaient la face. Pendant les accalmies, ils exploraient les jardins envahis de ronciers et trouvaient des légumes et des fruits retournés à l'état sauvage, étiques et fripés, dont ils se faisaient des ratatouilles amères, heureux, un jour, d'avoir pu y ajouter des pommes de terre.
    Marceau se remit peu à peu de son supplice. La nuque et le dos raides, la démarche hésitante quand il descendit de la charrette parce qu'il lui semblait qu'allongé, immobile, une paralysie le gagnait. Le soir, Nour le massait et il s'abandonnait à ses mains fortes, à ses doigts qui faisaient rouler les tendons et les muscles durcis et repoussaient la douleur. Elle se contentait de gestes techniques, précis, mais il sentait pour la première fois depuis longtemps les mains d'une femme sur lui et cela le bouleversait et une fois, comme elle disait avoir terminé, il avait attrapé sa main et l'avait embrassée en lui disant merci et elle ne l'avait pas retirée, attardant ses doigts dans son cou. Ne me remercie pas. C'est bien comme ça.

Ils avaient murmuré. Nour souriait derrière lui et croisa le regard de Dounia qui brillait devant les flammes.

Ils remontaient vers le nord, la ville et son fleuve et cet endroit où ils pourraient peut-être s'installer, cette communauté dont Mona leur avait parlé, dont Nour avait appris l'existence par ce vieux vagabond du temps de la Cécilia. Ils savaient qu'ils ne pourraient survivre encore longtemps ainsi, tous les quatre seuls comme ils avaient essayé de le faire. Peut-être parce qu'ils étaient fatigués et qu'ils avaient peur que l'un d'eux soit tué, persuadés que les trois autres ne sauraient vivre sans elle ou sans lui. Ils avaient constitué de leurs quatre corps, de leurs quatre personnes, que la nécessité et la terreur avaient d'abord rapprochés puis unis par des liens profonds, instinctifs, animaux. Se tenant, se soutenant, inquiets et vigilants. Une mère et sa fille, un père et son fils, bien sûr ; mais quelque chose avait fusionné à leur insu, sans qu'ils en parlent jamais, eussent-ils d'ailleurs trouvé les mots pour l'expliquer. C'était sous la peau. Dans la chair.

Ils dételèrent la mule qui les ralentissait par ses entêtements et les soins qu'elle demandait. Ils lui ôtèrent son harnachement et la laissèrent libre en bordure d'un pré. La bête les suivit toute une journée puis fit soudain demi-tour comme si elle avait décidé de retrouver son écurie.

À la pluie succéda pendant plusieurs jours un brouillard permanent qui se levait à peine en fin de matinée et retombait, épais, opaque, dès la fin de l'après-midi. Ils traversèrent des parkings immenses devant les carcasses tordues, affaissées d'anciens centres commerciaux incendiés, leurs poutres et leurs piliers d'acier avachis, contorsionnés parfois en étranges volutes. Ils longèrent sur d'interminables avenues bordées d'arbres morts des pavillons aux volets clos, aux portails verrouillés comme si leurs occupants, partis pour quelques jours, allaient revenir. Parfois, une voiture était garée dans le jardin, cernée par de hautes herbes, les vitres voilées par des années de crasse. Ce coin de la ville semblait avoir été épargné par le pillages. Ils décidèrent de dormir dans une de ces maisons fermées et forcèrent une porte sur l'arrière où rouillait, au milieu d'une pelouse en friche, un portique d'enfants rose et vert. La corde de la balançoire craqua dès que Léo s'assit dessus et ils rirent tous les quatre malgré la fatigue.

Ils entrouvrirent deux fenêtres pour y voir un peu et déambulèrent dans la maison intacte, la gorge asséchée par la poussière que soulevaient leurs pas et leurs gestes. Les lits étaient faits, les placards pleins de vêtements et de linge.

Clara entra dans une chambre d'enfant aux murs couverts de paysages grandioses : forêts, montagnes, cascades, lacs, envahie par toute une faune de peluches. Couché en haut d'une armoire, un lionceau couvrait de ses grands yeux doux le lit au-dessous de lui. Clara caressait du bout des doigts tous ces pelages doux et se rappela le tigre que lui avait apporté un jour Gabriel d'une patrouille de reconnaissance dans un village à l'abandon. Elle avait d'abord eu peur de cette chose presque aussi grande qu'elle et de son regard fixe, hypnotique, puis l'avait apprivoisé pour en faire le protecteur de son sommeil et de ses rêves. Le cœur serré soudain, elle souleva le couvercle d'un coffre et découvrit un chaos de jouets et d'autres bestioles encore, des poupées de chiffon, des voitures, des vaisseaux spatiaux, et tout au fond un petit éléphant de velours noir qu'elle glissa dans sa poche. Avant de sortir de la pièce, elle s'assit sur le lit, essayant d'imaginer comment vivaient les enfants de cette époque-là. Quels étaient leurs bonheurs et leurs craintes. Leurs envies, leurs déceptions. Rien ici qui ne fût doux et tendre, bienveillant, rassurant. Jusqu'aux murs, où s'étalait une nature sublime, intacte : des arbres immenses, vigoureux, des sommets coiffés de neige, des lacs parcourus de voiliers. Comment tout cela avait-il pu se détruire ? Comment n'avait-on pu le sauver ?

Nour avait essayé de le lui expliquer, d'après ce que lui en avait dit sa mère, Alice, qui avait vu ce monde-là finir avec Rebecca, sa mère à elle, mais Clara ne comprenait pas que les gens de ces temps-là n'aient rien fait pour empêcher le désastre annoncé depuis longtemps. Elle se leva, se rassit dans un fauteuil qui pivota en grinçant. Elle ouvrit les tiroirs d'un petit bureau, y trouva des crayons de couleur, des blocs de papier, des figurines articulées qu'elle aligna sur la table, un téléphone et une lampe à dynamo dont elle actionna la manivelle et qui jeta dans la pénombre une lumière blanche et crue. Elle découvrit dans un cahier au nom de Camille des pages d'écriture, des opérations posées avec leurs retenues, parfois raturées, des dessins dans la marge : bonshommes à gros nez et fleurs rouges à cœur jaune d'or.

Elle sortit en emportant crayons et papier et les donna à Nour qui les rangea aussitôt dans son sac. Elle était en train de fouiller les placards de la cuisine. Elle y avait trouvé des paquets de pâtes, des sachets de nourriture lyophilisée, une boîte de sel, du sucre. Sur un petit réchaud à gaz, Léo faisait bouillir de l'eau qu'ils avaient puisée dans un récupérateur. Marceau remplissait des seaux et les apportait dans la salle de bain.

Ils ne se parlaient pas, concentrés sur ce qu'ils faisaient, ou simplement heureux d'être à l'abri pour la nuit avec la promesse d'un repas plus correct qu'à l'ordinaire.

Ils mangèrent leurs pâtes mêlées au contenu d'un sachet : l'eau chaude avait reconstitué une sorte de ragoût : légumes, bouts de viande mouillés d'un jus épais brunâtre.

— Ça faisait longtemps, dit Léo.

Il rota et s'en excusa mais Marceau lui passa la main dans les cheveux en lui disant que c'était bon signe.

— Et maintenant, j'ai une surprise, dit Marceau. Il partit dans la cuisine. On l'entendit fouiller dans les placards puis il revint portant un plateau, quatre verres au milieu desquels trônait une bouteille de vin.

Ils ne disaient rien et le regardaient manipuler le tire-bouchon et ouvrir la bouteille avec précaution.

– Château Lacombe-Seguin 2041. Y en a deux autres dans le garage, dans un vieux frigo. Si ça se trouve, il a complètement passé et il est imbuvable. On va bien voir.

Il se servit, flaira le vin, en prit un peu, le fit tourner dans sa bouche.

Il hocha la tête.

– Il est bon. On peut y aller.

Ils tendirent tous leurs verres en même temps.

– Les dames d'abord.

Nour et Clara s'inclinèrent en riant. Sourires, soupirs d'aise, tintements cristallins. Ils n'étaient pas sûrs de savoir ce qu'il fallait apprécier dans ce vin, mais le moment, l'alcool aidant, qui les prenait par surprise, les comblait. Nour et Marceau avaient entendu les vieux parler du culte du vin dans la région du temps où il s'exportait dans le monde entier avant que les canicules et les maladies détruisent une partie du vignoble. Il paraît que certaines bouteilles se vendaient à prix d'or, que les propriétés viticoles valaient des fortunes. On disait que certains spécialistes étaient capables de reconnaître le terroir et l'année de récolte d'un vin en le humant, en le goûtant.

Ils remirent le nez dans leur verre et sentirent consciencieusement, les yeux fermés.

– 2041, dit Clara. C'est facile. Château Machin-Seguin.

– Je pue tellement que je ne sens rien d'autre, dit Nour.

Dans la salle de bain, ils trouvèrent des médicaments périmés depuis une soixantaine d'années, deux flacons de parfum, des brosses à dents neuves, des savonnettes dans leur emballage, sèches et dures, et un flacon de savon liquide. Ils se servirent d'un arrosoir pour se mouiller et se rincer et ils suffoquaient sous l'eau fraîche et riaient de plaisir.

Ils se coupèrent mutuellement les cheveux, grimaçant devant la glace, guettant le coup de ciseaux de trop, soudain soucieux de leur apparence. Marceau se débarrassa de sa barbe et Nour lui trouva une belle allure de jeune homme. Alors qu'elle démêlait ses cheveux noirs où couraient quelques fils d'argent, il se dit qu'il ne l'avait jamais vue aussi belle. Clara avait demandé une coupe de garçon et soudain, on ne vit plus que son visage brun, son nez droit, ses yeux immenses, sa beauté nue. Léo lui dit que ça lui allait bien. Elle minauda puis reprit un air sérieux.

– Tu me trouves belle ?

Il fit oui d'un hochement de tête. Lui n'osait pas se regarder dans la glace : il estimait que son visage était trop maigre et ses yeux trop petits. Il n'arrivait pas à croire Marceau quand il lui disait qu'il ressemblait à sa mère ; il n'arrivait pas à trouver sa ressemblance avec elle quand il contemplait l'unique photo qui subsistait d'elle.

Ils dormirent dans des lits et n'eurent pas à se tourner et se retourner dans le confort des draps et du matelas pour se laisser glisser dans le sommeil. Plus tard, ils furent réveillés par des éclats de voix dans la rue, des rires, des vociférations autour du roulement lourd d'un charriot et ce vacarme s'éloigna rapidement puis se tut dans le lointain.

Au matin, ils mangèrent les restes de la veille, firent cuire des pâtes sur le réchaud bientôt vide, préparèrent leurs sacs, emportèrent des couteaux, une hachette, un piolet d'alpiniste, un rouleau de corde. De quoi se défendre, se nourrir, se laver.

Il faisait grand jour quand ils se mirent en route. Le brouillard s'était levé mais l'air était humide et tiède. Ils passèrent au-dessus d'une rocade surplombée par de grands panneaux indicateurs annonçant des sorties vers des banlieues ou la direction d'autres villes. Ils s'arrêtèrent sur le pont pour faire une pause et contemplèrent les deux rubans d'asphalte qui commençaient à disparaître sous une couche noirâtre de terre et de sable. Par places poussait une herbe rase et sèche. Des arbres avaient envahi les talus et le terre-plein central, d'autres étaient tombés et gisaient sur la chaussée.

– Paris, dit Clara en montrant un panneau. C'était la capitale, c'est ça ?

– Oui, dit Marceau. On disait comme ça. La capitale. Là où il y avait le gouvernement, le pouvoir.

– Le gouvernement ?

– Oui. Des gens élus qui dirigeaient le pays.

Clara secoua la tête. Elle avait à l'esprit les photos qu'elle avait vues. Les monuments, le fleuve, cette île sur le fleuve et cette grande tour de fer comme un emblème. Les rues et les boulevards pleins de gens et de voitures.

– C'est vrai que c'était la plus belle ville du monde ?

– Il paraît, dit Nour. Mais c'est du passé. Je ne sais pas s'il y a encore quelque chose de beau dans le monde.

– On n'en sait rien, dit Léo.

Des chiens se mirent à aboyer. Marceau tendit l'oreille, tourné vers le sud.

– On ferait bien d'y aller.

Plus loin se dressaient quatre tours de vingt étages au milieu d'une cité d'immeubles plus bas. Des carcasses de voitures et des amoncellements d'appareils électroménagers encombraient, sous des arbres décharnés, les pelouses et les parkings. Une odeur de feu flottait dans l'air. Ils aperçurent un homme accoudé à un balcon qui les observait à la jumelle. Ils ne surent s'ils devaient l'ignorer ou lui adresser un signe quelconque. Marceau le salua de la main et l'homme répondit de la même façon. Deux autres types apparurent derrière lui et se passèrent les jumelles. Deux étages au-dessous un feu brûlait, les flammes débordant parfois d'un baril métallique. Des appels et des coups de sifflets retentirent, de loin en loin.

Ils s'éloignèrent en hâtant le pas et s'aperçurent au bout d'un moment que deux hommes les suivaient de loin. L'un d'eux était armé d'un fusil. Ils traversèrent une voie rapide barrée par deux bus renversés, calcinés, et par des arbres abattus. Les deux hommes s'étaient arrêtés et les observaient, puis s'en retournèrent d'où ils venaient.

Ils longèrent un parc, luxuriant, impénétrable derrière ses grilles. Des arbres puissants commandaient un troupeau d'arbustes et de bosquets. Des branches énormes balançaient dans la rue, au-dessus d'eux, un feuillage épais. Un renard surgit au coin d'une rue et s'arrêta net au milieu de la chaussée et les regarda, haletant, langue pendante, puis reprit sa course fiévreuse. Léo demanda s'ils pouvaient entrer dans le parc pour y faire une pause et pour voir les grands arbres mais Marceau refusa en expliquant que c'était sans doute dangereux, qu'ils n'auraient là-dedans aucune visibilité et qu'ils risquaient d'être attaqués à tout moment.

– Tu as vu, tout à l'heure, ces types. On n'a rien pour se défendre contre des gens armés de fusils.

– On n'est pas venus pour ça, dit Nour. Tu sais très bien où on essaie d'aller. On n'est pas très loin du but mais on a encore du chemin à faire. Là-bas il y aura sûrement des arbres.

Léo leur tourna le dos et observa le grand frisson qui courait dans les feuillages. Il lui sembla apercevoir un pelage brun glisser entre deux fourrés.

Clara le prit par le bras.

– Viens. Il est déjà loin.

Vers midi, le brouillard se déchira et le soleil apparut. Ils marchèrent à l'ombre de grands immeubles blancs maculés de coulures noirâtres. Sur quelques balcons des arbustes avaient pris racine dans les gravats puis avaient dépéri et tremblaient dans le vent de toutes leurs branches mortes devant des volets clos ou l'encadrement vide d'une baie vitrée.

Des portes grinçaient, ou claquaient. Le vent, peut-être. Il leur semblait entendre des murmures, des toux étouffées, des ricanements sourds. Ils avaient l'impression que des dizaines d'yeux les regardaient passer et ils épiaient les fenêtres, les façades, à l'affût du moindre mouvement hostile mais rien ne bougeait. Parfois, un chat s'enfuyait dans l'ombre. Quittant les quartiers périphériques, ils arrivèrent dans le vieux centre de la ville. Ils aperçurent au bout d'une rue la masse blanche de la cathédrale, en firent le tour, impressionnés car ils n'avaient jamais rien vu de semblable, à part sur des photos, puis errèrent dans les rues commerçantes dévastées par les pillages et les incendies, encombrées de gravats, de charpentes abattues. Ils virent au loin un homme fouillant dans des tas d'ordures et le hélèrent. Il se redressa, les aperçut et s'éloigna sans un signe, traînant derrière lui un petit caddie. Ils le suivirent à distance puis le perdirent de vue après qu'il eut tourné dans une rue courbe où l'obscurité s'installait à l'abri d'anciens remparts.

Ils commencèrent à chercher où dormir. La ville semblait morte, peuplée de fantômes, mais ils redoutaient que la nuit venant elle devienne le domaine d'êtres bien plus dangereux. Aux balcons des hauts immeubles s'allumaient des feux. Les façades assombries évoquaient des parois néolithiques creusées d'abris sous roche. Des silhouettes apparaissaient, des ombres dansaient sur les murs.

Ils entendirent avant de les voir leur pas lourd, rapide, le marmonnement de leurs voix amplifié par le silence et le béton et ils se blottirent sous un porche : un groupe d'une dizaine d'hommes débouchèrent au coin d'un bloc, s'arrêtèrent au milieu de la chaussée et explorèrent la rue de leurs lampes. On aurait dit des soldats, vêtus de pantalons et de vestes de combat. Certains portaient une arme à l'épaule, d'autres une massue ou une machette. Le faisceau d'une lampe se figea au-dessus du porche où ils étaient cachés et tous les quatre se rencognèrent, serrés les uns contre les autres, respirant à peine. La lumière s'écarta puis la patrouille reprit sa marche. Ils attendirent un moment que le silence revienne puis ils sortirent de leur refuge et avancèrent avec précaution, les semelles crissant sur le sol et signalant à la ronde chacun de leurs pas. Ils arrivèrent sur une vaste place dominée par une sorte d'arc de triomphe. Une rame de tramway y était arrêtée sous les caténaires distendus qui pendaient sur la voie.

Un cri d'enfant, implorant et le remuement confus d'ombres voûtées dans un wagon. Marceau et Nour coururent et montèrent à bord du tram. Il y avait quatre hommes. Deux étaient debout entre les sièges, un couteau à la main. L'un d'eux courtaud, un bonnet rouge sur la tête, chaussé de bottes, tenait par les cheveux une petite fille. L'autre regardait ce qui se passait dans la travée, qu'il éclairait de sa lampe : les deux autres étaient penchés sur une femme. L'un la bâillonnait de sa main, l'autre était couché entre ses cuisses. Ils ne disaient rien, ils ne grognaient ni ne râlaient. On les entendait seulement respirer fort et souffler. Ils se tournèrent vers Nour et Marceau qui s'étaient arrêtés à quelques mètres d'eux et ne réagirent pas, sidérés, hésitant peut-être sur ce qu'il convenait de faire.

Marceau fonça sur celui qui tenait la fillette et lui planta sa hachette dans le visage. Le type bascula en arrière, entraînant l'enfant avec lui et Marceau dégagea sa hachette de son crâne et le frappa encore à l'épaule pour lui faire lâcher prise. Il faisait sombre mais il apercevait l'homme affalé entre les sièges, ruant et se convulsant avec un grognement d'animal. La petite fille courut se réfugier plus loin entre deux fauteuils. Nour avait frappé à la gorge celui qui tenait la lampe et d'une main il lui accrochait le bras pour la désarmer pendant que de l'autre il s'efforçait de contenir le flot de sang qui coulait de sa blessure. Salope, il répétait. Salope. Elle le repoussa d'un coup de pied dans le ventre et il tomba à la renverse en poussant un cri aigu.

Les deux autres avaient laissé la femme et s'étaient redressés. L'un d'eux, immense, le crâne ras, faisait aller d'une main dans l'autre une batte de métal pendant que son comparse agitait devant lui un couteau. Une lampe s'alluma derrière eux et ils se retournèrent : Clara braquait sur eux la lumière blanche et dure de sa petite lampe. Nour sauta sur l'homme au couteau et Marceau frappa l'autre au hasard entre les épaules mais dut lâcher son arme car le type se retourna vivement en hurlant et balaya l'air de sa batte avant de tomber à genoux, haletant, l'air surpris, puis de s'effondrer à plat ventre.

Nour luttait toujours avec l'autre homme qui avait réussi à monter sur elle, à genoux sur ses cuisses, et la menaçait de son couteau d'un bras tremblant. Léo ramassa la batte qui avait roulé au sol et frappa l'homme sur le côté de crâne. Il roula sur le côté, la main sur son oreille en sang, et Nour lui envoya un coup de pied dans la figure qui l'étala pour de bon.

La femme s'était relevée et avait rejoint la fillette qu'elle tenait dans ses bras. Nour s'approcha d'elle et elle se mit debout, méfiante.

– Ça va ?

Clara, Léo et Marceau s'étaient approchés, eux aussi. Elle les dévisageait dans la pénombre. La petite fille les regardait, cachée derrière les jambes de sa mère.

– Putain d'où vous sortez ?

– On vient de loin, dit Nour. On cherchait un endroit où dormir.

– Vous les connaissez ? demanda Marceau.

– Oui, bien sûr, c'est des copains, ils aiment bien venir me baiser à tour de rôle, y a que comme ça que je jouis.

– Venez, dit Nour.

Elle prit Léo par le bras et descendit de la rame. La femme se rassit et éclata en sanglots.

– Excusez-moi. Vous me sauvez la vie et je vous parle mal.
– Ça va, dit Marceau. On en a vu d'autres.
La femme se remit debout.
– Moi, c'est Jenny. Et voici Laurine. Vous cherchiez où dormir ? Suivez-moi. C'est pas très loin.

Nuit noire. Ils devaient allumer leurs lampes pour progresser dans les rues encombrées de détritus, de véhicules, de meubles fracassés comme s'ils avaient été jetés par les fenêtres. La femme sortit une grosse clé de sa poche puis ouvrit la porte d'un immeuble ancien. Ils la suivirent au deuxième étage. Chaque palier était gardé par une grille verrouillée.

C'était un grand appartement haut de plafond, orné de moulures et de boiseries, sommairement meublé de vieux fauteuils et de chaises disparates disposées autour d'une grande table de bois massif. Tout un coin de la pièce était occupé par un canapé de cuir rouge. À l'autre bout il y avait, tout noir, laqué, un piano droit.

Ils demeuraient tous les quatre au milieu de la grande salle et n'osaient plus bouger. Jenny alluma une antique lampe à huile qui jeta une lumière jaunâtre en charbonnant. La petite fille s'était assise dans un fauteuil, recroquevillée, et dévisageait ces inconnus.

– Il y a deux chambres pour vous au fond du couloir. Des matelas propres.

Ils allèrent se débarrasser de leurs sacs et revinrent en posant sur la table leurs maigres provisions.

– Venez, dit Jenny.

Elle les entraîna dans la cuisine où elle alluma deux chandeliers. Dans un vieux réfrigérateur, elle prit une cocotte en fonte et leur montra où trouver assiettes et couverts. Ils apportèrent le tout sur la grande table. C'était un vrai ragoût avec de la vraie viande et des légumes et ils mangèrent en évoquant quelques rares souvenirs de bons repas pris ces dernières années. Il y eut un long silence. Laurine alla chercher des petits biscuits et expliqua qu'ils étaient de sa fabrication. C'était bon.

Clara ne pouvait détacher ses regards de la fillette, étonnée par sa blondeur, par la clarté de ses yeux bleus. Pourtant, sa peau était brune, mate comme celle de Nour.

– Ça arrive souvent ? demanda Nour.

Jenny était assise en face d'elle et la regarda fixement, remuant doucement la tête comme si elle cherchait quelle réponse faire.

– À moi ? Non. C'est la deuxième fois en dix ans. La dernière fois, mon homme est arrivé un peu plus tard que vous, mais bon...

Elle perçut leur étonnement.

– Il est mort il y a deux ans. Pas envie de parler de ça.

– On n'a pas vu grand monde depuis deux jours qu'on est arrivés en ville.

– Les gens se cachent. Ils observent, ils guettent. Toujours la peur des gangs. De temps en temps, ils font des descentes à cent ou deux cents, armés, et ils attaquent les immeubles, montent dans le logements. Ils pillent les endroits où on peut se ravitailler, ils enlèvent des femmes ou des filles puis les relâchent quelques semaines plus tard quand elles sont encore en état d'être relâchées. Ou bien ils viennent là pour se battre. Pour se faire la guerre. Ils ont des armes puissantes. Des mitrailleuses, des mortiers. Ça dure des jours et des nuits puis quand ils ont eu trop de victimes, ils rentrent dans leurs quartiers et on doit ramasser et enterrer les cadavres parce qu'ils n'ont même pas la dignité de ramasser leurs morts. Mais comme je vous disais, les gens observent tout. Par exemple, je savais que vous étiez arrivés. Quatre, on m'a dit. Ils ont l'air bizarres mais pas dangereux. Quand on m'a attaquée, je revenais de chez le docteur.

– Le docteur ?

– Oui, enfin. Rien à voir avec ce qui a existé au siècle dernier. C'est une femme qui a appris auprès d'un vieux médecin et qui rend des services. Il y en a plusieurs comme elle dans la ville. Heureusement. Elle travaille avec une femme qui prépare des médicaments. On la paye avec des bouts de papier qu'on signe et qui lui permettent d'obtenir de la nourriture. Ou bien on apporte à manger pour les gens qu'elle garde quelques jours pour les soigner. On se débrouille. On essaie de se réorganiser. Enfin... Il y avait du monde, je ne pensais pas rentrer si tard.

Ils se turent. Jenny fit un clin d'œil à Laurine et elle alla s'asseoir au piano. La petite fille bougea ses fesses sur le siège pour s'installer mieux, posa ses mains sur le clavier et joua. Une valse. Jenny marquait la mesure en tapotant du doigt sur la table. Nour ferma les yeux. C'était encore possible. Cette pureté. Elle se souvint de la Cécilia et des concerts et des chansons de Miguel, si belles, si tristes, mais elle n'avait jamais rien entendu de tel, rien qui fût capable de couler en elle comme un sang tout neuf, comme une eau de source quand on la boit, comme l'eau qu'elle avait puisée avec Marianne à une source dans la forêt dont elle gardait en mémoire le goût précieux d'élixir. Son cœur battait d'un mouvement nouveau qui emplissait sa poitrine d'une joie qui lui serra la gorge et lui monta aux yeux. Elle les essuya du revers de sa main et sentit sur sa cuisse les doigts de Clara.

Clara se leva et dansa. Son ombre sur le mur dansait avec elle et tremblait aux ondulations de la flamme dans sa cheminée de verre.

Léo aurait aimé qu'elle l'invite, pour la tenir contre lui pour avoir son corps contre le sien, mais aussi pour qu'elle l'emmène loin d'ici et de ce temps. Il songea que les murs de la maison s'ouvriraient sur des rues tranquilles pleines de soleil, avec du vent dans les arbres et des passants pressés, des enfants jouant à la balle. Lui venaient à l'esprit des flots d'images naïves vues dans de vieux livres, des visions d'un monde qui n'existait plus, s'il avait jamais existé, fabriqué et truqué par sa pauvre imagination.

Quand la fillette cessa de jouer, la dernière note vibra durant quelques secondes et chacun l'écouta jusqu'à ce qu'elle se perde dans l'obscurité. Clara était demeurée immobile, les bras écartés, la tête baissée, et l'on percevait à peine le souffle court qui soulevait sa poitrine.

Puis ils bougèrent de nouveau. Se regardèrent. Les filles revinrent s'asseoir. Léo ne quittait pas Clara des yeux.

— Donc ça existe, dit Marceau.

— Oui, dit Jenny. Comme un monde parallèle.

— Il faudra changer les lois de la géométrie, alors.

Jenny se leva et disparut dans la cuisine. Elle revint avec une bouteille trapue où remuait un liquide doré. Elle les invita à venir s'asseoir dans les fauteuils et sur le canapé et de prendre leurs verres.

Elle proposa de les servir, expliqua qu'il s'agissait d'une sorte de rhum qu'elle échangeait dans un magasin contre des leçons de piano.

— Du rhum ? demanda Nour. Connais pas.

Elle huma son verre, goûta du bout des lèvres, fit claquer sa langue.

— Ça brûle un peu. C'est bon comme un feu de cheminée.

Chacun but sa première gorgée, en silence, les yeux brillants, sauf Laurine, endormie entre deux coussins.

Jenny gardait son verre dans le creux de ses mains.

— Je ne sais toujours pas d'où vous venez ni ce que vous êtes venus faire ici. Vous n'êtes pas obligés de me répondre.

Ils répondirent. Ils racontèrent. Nour et Marceau, à tour de rôle. Leurs origines, leurs vies, leurs parcours. Parfois, le souffle leur manquait. Certains moments du passé étaient irrespirables. Les morts les prenaient à la gorge. Ils n'eurent pas la force de tout dire. Clara et Léo écoutaient, se souvenaient. Auraient aimé oublier un peu.

Il y avait ce lieu, de l'autre côté du fleuve. On leur en avait parlé. Ils voulaient le rejoindre, s'y installer, peut-être. Essayer d'y faire quelques racines.

Jenny en avait entendu parler. Elle se tut. Elle les regardait avec un étrange sourire.

— Il y a Ceux du fleuve.

— Ceux du fleuve ?

— Ils sont maîtres du fleuve. Ils contrôlent les ponts, les berges sur les deux rives, les bateaux. Sur des kilomètres. Vous ne passerez pas. D'autres ont essayé. Le père de Laurine est mort en essayant de traverser. Ils avaient pourtant payé. Ils étaient trois. Un seul est revenu. Élie voulait aller voir, comme vous. Il refusait de voir grandir sa fille ici, dans cette ville. Vous n'y arriverez pas.

— Ils se font payer ? Comment ?

Jenny haussa les épaules.

— Avec tout ce qui peut avoir de la valeur pour eux. Des armes, de l'alcool, des femmes, du bétail.

Il se fit un grand silence puis Jenny proposa d'aller dormir.

— Tu ne nous as rien dit de toi, observa Nour.

— Vous connaissez l'essentiel. Et puis je suis comme toi : j'ai passé ma vie à avoir peur et à attendre que le jour se lève.

23

Nour a raison. Malgré tous les morts et les estropiés, malgré le chagrin et la sidération, et cette conviction partagée par beaucoup qu'une force surnaturelle a décidé de rayer la Cécilia de la surface de la terre, la Cécilia et peut-être ce qui reste çà et là de l'espèce humaine, ça a continué. Ça. Cette obstination à vivre, cette force animale qui fait qu'on se relève même éreinté, même en larmes, quand on voudrait rester couché avec les morts, cette persistance d'herbe folle germant après le feu ou brisant les macadams et les bétons pour trouver la lumière. Ça. Cette énergie des enfants, le courage qu'ils ont de jouer et de rire au cœur des tragédies, affrontant leur malheur dans des nuits sans sommeil.

La boue des mois durant, dégagée des rues et des maisons à la main, des tombereaux emportés loin, vidés dans des prés stériles en espérant qu'ils les fertiliseront, les maisons qui s'affaissent, minées par l'humidité de cet hiver pluvieux, la saleté incrustée dans les murs, les esprits imprégnés d'une tristesse muette, les irremplaçables dont on garde à table la chaise vide. On répare, on reconstruit, On songe devant le feu en écoutant le vent, on se dit des vieux contes, on parle du siècle prochain. On se remet à conjuguer quelques verbes au futur.

Le ventre de Nour s'arrondit. Elle sent bouger cette vie impatiente, elle lui parle, elle l'encourage, la prévient et la rassure tout à la fois. Tout ira bien, tout ira mieux. Mais il faudra faire attention. Cora lui fait écouter le cœur qui bat et elles s'émerveillent comme si dans leurs écouteurs leur parvenaient des signaux d'une autre galaxie. Cora en a entendu d'autres, mais qui ne venaient pas de si loin. Gabriel, lui, préfère poser son oreille et parler tout bas, la bouche contre la peau, et prétend qu'elle lui répond. Ils disent elle car pour eux c'est une fille qui grandit et remue, et qui danse, affirme Nour, dès qu'elle entend de la musique, les jours où Miguel vient lui apprendre la guitare. Je vous jure qu'elle danse.

Alice vient se montrer dans quelques rêves, bien sûr. Les morts sont ainsi : ils insistent longtemps, ils ont peur de l'oubli. Alors Nour se réveille et s'assoit dans le lit et laisse l'obscurité dissiper les images tenaces. Gabriel caresse son dos, lui demande si ça va. Il sait. Lui aussi reçoit la nuit quelques visiteurs.

J'irai la voir demain.

Puis vient avril et le printemps précoce et des jours transparents et bleus. La petite fille s'agite, posée sur sa mère, bouche entrouverte, cherchant le sein. Elle apprend à nager, dit Gabriel.

En entrant dans la chambre tout à l'heure, il n'a pas su quoi faire de son arme. Il rentre de mission. Les escarmouches avec les combattants du Domaine ont repris cet hiver. Là-bas aussi ils ont souffert de l'ouragan : ils ont perdu, comme ici, des gens, des véhicules et des chevaux. La Cécilia a envoyé des émissaires pour faire la paix mais ils ont été capturés et l'un d'eux, Bertrand, a été pendu devant ses camarades. « N'y revenez pas. Il n'y aura de paix que lorsque nous vous aurons vaincus et soumis à la volonté de Dieu », a déclaré un de ces chefs qu'ils appellent leurs colonels. « Emportez ce cadavre impur et dites à vos semblables ce qui les attend. »

Chacun se souvient du retour des hommes, le corps de l'ami en travers de la selle. Chacun se rappelle le chagrin et la haine ressentis ce jour-là. L'envie d'en découdre ou de fuir la barbarie. Quelques-uns décident de partir pour fonder autre chose, ailleurs, plus loin. La plupart décident de rester pour continuer de se battre. Guerre absurde, oui. Sans fin ? peut-être. On dit qu'il ne naît presque plus d'enfants au Domaine. Une jeune fille évadée, recueillie le mois dernier, dit que les femmes sont stériles ou ne mènent plus les grossesses à terme, malgré les viols et les punitions. Elle dit aussi que c'est leur façon de résister aux hommes. Ici, à la Cécilia, on ne sait que penser de cela. Mais elle n'est pas la première à rapporter ce phénomène.

Gabriel s'est trouvé embarrassé et gauche, encombré de son fusil, alourdi par son équipement. Il a tout posé dans un coin et s'est lavé les mains dans une cuvette avant de poser un baiser sur la nuque de la petite et d'embrasser Nour. Il sentait la sueur et le cheval mais elle était heureuse de le voir penché sur elles les larmes aux yeux. Clara, il a murmuré et la petite a émis un geignement et fait un bruit avec sa bouche.

– Elle répond, a dit Gabriel.
– Elle a faim, a dit Nour.

Passent les mois et les années dans un bonheur inquiet, menacé, incertain. Nour et Gabriel osent parfois le mot quand ils regardent Clara danser ou quand une fête rassemble femmes et hommes de la Cécilia sous la halle qui résonne de musiques et de chants. Ils se laissent aller à une insouciance timide, ils osent croire à un peu d'avenir, à quelques lendemains tranquilles.

Il y a pourtant les nuits d'insomnie, les alarmes. Il y a la peur. Nour comprend ce que disait Alice quand elle parlait de la peur qui ne la quittait pas mais la tenait debout comme si elle marchait sur un fil tendu au-dessus d'un gouffre. Nour tient debout.

La Cécilia est à la recherche d'un autre lieu où s'installer, à l'abri des barbares du Domaine. On décide de lancer des missions de reconnaissance et d'exploration vers le nord, vers la ville dont on ne sait rien, ravagée depuis près de cinquante ans par les combats entre les groupes armés et par les épidémies. On dit qu'une autre communauté est installée sur l'autre rive du fleuve, sur les coteaux. Un homme perdu, peut-être fou, portant sur le dos un énorme sac, un arc puissant à la main, arrivé il y a deux ans à la Cécilia, a parlé de cet endroit, où il avait passé quelques mois, comme d'un havre sûr et tranquille régi par la justice et l'égalité. Ils seraient cinq cents là-bas, à vivre en bonne entente. « Ils appellent ça la démocratie. Ils n'ont pas peur des mots. Je croyais que c'était mort dans les années 30, moi. » Le vieux a failli s'étouffer de rire. « La démocratie... Quand j'y pense... Quand je vois où on en est... Mieux vaut en rire, maintenant qu'on n'a plus de larmes. » Il riait et pleurait en même temps, secoué de la même façon de spasmes ou de sanglots. Quand on lui a demandé pourquoi il n'était pas resté là-bas, il a dit qu'il était trop seul désormais pour supporter la vie en société. Il avait bien essayé mais toutes ces règles et ces lois et tous ces compromis permanents lui étaient intolérables. « Et puis je n'arrivais pas à aimer les gens. Je veux dire à leur trouver suffisamment de qualités pour m'attacher un peu à eux. Depuis que j'ai perdu ceux que j'aimais, je n'arrive plus à aimer quiconque. Je ne sais plus comment c'est possible. » Il ne riait plus. Il dévisageait la petite assemblée réunie autour de lui, s'attardant sur les femmes, secouant la tête comme s'il renonçait à dire quelque chose, puis il a griffonné sur un bout de papier un vague plan de l'endroit où ça se trouvait puis il s'est levé et a demandé à manger et à dormir. Dix jours après, il est reparti, avec son arc et son sac.

La première reconnaissance est constituée d'une dizaine de femmes et d'hommes correctement équipés et armés. Gabriel tient à en être. C'est à cinq ou six jours à cheval. Nour proteste. Ne nous laisse pas. Et si... Gabriel l'embrasse, la caresse, et ils font l'amour avec une voluptueuse tristesse, comme si c'était la dernière fois et la plus douce.

Nour n'a pas osé dire qu'elle est peut-être enceinte. Cora n'est plus là pour le lui confirmer mais la grande Sofia, les mains posées sur son ventre, lui annonce qu'elle attend un garçon. Nour lui demande comment elle peut être sûre. J'en sais rien. C'est froid, c'est un garçon. Je ne me trompe jamais. Nour lui dit qu'elle descend d'une lignée de femmes, continuée par Clara. Comment fera-t-elle avec un garçon ? Comme avec une fille, répond Violette, venue boire un verre. C'est un peu pareil, quand c'est petit. Elles rient.

La patrouille de reconnaissance revient quinze jours plus tard sous un crachin tiède. Il y a deux morts attachés à leur selle par un système de dossier récupéré sur des chaises. Parmi les huit autres, deux sont blessés. Une femme tient son bras droit en écharpe enveloppé d'un pansement souillé. Un homme a la tête enveloppée dans un linge. Du sang noir dans son cou, sur son blouson. Une petite foule regarde les cavaliers dodelinant au pas des chevaux. Leurs regards impénétrables baissés vers l'encolure de leur bête. On se précipite sur les blessés. On détache les morts avec précaution. On les nomme. Qu'est-ce qui s'est passé ? On a été attaqués, dit un des hommes.

Nour et les autres soignants défont les pansements de fortune. Cora n'est plus là, en allée depuis trois mois, alors ils doivent agir seuls pour la première fois et décider : couper le bras de la femme. Finir de le couper au-dessus du coude parce que la nécrose est en train de noircir la main puis le poignet. Les plaies sont profondes. Elle a été attaquée à coups de hachoir ou de machette, elle ne se rappelle plus, hagarde, choquée. Elle se nomme Violette. Mon bras, répète-t-elle, brûlante de fièvre. Mon bras.

L'homme a une oreille coupée. Un trou sanglant au côté gauche de sa tête. Il pleure.

Pour l'endormir, ils font boire à la femme un jus amer, cocktail concentré de plantes concocté par Cora et Mireille puis ils l'opèrent, le front baigné de sueur, le cœur au fond de la gorge.

Nour trouve Gabriel dans le bac à douche, couvert de savon. Il se lave longuement. Il dit qu'il se décrasse. Il dit qu'ils se sont beaucoup salis là-bas, et que ça ne partira pas forcément même en frottant pendant des heures. Nour trouve qu'il sent bon, elle l'a aspergé d'eau de lavande et elle se colle contre lui et le touche partout mais il la repousse doucement. Plus tard.

Salis comment ?

Il ne répond pas. Il chahute avec Clara comme ils le font souvent en poussant des cris d'animaux et en riant fort. C'est aussi ça le bonheur, pense Nour en les entendant de la pièce à côté où depuis quelques jours elle a repris le matériel d'Alice et dessine de mémoire les visages qu'elle aime. Alice, Cora, Miguel, Violette, bien d'autres encore. Alice. Je cherche ton regard. J'y arrive pas.

Gabriel mange peu. Chipote dans son assiette. Il ne dit rien. Fait semblant de sourire.

Alors ? Salis comment ?

Le dernier soir, ils ont dormi sous le préau d'une école. Tu aurais vu ça. Il y avait encore les fresques des enfants sur les murs. Ça t'aurait plu. On était tous crevés. On a organisé un tour de garde mais on dormait au bout de cinq minutes. C'est les chevaux qui nous ont réveillés. On a allumé nos lampes mais c'était trop tard, ils étaient sur nous. On n'arrivait même pas à se mettre debout, ils étaient trois ou quatre à nous grimper dessus, couchés sur nous à nous tenir les jambes, et ils nous cognaient à coups de barre de fer ou de couteau et ils essayaient de prendre nos armes. Des enfants. Des putains d'enfants. Ils ne disaient rien. Ils grognaient, ils poussaient des petits cris, je voyais leurs crânes ras ou leurs cheveux longs, leurs dents qui essayaient de mordre, leurs petites mains griffues. Y avait des garçons et des filles. J'en ai balancé un contre un mur et j'ai pu prendre mon fusil et j'ai tiré sur un autre qui sautait sur moi avec une hachette. J'ai vu la lame de la hachette briller dans un éclat de lampes, on voyait rien que des silhouettes. J'ai tiré deux balles et j'ai senti du sang et je savais pas quoi a giclé sur moi, de la cervelle, comme je l'ai vu plus tard. J'ai entendu Marta hurler alors j'ai tiré au jugé au-dessus d'elle, j'en voyais deux qui brandissaient des sortes de machettes, je les ai vus sauter en l'air, l'un d'eux s'est mis à gueuler et Samir l'a achevé d'une balle. Les camarades arrivaient à se défendre mieux, les gosses reculaient et se repliaient à l'intérieur de l'école et c'est là qu'on a compris que c'était leur repère et qu'on était venus dormir sur leur territoire. Nous aussi on s'est regroupés, et c'est là qu'on a vu Fiona et Jeanjean étendus morts, égorgés. On les a emportés plus loin pour pas qu'ils restent comme ça dans leur sang et en les nettoyant un peu pour voir leur figure on pleurait tous. On s'est occupés du bras de Marta, on a bandé la tête en sang de Daniel. On savait pas quoi faire. Nous autres on avait des coupures, pas grand-chose. On restait tous là, sans bouger, je crois qu'on tremblait tous, on disait rien. C'est Daniel qui a donné le signal. Il a arraché son bandage, il s'est remis à pisser le sang de son oreille coupée mais il s'est mis debout avec son fusil et il nous a gueulé qu'il fallait y aller, que ces bâtards voulaient tous nous tuer, qu'il fallait venger nos morts, et il est entré dans le hall de l'école et on l'a suivi. On s'est séparés en deux groupes, un pour chaque aile, et on a ouvert des salles qui étaient de vraies grottes, des cavernes où ils étaient planqués, entassés les uns sur les autres dans une odeur de merde et de charogne au point qu'on a cru qu'ils gardaient des animaux crevés là-dedans pour les bouffer. Quelques-uns ont sauté vers nous en criant, pour nous faire peur mais on les a abattus, on les voyait se casser en deux ou se tordre sous les impacts et les autres se tenaient tranquilles, ils se bouchaient les yeux pour ne pas voir. On a trouvé un endroit où vivaient les plus grands, dans les dix-douze ans, une dizaine ils étaient et ils ont levé leurs bras, mains en l'air, et se sont approchés de nous mais on a tiré sur eux et ils se sont rués sur ceux qui étaient tombés, en criant et en gémissant, et alors on s'est aperçus qu'on n'entendait plus que ça : leurs gémissements, parce que plus personne ne tirait, parce qu'aussi on était à moitié sourds après tout le boucan des coups de feu. Je sais plus qui a dit mais putain qu'est-ce qu'on a fait ?

Gabriel se tait brusquement. Nour est saisie par ce silence, abasourdie après la fureur de la fusillade. Gabriel regarde ses mains jointes posées devant son assiette, les doigts entrelacés. Il n'y a pas de dieu. Il ne prie personne. Nour aimerait qu'il la regarde.

Combien vous en avez tués ?

Il secoue la tête puis lève les yeux vers elle. Il semble ne pas comprendre ce qu'elle lui demande.

Combien vous avez tué d'enfants ?

Pendant des semaines le massacre des enfants occupe toutes les conversations, les débats, les réunions. Quelques-uns réclament le départ des coupables. À quoi bon avoir fondé et développé la Cécilia si c'est pour commettre les pires crimes de jadis ? Si l'on admet en son sein des gens capables de ça ? Comment savoir si on en est capable ou pas ? se demandent d'autres. Nous portons tous en nous un monstre endormi. Une grande assemblée est convoquée, une sorte de tribunal. Ils sont là tous les huit, assis à la tribune, avec le comité communal. La salle est pleine. Des gens sont debout. Des enfants courent dans les travées.

Nour sent son cœur battre dans sa gorge. Clara est assise auprès d'elle, une main sur sa cuisse. Elle refuse d'aller jouer avec les autres.

Ils racontent tour à tour. La terreur. L'impression d'être attaqués par autre chose que des êtres humains. Oui, ils voyaient bien que c'étaient des enfants. Mais ils cherchaient à planter leurs lames dans nos gorges, à mutiler avec leurs machettes et leurs hachoirs. Quand on a vu Jeanjean et Fiona morts, je réalisais à peine ce qui nous arrivait. J'étais comme hors de moi-même. Je me regardais agir et je me laissais faire. On a combattu, on a tué des adversaires qui en voulaient aux nôtres, ça s'appelle faire la guerre et ça va à l'encontre de tous les principes qu'on essaie d'établir ici. Mais cette nuit-là, on était autre part. Dans un autre temps. Je ne sais pas comment dire. J'ai peut-être pensé que ceux qui nous avaient attaqués et avaient tué deux amis devaient disparaître de la surface de la terre. Oui, c'est sans doute ce que j'ai pensé. J'avais tellement peur. Si je ne les tuais pas, ils finiraient par m'avoir. Par nous avoir. Ils grandiraient, ils envahiraient tout. J'ai pensé à mon mari, à ma sœur. Je leur en veux à ces enfants parce que maintenant on leur ressemble. On est dans la même sauvagerie. Ça nous collera à l'âme. Ce que ces temps maudits font de nous. Vous vous rendez compte ? Nous, ici, on voulait tout recommencer mais pas ça.

Ils parlent pendant deux heures dans un silence absolu. Les gosses se tiennent immobiles tout près de leurs parents et ils roulent des quinquets sur ce grand silence qui fait baisser les têtes ou trouble les regards vagues.

Puis les conversations reprennent. D'abord quelques murmures puis de vraies discussions, des apostrophes, des éclats de voix. Les membres du comité circulent parmi les groupes, essaient d'apaiser les passions, d'entendre les colères, l'amertume et la déception. Il faudra du temps pour refermer les plaies, remettre un peu de baume au cœur.

Il en a fallu. Se succèdent un été de fournaise, et un hiver de crachin et de pluie accrochant sa funèbre grisaille à la cime des arbres les plus grands. Se succèdent les tâches à accomplir sans délai, pour le bien de tous, les travaux harassants. Réparer, consolider, creuser. On s'oublie dans l'urgence, l'acharnement, la fatigue. La vie qui va. On ne parle plus du massacre mais il y a des regards qu'on ne croise plus, des visages qui se détournent. Quelque chose s'est glissé entre les gens, répandu comme un gaz inodore et toxique.

On organise des fêtes, des spectacles, des concerts. Les enfants dansent, dessinent, chantent, récitent des poèmes. Les parents sourient, applaudissent, heureux de voir de quoi ils sont capables, de quoi l'avenir peut être fait. Les enfants, cette part de nous qui après nous vivra.

On finit par se persuader que ces enfants-là, les nôtres, ne sont pas les mêmes que les petits d'hommes qui ont attaqué et tué nos amis l'année dernière. L'espèce humaine n'est plus une et indivisible. Quelque chose s'est produit, voilà presque un demi-siècle, dont le mécanisme s'était enclenché bien plus tôt, une faille profonde travaillant en silence dans les consciences, un doute réenfoui après chaque séisme : génocides, tyrannies, guerres, catastrophes, mais activé de nouveau à force d'oubli dans les esprits anesthésiés par l'illusion marchande et l'égoïsme érigé en forteresse intime jusqu'au Big One quand toute l'énergie destructrice accumulée par le système s'était libérée. L'humanisme n'était qu'un nid de frelons déserté depuis longtemps par les évangélistes bourdonnants et il s'effritait et se pulvérisait au moindre contact, sans poids, inconsistant.

C'est de tout cela qu'on résulte, même à la Cécilia, même dans ce monde nouveau qu'on veut fonder, qu'on a voulu fonder, et qu'il faut à tout prix préserver des remises en question douloureuses.

Nour ne dit rien à Gabriel de sa grossesse. Elle ne croit plus que ce qui grandit en elle soit une promesse heureuse. Alors elle va voir Lorène, qu'on dit un peu sorcière, et lui demande de mettre fin à ce mensonge. Comme elle a beaucoup attendu, hésité, de nuits blanches en petits matins pénibles, elle saigne et se tord de douleur et pense qu'elle va mourir, pressant de ses deux mains entre ses jambes le linge détrempé.

Gabriel ne comprend pas ce qui se passe. Nour lui raconte une histoire de fausse-couche, ça peut arriver, il faut attendre, et il attend, mais en pleine nuit il va chercher de l'aide parce qu'il y a vraiment beaucoup de sang dans les draps. Il a peur qu'elle meure, il ne pourra pas vivre sans elle, il s'empêche de pleurer et lui fait boire des potions prescrites par Lorène et fait venir Clara auprès d'elle et Clara parle à son oreille et Nour sourit et attire sa fille contre elle.

Quelques jours plus tard, alors que Nour s'appuie à la table parce qu'un vertige l'a prise, Clara lui dit Moi, je sais ce que t'as eu. La pièce cesse de tourner autour d'elle et Nour lui répond Je sais que tu sais. Il en a toujours été ainsi entre nous toutes.

Les soldats du Domaine se font discrets. Quelques incursions pendant lesquelles ils évitent le contact et se retirent sans combattre. Tout le monde à la Cécilia trouve ça étrange de voir cavaler comme des lapins des hommes qui se proclament guerriers de la foi, conquérants de Dieu, anges exterminateurs comme l'avait affirmé un prisonnier avant de s'ouvrir la gorge. On se dit qu'ils se lassent, eux aussi, de cette guerre moyenâgeuse ou qu'ils n'ont plus les moyens ou la foi suffisante pour la continuer. On se rassure. Il faudrait qu'une de leurs femmes parvienne à s'enfuir pour savoir un peu de quoi il retourne.

On croirait la paix. C'est un printemps venteux et frais. Petites gelées. On est surpris. On en parle toute une semaine, on montre aux enfants le givre du petit matin. L'assemblée a décidé d'un jour férié, le 18 mars, sur proposition du vieux Jules. Il a invoqué la mémoire perdue d'une révolte, ou d'une révolution, qui s'est produite il y a plus de deux siècles. Personne ne comprend très bien de quoi il parle avec tant de passion, l'important étant le jour férié qui entrerait en vigueur la semaine suivante. Jules parle de Paris, l'ancienne capitale, dont les photos et quelques vidéos retrouvées sur de vieux téléphones émerveillent toujours. Qu'est-ce que ça a dû être ! Quelle époque ! Jules parle d'un autre âge, d'un temps lointain où, figurez-vous, les trains fonctionnaient à la vapeur et au charbon. Des trains ? Déjà ? Personne n'écoute vraiment. Tout se mêle. On sait ce qu'est une barricade. On sait ce que sont le feu, la guerre, les blessés et les morts. Qu'est-ce qu'il raconte ?

Et ce jour férié ? On le vote ?

C'est aujourd'hui. Il fait doux et clair, on sort du bourg par la route du sud, la plus sûre. Les patrouilles du matin n'ont décelé aucune activité des hommes du Domaine. Les guetteurs sont à leur poste. On s'éparpille dans les prés, on reste à portée de voix, on ne s'éloigne jamais beaucoup.

Clara veut dessiner des arbres. Juchée sur les épaules de Gabriel, elle crayonne sur un carnet que Nour lui a confectionné mais elle fait le pitre, elle rit trop et dessine des arbres fantasques, tordus, rampant parfois comme des lianes. Nour se dit que ça pourrait durer toujours, que ça durera. Elle a confiance, à nouveau. Il paraît qu'on va avoir de l'électricité. Une équipe travaille là-dessus depuis plus d'un an. D'anciens panneaux solaires ont pu être réparés et connectés. L'électricité. Elle a vu sur les photos stockées dans le téléphone les villes éclairées la nuit, l'étrange beauté de ces lumières le disputant à l'obscurité. Elle a hâte de voir ça. On parle du mois prochain.

Ils mangent installés dans l'herbe. C'est si bête et si simple. Ça pourrait durer toujours. Clara dévore le pain et le fromage.

La sirène d'alarme ne les interrompt pas tout de suite. Il y a parfois de fausses alertes. Mais le deuxième départ hurlant est brisé par un coup de feu.

Des cavaliers sortent de la forêt en tiraillant par-dessus la tête de leur monture. Nour les aperçoit là-bas sur sa gauche, vers la route. Elle voit des corps jetés au sol par les impacts. Par là. Gabriel l'entraîne en la prenant par le bras, Clara accrochée à sa chemise, en pleurs. Ils courent à travers le pré pour gagner les bois en contrebas, épais, broussailleux. Gabriel ordonne à Clara de se taire alors la gosse ravale ses larmes et retient ses sanglots. On entend gronder les moteurs des pickups et le lourd tapement d'une rafale de mitrailleuse. Ils entrent dans le bois, franchissent une barrière d'épines. Ronces, jeunes acacias. Derrière eux, on crie Là-bas ! Les trois dans les bois !

Le sous-bois s'éclaircit, ils louvoient entre les troncs, du soleil tombant sur eux voilé par la branchure nue des arbres. Ils traversent un fossé boueux, remontent en dérapant, se poussent, se tirent, s'encouragent, trébuchent, la figure giflée par les branches qu'ils écartent devant eux comme s'ils boxaient une foule de bêtes malingres et têtues s'accrochant à eux par toutes leurs griffes. Ils parviennent à une route submergée par la végétation, le macadam soulevé par les herbes et les racines. Nour s'arrête. Elle n'a plus de souffle. Attends. Les échos de l'attaque leur parviennent à nouveau à travers le bruit de leur souffle. Ils entendent aussi un piétinement, plus loin sur leur droite. Clara s'assoit par terre. Nour l'oblige à se relever. Elle essuie d'un pan de sa chemise les écorchures sur son visage, elle enlève de ses cheveux des feuilles sèches et des toiles d'araignées. C'est rien. Clara renifle, essuie son nez du revers de la main. Ils se remettent en marche sur la route. Plus loin, ils ne savent pas dans quelle direction, un cheval hennit. Ils rentrent dans la forêt. Ils ne courent plus. Ils essaient de faire moins de bruit. Leurs pas dans l'épaisseur des feuilles mortes soulèvent une odeur d'humus tenace et Nour redoute qu'elle révèle leurs traces à ceux qui les poursuivent. Clara se prend les pieds dans une racine et tombe. Se relevant, aidée par sa mère, elle dit regarde en montrant quelque chose derrière elles. Trois chevaux, à une centaine de mètres, avancent au pas entre les futs serrés des arbres. Ils ne peuvent trotter ni galoper. Les cavaliers font tourner et virer leurs montures et les talonnent et cinglent leur encolure avec leurs rênes. Une détonation claque, une balle bourdonne au-dessus de leurs têtes et va se planter dans un tronc. Ils se jettent à plat ventre puis se redressent et se remettent à courir et les hommes derrière eux se mettent à gueuler, peut-être parce que les chevaux n'avancent pas assez vite dans la futaie, obligés de se faufiler entre les minces troncs des jeunes arbres.

Nour prend Clara par la main puis la traîne et la soulève à chaque obstacle pour l'aider à le franchir. Ils dévalent une pente plantée d'arbres calcinés, envahie d'une végétation basse, buissonnante et d'arbustes hérissés de vert tendre. Deux explosions, vers le bourg, les font s'arrêter pour entendre mieux et ils perçoivent des coups de feu sporadiques et de courtes rafales. Ils arrivent au bord d'un ruisseau qui chantonne à leurs pieds et ils le traversent, s'aspergeant au passage d'un peu de son eau froide. Ils gravissent l'autre versant du vallon surmonté d'un ciel blanc haché par les troncs noirs de grands pins. Ils entendent les chevaux piétiner dans l'eau et peut-être s'arrêter pour boire parce que les hommes aboient de nouveau des ordres. Sur la crête, une route. Un panneau triangulaire signale une succession de virages. La route descend en pente douce et ils essaient de courir mais leurs jambes n'en peuvent plus et la petite se remet à pleurer, constamment retournée pour apercevoir leurs poursuivants,

Maman, maman, les voilà alors Nour les voit surgir d'entre les arbres, deux puis trois et s'arrêter au milieu de la route avant de faire avancer leurs chevaux au pas, tous les trois de front, leurs fusils tenus droits en appui sur leurs cuisses. Gabriel prend Clara dans ses bras et ils courent comme ils peuvent, titubants, vers le virage tout proche et plus loin un pont qui enjambe le ruisseau en obligeant la route à faire le gros dos. Gabriel trébuche, il lâche Clara qui reste accrochée à son cou puis tombe et l'oblige à l'enjamber, courbé en deux et c'est à ce moment que Nour entend la détonation, c'est maintenant qu'elle voit la tache sanglante s'élargir dans le dos de Gabriel, cœur déchiré d'une fleur monstrueuse en train de s'épanouir et elle pousse un cri, elle arrache la gosse à son hébétude et la tire et la traîne, elle accroche Gabriel par le bras, Allez viens, restons pas là et ils cavalent et vacillent sur la route, les sabots des chevaux claquant derrière eux, puis ils dégringolent le talus et s'affalent sous le pont.

Gabriel tousse et crache du sang. Il se tourne vers Nour et cherche sa main et la presse sur son front. Il pleure. Il dit Je veux pas te laisser. Il n'a plus de souffle. Il inspire une bouffée d'air mais se remet à tousser dans ses mains. Haletant, il prend Clara contre lui. Ma toute douce. Ma petite danseuse. Clara ne dit rien. Elle ferme les yeux. Elle caresse le visage de son père, du bout de ses doigts tâtonnants. On croirait qu'elle va s'endormir au rythme du souffle court de sa poitrine. T'en fais pas, elle dit. Je suis là. Elle sourit. Elle le presse plus fort.

Le pas des chevaux s'est arrêté au-dessus d'eux. On entend leurs souffles et tinter les anneaux des guides et descendre les hommes et crisser le gravier sous leurs bottes. Ils parlent entre eux, ils rient brièvement. Nour ne comprend pas ce qu'ils disent. Nour pense qu'il est trop tard pour comprendre quoi que ce soit et chercher à anticiper ce qui va se passer. Clara a relevé la tête quand Gabriel a cessé de respirer, assis bien droit contre le bâti du pont, les yeux entrouverts. Clara regarde Nour, Nour prend sa main, elles se perdent dans le regard de l'autre, leur mort entre elles.

Un homme descend le talus. Elles ne voient de lui, d'abord, que les grosses chaussures de soldat, puis le canon de son fusil pendant le long de sa jambe puis sa gueule carrée, sa tête coiffée d'un bandana. Dépêche-toi, lui dit un autre. On l'entend pisser. Une femme et une gamine, dit l'homme campé devant elles. On pourrait peut-être… Non, répond l'autre. On n'a pas le temps. L'homme arme la culasse de son arme. C'est un vieux fusil automatique avec un chargeur courbe. Nour se concentre sur ce détail. Ils en ont quelques-uns à la Cécilia. Nour se concentre sur ce chargeur, couplé tête-bêche avec un autre tenu par un collier de métal. Nour se dit que l'arme va s'enrayer et qu'elle sautera sur ce type et lui crèvera les yeux. Quand un coup de feu retentit sur la route, elle est persuadée que l'autre a voulu, justement, vérifier le fonctionnement de son arme. Mais un deuxième tir éclate et un autre homme roule dans le talus et s'affale dans les ronces. Celui qui les tenait en joue se précipite et bascule en arrière, le haut du crâne emporté. Nour voit bien la gerbe écarlate jaillir et les mains du type s'ouvrir puis se fermer avant qu'il s'effondre.

Un homme grand, brun, une casquette de toile délavée sur la tête, se précipite vers elles. Clara gémit et se recroqueville. Nour n'ose pas bouger. Elle essaie de comprendre. Qu'est-ce que vous faites ? L'homme ne répond pas. Il examine Gabriel, lui ferme les yeux. Il va falloir y aller. Ils sont partout.

Il aide Nour à se remettre debout. Elle n'aime pas la brutalité de son geste. La tête lui tourne. Elle aimerait pleurer et geindre et tenir Gabriel dans ses bras pour qu'il revienne parce qu'il pourrait revenir, non ? Ça s'est déjà vu. Mais non. Elle regarde autour d'elle, à l'ombre fraîche de ce pont, le ruisseau qui murmure, et deux types en train de récupérer les armes et leurs munitions sur les cadavres. Non. Les morts sont bien morts. Elle prend Clara par la main et lui dit que c'est fini, qu'elles ne risquent plus rien. La petite fille regarde le corps de son père. Un gros sanglot soulève sa poitrine.

Je ne peux pas le laisser ici. C'est impossible. L'homme répond qu'on va l'emmener. On s'occupera bien de lui. Maintenant, il faut partir.

Ils sont quatre. Ils entassent les chargeurs dans leurs sacs. Ils hissent Gabriel en travers d'une selle puis ils proposent à Nour de monter l'autre cheval. Ils aident Clara à rejoindre sa mère. Ils parlent peu. Ils se comprennent d'un simple regard. Celui qui est venu les récupérer sous le pont prend le cheval de Nour par la bride puis se retourne. Moi, c'est Marceau, il dit pendant leur poignée de main. Et moi, Nour. Ma fille, Clara.

On y va.

24

« Je vous en prie : n'y allez pas. »

Jenny se tenait à la grille sur le palier du deuxième étage. Ils avaient chargé leurs sacs sur leurs épaules et attendaient qu'elle libère le passage. Elle s'effaça finalement. Ils la prirent dans leurs bras, la serrèrent contre eux. Laureline se pendait à leur cou.

– Vous savez où me trouver, si vous changez d'avis.

Ils descendirent l'escalier sans se retourner.

Dehors, le soir s'annonçait déjà dans les rues ombreuses. Ils n'eurent pas à marcher longtemps pour parvenir au bord du fleuve. Ils finirent par trouver un point élevé depuis un immeuble en ruine après avoir gravi un escalier à demi effondré.

Toute la zone était protégée, sur des centaines de mètres, par des autobus et des remorques de poids lourds renversés, surmontés de rouleaux de barbelés, qui formaient une sorte de muraille d'acier pourrissant, attaquée par la rouille. Les anciens quais, les chaussées encore surmontées de leurs feux de circulation, étaient recouverts d'une vase brunâtre déposée par les marées hautes, puisque l'océan poussait par l'estuaire ses flots jusqu'ici. Tous les cinquante mètres avaient été plantés sur la berge des cabanons sur pilotis, parfois imposants, ou bien des plateformes surmontées d'un simple toit où veillait un garde armé. Sur la pente qui descendait vers l'eau étaient posées des barques de toutes tailles autour desquelles s'affairaient des dizaines d'hommes réparant des filets ou calfatant les coques. L'accès au pont était gardé par une série de chicanes constituées de carcasses de voitures. Un fardier bâché, tiré par quatre gros chevaux, était inspecté par deux hommes pendant qu'un troisième tenait en joue le conducteur. Ils aperçurent un passage, plus loin vers l'amont, aménagé entre deux bus, devant lequel attendaient une dizaine de personnes.

Ils redescendirent et s'éloignèrent dans les rues. Des gens passaient, furtifs, rasant les murs, entrant soudain dans un immeuble comme pour s'y cacher. On entendait des fenêtres se fermer à leur approche, ils voyaient des rideaux s'écarter puis se rabattre sur leur passage. Ce quartier était animé d'une vie secrète comme s'il n'était peuplé que de fugitifs guettant le danger.

Ils s'assirent au bord d'un trottoir sous un arbre survivant. Ils parlèrent longtemps des possibilités et des risques. Ils s'aperçurent qu'ils n'avaient plus peur de grand-chose.

– Tous les quatre ensemble, dit Nour. On ne se lâche pas. On est enchaînés.

Il fut décidé qu'ils attendraient la nuit. Ils passeraient le point de contrôle en force, ils voleraient une barque. La marée montait. Le courant les aiderait à s'éloigner vers l'amont, et ils accosteraient non loin de l'endroit où ils voulaient aller.

Ils se réfugièrent dans une ancienne boutique, cachés derrière un pan de mur. Ils mangèrent quelques biscuits que Laureline leur avait donnés puis ne bougèrent plus, ne parlèrent plus, chacun seul en lui-même, déjà voguant sur les eaux opaques du fleuve. Ils s'assoupirent parfois, réveillés par d'étranges appels, des ricanements. Léo les mêla au cauchemar qu'il faisait, où sa mère poursuivie par des hommes courait vers lui sans jamais pouvoir l'atteindre, et il se réveilla, le cœur dans la bouche, écarquillé sur les ténèbres.

– Ça va ? murmura Clara.

Il ne savait pas bien. Il baisa la main qu'elle lui tendait dans le noir.

Ils firent un grand détour pour trouver la rue débouchant sur le passage qu'ils avaient repéré. Ils laissèrent passer puis s'éloigner une ronde : deux hommes, éclairant leurs pas tous les dix mètres, la masse trapue d'un molosse marchant devant eux.

Ils se trouvèrent devant un grand portail de fer de trois mètres de haut verrouillé par un cadenas. Derrière était installée une petite caravane où brillait une faible lumière jaune. Marceau se débarrassa de son sac et glissa le manche de sa hachette dans sa ceinture contre ses reins. Il grimpa aux grilles dans un grand vacarme qui jeta un garde hors de sa caravane. L'homme titubait, de sommeil ou d'alcool. Marceau se laissa tomber au sol et abattit sur lui sa hachette. L'homme esquiva sur le côté et la lame l'atteignit à l'épaule. Marceau sentit la clavicule se briser mais l'homme hurlait tout en reculant vers la porte de son antre. Marceau le chargea et le frappa du plat du fer en plein visage et le type s'écroula sur le sol de la caravane. Appuyé tout près de la porte, Marceau trouva un fusil de chasse. Il fouilla l'homme à la recherche des clés du cadenas, sans résultat. Des appels retentissaient. Des coups de sifflets. Un chien commença à aboyer. Nour et les enfants serraient les grilles dans leurs poings comme des prisonniers. Marceau se redressa et aperçut sur la table un trousseau de clés. Il dut en essayer trois avant que la bonne débloque le cadenas.

Ils coururent dans le noir vers les lamparos qui se balançaient au-dessus des barques. Le sol était parsemé d'ornières et de pavés disjoints. Ils trébuchaient, ils tombaient à quatre pattes, se redressaient, étourdis dans la nuit totale, seulement guidés par le souffle des autres et les lueurs vacillantes qui flambaient au loin.

Quelque chose bondit sur Nour et la renversa à plat ventre. Elle ne comprit pas tout de suite que c'était un chien. Il s'acharnait sur son sac, le mordait en grondant, le secouait. Elle sentait les bretelles tirer sur ses épaules et pensa qu'il allait pouvoir la soulever. Elle protégeait sa tête de ses mains. Elle poussa un cri quand elle sentit sa gueule se refermer sur son bras et il arracha un bout de tissu de sa chemise puis elle l'entendit hurler puis gémir. Clara l'aida à se relever en lui demandant si ça allait et elle se remirent à courir.

Elles pataugèrent dans l'eau, glissant dans la vase, et rejoignirent Marceau et Léo. Elles entendaient derrière elles des cris, des ordres donnés. Clara se retourna et aperçut les tressautements des lampes lancées à leur poursuite. La lune sortit des nuages et saupoudra la surface du fleuve d'éclats blancs. Un homme se tenait devant un bateau, sa silhouette massive découpée sur la lueur du lamparo. Il tenait un couteau à la main et reculait en le brandissant devant lui. Marceau le renversa et lui maintint la tête sous l'eau, la figure dans la vase, puis le laissa se débattre en reprenant son souffle.

Ils poussèrent la barque et sautèrent dedans, s'affalant au fond, les uns sur les autres, alourdis et gênés par leurs sacs. Nour prit une rame puis poussa sur le fond de la berge pour les écarter du bord. Le courant de la marée montante fit tourner la barque sur elle-même avant qu'avec Marceau ils commencent à ramer. Le flux montant les éloignait rapidement du rivage. Ils distinguèrent des hommes mettre des bateaux à l'eau en leur gueulant des injures et des menaces.

Nour demanda à Léo d'éteindre le lamparo. Il arracha la lanterne et la jeta dans l'eau. La lune presque pleine était avalée puis recrachée par les nuages et parfois ils ne percevaient du fleuve que son clapotement et ne distinguaient plus les rives, entraînés par le courant, rafraîchis par le déplacement d'air. Ils entendaient derrière eux le frappement des rames de leurs poursuivants. Eux aussi avaient éteint leurs lanternes et ils se rapprochaient, ahanant à chaque coup d'aviron. La lune surgit et ils purent voir la barque et ses quatre rameurs en train de remonter à leur hauteur, à quelques mètres d'eux. L'un des types se mit debout dans la barque et fit tournoyer au-dessus de sa tête une corde munie d'un grappin. Les autres riaient. Deux femmes, en plus ! Attendez-nous, n'ayez pas peur ! On va bien s'occuper de vous !

Marceau saisit le fusil pris au gardien puis l'ajusta du mieux qu'il put malgré le roulis. Il fut surpris par le recul et il vit l'homme plonger dans l'eau, tiré vers le fond par son grappin qu'il tenait toujours. Ses compagnons lâchèrent leurs rames pour essayer de le rattraper mais le fleuve et la nuit totale s'étaient refermés sur lui.

Un autre bateau s'approcha d'eux. Marceau tira sa dernière cartouche mais rata son coup. Ils étaient presque bord à bord. Clara les entendait souffler d'effort. Une gaffe accrocha le bas-bord. Les hommes frappaient au hasard avec leurs rames. Nour fut renversée par un coup reçu en pleine face. Elle vit Léo et Marceau essayer de décrocher la gaffe, elle aperçut un des types se dresser, un pied dans son siège, puis elle crut voir quelque chose se planter dans sa figure et le faire tournoyer et basculer dans l'eau.

Elle perdit conscience sans doute, elle se redressa avec peine, aidée par Clara. Elle entendait Marceau remercier quelqu'un, vous nous avez sauvé la vie, merci encore. À travers le sang qui coulait de son front, elle vit sous la clarté de la lune un autre bateau, plus grand, mû par six rameurs, un homme à la poupe debout, un arc pendu à l'épaule, un pistolet à la main.

Léo et Marceau ramaient avec peine, mais la barque était en remorque. L'homme tira encore un coup de feu et l'on entendit crier derrière eux et quelqu'un chuter dans l'eau.

Un autre bateau vint à leur rencontre. Ils naviguèrent encore un long moment sous les caprices de la lune et des nuages, puis ils accostèrent à l'appontement à fleur d'eau et se laissèrent tomber sur les planches humides. Clara banda le front de Nour avec la manche d'une chemise qu'elle trouva dans son sac. Léo essayait de retrouver l'usage de ses bras ankylosés par l'effort. Ils se touchèrent tous les quatre dans cette obscurité pour s'assurer qu'ils étaient bien là, épuisés mais vivants, heureux de l'être.

– Allons, fit la voix forte d'une femme. On y est presque, mais il y a encore un peu de chemin à faire.

Ils se mirent en marche. La route longeait le ruban argenté du fleuve. Clara dit à l'homme qui marchait devant elle qu'il faudrait soigner sa mère.

Il se retourna, leva sa lanterne, examina Nour. Il souriait.

– Ça ira. On verra demain.

Achevé d'imprimer en novembre 2023
sur les presses de Normandie Roto Impression s.a.s.
à Lonrai (Orne)
pour le compte des Éditions Payot & Rivages
60/62, avenue de Saxe -75015 Paris
N° d'impression : 2304765
Dépôt légal : novembre 2023

Imprimé en France